CAMPING MIT TODESFOLGE

Heike Kügler-Anger (oder H. K. Anger) verbrachte sämtliche Familienurlaube im elterlichen Wohnwagen und konnte während des Lehramtsstudiums auch ihren heutigen Ehemann für Campingreisen begeistern. Inzwischen erkundet sie mit dem Wohnmobil Ziele in nah und fern. Die reisefreie Zeit verbringt sie in ihrer Wahlheimat, dem hessischen Odenwald, wo sie Kochbücher und Krimis schreibt.

H. K. ANGER

CAMPING MIT TODESFOLGE

CAMPING KRIMI

emons:

Bibliografische Information der Deutschen Nationalbibliothek
Die Deutsche Nationalbibliothek verzeichnet diese Publikation
in der Deutschen Nationalbibliografie; detaillierte bibliografische
Daten sind im Internet über http://dnb.d-nb.de abrufbar.

© Emons Verlag GmbH
Alle Rechte vorbehalten
Umschlaggestaltung: Nina Schäfer unter Verwendung von
iStockphoto.com/invincible_bulldog
Gestaltung Innenteil: DÜDE Satz und Grafik, Odenthal
Lektorat: Marit Obsen
Druck und Bindung: CPI – Clausen & Bosse, Leck
Printed in Germany 2021
ISBN 978-3-7408-1132-7
Camping Krimi
Originalausgabe

Unser Newsletter informiert Sie
regelmäßig über Neues von emons:
Kostenlos bestellen unter
www.emons-verlag.de

1

»Würdest du mir bitte den Dreizehner-Schlüssel reichen?«
Routiniert griff Kathrin Schäfer in den Werkzeugkasten und
holte den verlangten Ringschlüssel hervor. Wer wie Kathrin
und Peter mit einem Oldtimer-Wohnmobil unterwegs war, kam
nicht umhin, eine Passion fürs Schrauben zu haben. Denn irgendwo war immer eine locker. Vor allem bei ihnen im Kopf,
wie viele ihrer Freunde hartnäckig behaupteten.

Nachdem Kathrin und Peter Schäfer den in die Jahre gekommenen Globetrotter A 522 von seinem tristen Dasein auf dem
Abstellplatz eines windigen Gebrauchtwagenhändlers erlöst
hatten, zeigten sich ihre Familie und die meisten ihrer Freunde
entsetzt. Es hagelte Aussprüche wie »Konntet ihr euch nichts
Besseres leisten?« oder »Seid ihr jetzt unter die Schrotthändler
gegangen?«.

Doch Kathrin und Peter waren stolz auf ihre Errungenschaft.
Sie liebten ihr neues Urlaubsvehikel, das ohne Hochglanz und
technische Finesse auskam. Dafür versprach es solide Qualität,
Beständigkeit und Langlebigkeit. Über die Tatsache, dass der
Zahn der Zeit von innen und außen an dem beige lackierten
Wohnmobil genagt hatte, sahen sie großzügig hinweg. Das bisschen Rost und die paar Kratzer jagten ihnen keinen Schrecken
ein. Trotz ihrer Schreibtischjobs waren sie beide technisch begabt. Sie scheuten sich nicht, in die Hände zu spucken und tatkräftig anzupacken. Und sie planten, gemeinsam mit »Töfftöff«,
wie sie ihr kleines Alkoven-Wohnmobil liebevoll nannten, alt
zu werden.

»Hier«, sagte Kathrin und streckte den Arm mit dem Ringschlüssel aus.

Aber nichts passierte. Peter nahm ihr das Werkzeug nicht ab.

Ruckartig erwachte Kathrin aus einem Traum, der sie beinahe in jeder Nacht heimsuchte. Sie ließ den rechten Arm, den
sie im Schlaf zur Zimmerdecke ausgestreckt hatte, zurück auf

die Bettdecke fallen und strich sich seufzend eine Strähne ihres schulterlangen haselnussbraunen Haars aus der Stirn.

Hört das denn nie auf, fragte sie sich. Wird mich dieser Traum wie ein Fluch bis ans Ende meiner Tage verfolgen? Peter war mittlerweile seit acht Jahren tot. Für immer von ihr gegangen. Er würde sich nie wieder mit ölverschmierten Händen die Nasenspitze reiben, bis diese schwarz glänzte. Ihr nie wieder sein verschmitztes Lächeln zuwerfen, bei dem ihr schon damals in der Schule die Knie gezittert hatten. Und sie konnte sich niemals wieder in seine tröstenden Arme flüchten, damit er ihr versicherte, dass sich alles zum Guten wenden würde. Denn nichts war mehr gut. Das Beste, was Kathrin in ihrem knapp fünfundvierzigjährigen Leben passiert war, hatte sich davongemacht. Ihr Mann war für immer verstummt und verschwunden. Und trotzdem reichte Kathrin ihm alle paar Nächte den Dreizehner-Ringschlüssel. Bis sie aufwachte und registrierte, dass ihr Unterbewusstsein ihr erneut einen bitterbösen Streich gespielt hatte.

Müde wandte sie den Kopf und sah auf den auf dem Nachttisch stehenden Wecker. Kurz vor halb fünf. Die Erfahrung hatte Kathrin gelehrt, dass nach dem Ringschlüsseltraum nicht mehr an Schlaf zu denken war. Draußen wurde es langsam hell, und im Garten zwitscherten schon die ersten Vögel. Sie schob die Bettdecke zur Seite, stand auf und streckte sich. Mit nackten Füßen tapste sie in die Küche, um sich einen Kaffee zu kochen. Während sie ihre Yogamatte ausrollte und den allmorgendlichen Sonnengruß absolvierte, blubberte das dunkle Gebräu in den oberen Teil des italienischen Espressokochers.

Peter hatte ihren Morgenkaffee stets mit dem Kaffeevollautomaten zubereitet. Doch das verchromte und kompliziert zu bedienende Gerät hatte kurz nach seinem Tod den Geist aufgegeben, so als wollte es nicht ohne seinen Herrn und Meister sein. Kathrin hatte den Vollautomaten nie ersetzt, sondern bereitete ihren Kaffee seither mit der gleichen Art Espressokocher zu, die sie im Wohnmobil verwendete. So steckte in jeder Tasse Kaffee, die sie im Alltag trank, ein Schlückchen Urlaubsflair.

Mit dem dampfenden Getränk in der Hand schlurfte Kathrin in ihr kleines Büro, das sie in dem Zimmer eingerichtet hatte, in dem Peter einst jeden Morgen vor der Arbeit trainiert hatte. Heute beherbergte der fast quadratische Raum statt Crosstrainer und Hanteln ihren Computer und die Patientenakten, die sie für ihre Tätigkeit als selbstständige Heilpraktikerin anlegte. Sie schlüpfte in die bordeauxrote Strickjacke, die sie am Vorabend über die Lehne ihres Bürostuhls geworfen hatte, nahm einen Schluck aus der Kaffeetasse und widmete sich dem leidigen Bürokram. Ihr Steuerberater hatte die Einreichung der für die Steuererklärung notwendigen Unterlagen in den letzten vierzehn Tagen schon dreimal angemahnt.

Zwei Stunden später reckte sich Kathrin und griff nach dem Telefonhörer. Es war zwar erst kurz nach sieben, aber ihre Schwiegermutter war Frühaufsteherin. Entsprechend klingelte das Telefon am anderen Ende der Leitung nur zweimal, ehe Ruth Schäfer abnahm.

»Ich habe Brötchen geholt. Auch die, die du am liebsten magst. Kamen frisch aus dem Backofen. Wenn du dich beeilst, sind sie beim Aufschneiden noch warm.«

Kathrin lächelte. Ihre Schwiegermutter, eine rüstige Dreiundsiebzigjährige, ließ es sich nicht nehmen, jeden Morgen mit dem Fahrrad bis zur nächsten Bäckerei zu fahren. Wo sie für die halbe Straße, in der sie wohnte, die Frühstückseinkäufe tätigte. Doch heute hatte Kathrin andere Pläne, als bei ihrer Schwiegermutter vorbeizuschauen.

»Ich werde zu unserem Hochzeitstag nach Rotenburg fahren«, verkündete sie.

»Denkst du wirklich, das ist eine gute Idee?« In Ruth Schäfers Stimme schwang Skepsis mit.

»Wahrscheinlich nicht«, gab Kathrin zu. Doch sie würde ihre Entscheidung nicht rückgängig machen. Ihr angeborener Dickkopf ließ ihr keine Wahl.

»Du weißt, was das letzte Mal passiert ist«, warnte ihre Schwiegermutter.

»Ja.« Kathrins Brustraum zog sich schmerzhaft zusammen.

Sie schluckte schwer. »In diesem Jahr wird es anders sein«, behauptete sie. Auch, um sich selbst Mut zuzusprechen.

Ruth Schäfer schwieg einen Moment. »Ich nehme an, dass ich dich von dieser dummen Idee nicht mehr abbringen kann?«

»Nein, kannst du nicht.«

»Nun, dann pass auf dich auf«, sagte Ruth Schäfer. »Und wenn es so schlimm wird wie beim letzten Mal ... Du weißt, dass du mich jederzeit anrufen kannst. Sogar in der Nacht.«

»Hab dich lieb«, murmelte Kathrin dankbar.

»Ich möchte dich nicht auch noch verlieren«, sagte Ruth Schäfer leise.

»Das wirst du nicht«, versprach Kathrin und legte auf.

Ruth Schäfers Blick fiel auf die Brötchentüte, aus der sich ein verführerischer Duft in der Küche verbreitete. Dennoch war ihr die Lust auf ein ausgiebiges Frühstück vergangen. Durch das Küchenfenster schaute sie hinaus in den kleinen Garten, den sie trotz ihres Alters tipptopp in Schuss hielt. Auf ihrer Stirn hatten sich tiefe Sorgenfalten gebildet.

»Das ist jetzt nicht dein Ernst!«, polterte Lothar Jäger.

Kathrin spießte ein Rucolablättchen auf die Zinken ihrer Gabel und schob es lustlos auf dem Teller herum. Lothar hatte sie zum Abendessen in seine Darmstädter Altbauwohnung über der Apotheke eingeladen. Schon beim Ablegen ihrer Jacke waren Kathrin Bedenken gekommen, ob die Annahme seiner Einladung eine kluge Idee gewesen war. Lothar steckte mitten in einem Selbstfindungstrip. Pünktlich um null Uhr eins am Neujahrstag hatten ihn gute Vorsätze in Sachen gesunde Ernährung, Lebensstil und Weltanschauung befallen, deren Umsetzung sich danach geradezu explosionsartig in seinem Leben ausgebreitet hatte. Der Apotheker mit dem Ansatz zu Hängebäckchen und Hüftgold meditierte seither nicht nur morgens und abends und rezitierte dabei Zuversichtsmantras, er setzte obendrein auf Grünzeug statt auf Kohlenhydrate. Kathrin beäugte das kulinarische Ensemble auf Lothars modernem Küchentisch, auf der Suche nach dem Brotkorb. Vergeblich. Es gab kein Brot, um die Salatsoße aufzutunken. Sie unterdrückte ein Seufzen und überlegte fieberhaft, ob sich in ihrer heimischen Tiefkühltruhe noch eine Packung Schokoladeneis befand. Cremiges Schokoeis mit zwei Sorten Schokochips und Karamelltopping. Ein süßes kulinarisches Trostpflaster, das sie nach dem Heimkommen im Bett zu vertilgen gedachte. Bis es so weit wäre, wollte sie ein höflicher Gast sein und steckte sich das Rucolablättchen in den Mund. Sie kam sich vor wie eine grasende Kuh.

»Das ist nicht gesund, was du machst«, sagte Lothar verärgert.

Kathrin fuhr schuldbewusst zusammen. War Lothar etwa imstande, Gedanken zu lesen?»Nun, einmal wird es wohl erlaubt sein, oder?«, murmelte sie ausweichend.

»Wieso einmal? Seit Jahren pilgerst du jeden Mai dorthin. Und wie schlecht es dir dabei immer geht, hast du mir selbst erzählt.« Er blickte sie über den Rand seines mit stillem Mineralwasser gefüllten Glases hinweg tadelnd an.

Ach so, darum geht es, dachte Kathrin und war sich nicht sicher, ob sie erleichtert oder besorgt sein sollte.

»Irgendwann muss mit dem Unsinn doch mal Schluss sein.« Lothars Stimme hatte an Schärfe zugenommen.

»Bitte versuch, mich zu verstehen.« Kathrin warf ihrem Gastgeber einen eindringlichen Blick zu. »Es ist meine Art, Abschied zu nehmen.«

»Rede keinen Blödsinn.« Er attackierte eine Kirschtomate mit dem Messer. Die setzte sich standhaft zur Wehr, platzte auf und bekleckerte sein hellgraues Hemd. Mit einer Stoffserviette rieb er auf dem Fleck herum, wodurch er ihn nur noch tiefer ins Gewebe einarbeitete. Fluchend legte Lothar die Serviette zur Seite. »Ich sage dir, wie es ist: Du hängst in einer Dauerabschiedsschleife fest.«

Kathrin deponierte ihre Gabel neben dem Teller und hob ihre Hand zum Schwur. »Es wird das letzte Mal sein«, beteuerte sie. Dabei war ihr klar, dass sie dieses Versprechen nicht halten würde.

»Wenn du schon Urlaub hast: Warum verbringen wir ihn

nicht zusammen?«, schlug Lothar vor. »Ich könnte uns ein schnuckeliges Wellnesshotel an der Ostsee buchen.« Er taxierte sie mit seinen kleinen grauen Augen. »Damit du auf andere Gedanken kommst«, fügte er hinzu.

»Ach, ich weiß nicht.« Kathrin zupfte verlegen an ihrer Serviette herum. »Ich möchte deine Pläne nicht durchkreuzen. Das mit dem Urlaub war ja mehr so eine Spontanidee.«

Stimmt nicht, widersprach eine besserwisserische Stimme in ihrem Inneren. Du hattest die freien Tage zwar nicht direkt eingeplant. Aber wie kommt es, dass just für diesen Zeitraum gähnende Leere in deinem Terminkalender herrscht? Nicht ein einziger Behandlungstermin war darin zu finden. Ein Zufall etwa?

Kathrin senkte den Blick, damit Lothar ihr die Notlüge nicht an den Augen ablas.

»Ach was, ein paar Tage Auszeit würden mir ebenfalls guttun«, entgegnete Lothar und schob seinen Teller zur Seite. »Ich regele das gleich Montagfrüh. Frau Meyer wird mich sicher gern in der Apotheke vertreten. Sie freut sich immer, wenn sie die Chefin spielen darf.« Er stand auf, um den Nachtisch aus dem Kühlschrank zu holen. Ein Chia-Erdbeer-Rohkost-Pudding, den er anstatt mit einem ordentlichen Klecks Sahne mit ein paar frischen Minzblättern garniert hatte. Kathrin aß einen Löffel davon und hatte trotz der etwas schleimigen Konsistenz Mühe, die Melange die Speiseröhre hinunter und in ihren Magen zu befördern.

Lothar tippte bereits eifrig auf seinem Handy herum. »Hm, das hört sich vielversprechend an«, meinte er nach ein paar Minuten und warf Kathrin ein siegessicheres Lächeln zu. »Was hältst du von einem Viersternehotel in Scharbeutz? Panoramasauna, Detox-Massage und ein eigener Strandabschnitt. Dazu feinste Biogerichte vom Büfett. In den Bewertungen steht, dass der Souschef ein wahrhaftiger Rohkost-Guru ist. Ich bin mir sicher, dass es dir dort gefallen wird.«

Kathrin biss sich auf die Innenseite ihrer Unterlippe, um keine Grimasse zu ziehen und Lothar dadurch zu verletzen.

Was für andere Touristen das Urlaubsparadies schlechthin bedeutete, hatte sie noch nie in Versuchung geführt. Mit einem schmerzhaft durch ihren Körper pulsierenden Sehnen erinnerte sie sich an die Wohnmobilreisen, die sie und Peter in Skandinavien unternommen hatten. An die vielen Nächte, die sie allein am Ufer eines Sees verbrachten, wo sie sich unter dem Sternenhimmel liebten und den Sonnenaufgang über dem See aus dem Alkovenfenster ihres Wohnmobils bestaunten. Oder an die Abende, an denen sie in den bayerischen Alpen am Lagerfeuer gesessen und Zukunftspläne geschmiedet hatten. Pläne, die sich mit Peters Tod allesamt in Schall und Rauch aufgelöst hatten.

Kathrin rieb sich mit den Händen über die Unterarme, auf denen sich Gänsehaut gebildet hatte. »Ich bin müde«, sagte sie. »Es ist besser, wenn ich heimfahre.«

»Und unser Urlaub?« Lothar warf ihr einen flehentlichen Blick zu.

Kathrin hauchte ihm einen Kuss auf die Wange. »Ich melde mich morgen«, versprach sie.

Die Nacht war erstaunlich warm für Anfang Mai. Über dem Schornstein von Kathrins Siedlungshaus hing die Mondsichel auf halb acht. So als ob der zunehmende Mond eine feuchtfröhliche Party geschmissen hätte und jetzt nicht mehr in der Lage war, geradeaus zu scheinen. Kathrin warf die Autoschlüssel in die Keramikschale auf dem halbhohen Regal im Flur und ging in die Küche, um die Tiefkühltruhe nach dem ersehnten Schokoeis abzusuchen. Ihr Blick fiel auf die Butterdose, die sie auf der Küchenanrichte hatte stehen lassen und deren Inhalt inzwischen weich geworden war. Sie stellte sie in den Kühlschrank, wo sie die geöffnete Flasche Chardonnay entdeckte. Kurzerhand schnappte sich Kathrin die Flasche und ein Glas. Im Flur nahm sie den Wohnmobilschlüssel aus der Keramikschale und eilte hinaus ins Freie.

Das Wohnmobil stand unter dem Carport, den Peter eigens dafür gebaut hatte. Kathrin öffnete die Fahrertür und schwang sich auf den Sitz. Den Schlüssel steckte sie nicht ins Zünd-schloss, sondern warf ihn demonstrativ auf das Armaturen-brett. Sollte ein übereifriger Polizist zu später Stunde hier eine Kontrollrunde drehen, müsste sie sich nicht auf eine langwierige Diskussion wegen Alkohols am Steuer einlassen. Sie streifte ihre Schuhe ab, schob den Sitz ein Stück zurück, damit das Lenkrad sie nicht einengte, und legte die Füße auf das Armaturenbrett. Dann füllte sie ihr Glas, hob es wie zum Trinkspruch in die Höhe und trank einen Schluck. Mit der Hand tätschelte sie den Beifahrersitz. »Ach, wenn ich dich nicht hätte, Töfftöff«, erklärte sie mit einem wehmütigen Lächeln.

Die Luft im Wohnmobil war wohlig warm, und der Geruch beschwor lieb gewonnene Erinnerungen herauf. Kathrin nahm einen weiteren Schluck vom Chardonnay. Dabei stieß sie mit dem Ellbogen versehentlich den nicht wieder festgeschraubten Verschluss von der Flasche und bückte sich, um ihn aufzuheben. Aus dem Fußraum blitzte ihr etwas Weißes entgegen.

Kathrin angelte nach dem karierten Zettel. War sie beim letzten Reinemachen so nachlässig vorgegangen, dass ihr der Papierfetzen durch die Lappen gegangen war? Sie kniff die Augen zusammen, um im Halbdunkel besser zu sehen. Auf dem Stück Papier waren handschriftlich einige Worte vermerkt, die Kathrin nicht lesen konnte. Das änderte sich auch nicht, als sie danach griff und die Wörter nun direkt vor Augen hatte. Sie waren in einer Sprache verfasst, die Kathrin nicht beherrschte. Wegen der Kringel über den As vermutete sie, dass es sich um eine skandinavische Sprachvariante handelte. Die Notizen stammten nicht von ihr, das war nicht ihre Handschrift. Aber wer hatte den Zettel geschrieben? Und warum war er hier so plötzlich aufgetaucht? Kathrin war ratlos. Und ein wenig be-unruhigt. Sie knüllte das Stück Papier zusammen und steckte es in ihre Hosentasche, um es im Haus wegzuwerfen. Bevor sie morgen oder übermorgen losfuhr, war mal wieder eine größere Reinigungsaktion fällig, bei der sie mit der Staubsaugerdüse durch alle Ritzen fahren würde. Außerdem durfte sie nicht vergessen, das Navigationssystem mit einem Saugnapf an der

Frontscheibe zu befestigen. Das Gerät war einer der wenigen Kompromisse, die Kathrin und Peter im Hinblick auf moderne Wohnmobiltechnik eingegangen waren. Zudem ersetzte ihr das Gerät als nunmehr Alleinreisende den kartenlesenden Beifahrer. Sie befingerte prüfend das dazugehörige USB-Kabel, das aus der Steckdose unterhalb der beiden Lüftungsschlitze baumelte, und stutzte.

Das Handschuhfach stand einen Spalt breit offen. Was ungewöhnlich war, weil Kathrin beim Abstellen des Wohnmobils im Carport stets peinlich genau darauf achtete, dass alle Schränke, Schubladen und Fächer verschlossen waren. Wenn von außen niemand etwas Begehrenswertes sah, so redete sie sich ein, würde auch niemand einbrechen. Sie wollte Dieben oder anderen zwielichtigen Gestalten keinen Anlass geben, Töfftöffs Inneres genauer zu untersuchen. Versuchsweise drückte sie gegen die Klappe, um festzustellen, ob der Verschlussmechanismus hakte. Mit einem leisen Klacken rastete sie ein. Kathrin betätigte den Hebel, um das Fach erneut zu öffnen. Auch das funktionierte einwandfrei. Aus der Seitenablage der Fahrertür kramte sie eine kleine LED-Taschenlampe hervor, mit der sie in das Innere des Handschuhfaches leuchtete. Auf den ersten Blick fehlte nichts. Und doch schienen die Bedienungsanleitung, das Kartenmaterial, der Eiskratzer und die Einweghandschuhe, die sie beim Tanken benutzte, nicht so platziert zu sein, wie sie es seit Jahren handhabe. Eine Tüte mit Fruchtbonbons, die Kathrin stets links im Fach deponierte, um sich beim Fahren mit der rechten Hand bedienen zu können, lag in der Mitte. Ein paar der in weißes Zellophan gehüllten Bonbons waren aus der Tüte gekullert und hatten sich im gesamten Handschuhfach verteilt.

Die Reste des Chardonnays, die Kathrin auf der Zunge lagen, nahmen mit einem Mal einen bitter-sauren Geschmack an. Ein ungutes Gefühl machte sich in ihr breit. Das Schloss an der Fahrertür war ordnungsgemäß verriegelt gewesen. Die Beifahrertür, Aufbautür und alle Fenster wiesen, wie Kathrin bei einem schnellen Check feststellte, keinerlei Beschädigungen auf und waren ebenfalls verschlossen. Dennoch gab es keinen Zweifel: Jemand war im Inneren des Wohnmobils gewesen, hatte das Handschuhfach durchwühlt und dabei den Zettel verloren.

Aber wer? Und vor allem warum?

Nachdenklich starrte Kathrin durch die Frontscheibe in die mondbeschienene Mainacht hinaus.

2

Oh nein, nicht schon wieder. Astrid Lund unterdrückte ein Seufzen und begann, ihr rechtes Ohrläppchen zwischen Daumen und Zeigefinger zu kneten. Eine unbewusste Angewohnheit, die sie immer dann überfiel, wenn sie nervös war. Sie spielte kurz mit dem Gedanken, einen Gang zur Toilette vorzutäuschen und schleunigst das Weite zu suchen. Doch das konnte sie ihrer Freundin Liv nicht antun. Schon gar nicht heute, an deren Geburtstag und dem Grund, weswegen sie diese Megaparty in einem der angesagtesten Stockholmer Restaurants schmiss.

Liv schien eine Ahnung zu haben, dass Astrid kurz davor war, sich zu verdrücken. Sie zog den schlaksigen Mittvierziger mit der runden Nickelbrille und dem rapide zurückweichenden Haaransatz, den sie ganz offensichtlich als neue Bekanntschaft für Astrid auserkoren hatte, energisch hinter sich her.

»Hej, das ist Daniel«, sagte sie mit einem breiten Grinsen und bugsierte ihn vor sich her, bis er direkt vor Astrid zum Stehen kam. »Ihr habt euch bestimmt viel zu erzählen. Daniel arbeitet auch im Krankenhaus.« Sie zwinkerte Astrid zu und war im nächsten Moment schon wieder in der Menge ihrer Gäste verschwunden.

Astrid konnte Daniel ansehen, dass er sich ebenfalls mit Fluchtgedanken trug. Was sie ihm nicht übel nahm. Liv, die seit sieben Jahren in einer glücklichen Beziehung lebte, hatte die Absicht, diesen Zustand der vermeintlichen Glückseligkeit ebenso für Astrid herbeizuführen, jedoch mit katastrophalen Resultaten. Keiner der Kandidaten, die Liv bisher für Astrid angeschleppt hatte, war auf ein Wiedersehen aus gewesen. Mit den meisten hatte sie nicht einmal Telefonnummern ausgetauscht. Daniel, der jetzt schweigend vor ihr stand und dessen Adamsapfel sich vom trockenen Schlucken auf und ab bewegte, würde da keine Ausnahme sein.

Astrid ließ von ihrem Ohrläppchen ab, das inzwischen rot

glühte. »Hej«, sagte sie. »Tut mir leid, dass Liv da etwas voreilig war.«

»Inwiefern?« Daniel warf ihr einen verunsicherten Blick zu.

»Nun ja.« Astrids Finger bewegten sich wieder in Richtung ihres Ohrläppchens. »Ich weiß nicht, was Liv dir erzählt hat. Aber ich kann dir versichern, dass ich heute Abend gut allein klarkomme.«

Daniel war sichtlich erleichtert. »Ich glaube, ich sehe da drüben einen Bekannten«, brachte er hastig hervor. »Würde es dir etwas ausmachen, wenn ich kurz zu ihm rübergehe und Hallo sage?«

Astrid zwang sich, ihr Lächeln aufrechtzuerhalten. »Nein, geh nur«, erwiderte sie. »Livs Feier hat ja gerade erst angefangen. Der Abend ist noch jung.«

»Also, wir sehen uns!« Daniel drehte sich auf dem Absatz um und hastete davon.

Astrid machte sich keine Illusionen. Ihr war klar, dass sie Daniel nicht wiedersehen würde. Sie strich mit beiden Händen über ihr Kleid, das um ihre breiten Hüften etwas spannte, und schlenderte zum Bartresen, um sich ein Bier zu holen.

Liv hatte sich angesichts ihres dreiunddreißigsten Geburtstages nicht lumpen lassen und ein mit typischen schwedischen Delikatessen bestücktes Büfett sowie eine kleine Bar aufgebaut. Letztere war, wie bei solchen Feierlichkeiten üblich, stark frequentiert, sodass Astrid sich eine Weile gedulden musste, bis sie endlich die Lasche von ihrer Dose Export ziehen konnte. Das Bier war kühl und süffig. Während sie trank, lockerten sich Astrids verkrampfte Schultern, und sie fasste einen Entschluss: Sie würde sich gleich am Büfett bedienen, zum Essen ein zweites Bier trinken und im Anschluss daran den Bus nach Södermalm, wo sie ein kleines Apartment bewohnte, nehmen. Im Gegensatz zu Livs übrigen Gästen konnte sich Astrid den Luxus, am Sonntag auszuschlafen, nicht leisten. Sie musste spätestens um fünf wieder aus den Federn, denn ihre Schicht am »Karolinska Universitetssjukhuset«, dem Stockholmer Universitätskrankenhaus, begann frühmorgens um sechs. Doch Astrid beschwerte sich nicht. Sie liebte ihren Beruf. Eine gefragte Krankenschwester zu sein bot ihr all das, was sie in ihrem Privatleben vermisste: Anerkennung, Abwechslung, Freude, menschliche Wärme und soziale Kontakte. Ohne ihren Job wäre Astrid total verloren. Deshalb gönnte sie sich nur wenige Auszeiten vom Klinikalltag. Dazu gehörte, dass sie im Frühjahr und im Herbst den kleinen Wohnwagen ihrer Eltern hinter ihren Volvo 740 spannte und damit für zwei Wochen in die Natur fuhr. In ein paar Tagen würde es wieder so weit sein.

Eine Hand legte sich auf ihre Schulter und riss sie aus ihren Gedanken.

»Hej, Astrid, du siehst so nachdenklich aus.«

Sie drehte sich um und verzog den Mund zu einem erfreuten Lächeln. »Hej, Ines! Schön, dass du auch hier bist!«

»Ich hatte gehofft, dich hier zu treffen.«

Astrid nickte. »Ich auch. Wir haben uns schon seit Ewigkeiten nicht mehr gesehen.«

Ines, mit der Astrid von der sechsten Klasse bis zum Abitur in den Kernfachkursen die Schulbank gedrückt hatte, warf einen sehnsüchtigen Blick auf Astrids Bierdose. »Komm, lass uns die Gelegenheit nutzen, mal wieder ausgiebig zu quatschen. Aber zuerst muss ich was trinken. Ich komme fast um vor Durst.«

Astrid bemerkte, dass auf der Terrasse ein Tisch frei war. »Hol dir an der Bar ein Bier«, schlug sie vor. »Ich reserviere uns schon mal den Platz dort, und dann setzen wir uns gemütlich zusammen.«

»Bin gleich wieder zurück«, versprach Ines.

»Ah, das tat gut!« Ines hatte die erste Dose Leichtbier in nur wenigen Schlucken geleert. »Ich war vorhin noch joggen und habe meinen Flüssigkeitshaushalt wohl nicht genügend aufgefüllt«, entschuldigte sie sich.

Astrid schaute auf ihre stämmigen Beine und meinte: »Vielleicht sollte ich auch mit dem Joggen anfangen.«

»Du gehst an den Wochenenden doch regelmäßig in den Schären wandern, oder?« Ines nahm eine mit eingelegtem Hering belegte Brotscheibe von ihrem Teller und biss hinein.

»Ja schon.« Astrid merkte, wie ihr Magen beim Anblick der Köstlichkeiten, die sich Ines auf den Teller geschaufelt hatte, zu knurren anfing. »Aber wahrscheinlich hat Wandern nicht die gleiche Wirkung wie Joggen.«

»Ich brauche das Joggen als Ausgleich zu meinem Job. In der Bank die ganze Zeit nur am Computer zu sitzen und Zahlen auf dem Bildschirm von links nach rechts zu schubsen, ist auf die Dauer nicht gesund.«

»Nein, das ist es nicht.«

»Du bist auf der Station ständig auf den Beinen«, stellte Ines fest und häufte Kartoffelsalat auf ihre Gabel. »Da darfst du es abends ein bisschen ruhiger angehen lassen.«

So ruhig, dass ich manchmal das Gefühl habe, gar nicht mehr am Leben zu sein, dachte Astrid. Sie verkniff sich den bitteren Kommentar. »Es ist halt, wie es ist. Ich muss mich damit abfinden, dass ich Pappas und nicht Mammas Gene abbekommen habe. Selbst Joggen wird mir nicht dabei helfen, auf dem Catwalk alle Blicke auf mich zu ziehen.«

»Du meinst, wie deine Schwester?«

Astrids Blick wanderte durch den Garten, wo kleine Solarleuchten an Büschen und Bäumen angebracht waren. Nach Einbruch der Dunkelheit würden sie wie Glühwürmchen leuchten und für eine magische Atmosphäre sorgen. Aber zu dem Zeitpunkt musste Astrid schon im Bett liegen. Allein. Um für den nächsten Arbeitstag fit zu sein. »Ja, Svenja«, murmelte sie. Ihre mit weiblichen Vorzügen gesegnete große Schwester. Von der ein kurzes Fingerschnippen genügte, damit ihr die Männer zu Füßen lagen. Zu der alle aufsahen und die von allen verehrt wurde. Weil sie ihr wahres Naturell nicht kannten.

»Hast du eigentlich mal wieder was von ihr gehört?« Ines öffnete die zweite Dose Leichtbier und sah Astrid über den Dosenrand hinweg fragend an.

Astrid schüttelte den Kopf. »Nein, nicht wirklich. Anfänglich hat mir von ihren Bekannten ab und zu jemand berichtet, dass er glaubt, sie gesehen zu haben. Aber nach einer Weile hat das aufgehört.«

Ines wischte sich mit dem Handrücken über die Lippen, um den Bierschaum zu entfernen. »Und deine Eltern, haben die auch keinen Kontakt mehr?«

»Nein.«

»Wie kommen sie damit klar?«

Astrid stieß hörbar den Atem aus. »Was meinst du, wie das ist, wenn völlig unerwartet das goldene Kind, dein Sonnenschein, dein Ein und Alles, aus deinem Leben verschwindet?«

»So schlimm?«, fragte Ines mitfühlend.

»Schlimmer.« Astrid wünschte sich urplötzlich, sich vorhin an der Bar kein Leichtbier bestellt zu haben, sondern einen doppelten Aquavit. »Als Svenja ohne Vorwarnung von einem Tag auf den anderen verschwand, haben meine Eltern die Welt nicht mehr verstanden. Aber sie hofften, dass Svenja bald wiederauftauchen würde. Dass sie sich nur eine kleine Auszeit von allem nehmen wollte.«

»War sie denn so gestresst?«

»Keine Ahnung.« Astrid tippte mit dem Zeigefinger auf einen Tropfen Kondenswasser, der an der kalten Bierdose herabgeronnen und auf der glatten Kunststoffoberfläche des Tisches gelandet war. Gedankenverloren verwirbelte sie ihn zu feuchten Kreisen, die nach innen immer kleiner wurden. »Wegen der Sache mit Jon war bei uns Funkstille.«

»Na klar. Kann ich verstehen«, pflichtete Ines ihr bei.

Astrid hatte den Kontakt abgebrochen, doch die Schuld daran trug Svenja ganz allein. Sie besaß weder Anstand noch Gewissen. Ohne mit ihren langen, vollen Wimpern zu zucken, nahm sie sich alles, was sie begehrte. Sie schreckte nicht einmal davor zurück, ihrer acht Jahre jüngeren Schwester den Verlobten auszuspannen. Astrid war es seither nie wieder gelungen, einen Mann so für sich einzunehmen, dass er sich auf eine engere Beziehung mit ihr einließ.

»Svenja und ich standen uns schon lange nicht mehr nahe genug, um zu wissen, wie es der anderen ging. Ich hörte allerdings, dass es in den Jahren vor ihrem Verschwinden beruflich nicht mehr richtig gut für sie lief.«

»Selbst goldene Kinder bekommen früher oder später Stirnfalten und Krähenfüße«, stellte Ines fest.

»Gegen die blutjunge Konkurrenz, die nach ihr auf die Laufstege drängte, hatte sie mit Mitte dreißig keine Chance mehr«, sagte Astrid. »Aber sie war wohl noch ganz gut mit Präsentationsfotos für Kataloge im Geschäft, und den einen oder anderen Werbespot hat sie auch gedreht.«

»Dann gab es also keinen offensichtlichen Grund, warum sie damals so mir nichts, dir nichts von der Bildfläche verschwand?«, stellte Ines verwundert fest.

»Irgendeinen Grund muss es gegeben haben.« Astrid ließ von dem Wassertropfen ab. »Sonst wäre sie ja noch hier in Stockholm.«

»Glaubst du, dass ihr was passiert ist?« Ines war anzusehen, dass sie sich die Frage nicht zum ersten Mal stellte. Bei Svenjas Verschwinden vor inzwischen mehr als acht Jahren war sie nicht in der Stadt gewesen. Die Übernahme einer kleinen Bankfiliale hatte sie für längere Zeit nach Lappland verschlagen. Und so wusste sie nichts über die Details oder die Umstände, mit denen Astrid und ihre Eltern sich herumschlagen mussten.

»Genau das war die Sorge meiner Eltern«, sagte Astrid. »Deshalb haben sie die Polizei informiert und darauf gedrängt, dass man sich der Sache annahm. Das Ergebnis war überaus irritierend. Es wies nichts auf ein Verbrechen hin. Svenjas Wohnung war gekündigt und komplett leer geräumt. Ihr Auto hatte sie, wie ein gemeinsamer Freund uns erzählte, schon Wochen zuvor verkauft. Sogar die Steuererklärung hatte sie erledigt.«

»Ja, das ist in der Tat seltsam«, stimmte Ines ihr zu.

»Mein Pappa hat daraufhin alle Auftraggeber von Svenja, die ihm bekannt waren, persönlich abgeklappert. Niemand wusste was. Ich habe ihm zuliebe in sämtlichen Krankenhäusern nachgefragt, ob sie eine Patientin aufgenommen haben, auf die Svenjas Beschreibung passt. Bis hoch nach Kiruna habe ich rumtelefoniert. Aber nichts. Svenja war wie vom Erdboden verschluckt. Bis heute.«

»Seltsam«, wiederholte Ines.

»Ja, das ist es.« Astrid nickte zustimmend. »Gerade deswegen können meine Eltern es nicht verkraften.«

»Es ist bestimmt nicht leicht, damit umzugehen.«

»Meine Mamma ist nach Svenjas Verschwinden in eine tiefe Depression gefallen. Sie hat in den letzten acht Jahren kaum einen Bissen runterbekommen. Jetzt ist sie nur noch ein Schatten ihrer selbst. Pappa und ich haben sie nicht trösten, sie während all der Zeit nicht aus ihrem dunklen Loch der Verzweiflung holen können. Ich schätze, sie wird über den Verlust ihres Goldmädchens nie hinwegkommen.« In Astrids Stimme schwang Bitterkeit mit.

»Hm.« Ines rollte die leere Bierdose nachdenklich zwischen ihren Handflächen. »Du wirst mich bestimmt gleich für verrückt erklären.«

Astrid lachte amüsiert auf. »Das ist doch nichts Neues. Du warst schon immer ein total verrücktes Huhn!«

»Touché«, entgegnete Ines grinsend. »Und trotzdem habe ich es zur stellvertretenden Filialleiterin gebracht.«

»Und? Wann bist du ganz oben, an der Spitze?«

»Ach, ich weiß gar nicht, ob ich das will«, gestand Ines. »Mir reichen die Verantwortung und das Arbeitspensum schon jetzt. Außerdem müsste ich in der Position über Stunden nur am Computer hocken. Momentan kann ich wenigstens ab und zu durch die Filiale laufen und einen Blick auf die Leute werfen.« Ines schwieg für ein paar Sekunden. Dann berührte sie kurz Astrids Unterarm. »Letzte Woche ist mir dabei etwas aufgefallen.«

»Nämlich?«

»Da war diese Frau«, begann Ines zögerlich. »Sie war so etwa einen Meter achtzig groß. Hatte hellblondes, leicht gelocktes Haar, das ihr in Wellen über die Schultern fiel. Dazu eine perfekt geformte Nase und einen breiten, sinnlichen Mund. Außerdem war sie schlank, gertenschlank.«

Astrid schluckte, weil sich ein dicker Kloß in ihrem Hals festgesetzt hatte.

»Ihr Gesicht mit den hohen Wangenknochen, das war natürlich gealtert. Aber sie war schön. Immer noch schön wie ein Model.«

Astrid schaute Ines mit weit aufgerissenen Augen an. »Du glaubst doch nicht allen Ernstes, dass es … dass diese Frau Svenja gewesen sein könnte?«

»Wenn ich es nur wüsste! Ehe ich mich aus meiner Schockstarre befreien konnte, war sie durch die Drehtür verschwunden.«

»Hat sie mit jemandem geredet? Einem deiner Kollegen ihren Namen genannt? Ihren Ausweis gezeigt? Eine Unterschrift oder sonst was hinterlassen?« Auf Astrids runden Wangen erblühten vor Aufregung rote Flecken.

»Der Kollege, der sie bedient hat, erzählte mir, dass sie Kronen in Euro umgetauscht hätte. Für die Fähre nach Deutschland.«

»Hat sie das gesagt? Aber wieso Deutschland? Und wo genau da? Hat sie erwähnt, was sie vorhat?« Astrid war laut geworden, ihre Stimme überschlug sich. Ein paar der umstehenden Gäste drehten sich zu ihnen um und musterten sie konsterniert.

Ines griff beruhigend nach ihrer Hand. »Ich weiß es nicht. Der Kollege hat wirklich nur sehr kurz mit ihr gesprochen. Tut mir leid! Ehrlich.«

Astrid atmete tief durch und ließ den Kopf hängen.

»Womöglich habe ich mich auch geirrt«, sagte Ines leise. »So gut kannte ich deine Schwester ja nicht. Die Frau war übrigens nicht allein.«

»Nein?« Astrids Kopf ruckte wieder hoch.

»Da war dieser komische Mann.«

»Wieso komisch?«

Ines war anzusehen, dass das Gespräch einen Punkt erreicht hatte, der ihr unangenehm war. Sie bedauerte anscheinend, das heikle Thema angesprochen zu haben. »Ist nur so ein Gefühl von mir«, versuchte sie abzuwiegeln. »Ich habe dir ja gesagt, dass du mich für verrückt halten wirst.«

»Nein, das tue ich nicht«, beeilte sich Astrid zu sagen. »Was war mit diesem Mann?«

Ines beäugte unschlüssig die leere Bierdose. Dann räusperte

sie sich. »Diese Woche war es für Anfang Mai doch ungewöhnlich warm, oder?«

Astrid nickte.

»Aber dieser Mann, der trug einen dicken Schal um den Hals. Und so eine graue Filzkappe auf dem Kopf, deren Schirm er tief in die Stirn gezogen hatte.« Ines setzte ein schiefes Lächeln auf. »Ich habe mich zuerst gefragt, ob das nicht ein verkappter Bankräuber ist. Der gleich seine Waffe zückt und ›Hände hoch!‹ ruft. Aber natürlich ist nichts dergleichen geschehen.«

»Sondern?«, hakte Astrid nach.

»Der Mann hat für einen Moment den Kopf gehoben, und da habe ich die Narben gesehen.«

»Welche Narben?«

»Ein Geflecht aus Narben, das sich von unterhalb des rechten Auges bis zum rechten Mundwinkel zog. Wahrscheinlich ist auch ein Teil des Halses vernarbt. Aber das konnte ich wegen des Schals nicht erkennen.«

Astrid lief ein kalter Schauder den Rücken hinunter. »Hört sich gruselig an.«

»Ja«, stimmte Ines ihr zu. »Mir war der Typ irgendwie nicht geheuer.«

»Warum gibt Svenja sich mit so einem wie dem ab? Wenn ich an ihre früheren Begleiter denke, zu der Zeit, als wir noch miteinander in Kontakt standen … Das waren alles gut aussehende Kerle, manche von ihnen ebenfalls Models. So ein Narbengesicht passt überhaupt nicht in ihr Beuteschema.«

»Nun ja, wenn es so ist, wie wir vermuten, haben sich die Umstände für Svenja drastisch verändert. Vielleicht kann sie es sich nicht mehr leisten, wählerisch zu sein.«

»Willst du damit sagen«, Astrid schaute die Freundin verdutzt an, »dass Svenja sich finanziell von ihm aushalten lässt?«

»Ich halte es jedenfalls nicht für ausgeschlossen. Aber das sind bloß Spekulationen. Es kann auch alles ganz anders sein.«

»Stimmt.« Astrid kaute nachdenklich auf ihrer Unterlippe. »Hat der Mann etwas zu deinem Kollegen gesagt?«, fragte sie einen Moment später.

»Nein.«

»Mist.«

»Aber mein Kollege hat mitbekommen, dass Svenja und der Mann sich beim Anstehen unterhalten haben. Er meinte, sie hätten wohl Deutsch oder Niederländisch miteinander gesprochen.«

Astrid begann, mit den Fingern ihrer rechten Hand auf der Tischplatte einen nervösen Rhythmus zu trommeln. »Wieso Deutschland? Was zum Teufel will Svenja in Deutschland?«

Ines zuckte hilflos mit den Achseln. »Das musst du sie schon selbst fragen. Wenn sie es überhaupt war. Wie gesagt, es ist möglich, dass ich mich getäuscht habe.«

Astrid nahm die Hand vom Tisch und legte sie in ihren Schoß. Ihr Blick war starr geradeaus gerichtet. Ines, die ihr direkt gegenübersaß, nahm sie gar nicht mehr wahr. Was sie gehört hatte, beunruhigte und verwirrte sie gleichermaßen.

»Astrid?«, fragte Ines nach ihr endlos erscheinenden zwei, drei Minuten. »Alles in Ordnung mit dir?«

Astrid zuckte zusammen. Sie fuhr sich mit der Zunge über die Lippen und räusperte sich. »Wärest du so lieb, mir von der Bar einen Schnaps zu holen?«

Sofort stand Ines auf. Als sie zum Tisch zurückkehrte, saß Astrid aufrecht auf dem Stuhl. Ihr Gesicht drückte grimmige Entschlossenheit aus.

»Hier!« Ines reichte ihr ein fast zur Hälfte mit Aquavit gefülltes Wasserglas. Astrid griff danach und leerte es in einem Zug. Dann schüttelte sie sich und sog tief die Luft ein.

Sie hatte eine Entscheidung getroffen.

»Ich fahre übernächste Woche nach Deutschland«, verkündete sie. »Und glaub mir, diesmal werde ich Svenja finden!« Koste es, was es wolle, fügte sie im Stillen hinzu.

Denn selbst nach mehr als einem Jahrzehnt hatte Astrid nichts vergessen oder vergeben.

Sie wollte Rache. Endlich Rache.

3

Nach dem Einchecken auf dem Campingplatz in Rotenburg an der Fulda schlenderte Kathrin zu Fuß über das Gelände, um sich in aller Ruhe einen Überblick über die verfügbaren Parzellen zu verschaffen. Jetzt, Anfang Mai, war der direkt am Fluss gelegene Platz nur zu einem Drittel belegt. Kathrin hatte quasi die freie Auswahl. Zielstrebig marschierte sie bis ans westliche Ende des Geländes, wo sich zwischen einer Haselnusshecke und einer Kopfweide ein lauschiges Areal am Wasser erstreckte. Kathrins Herz machte einen Sprung. »Ihre« Parzelle, auf der sie unvergessliche Tage und Nächte mit Peter verbracht hatte, war frei. Sie schien nur auf sie zu warten. Ohne zu zögern, schritt sie ans Ufer, bis sie mit der Vorderkappe ihrer blauen Sportschuhe beinahe das Wasser berührte. Die Fulda floss träge dahin. Als sich ein breiter Sonnenstrahl durch die dichte Wolkendecke kämpfte, schillerte die Flussoberfläche smaragdgrün. Kathrin bückte sich, hob einen flachen, runden Kiesel auf und ließ ihn über das Wasser hüpfen. Fünfmal tanzte der Kiesel auf der Wasseroberfläche, ehe er mit einem leisen Platschen unterging. Nicht schlecht, dachte sie. Aber auch nicht wirklich gut. Peter hätte es geschafft, dass der Stein bis zum anderen Ufer hüpfte. Er war ein wahrer Meister im Steineflitschen gewesen.

Sie richtete den Blick gen Himmel. »Ich vermisse dich«, flüsterte sie. »Bist du da oben? Oder wo sonst?«

Sie lauschte, doch Peter oder das Universum oder wer immer ihr hätte antworten können blieb stumm. Die Lücke zwischen den Wolken schloss sich wieder, und ein frischer Wind kam auf. Kathrin fröstelte in ihrem dünnen T-Shirt und den Shorts. Sie eilte zurück zum Eingang, um mit Töfftöff die gewählte Parzelle zu beziehen.

Als sie ihren CEE-Stecker in die nächstgelegene Stromsäule steckte, um während ihres Aufenthaltes mit Energie versorgt zu werden, streifte etwas Feuchtes und Kaltes Kathrins nackte Wade. Mit einem Quieken schnellte sie herum und blickte direkt in zwei braune Hundeaugen, in denen sie ein verschmitztes Grinsen zu entdecken glaubte.

Kathrin setzte ebenfalls ein Lächeln auf. »Du hast gewonnen«, sagte sie zu dem schwarz-braun-weißen Beagle. »Ich habe mich erschrocken.«

Begeistertes Schwanzwedeln war die Antwort, wobei die weiße Schwanzspitze des Beagles bebte.

Kathrin beugte sich hinunter und tätschelte die hellbraunen Schlappohren des Hundes. »Na, du bist ja ein ganz Fröhlicher!«

Der Schwanz bewegte sich so schnell von rechts nach links, dass Kathrin beim Zusehen beinahe schwindelig wurde.

Ein Pfiff schallte über den Campingplatz. Der Beagle hielt kurz inne, setzte seine Schwanzwedelorgie dann aber in gleichbleibender Intensität fort.

»Leo! Hierher! Komm sofort hierher!« Die Stimme klang genervt.

Der Beagle reagierte nicht.

»Ich glaube, es könnte für dich gleich Ärger geben«, warnte Kathrin den Hund. Der stellte das Wedeln ein, setzte sich auf seine Hinterbeine und schaute sie flehentlich an. Kathrin erlag dem Charme des Komikers auf vier Beinen sofort. »Du willst, dass ich dich beschütze?«

»Wuff«, machte der Beagle.

Ein großer, hagerer Mann in Jeans, hellgrauem T-Shirt und dunkler Softshelljacke näherte sich ihnen schnellen Schrittes. In der erhobenen Hand hielt er eine Lederleine. Der Beagle stand auf und schmiegte seine rechte Flanke an Kathrins Wade. Er zitterte wie Espenlaub. Mitleid und Ärger durchfluteten Kathrin. Beabsichtigte der Typ etwa, seinen Hund zu schlagen? Das würde sie verhindern!

»Stopp! Tun Sie ihm nichts«, rief Kathrin und legte ihre Hand schützend auf den Kopf des Hundes.

Der Mann stoppte jäh und sah sie verdutzt an.

»Er hat mich nur begrüßt. Dafür dürfen Sie ihn nicht bestrafen.«

Der Mann sah das anscheinend anders. »Mischen Sie sich nicht in meine Angelegenheiten ein!«, herrschte er Kathrin an. Die reckte kampfeslustig das Kinn. »In Ihre nicht, aber in die des Hundes. Wenn Sie ihn schlagen, machen Sie sich strafbar.«

»Reden Sie keinen Quatsch«, polterte der Mann und beugte sich zu dem Hund hinunter. »Ich will ihn doch nur an die Leine nehmen.«

Er machte Anstalten, die Leine am Edelstahlring des Hundehalsbandes zu befestigen. Doch ehe er den Karabinerhaken einklinken konnte, sprang der Beagle auf. Er warf seinem Herrchen einen triumphierenden Blick zu und galoppierte auf dem kurz gehaltenen Gras des Campingplatzes in Richtung der Sanitäranlagen davon.

»Leo!« Die Stimme des Mannes überschlug sich vor Zorn. Der Beagle setzte seine Erkundungstour unbeeindruckt fort. Fluchend fuhr sich der Mann mit der Hand durch das kurz geschnittene Haar, das die gleiche Farbe wie die Ohren des Hundes aufwies. »Dieses verflixte Mistvieh. Das macht er immer mit mir.«

»Haben Sie es schon mal mit einer Hundeschule versucht?« Kathrin konnte sich ein Grinsen nicht verkneifen.

»Kein Bedarf«, brummte der Mann. »Leo ist der Hund meiner Schwester. Ich passe nur auf ihn auf, solange sie im Krankenhaus ist.«

»Na, da haben Sie im Urlaub ja zumindest eine Aufgabe«, stellte Kathrin ironisch fest und wollte gehen.

»Urlaub.« Der Mann lachte bitter auf. »Schön, wenn man sich den leisten kann. Doch ausschlafen, ausspannen, einfach mal fünfe gerade sein lassen – das ist mir gerade nicht vergönnt. Und dann habe ich wegen des Autounfalls meiner Schwester auch noch dieses ungezogene Hundetier an der Backe. Was für ein Schlamassel! Der Köter treibt mich echt in den Wahnsinn.«

»Leo ist kein Köter«, wollte Kathrin protestieren, kam aber nicht mehr dazu.

»Stopp! Bleib verdammt noch mal endlich stehen!«, brüllte er und rannte ohne ein Wort des Abschiedes hinter dem Beagle her.

Sie schüttelte missbilligend den Kopf. Was für ein Kotzbrocken. Hoffentlich lief ihr der Typ jetzt nicht ständig über den Weg. Auf eine so rüde Gesellschaft wie die seine konnte sie gern verzichten.

Tagsüber hatte sich Kathrin zu beschäftigen gewusst. Nachdem sie Töfftöff mit Strom und Frischwasser versorgt hatte, war sie zwei Stunden lang in den Fuldaauen herumgestreift. Hatte ein Weißstorchpaar in seinem Nistkorb entdeckt und die Hinweistafeln über das, was in den renaturierten Auen so kreuchte und fleuchte, studiert. Dann hatte sie in ihrer Bordküche einen griechischen Bauernsalat mit reichlich Fetakäse zubereitet und eine Flasche Rotwein geöffnet. Deren Pegel war inzwischen um die Hälfte gesunken, was Kathrin unter normalen Umständen die notwendige Bettschwere verschafft hätte. Doch sie kam nicht zur Ruhe. Die Gedanken, die sie während des Tages durch ihren Aktionismus resolut in Schach gehalten hatte, nisteten sich in ihrem Kopf ein und gewannen dabei unaufhörlich an Kraft. Manche stachen Kathrin wie spitze Nadeln ins Gehirn. Bohrten sich als qualvolle Schuldgefühle in ihr tiefstes Inneres. Dort, wo es am meisten wehtat. Im verzweifelten Versuch, dem Erinnerungsschmerz zu entgehen, rieb sich Kathrin mit beiden Händen kräftig die Kopfhaut. Bis die unter ihren Fingern zu prickeln begann, als würde sie in Flammen stehen. Doch die unbeantworteten Fragen blieben, standen wie unüberwindbare Gebirge im Raum: Warum hatte sie nichts geahnt? Warum keinen Vorwand gesucht, um Peters letzte Geschäftsreise zu verhindern? Und was wäre gewesen, wenn sie ihre Projekte für ein paar Tage hätte ruhen lassen, um Peter zu begleiten? Wenn sie kostbare Lebenszeit mit ihm verbracht hätte? Anstatt nur auf sich selbst fokussiert und jetzt für immer von ihm getrennt zu sein?

Die Antwort auf diese Fragen war stets dieselbe. Sie war

selbstsüchtig gewesen. Vor acht Jahren hatte sie als wissenschaftliche Mitarbeiterin an der Universität Darmstadt über Wochen im Dauerstress gestanden. Wenn sie abends von der Uni heimkam, lag Peter bereits im Bett und schlief. Und wenn sie morgens aufstand, war er schon in seinem Büro in Frankfurt. Selbst an den Wochenenden hatten sie kaum zwei, drei Stunden miteinander verbracht und weder an ihrer Beziehung, die das erste Mal deutliche Risse zeigte, noch an Töfftöff gearbeitet. An dem Morgen, an dem Peter zu seiner letzten Reise aufgebrochen war, hatte er ihr zum Abschied einen Kuss auf die Stirn gehaucht. Kathrin war so erschöpft gewesen, dass sie nicht einmal die Augen öffnete. Er war gegangen, ohne dass sie sich von ihm verabschiedet hatte.

Kathrin ballte die rechte Hand zur Faust und schlug sich damit wiederholt gegen ihre Stirn.

Warum, warum, warum, hallte es durch ihren Kopf.

Ein Geräusch von draußen ließ sie zusammenzucken. Kathrin spitzte die Ohren. Da war es wieder: ein leises Knarren oder Knarzen. Sie löschte die kleine Leselampe, die sie über der gemütlichen hinteren Sitzgruppe angebracht hatte, und blieb mucksmäuschenstill sitzen.

War da jemand? Schlich jemand um ihr Wohnmobil?

Kathrins Puls beschleunigte sich. Sie stand auf und schaute zuerst durch die kleine Scheibe über der Küchenzeile und danach durch die große Frontscheibe. Der Mond blitzte zwischen den Wolken hervor und warf silbernes Licht auf den Campingplatz. War da ein Schatten, der zwischen den Bäumen weghuschte? Für eine gefühlte Ewigkeit starrte Kathrin konzentriert in die Dunkelheit, ohne etwas Ungewöhnliches zu entdecken. Sie rieb sich die Augen, die vor Anstrengung brannten, und kehrte zurück zur Sitzgruppe, wo sie das Licht wieder einschaltete und versuchte, ihre Gedanken zu ordnen.

Sah sie jetzt schon Gespenster? Fing sie an, sich Dinge einzubilden, die gar nicht existierten? Ihre Ohren schienen ihr einen Streich gespielt zu haben. Andererseits: Der Zettel unter dem Bremspedal und das geöffnete, durchwühlte Handschuhfach waren real und ganz sicher kein Konstrukt ihrer Phantasie gewesen. Beim Packen des Wohnmobils war Kathrin zwar weiter nichts Besorgniserregendes aufgefallen, aber das ungute Gefühl war geblieben. Es hatte sie auf der Fahrt hierher begleitet. Womöglich hat Lothar doch recht, dachte sie. Es ist auf die Dauer schädlich, wenn man die Vergangenheit nicht Vergangenheit sein lässt.

Es war höchste Zeit, einen Schlussstrich zu ziehen. Nach acht Jahren endlich zu akzeptieren, dass sie nie herausfinden würde, was mit Peter geschehen war. Die ständige Grübelei und die Schuldgefühle, die wie ein Mantra in ihrem Kopf rotierten, mussten ein Ende haben. Genau wie ihre alljährliche persönliche Gedenkfahrt nach Rotenburg. Sich immer wieder den Stachel selbst ins Fleisch zu stoßen, war Selbstmord auf Raten.

Mit Schaudern erinnerte sich Kathrin daran, in welchem Zustand sie im vergangenen Mai aus Rotenburg zurückgekehrt war. Obwohl sie sich stets rühmte, eine Frau zu sein, die mit beiden Beinen fest auf dem Boden stand, hatte sie selbigen in den Wochen nach ihrer Rückkehr komplett verloren. Sie war nicht mehr in der Lage gewesen, einen klaren Gedanken zu fassen, geschweige denn zu essen, zu schlafen oder zu arbeiten. Bis ihre Schwiegermutter es mit schier unendlicher Geduld und Zuwendung geschafft hatte, sie aus dem schwarzen Loch zu ziehen.

Ein zweites Mal passiert mir das nicht, schwor sich Kathrin und stellte das benutzte Glas in die kleine Edelstahlspüle.

Morgen würde sie ein allerletztes Mal zum Rotenburger »Pilzchen« auf dem Höberück hinauflaufen. An dem als übermannshoher Fliegenpilz gestalteten Aussichtspunkt hatte Peter vor einundzwanzig Jahren um ihre Hand angehalten. Obwohl sie zu dem Zeitpunkt schon eine ganze Weile zusammenwohnten, war der Antrag für Kathrin aus heiterem Himmel gekommen. Unter Freudentränen hatte sie ihn angenommen, und zwölf Monate später hatten sie am gleichen Tag eine große Hochzeit gefeiert. Morgen wären sie zwanzig Jahre verheiratet.

Kathrin schluckte den Kloß, der sich in ihrem Hals gebildet

hatte, energisch hinunter. Schluss jetzt mit den Grübeleien! Es war höchste Zeit, sich bettfertig zu machen.

Normalerweise beendete Kathrin jeden Abend auf dem Campingplatz, indem sie noch mal zum Wasser lief und ein paar Minuten auf die Fulda schaute. Nach den seltsamen Geräuschen, die sie draußen vernommen hatte, fehlte ihr dazu heute der Mut. Sie überprüfte, ob Fahrer- und Beifahrertür sowie die Tür zum Wohnbereich verriegelt waren. Auch die Fenster hielt sie, bis auf die Alkovenfenster, die man von außen nur mit einer hohen Leiter erreichen konnte, verschlossen. Sie brauchte lange, bis sie endlich einschlief.

Am nächsten Morgen wurde Kathrin wach, als ein Wohnmobil auf die Parzelle neben ihr fuhr und das dazugehörige Ehepaar lautstark diskutierte, ob der Ausblick auf den Fluss ihren Ansprüchen genügte oder nicht. Ersteres schien der Fall zu sein, weil der Motor erstarb und Kathrin hörte, wie die Sonnenmarkise ausgefahren wurde. Sie sah auf den kleinen Wecker, den sie mit doppelseitigem Klettband an der Wand über ihrem Kopfkissen befestigt hatte. Viertel vor zehn! Kathrin schnellte hoch und hätte sich um ein Haar den Kopf an der niedrigen Alkovendecke gestoßen. Himmelherrgott! So lange hatte sie seit Ewigkeiten nicht geschlafen. Rasch kletterte sie die schmale Alkovenleiter hinunter, über die sie ihren Schlafbereich erreichte, und schlurfte in das kleine Heckbad. Nach dem Toilettengang schlüpfte sie in Jeans und T-Shirt, schnappte sich ihr Handtuch, ihre Badelatschen und den Kulturbeutel, um in den Sanitäranlagen des Campingplatzes unter die Dusche zu springen. Ihr Badspiegel hatte ihr gezeigt, dass die Nacht nicht ohne Spuren geblieben war. Ihr Haar trotzte dem Gesetz der Schwerkraft, und ihre rechte Wange zierten Kissenfalten. In diesem Zustand wollte Kathrin niemandem gegenübertreten.

»Morgen«, murmelte Kathrin beim Verlassen ihres Wohnmobils und spurtete los, um in Richtung der Sanitäranlagen zu verschwinden.

»Morgen«, gab ihr Nachbar, der gerade einen Tisch und

Stühle aus seiner Heckgarage hervorzog, gut gelaunt zurück.
»Haben wir nicht Glück mit dem Wetterchen?«

Kathrin sah zum Himmel, an dem sich die Wolken der letzten Tage verzogen hatten. »Sieht so aus«, nuschelte sie.

»Heute ist bestimmt ein wichtiger Tag für Sie«, fuhr der Mann redselig fort.

Kathrin zuckte zusammen. Woher weiß er das, fragte sie sich. War sie dem Mann schon einmal auf einem anderen Platz begegnet? Sie musterte den Rentner mit dem schütteren grauen Haupthaar und dem Wohlstandsbäuchlein, das sich über den Bund seiner Jeans drängte. Nein, sie war sich sicher, den Mann noch nie zuvor gesehen zu haben.

»Nun ja, wie man es nimmt«, erwiderte Kathrin ausweichend und machte einen Schritt vorwärts. »Ich gehe dann mal. Die Duschen warten auf mich.«

Der Rentner ließ sich nicht beirren. »War bestimmt schon früh unterwegs, Ihr Mann.«

Kathrin stoppte abrupt. »Mein Mann? Wieso mein Mann?«

»Na, deswegen!« Er wies mit der Hand auf Kathrins Motorhaube.

Kathrin erstarrte.

Ihr Wohnmobilnachbar klopfte sich amüsiert auf die Schenkel. »Mein lieber Scholli. Die Überraschung ist Ihrem Mann aber gelungen. Ihr Ausdruck eben!«, sagte er und kicherte. »Ich will Ihnen ja nicht zu nahe treten. Aber ganz ehrlich … Da sind Ihnen doch glatt sämtliche Gesichtszüge ins Rutschen gekommen.«

Kathrin merkte, wie ihre Knie weich wurden. Ihr Wohnmobil, von dessen Motorhaube sie den Blick nicht abzuwenden vermochte, fing an, wie ein Karussell um sich selbst zu kreisen.

»Ist Ihnen nicht gut?«, rief der Mann alarmiert.

»Dort, da, die Blumen …«, stammelte Kathrin.

Ihr Campingnachbar reagierte blitzschnell. Er klappte einen der Stühle auf und positionierte ihn hinter Kathrin. Drückte sie sanft, aber bestimmt auf die Sitzfläche. »Gerda, schnell! Komm mal! Und bring ein Glas Wasser mit«, brüllte er in Richtung seiner Frau.

Kathrin war nicht in der Verfassung zu protestieren.

Gerda erfasste die Lage sofort. »Der Kreislauf«, sagte sie und hielt Kathrin ein Glas Wasser an die Lippen. »Hier, nehmen Sie einen Schluck. Aber schön langsam, damit Sie sich nicht verschlucken.«

Kathrin tat wie ihr geheißen.

»Besser?«, fragte Gerda mitfühlend.

Kathrin nickte.

»Gott sei Dank. Jetzt sind Sie auch nicht mehr ganz so blass um die Kiemen«, stellte ihr Campingnachbar erleichtert fest. »Ich habe eben echt gedacht, dass Sie mir hier umkippen und ich den Notarzt holen muss.«

»Nein, so schlimm war es nicht«, versuchte Kathrin abzuwiegeln.

»Wenn Sie meinen ...« Dem Mann war anzusehen, dass er ihre Beteuerung anzweifelte.

»Der Wilhelm macht sich immer so schnell Sorgen«, warf seine Frau ein.

»Nicht nötig«, murmelte Kathrin.

»Ach, wir haben uns noch gar nicht vorgestellt.« Die Frau lächelte. »Ich bin Gerda. Gerda Schultheiß.«

»Kathrin Schäfer.«

Gerda berührte kurz Kathrins Schulter. »Sie sollten die Wechseljahre nicht unterschätzen. Am Anfang war mir auch andauernd schummerig. Aber das gibt sich im Laufe der Zeit.«

»Das sind nicht die Wechseljahre«, brachte Kathrin mit krächzender Stimme hervor. »Es sind die Blumen. Da!« Mit zitternder Hand wies sie auf den üppigen Strauß gelber Teerosen.

»Sie meinen die Blumen, die Ihnen Ihr Mann auf die Motorhaube gelegt hat?«, fragte Wilhelm Schultheiß verwundert.

»Das war nicht mein Mann«, flüsterte Kathrin. »Mein Mann ist seit acht Jahren tot.« Dann schlug sie die Hände vors Gesicht und brach in Tränen aus.

Das heiße Duschwasser, das Kathrin länger, als aus ökologischen Gesichtspunkten eigentlich vertretbar war, auf ihren

Kopf und ihre Schultern hatte niederprasseln lassen, zeigte Wirkung. Half ihr, sich vom ersten Schock zu erholen. Nachdem sie dem Ehepaar Schultheiß auch bei ihrer Rückkehr von den Sanitäranlagen mehrfach versichern musste, dass es ihr gut ginge, hatte Kathrin sich in ihr Wohnmobil zurückgezogen. Sie brauchte Ruhe, um nachzudenken. Denn die Rosen, die sie auf der Motorhaube vorgefunden hatte, konnten nicht vom Himmel gefallen sein. Es musste eine logische Erklärung für ihr Auftauchen geben.

Als Kathrin eine erste Tasse Kaffee getrunken hatte, kam ihr ein Verdacht. Sie wählte die Nummer ihrer Schwiegermutter.

»Hast du einen Lieferservice beauftragt, mir Blumen ans Wohnmobil zu bringen?«

»Welche Blumen?« Ruth Schäfer klang verdutzt.

Kathrin musterte den Strauß, den sie in Ermangelung einer Vase kurzerhand in den größeren ihrer beiden Kochtöpfe gestellt hatte: zwanzig perfekt geformte gelbe Teerosen, deren äußere Blütenblätter eine Nuance heller waren als die dicht aneinandergeschmiegten Innenblätter, zierten den Topf, in dem sie normalerweise Spaghetti kochte. Kathrin schnupperte an den Blüten. Sie dufteten intensiv nach Schwarztee mit einem Hauch von Myrrhe und Vanille.

»Welche Blumen meinst du?«, wiederholte ihre Schwiegermutter.

»Gelbe Teerosen. Meine Lieblingsblumen«, erwiderte Kathrin. Wenn die Umstände andere gewesen wären, hätte sie sich über die Rosen gefreut. Im Moment bereiteten sie ihr eher Unbehagen. Ihr Duft kam Kathrin aufdringlich und künstlich vor. So als wäre er kein Geschenk der Natur, sondern in einem Labor zusammengepanscht worden. Sie öffnete die große Dachluke über der Mittelsitzgruppe, um zu lüften.

»Warum sollte ich dir Blumen nach Rotenburg schicken?«

»Nun ja, weil heute, wie du weißt, ein ganz besonderer Tag für mich ist.«

Ruth Schäfer zog hörbar die Luft ein. »Ja, ich weiß. Aus dem Grund hätte ich dich nachher angerufen. Um zu hören, wie du damit klarkommst. So allein. Aber die Rosen, nein, die habe ich dir nicht geschickt.«

»Wer war es dann?« In Kathrins Gesicht spiegelte sich Ratlosigkeit.

»Eine Aufmerksamkeit der Campingplatzleitung?«, schlug Ruth Schäfer vor.

Kathrin schüttelte den Kopf. »Kann ich mir nicht vorstellen. Die wissen doch gar nichts von unserem Jahrestag.«

»Vielleicht hast du dich beim Einchecken verplappert?«

»Nein, nein!«, widersprach Kathrin vehement. »So etwas Privates gebe ich bei solchen Gelegenheiten nicht preis. Davon wissen nur die Familie und unsere engsten Freunde.«

»Kann es sein, dass deine Mutter dir eine Freude bereiten oder dich trösten wollte? Ich weiß ja, dass euer Verhältnis nicht das beste ist. Aber an Tagen wie diesen … Nun ja, da sollte man den alten Groll und die verletzten Eitelkeiten doch mal beiseiteschieben. Wie ein mitfühlender Mensch reagieren.«

»Dazu ist meine Mutter nicht imstande. Zu Weihnachten und zum Geburtstag habe ich noch nicht einmal eine Grußkarte von ihr bekommen. An Blumen würde sie nie und nimmer denken.« Kathrin schnaubte verächtlich.

»Das ist traurig.«

»Ja. Aber ich bin inzwischen darüber hinweg. Ich kann sie nicht ändern. Damit muss ich leben. Mittlerweile gelingt mir das sogar sehr gut.«

»Aber wenn sie es nicht war. Wer war es dann?«

»Wenn ich es nur wüsste! Die ganze Angelegenheit ist echt mysteriös.« Wie der Zettel unter dem Bremspedal, das geöffnete Handschuhfach und die Geräusche gestern Abend, fügte Kathrin im Stillen hinzu. Doch diese Begebenheiten behielt sie für sich. Sie wollte ihre Schwiegermutter nicht unnötig in Aufregung versetzen.

»Könnte es dieser Apotheker gewesen sein, mit dem du dich manchmal triffst?«

»Du meinst Lothar?« Kathrin schnaubte abwertend. »Nein, das glaube ich nicht. Der ist sauer auf mich.«

»Weil du seine Pillen verschmähst?« Ruth Schäfer konnte sich ein leises Lachen nicht verkneifen.

»Nein, weil ich keine Lust auf Wellnessurlaub an der Ostsee mit ihm hatte.« Allein der Gedanke daran führte dazu, dass sich die feinen Härchen auf Kathrins Unterarmen aufstellten.

»Die Abwechslung hätte dir vielleicht gutgetan«, entgegnete ihre Schwiegermutter prompt.

»Nein danke. Ich bleibe bei Töfftöff«, erwiderte Kathrin und fuhr mit der Hand liebevoll am Rand des Tisches der Mittelsitzgruppe entlang.

»Dann muss ich passen. Tut mir leid. Ich fürchte, dass ich nicht dazu beitragen kann, dein Teerosenmysterium aufzuklären.«

»Schade«, sagte Kathrin geknickt.

»Hast du nachgeschaut, ob eine Karte oder eine Nachricht bei den Rosen war?«

»Ja natürlich, das habe ich gleich als Erstes getan. Aber da war nichts außer den Blumen.«

»Wirklich seltsam.« Ruth Schäfer kam ein Gedanke. »Hattest du Stress mit jemandem auf dem Campingplatz? Könnte es sein, dass die Rosen eine Art Entschuldigung sein sollen?«

»Unwahrscheinlich.« Kathrin rieb sich mit der Hand über die Stirn, um sich besser zu konzentrieren. »Ich bin doch gestern Nachmittag erst angekommen. Weil Vorsaison ist, ist der Platz so gut wie leer. Ich habe außer mit meinen Nachbarn, die vor anderthalb Stunden eingetroffen sind, mit niemandem gesprochen.«

»Dann bleibt dir wohl nichts anderes übrig, als die Rosen als ein Geschenk des Himmels oder des Universums zu sehen und dich an ihnen zu erfreuen«, meinte Ruth Schäfer.

»Denkst du, dass Peter sie mir geschickt hat?«, scherzte Kathrin. »Von wo immer er jetzt auch sein mag?«

Ruth Schäfer antwortete nicht sofort. »Ich fürchte, das ist unmöglich. Peter existiert nur noch in unserer Erinnerung.«

»Trotzdem fühle ich mich ihm heute so nah«, murmelte Kathrin.

»Ich wünschte, es wäre alles anders gekommen und Peter wäre noch bei uns«, sagte Ruth Schäfer. Im Hintergrund klingelte es. »Ich muss aufhören. Die Post kommt. Aber ich melde mich heute Abend noch mal bei dir. So um acht?«

»Okay.« Kathrin beendete das Gespräch, legte ihr Handy auf den Tisch und starrte gedankenverloren aus dem Fenster. Ein Mitarbeiter des Campingplatzes fuhr mit einem Aufsitzrasenmäher über die freien Parzellen, um den Rasen kurz zu halten. Ein Hund protestierte bellend. Kathrin sprang auf und schnappte sich den Wohnmobilschlüssel. Sie hatte nun doch eine Idee, wer der geheimnisvolle Blumenspender sein könnte.

4

An den meisten Tagen liebte Henrik Richtersen seinen Job. Ihm gefielen die Abwechslung, die vielfachen Anforderungen, seine technische Ausrüstung – und ja, zunehmend auch der damit verbundene Nervenkitzel. Was ihm dagegen auf die Nerven ging, war die lästige Büroarbeit, die ihm selbst unterwegs nicht erspart blieb. Er sah gefrustet auf das Formular auf seinem Laptopbildschirm. Bis er das korrekt ausgefüllt und seinen Rapport abgeschlossen hatte, würde der halbe Vormittag um sein.

Wenn ich an öder Schreibtischarbeit Gefallen fände, dachte Henrik missmutig, wäre ich beim Jurastudium geblieben. Dann würde ich jetzt tagaus, tagein in einem muffigen Anwaltsbüro sitzen, seitenweise juristische Formulierungen aneinanderreihen, Klageschriften verfassen und Papierkram abarbeiten.

Mit diesen stupiden Tätigkeiten hatte er aber bereits an der Uni auf Kriegsfuß gestanden. Weshalb er sein Jurastudium nach zwei Semestern kurzerhand geschmissen und sich dem Sicherheitsdienst zugewandt hatte. Zum ausgesprochenen Entsetzen seiner Eltern. Die nahmen ihm seine mangelnde Bereitschaft, die Familienerwartungen klaglos zu erfüllen, übel.

Henrik Richtersen war das erklärte schwarze Schaf in einer blütenweißen hanseatischen Kaufmannsfamilie. Wie man den Großteil des Jahres in einem für Campingzwecke ausgebauten Kastenwagen durch die Lande gondeln und das »arbeiten« nennen konnte, überstieg die Vorstellungskraft seiner Eltern. Bei Henriks letztem Familienbesuch hatte sein Vater in seinen perfekt getrimmten Bart gemurmelt, dass das alles kein gutes Ende nehmen würde.

Womit er so, wie die Dinge derzeit lagen, durchaus recht haben könnte. Lange war für ihn alles glattgelaufen. Er hatte es geschafft, eine beachtliche Zahl an triumphalen Erfolgen hinzulegen, seine Kompetenz selbst in den brenzligsten Situationen unter Beweis zu stellen. Wenn er es vereinzelt nicht fertiggebracht hatte, einen Volltreffer zu landen, so war es ihm doch immer gelungen, sich irgendwie durchzumogeln. Den Kopf über Wasser zu halten. Bis er diesen einen vermaledeiten Auftrag angenommen hatte, der ihm nun schon seit Jahren Kopfzerbrechen bereitete, ihn an seine Grenzen brachte. Immer wenn Henrik glaubte, der Lösung nahe zu sein, verflüchtigte sich seine sicher geglaubte Fährte. So als ob ihm jemand Nebelkerzen vor die Füße schmeißen würde. Henrik befürchtete, dass seine Auftraggeber diesbezüglich bald die Geduld mit ihm verlieren würden. Ihn endgültig von dem Fall abzogen und einen Fähigeren mit der Angelegenheit beauftragen würden.

Aber so weit war es, dem Himmel sei Dank, noch nicht. Und zumindest den Auftrag, wegen dem er nach Rotenburg an der Fulda gekommen war, hatte Henrik inzwischen erfolgreich abgeschlossen. Sein Zielobjekt, das angeblich im Rollstuhl saß und deshalb keinen Unterhalt für seine Kinder zahlen konnte, hatte er auf beiden Beinen stehend im Schlosspark ausfindig gemacht. Mit der Videokamera festgehalten, wie er am blumengeschmückten Teich mit der Bronzefigur vom Froschkönig und der Prinzessin seine Dehnübungen absolvierte. Um danach, ohne zu merken, dass Henrik ihm mit der Kamera folgte, putzmunter seine Joggingrunde fortzusetzen. Beim Gedanken daran verzog Henrik Richtersen angewidert das Gesicht. Der säumige Zahler hatte ohne mit der Wimper zu zucken die Mutter seiner beiden Kinder in Leipzig zurückgelassen, um sich in Mittelhessen eine neue Zukunft aufzubauen. Schuldgefühle kannte er nicht, wie Henrik der Akte zu diesem Fall entnehmen konnte. Seine vierjährige Tochter und den sechsjährigen Sohn hatte er als »Jugendsünden« betitelt, mit denen er abgeschlossen habe. Henrik hoffte, dass der zuständige Richter dies anders sähe. Dank seines Beweismaterials keine Milde walten lassen würde.

Damit die Gerechtigkeit ihren Lauf nehmen konnte, musste Henrik Fakten schaffen. Den Bericht fertigstellen. Schicksalsergeben hämmerte er auf die Tastatur ein. Seine Finger schienen jedoch ein Eigenleben zu entwickeln und taten genau das

Gegenteil von dem, wozu er sie veranlassen wollte. Er produzierte mehr Tippfehler als korrekt geschriebene Wörter. Verdammt! Sein müdes Gehirn benötigte Koffein. Viel Koffein.

In der Absicht, sich einen Kaffee zuzubereiten, zog Henrik seine langen Beine unter dem kleinen Tisch des Kastenwagens hervor. Beim Aufstehen kollidierte sein rechtes Knie mit der Tischkante, und sein Laptop machte einen Satz in Richtung des Fahrersitzes. Im letzten Moment gelang es ihm, den Laptop vor dem Herunterfallen zu retten. Fluchend massierte er sein schmerzendes Knie. Erneut wurde ihm bewusst, dass über kurz oder lang eine Entscheidung fällig wäre. Der Kastenwagen schien für seine Zwecke zwar ideal, weil er von außen unauffällig war und sich problemlos selbst durch enge Stadtstraßen manövrieren ließ. Als rollendes Büro mit angeschlossenem Bade-, Wohn- und Schlafzimmer war er für einen Mann seiner Körpergröße jedoch eine Katastrophe. Mittelfristig musste ein größeres Wohnmobil her. Mit einem Bett, in dem es sich gemütlich machen konnte, ohne die Beine anzuwinkeln. In dem er nach einem anstrengenden Tag Ruhe und Entspannung finden würde. Der Einzige, der sich im zu schmalen und zu kurzen Heckbett des Kastenwagens offensichtlich wohlfühlte, war der Beagle. Der lag gemütlich auf dem Rücken, hatte alle viere zur Decke ausgestreckt und gab Schnarchlaute von sich.

Dein Leben möchte ich haben, dachte Henrik und seufzte. Der Beagle schnellte ohne Vorwarnung hoch, sprang vom Bett und bellte laut auf.

»Nicht jetzt!«, brummte Henrik mürrisch. »Du musst mit dem Rausgehen warten, bis ich den Bericht fertig geschrieben habe.«

Der Beagle ignorierte ihn und kratzte aufgeregt an der Tür. Mit seinem Bellen brachte er den Kastenwagen zum Erbeben.

Resigniert klickte Henrik auf den Befehl zum Speichern und öffnete die Schiebetür. Mit einem Satz war der Beagle draußen. Wo er die Frau, die sich schon bei ihrer gestrigen Begegnung auf die Seite des Hundes gestellt hatte, überschwänglich begrüßte.

»Was ist?« Henriks Begrüßung stand im krassen Gegensatz zu der seines Hundes.

Die Frau tätschelte die seidigen Ohren des Beagles. »Ich habe nur eine Frage«, sagte sie mit entschuldigender Geste. »Ich will Sie nicht groß stören.«

Schon passiert, dachte Henrik missmutig. Er hoffte, dass die Camperin ihn nicht in ein elend langes Gespräch verwickeln würde. Er hatte Dringenderes zu erledigen.

Zum Glück kam sie gleich zur Sache. »Haben Sie mir die Blumen auf die Motorhaube meines Wohnmobils gelegt?«

Henrik Richtersen stutzte. »Welche Blumen?«

»Die gelben Teerosen.«

»Warum sollte ich das tun?«

»Weil …« Sie stoppte abrupt.

Henrik bemerkte verwundert, dass ihre Wangen sich röteten. War ihr das Gespräch etwa peinlich? So hatte er sie gestern gar nicht eingeschätzt. Da war sie ihm viel tougher vorgekommen. Aber egal – er hatte keine Zeit, sich um ihre Befindlichkeiten zu kümmern. »Weil?«, wiederholte er ungeduldig.

Die Frau nahm einen tiefen Atemzug. »Vielleicht, weil Ihr Hund mir gestern einen riesigen Schrecken eingejagt hat? Und Sie nicht gerade freundlich reagierten? Mich angeraunzt haben?«

Henrik schnaubte verächtlich. »Ich hatte nicht den Eindruck, dass Sie eine Mimose sind. Nachdem Sie sich so für den Hund ins Zeug gelegt haben.«

»Zu Recht. So wie Sie ihn behandelt haben.«

»Wenn Sie nur zwei Stunden allein mit ihm klarkommen müssten, würden Sie das anders sehen.«

Die Frau hob entschuldigend die Hände. »Okay, okay. Ab jetzt halte ich mich aus Ihren Angelegenheiten heraus. Und das mit den Blumen … Das war nur so eine dumme Idee von mir. Tut mir leid.« Sie streichelte dem Beagle zum Abschied über den Kopf und wandte sich zum Gehen. Ihre Schultern waren gebeugt und ihre Schritte schleppend. Der Hund winselte. Henrik glaubte, in seinen braunen Augen einen Vorwurf zu lesen.

»Halt«, rief er.

Die Frau drehte sich langsam um. »Ist noch was?«

Henrik spürte, wie nun seine Wangen von Röte überzogen wurden. »Ich habe das eben nicht so gemeint.«

Sie zog fragend die Augenbrauen in die Höhe. »Wie denn dann?«

»Was ich eigentlich sagen wollte …« Henriks Stimme klang weniger forsch als noch vor wenigen Minuten. »Wenn ich Blumen für eine Frau aussuche, dann übergebe ich sie ihr schon gern persönlich.«

»Tatsächlich?«

»Ja. Ob Sie es nun glauben oder nicht«, erwiderte er mit einem schiefen Grinsen.

»Ich glaube Ihnen.«

Henrik ging versöhnlich einen Schritt auf sie zu. »Haben Sie schon mal überlegt, wer einen echten Grund gehabt hätte, Ihnen die Blumen zu schenken?«

»Selbstverständlich habe ich das.« Sie nickte. »Mein Mann hat mir zu jedem Hochzeitstag gelbe Teerosen geschenkt. Immer für jedes Jahr, das wir verheiratet waren, eine. Heute wären es zwanzig gewesen. Zwanzig Rosen für zwanzig gemeinsame Jahre.«

Die Formulierung ließ Henrik aufhorchen. »Warum ›wären‹?«

Sie zögerte. »Mein Mann ist seit einigen Jahren nicht mehr bei mir«, sagte sie schließlich.

»Hat er eine andere?«, rutschte es Henrik heraus.

»Nein, er ist im Mai 2012 bei einer Fährüberfahrt auf der Ostsee ertrunken. Von einem beruflichen Termin nicht mehr heimgekehrt.«

Henriks Gedanken überschlugen sich, und nur sein jahrelanges berufsbedingtes Training brachte ihn dazu, sich zurückzuhalten. Die Fragen hinunterzuschlucken, die ihm auf der Zunge lagen. Dafür war es zu früh. Zuerst musste er mehr herausfinden. Gewissheit haben. Aber sein Bauchgefühl sagte ihm, dass die Angelegenheit gerade eine bedeutende Wendung nahm. Die

Jahreszahl, die die Frau genannt hatte, korrespondierte mit dem, was er in seinem Fall bis jetzt in Erfahrung gebracht hatte. Wenn er zudem das Ortskürzel ihres Fahrzeugkennzeichens, das ihm schon gestern auf dem Weg zu den Sanitäranlagen aufgefallen war, in seine Überlegungen einbezog, könnte es hinkommen. Dann hatte er hier vielleicht eine Spur, der er folgen konnte. Die seine Pechsträhne, seine lange Kette von Misserfolgen in diesem speziellen Fall, beendete.

Was für ein irrer Zufall, dachte Henrik. Oder war es eine Fügung des Schicksals? Da reiste er mit seinem Kastenwagen von Hamburg aus kreuz und quer durch Europa, um eine Spur zu finden. In der ständigen Angst, dass man ihn erkennen und seine Absichten aufdecken könnte. Was sämtliche Vorarbeit seiner Auftraggeber sowie auch seine eigene null und nichtig machen würde. Der Fall wäre für sie tot. Mausetot. Und jetzt das. Urplötzlich fühlte sich alles lebendiger an als je zuvor.

Henrik Richtersen ließ es zu, dass ein zaghaftes Lächeln seine hageren Gesichtszüge erhellte. »Sie haben recht. Ich habe mich gestern wie ein Tölpel benommen«, verkündete er. »Und das mit Ihrem Mann, das tut mir aufrichtig leid.«

»Ich muss lernen, damit zu leben.«

»Sie schaffen das«, versicherte Henrik. Und ich auch, fügte er im Stillen hinzu.

»Also gut.« Die Frau wandte sich von ihm ab. »Ich schätze, man sieht sich. Ich für meinen Teil werde noch ein paar Tage hierbleiben.«

Henriks Lächeln wurde eine Spur breiter. »Verraten Sie mir Ihren Namen?«

»Warum?« Seine Besucherin musterte ihn argwöhnisch.

»Falls ich mich doch mal bei Ihnen mit Blumen für mein unwirsches Verhalten entschuldigen möchte«, erwiderte Henrik mit einem Augenzwinkern. »Dann würde ich Sie gern mit Namen ansprechen.«

Die Frau zögerte.

Er bemühte sich, denselben flehenden Blick aufzusetzen wie der Hund, wenn er nach Leckerli bettelte. Seine Taktik ging auf.

»Kathrin. Kathrin Schäfer«, sagte sie. »Und ich freue mich, Ihre und Leos Bekanntschaft gemacht zu haben.« Jetzt lächelte sie.

»Henrik Richtersen. Und ich freue mich natürlich auch.« Er fühlte sich so entspannt wie lange nicht mehr.

Auf einmal konnte er es kaum erwarten, an seinen Laptop zurückzukehren und einen neuen Teilbericht für seine Auftraggeber anzufertigen.

***

»Das ist lieb von euch, dass ihr mir den Wohnwagen noch mal ausleiht.« Astrid Lund warf ihren Eltern ein dankbares Lächeln zu.

»Du nutzt ihn wenigstens. Bei uns steht er in letzter Zeit eh nur rum«, brummte ihr Vater Nils.

»Möchtest du noch ein Stück?« Ingrid Lund wies mit der Hand auf den Karottenkuchen, den ihr Mann am Vormittag beim Bäcker gekauft hatte.

»Gern.« Astrid schob ihren Teller in die Tischmitte. Sie war gleich nach dem Ende ihrer Nachtschicht ins Auto gestiegen und nach Südschweden aufgebrochen, wo ihre Eltern inzwischen lebten. Auf der Fahrt hatte sie nur ein paar Salzlakritze gelutscht. Jetzt knurrte ihr Magen. Und bei Süßem konnte sie ohnehin nicht widerstehen.

Hungrig machte sie sich über den Kuchen her. Das Kuchenstück auf dem Teller ihrer Mutter war unberührt. Mit Sorge registrierte Astrid, wie grau und müde das Gesicht ihrer Mutter aussah. Ihre Bewegungen wirkten fahrig. Ihre Hand, die mit der Kuchengabel spielte, zitterte leicht. Sie trug ein blaues Baumwollkleid mit weißen Paspeln, das früher perfekt gesessen hatte. Jetzt hing es schlotternd um ihren mageren Körper. Wenn niemand dem ständigen Gewichtsverlust Einhalt gebietet, dachte Astrid erschrocken, ist sie in einem Jahr nicht mehr hier. Dann hat sie sich endgültig zu Tode gehungert. Auch das haben wir dir zu verdanken, Schwesterherz, ergänzte sie stumm.

Erneut stieg kalte Wut in Astrid auf. Aber Svenja würde bezahlen. Für alles, was sie ihr und ihren Eltern angetan hatte, würde sie bezahlen. Bald.

»Wo soll es denn hingehen?« Astrids Vater blickte sie über den Rand seiner Kaffeetasse hinweg an.

Astrid schob die letzten Krümel auf ihrem Teller zusammen und beförderte sie mit der Kuchengabel in den Mund. »Ich sehe zu, dass ich morgen früh eine Überfahrt von Trelleborg aus erwische.«

Nils Lund zog überrascht die blonden Augenbrauen nach oben. »Du willst nach Deutschland?«

»Bei dem Wetter, das sie für die nächsten zwei Wochen vorausgesagt haben«, Astrid schaute bedeutungsvoll auf die Scheiben des Wintergartens, gegen die der Regen prasselte, »habe ich wenig Lust auf Wandern entlang der Höga Kusten. Auf der anderen Seite der Ostsee liegt ein stabiles Hoch. Dort wird es deutlich besser sein.«

»Wo willst du genau hin?«, hakte ihr Vater nach.

Astrid spürte, wie sich ihr Puls beschleunigte und ihr Herz zu pochen anfing. Sie durfte sich jetzt nicht verplappern. Ihre Eltern sollten den wahren Grund, warum sie nach Deutschland aufbrach, nicht erfahren. Erst wenn alles vorbei wäre, würde sie ihnen die Wahrheit sagen. Zumindest den Teil, den sie verkraften konnten. Sie hatten in den letzten Jahren schon genug durchgemacht.

»Ich dachte, ich schau mir mal die Mitte von Deutschland an«, fabulierte sie. »Die Küste kenne ich ja von unseren gemeinsamen Campingurlauben.«

Ingrid Lund zog die Mundwinkel nach unten. »Ich habe gehört, da soll es eher langweilig sein.«

Oh, langweilig wird mir dort mit Sicherheit nicht, dachte Astrid grimmig. Am Montag war sie gleich nach Feierabend in die Bank geeilt, um mit Ines' Kollegen über seine Begegnung mit Svenja zu sprechen. Sie hatte sich vorgenommen, seinem Gedächtnis durch gezielte Fragen auf die Sprünge zu helfen. Alles, was er wusste, aus ihm herauszukitzeln. Zuerst hatte er behauptet, sich an nichts weiter zu erinnern. Doch beim Lunch mit einem Glas Weißwein, zu dem Astrid ihn einlud, war ihm eine Sache doch wieder eingefallen. Der Bankangestellte, der ein paar Brocken Deutsch sprach, glaubte verstanden zu haben, dass Svenja und ihr ominöser Begleiter sich irgendwelche deutschen Märchen anschauen wollten.

Ein Plan, der so gar nicht zu Svenja passte. Astrids Schwester hatte selbst in ihrer Kindheit nur dann ein Buch in die Hände genommen, wenn sie von ihren Eltern oder durch die Schule dazu gezwungen worden war. Und das Theater hatte sie im Gegensatz zum Kino immer spießig gefunden. Altbacken, uncool. Warum ausgerechnet sie sich in Deutschland für die Aufführung von Märchen interessieren sollte, erschloss sich Astrid daher nicht. Bis sie eine alte Deutschlandkarte des schwedischen Automobilclubs KAK hervorgekramt und sie genauer studiert hatte. Auf der Karte entdeckte Astrid eine grün gekennzeichnete Straße, die von Buxtehude im Norden bis nach Hanau im Süden führte. Die »Deutsche Märchenstraße«, die auf sechshundert Kilometern an zahlreichen Stationen die Märchenwelt der Brüder Grimm aufleben ließ. Waren das die Märchen, von denen Svenja und ihr Begleiter gesprochen hatten? Hatte sie diese Region in Deutschland als ihre neue Heimat ausgewählt? Fernab von Stockholm und Schweden und allem, was sie mit der Vergangenheit verband? Weil man sie dort niemals vermuten würde?

Astrid war sich bewusst, dass die Anhaltspunkte, die sie für ihre Hypothese hatte, äußerst dürftig waren. Aber es waren seit Langem die einzigen, die ihr einigermaßen realistisch erschienen. Eine erste wirklich erfolgversprechende Spur ihrer verhassten Schwester. Astrid war fest entschlossen, sich diese Chance nicht entgehen zu lassen.

»Ach, du weißt doch, ich brauche nicht viel, um es mir im Urlaub gut gehen zu lassen«, versicherte sie ihrer Mutter und tätschelte deren kalte Hand. »Den Wohnwagen, ein paar schöne Wanderwege, leckeres Essen, ein bezahlbares Gläschen Wein und vor allem natürlich Ruhe vom Klinikstress.«

»Ich kann dich verstehen«, sagte Astrids Vater. »Das hat mir am Campen auch immer gut gefallen. Aber seit –«

Ingrid Lund unterbrach ihn rüde, indem sie vom Tisch aufsprang. »Ich bin müde. Ich werde mich hinlegen«, verkündete sie und floh aus dem Wintergarten.

»Es wird einfach nicht besser«, stellte Astrid fest.

»Nein, eher das Gegenteil«, murmelte ihr Vater und starrte hinaus in den Regen.

Ich werde dem ein Ende setzen, schwor sich Astrid. Und wenn es das Letzte ist, was ich tue. Sie begann, die Teller und Tassen übereinanderzustapeln, um sie in die Küche zu tragen. »Ist es okay, wenn ich gleich den Wohnwagen packe und morgen kurz nach Sonnenaufgang aufbreche?«, fragte sie ihren Vater.

»Klar doch.« Nils Lund nickte zustimmend. Dann nahm er sein Handy und rief Google Maps auf. »Wenn du in Mitteldeutschland unterwegs bist«, sagte er, als Astrid aus der Küche zurückkam, »meinst du, dass du da vielleicht auch an diesem Ort hier vorbeikommst?« Mit dem Finger wies er auf einen blau markierten Punkt.

»Rotenburg an der Fulda«, las Astrid laut vor. Die Aussprache bereitete ihr keine Schwierigkeiten, da sie und Svenja in ihrer Kindheit ein deutsches Au-pair-Mädchen gehabt und ihre Sprachkenntnisse in der Schule kontinuierlich erweitert hatten.

»Ja, Rotenburg, so heißt es wohl«, erwiderte ihr Vater.

»Warum sollte ich dorthin fahren?« Astrids Puls beschleunigte sich. Ihre Finger wurden feucht. Dieses Rotenburg lag an der »Deutschen Märchenstraße«. Hegte ihr Vater etwa einen Verdacht?

Nils Lund gab ein verlegenes Lachen von sich. »Erinnerst du dich an Martina?«

»Nein.« Astrid runzelte die Stirn.

»Ich meine Martina aus Frankfurt. Die ein Jahr bei uns im Büro als Übersetzerin gearbeitet hat.«

»Muss schon eine Weile her sein, oder?«

»Ja, sie ist seit fünf Jahren wieder in Deutschland«, erwiderte ihr Vater mit Bedauern in der Stimme. »Aber wir sind in Kontakt geblieben.«

»Und?« Astrid hatte nicht den blassesten Schimmer, wohin das Gespräch führte.

»Nun ja.« Er setzte einen entschuldigenden Blick auf. »Martina hat vor zwei Jahren ihren Mann verloren. Und seit deine Mutter immer mehr in ihre eigene Welt abdriftet, brauche ich halt manchmal jemanden zum Reden.«

»Ach, Pappa!« Astrid eilte zu ihrem Vater und schloss ihn fest in ihre Arme. »Du kannst doch auch mit mir reden.«

Nils Lund erwiderte ihre Umarmung und gab ihr einen Kuss auf die Wange. »Aus manchen Angelegenheiten hält man seine Kinder besser raus.«

Und aus manchen seine Eltern, dachte Astrid. Verstohlen wischte sie sich mit dem Handrücken eine Träne aus den Augen. Räusperte sich. »Was ist denn mit dieser Martina?«

»Sie hat vor Kurzem einen Herzinfarkt erlitten. Einen schweren Hinterwandinfarkt.«

»Oh, die Ärmste!« Astrid verspürte echtes Mitgefühl.

»Um wieder einigermaßen fit zu werden, muss sie mindestens acht Wochen in einer Rehaklinik verbringen«, erklärte Nils Lund.

»Und diese Klinik liegt in Rotenburg«, vermutete Astrid.

»Richtig.« Nils Lund nickte und warf seiner Tochter einen hoffnungsvollen Blick zu. »Wäre es zu viel verlangt, dich zu bitten, Martina ein kleines Geschenk von mir zu überreichen? Zur Aufmunterung. Und natürlich nur, falls du sowieso in der Gegend bist.«

Astrid zögerte. Sie steckte in einer moralischen Zwickmühle. Einerseits wollte sie den Wunsch ihres Vaters gern erfüllen. Andererseits hatte sie nur zwei Wochen Urlaub. Wenn man die Zeit für die Hin- und die Rückfahrt abzog, blieben ihr zehn Tage. Zehn Tage, in denen es ihr gelingen müsste, ihre Schwester zu finden. Zehn Tage, in denen sie, wenn sie Pech hätte, jede Menge Orte abklappern müsste. Ohne bisher zu wissen, wo genau sie suchen sollte. Was, wenn der Bankangestellte sich geirrt hatte? Wenn Svenja ganz woanders war. Dann jagte Astrid einem Phantom hinterher. Sie kaute nachdenklich auf ihrer Unterlippe.

»Ach, lass gut sein.« Astrids Vater winkte müde ab. »Ich will dich damit nicht belasten. Schließlich hast du Urlaub. Du sollst dich treiben lassen. Dorthin fahren, wo es dir gefällt. Wo du dich am besten erholst.«

»Nein, nein, ich mache es!«, brach es aus Astrid hervor.

Die Niedergeschlagenheit in Nils Lunds Gesicht wich einem strahlenden Lächeln. »Danke, meine Kleine«, sagte er und strich ihr zärtlich über die Wange.

Astrid schluckte. Obwohl sie sich noch immer nicht hundertprozentig sicher war, den richtigen Weg eingeschlagen zu haben, gab es für sie kein Zurück. Sie hatte sich selbst und ihrem Vater ein Versprechen gegeben.

5

Kathrin hatte Seitenstechen und keuchte. »Himmel!«, murmelte sie, als sie wieder zu Atem gekommen war. Entweder war der Anstieg zum Höberück seit ihrem letzten Besuch steiler geworden, oder sie hatte an Kondition eingebüßt. Vermutlich Letzteres. Mit einem Seufzer der Erleichterung ließ sie den Rucksack von den Schultern gleiten, setzte sich auf die Bank der Aussichtsplattform und holte ihre Edelstahlwasserflasche hervor. Nachdem sie durstig getrunken hatte, schaute sie sich um.

Schon beim Näherkommen war ihr aufgefallen, dass der übergroße Fliegenpilz, der als Wetterschutz diente, in diesem Jahr ein wenig traurig aussah: Moos und Schmutz hatten dem roten Pilzhut mit den weißen Punkten seine frühere Strahlkraft genommen. Der rötliche hölzerne Stiel war durch Farbschmierereien verunstaltet worden. Bananenschalen, Butterbrotpapier, Eisverpackungen und Getränkedosen lagen auf dem Aussichtsplatz verstreut. Kathrin vermutete, dass Waschbären oder Katzen den Abfallkorb aus Metall geplündert hatten. Sie stand auf und beförderte den Unrat mit spitzen Fingern dorthin zurück, wo er hingehörte. Dann lehnte sie sich an das Absturzgitter der Aussichtsplattform und ließ ihren Blick schweifen.

Auf der gegenüberliegenden Seite des Fuldatals ragte der graue Zweckbau des Herz-Kreislauf-Zentrums zwischen den grünen Baumwipfeln empor. Peters Vater hatte dort als Kardiologe gearbeitet, war aber tragischerweise selbst früh an einem Herzinfarkt verstorben. Bevor für Peter damals der Schulwechsel von der Grundschule zum Gymnasium angestanden hatte, war Kathrins Schwiegermutter kurzerhand mit ihrem Sohn nach Lorsch gezogen. Zurück zu ihrem Zweig der Familie und den Kindheitsfreunden. Rotenburg hinter sich zu lassen, war ihr nicht schwergefallen. Peter dagegen hatte an seiner alten Heimat, die er mehrmals im Jahr besuchte, gehangen. Für seinen Heiratsantrag, dachte Kathrin, hätte es mit Sicherheit romantischere Orte auf dieser Welt gegeben. Aber das »Pilzchen« hatte für Peter immer eine persönliche Bedeutung gehabt. Es erinnerte ihn an seine Kindheitsabenteuer. An Nachtwanderungen unter dem Sternenhimmel und die Suche nach essbaren Pilzen im Wald, an Geschichten am Lagerfeuer und zu viel Stockbrot und Grillwürstchen, von denen er Bauchdrücken bekam. In Rotenburg hatte Peter etwas zurückgelassen, das er später niemals wiederfand. Deshalb hatte es für ihn nur diesen einen Ort gegeben, um Kathrin seine Liebe zu bekunden.

Bei der Erinnerung daran, wie Peter ihr genau hier, an dieser Stelle, den mit einem winzigen Diamanten besetzten Weißgoldring an den Finger gesteckt hatte, kamen Kathrin die Tränen. Da sie allein auf dem Höberück war, ließ sie ihnen freien Lauf.

Als der Weinanfall abebbte, fuhr sich Kathrin mit dem Handrücken über die feuchten Augen und fummelte ein Papiertaschentuch aus ihrer kakifarbenen Wanderhose hervor. Dann straffte sie die Schultern und reckte ihr Gesicht dem blitzblauen Himmel entgegen, an dem sich Wolken wie Wattebällchen tummelten.

»Mach's gut!«, flüsterte Kathrin. Sie hauchte einen Kuss auf ihre Fingerspitzen und ließ ihn mit einem leichten Pusten in den Himmel aufsteigen.

Ihre Entscheidung stand fest: Sie würde im kommenden Jahr nicht wieder herkommen. Diesmal war es ein Abschied für immer.

Beim Abstieg vom Höberück fühlte Kathrin sich seltsam erleichtert. Beschwingten Schrittes erreichte sie die Innenstadt und den Marktplatz, über den Touristen und Einheimische schlenderten. Schräg gegenüber dem Rathaus mit dem Glockenspiel im Giebel befand sich eine Eisdiele. Kurz entschlossen reihte sie sich in die Schlange der Wartenden ein.

Mit dem Eisbecher in der Hand nahm sie auf einer Bank Platz. Während sie ihr Schokoeis verdrückte, betrachtete sie die drei in Bronze gegossenen lebensgroßen Figuren der »Marktweiber«, die für alle Zeit in ihrem Austausch von Tratsch und Klatsch vereint waren.

Wenn ich mir jeden Tag so ein Eis gönne, dachte Kathrin

belustigt, sehe ich bald so aus wie das dralle Marktweib mit Kopftuch und Kittelschürze.

Trotzdem ließ sie es sich nicht nehmen, die letzten klebrigen Reste ihres Eises genüsslich vom Löffel zu schlecken.

Ein Junge im Grundschulalter näherte sich den bronzenen Figuren. Seine Hand umklammerte eine Eistüte, in der die oberste Eiskugel, ein blaues Schlumpfeis, gefährliche Schräglage bekommen hatte. Kathrin beobachtete amüsiert, wie der Junge mit dem blonden Schopf und dem überlangen Pony, der ihm in die Stirn fiel, etwa einen Meter vor dem »Marktweib« mit der geflochtenen Kiepe auf dem Rücken zum Stehen kam. Misstrauisch beäugte er die ausgestreckte Hand der bronzenen Frau, so als ob er Angst hätte, dass sie abrupt hervorschnellen und ihn am Kragen seines T-Shirts packen könnte. Er trippelte unruhig von einem Fuß auf den anderen, die Augen so rund wie die Eiskugeln.

Kathrins Brust durchzuckte ein Sehnen, ein scharfer Schmerz der Erinnerung. Wenn Peters und ihr Kind zweieinhalb Jahre nach ihrer Hochzeit das Licht der Welt erblickt hätte, wären solch unvergessliche Momente in ihrem digitalen Fotoalbum festgehalten worden. Wo sie ihnen auch in fünfzig Jahren noch Freude bereitet, sie zum Schmunzeln veranlasst hätten. Doch das Schicksal hatte es anders gewollt. Kathrin hatte ihr Baby am Ende der siebzehnten Schwangerschaftswoche verloren. Alle Versuche, ein weiteres Mal schwanger zu werden, waren fehlgeschlagen. Und jetzt war es für immer zu spät.

Wieder strich sich der Junge mit einer Geste, die Kathrin auf beunruhigende Art bekannt vorkam, das blonde Haar aus der Stirn. Im selben Augenblick entdeckte er den bronzenen Hund, der die Schnauze in den auf der Erde stehenden Korb eines der »Marktweiber« gesteckt hatte. Fasziniert beugte er sich zu ihm hinunter – und schon war das Malheur geschehen: Die blaue Eiskugel hatte sich aus der Eistüte gelöst und platschte auf das Pflaster.

Einen Moment lang verharrte der Junge wie selbst zu Eis erstarrt. Dann verzog sich sein Gesicht zu einer enttäuschten

Grimasse, und er brach in Tränen aus. Kathrin schnellte von der Bank hoch und lief auf ihn zu.

»Ist doch nicht schlimm!«, sagte sie tröstend und beugte sich zu dem Jungen hinunter. Das Weinen schüttelte ihn jetzt so heftig, dass ihm die Eistüte ebenfalls aus der Hand fiel. Ein Sturzbach an Tränen floss seine geröteten Wangen hinab. Kathrin ging in die Hocke und berührte den Jungen kurz am Arm. »Wie wäre es, wenn ich dir ein neues Eis kaufe?«, schlug sie vor.

Der Junge schüttelte den Kopf, aber seine Tränen flossen deutlich langsamer.

»Was magst du denn am liebsten?«, redete Kathrin weiter, um ihn von seinem Kummer abzulenken. »Schlumpfeis wie eben oder etwas anderes? Also ich mag Schokolade am liebsten.«

Der Junge hob den Kopf und schaute sie aus seinen tränennassen Augen an. Kathrin stockte fast der Atem. Diese Augen, dachte sie. Ich kenne diese Augen! Sie merkte, wie ihr schwindelig wurde, ein surrendes Geräusch tönte in ihren Ohren. Reiß dich zusammen, befahl sie sich und atmete tief ein und aus. Sie durfte jetzt nicht ohnmächtig werden. Nicht mitten auf dem Rotenburger Marktplatz umkippen. Sie konzentrierte sich auf ihre Atmung und darauf, die Kontrolle über ihren Körper zurückzugewinnen.

»Choklad«, sagte der Junge und schaute sie vertrauensvoll an. Kathrin zwang sich zu einem Lächeln. »Choklad? Also Schokolade? Dachte ich es mir doch!«

Der Junge nickte, wodurch ihm erneut der zu lange Pony in die Augen fiel. Kathrin unterdrückte den Impuls, ihm das Haar aus der Stirn zu streichen, und richtete sich auf. »Wo sind denn deine Eltern?«, fragte sie, ohne zu wissen, ob er sie verstand.

Der Junge schniefte, aber sein Missgeschick mit dem Eis schien fürs Erste vergessen. Er kniete sich neben den Hund aus Bronze und streichelte dessen Kopf.

Kathrin schaute sich suchend um. Wo waren die Eltern? Ohne sie zu fragen, konnte sie ihr Versprechen, ihm ein neues Eis zu kaufen, nicht einhalten. Hatten die Eltern denn nicht bemerkt, was ihrem Sprössling widerfahren war? Kathrin verspürte ein

Gefühl im Bauch, das sich verdammt nach Wut anfühlte. Wie konnten sie so herzlos sein? Ihn unter all den Menschen, die hier über den Marktplatz hasteten, allein lassen? Die Hauptstraße war nicht weit entfernt. Hatten sie keine Ahnung, in welche Gefahr sie ihr Kind mit dieser Gedankenlosigkeit brachten? Kathrin konnte es kaum glauben und blickte nochmals um sich. Anscheinend fühlte sich niemand für den Jungen zuständig.

»Voff, voff«, machte er. Dabei strahlte er sie an, wodurch eine entzückende Lücke zwischen seinen oberen Schneidezähnen sichtbar wurde. Er richtete sich auf, warf Kathrin einen schelmischen Blick zu und rannte los. Innerhalb weniger Sekunden war er in der Menschenmenge verschwunden.

Kathrin stand da wie vom Donner gerührt. Sie hatte das Gefühl, selbst zur Bronzefigur erstarrt zu sein. Hatte sie das eben nur geträumt? Spielte ihr von Trauer erfülltes Gehirn ihr erneut einen Streich, und sie bildete sich Dinge ein, die nicht sein konnten?

Ein echter Hund lief auf den Baum zu, der hinter den drei bronzenen »Marktweibern« stand, und erleichterte sich an dessen Stamm. Kathrin löste sich aus ihrer Starre. Sie nahm die Wasserflasche aus dem Rucksack und leerte sie mit wenigen Schlucken. Das half, um wieder einen klaren Kopf zu bekommen.

»So ein Blödsinn«, murmelte sie. Welcher Teufel hatte sie geritten anzunehmen, dass die Augen des wildfremden Jungen denen von Peter glichen? Nur weil sie braun und rund waren. Wie viel Prozent der Weltbevölkerung hatten braune Augen? Kathrin nahm sich vor, diese Frage mittels einer Google-Suche im Wohnmobil zu klären. Es mussten Millionen, wenn nicht Abermillionen sein. Und alle waren sie einzigartig. So wie Peters Augen einzigartig gewesen waren.

Sie schüttelte den Kopf, um die darin herumspukenden Gedanken an die Augen des Jungen ein für alle Mal loszuwerden. Dann machte sie sich flotten Schrittes auf den Rückweg zum Campingplatz.

6

Am nächsten Morgen war Kathrin früh wach. Sie fühlte sich wie gerädert, so als ob sie die ganze Nacht durchzecht hätte. Doch es waren nicht die Nachwirkungen von Alkohol, die ihrem Körper zusetzten, sondern die Augen des blonden Jungen. Sie hatten sich in ihre Träume geschlichen.

Als Kathrin mit dem Duschhandtuch über der Schulter zu den Sanitäranlagen trottete, war sie erleichtert, dass ihre Campingnachbarn, Gerda und Wilhelm Schultheiß, noch in den Federn lagen. Im Sanitärgebäude begegnete Kathrin nur einer anderen Camperin, die im Gegensatz zu ihr eine geborene Frühaufsteherin zu sein schien. Ihr freundlicher Morgengruß klang wach und frisch. Kathrins Zunge und Gehirn waren dagegen noch halb gelähmt.

Sie stellte den Temperaturregler der Dusche auf so heiß, wie sie es gerade noch aushielt. Zum Schluss drehte sie den Regler in genau die andere Richtung. Kaltes Wasser platschte auf ihre erhitzte Haut, wodurch Kathrin nach Luft schnappte. Doch sie zwang sich, den eisigen Guss auszuhalten. Nach dem Abtrocknen prickelte ihr ganzer Körper, und ihr müdes Gehirn war zum Leben erwacht. Jetzt freute sie sich auf eine Tasse starken Kaffee.

Der Espressokocher auf dem zweiflammigen Gasherd in ihrer Bordküche gab ein Blubbern von sich, als es an der Aufbautür klopfte. Ach nein, muss das jetzt sein, fluchte Kathrin innerlich und zog einen Flunsch. Vor der ersten Tasse Kaffee war sie nicht in der Lage, ihre beiden Campingnachbarn zu ertragen. Wilhelm und Gerda Schultheiß zeigten sich zwar freundlich und zuvorkommend, doch Wilhelm hörte sich gern selbst reden. Kathrin fragte sich, wie Gerda seine endlosen Monologe über das Wetter, den Zustand des Campingplatzes und der dort abgestellten Campingfahrzeuge sowie andere Gemeinplätze ertrug. Wahrscheinlich schaltet sie auf Durchzug, überlegte sie und nahm sich vor, mit Wilhelms zu erwartendem Redeschwall ebenso zu verfahren.

Kathrin atmete einmal tief durch, um sich zu wappnen. Dann drückte sie die Tür auf und stutzte. »Matthes!«, rief sie verblüfft. »Was machst du denn hier?«

Auf Matthias Gerlos' fülligem Gesicht mit den roten Pausbäckchen machte sich ein Grinsen breit, das ihn aussehen ließ, als hätte er sich eine Mondlaterne über den Kopf gezogen. »Na, ist das eine Überraschung?« Seine Bassstimme hallte über den Platz.

»Pst!« Kathrin legte warnend den Finger an den Mund. »Die meisten schlafen noch. Aber komm rein!«

Matthias schaffte es, seinen drallen Körper durch die Eingangstür zu zwängen. Als er sich auf die hintere Sitzbank der Mitteldinette fallen ließ, schien das Wohnmobil in die Knie zu gehen und aus allen Stoßdämpfern aufzustöhnen. Tut mir leid, Töfftöff, dachte Kathrin entschuldigend. Der drahtige kleine Junge, mit dem Peter früher in den Fuldaauen geangelt hatte und mit dem er durch die Wälder gestapft war, hatte sich zu einem Fleischkoloss entwickelt.

Matthias Gerlos zog aus der Seitentasche seiner dunkelblauen Stoffhose ein Taschentuch hervor und tupfte sich damit die Stirn ab, auf der kleine Schweißperlen standen. Obwohl der Morgen für die Jahreszeit eher kühl war.

»Magst du einen Kaffee?« Kathrin wies auf die Espressokanne, in der der Kaffee dampfte.

»Wenn er schon fertig ist, gern«, erwiderte Matthias Gerlos. »Ich muss gleich wieder los. Der Chef darf nicht mit schlechtem Beispiel vorangehen und zu spät zum Dienst kommen.«

Kathrin füllte zwei Edelstahlbecher mit dem heißen Gebräu und stellte einen davon vor Matthias auf den Tisch. »Ich hoffe, du trinkst ihn schwarz«, sagte sie. »Die Milch, die ich von zu Hause mitgebracht hatte, ist bereits alle, und ich bin gestern nicht mehr zum Einkaufen gekommen.«

»Schwarz ist okay«, erwiderte Matthias Gerlos und blies in den Becher, damit der Kaffee schneller auf Trinktemperatur abkühlte. »Ich versuche eh gerade, ein paar Pfund abzuspecken.«

Das sagt er jedes Mal, wenn wir uns treffen, dachte Kathrin und fühlte Mitleid in sich aufsteigen. Denn trotz all seiner Bemühungen, den Zeiger der Waage nach unten zu drücken, schien genau das Gegenteil einzutreten. Er wurde von Jahr zu Jahr fülliger.

Matthias spitzte die fleischigen Lippen und nahm vorsichtig einen Schluck. »Ich habe mir gedacht, dass ich dich hier finde.«

Kathrin musste lachen. »Na, dazu muss man wahrlich kein Hellseher sein.«

»Nein.« Er schüttelte den Kopf. »Warst du gestern wieder oben am ›Pilzchen‹?«

Kathrin nickte.

»Weißt du …« Für einen Moment schaute Matthias Gerlos nachdenklich in seinen Kaffeebecher. »Auch ich vermisse Peter. Obwohl er schon so lange aus Rotenburg weg ist und wir uns in den letzten Jahren nur gesehen haben, wenn ihr mit eurem Wohnmobil hierhergekommen seid. Aber wir haben ja zwischendurch telefoniert oder geskypt.«

»Ihr wart Freunde«, sagte Kathrin leise.

»Beste Freunde«, erwiderte Matthias mit Wehmut in der Stimme.

Kathrin berührte kurz seine plumpe Hand. »Für echte Freundschaft gibt es keine Grenzen. Auch keine irdischen. Ich bin mir sicher, dass Peter dich da, wo er jetzt ist, ebenfalls nicht vergessen hat.«

»Schöner Gedanke.« Matthias Gerlos nahm einen weiteren Schluck von seinem Kaffee. »Trotzdem verstehe ich noch immer nicht, wie das passieren konnte. Wenn ich uns beide so vergleiche … Dann war Peter doch stets derjenige, der auf der Siegerspur unterwegs war. Ob in der Schule, an der Uni oder im Job. Er war mir immer um Längen voraus. Da hätte er mindestens hundert Jahre alt werden und auf ein megaerfolgreiches Leben zurückblicken müssen. So einer wie Peter, der tritt nicht einfach so ab. Bei dem ist doch nicht mit einem Schlag alles aus und vorbei.«

Kathrin seufzte. »Wie heißt es so schön: Nur die Guten sterben jung.«

»Peter hatte noch so viel vor«, murmelte Matthias in seinen Kaffeebecher. »Er hatte große Pläne, tolle Projekte im Hinterkopf.«

Kathrin nickte. »Stimmt. Peters Ehrgeiz war ziemlich ausgeprägt.«

»Ja, er wusste immer, was er wollte. Und hat, um seine Ziele zu erreichen, keine Kompromisse gemacht. Nicht einen Fingerbreit nachgegeben.«

»Ja, da konnte er knallhart sein«, bestätigte Kathrin. »Wenn er sich etwas vorgenommen hatte, hat er es durchgezogen. Gegen alle Widerstände. Dafür habe ich ihn bewundert. Obwohl ich mich in den letzten Jahren immer öfter gefragt habe, wie lange er das Tempo noch durchhalten kann.«

»Meinst du, er hatte so etwas wie eine Midlife-Crisis?« Matthias schaute sie bestürzt an. Dann schien ihm etwas aufzugehen, und er wurde blass. »Du gehst nicht etwa davon aus, dass Peter … dass es kein Unfall war? In dem Fall hätte er mir doch vorher was gesagt, oder?«

Kathrin schwieg einen Augenblick, weil sie sich in den ersten Monaten nach Peters Verschwinden von diesem Gedanken tatsächlich nicht hatte frei machen können. Obwohl im Abschlussbericht der Polizei ein Unfall als wahrscheinlich angesehen wurde, hatte sie sich anfänglich oft gefragt, ob es für Peter nicht doch Gründe gegeben haben könnte, einen Schlussstrich zu ziehen. War er damals so verzweifelt gewesen, dass er freiwillig über Bord der Fähre gegangen war und in der Ostsee den Tod gesucht hatte? War die Geschäftsreise nach Stockholm nur ein Vorwand gewesen, diesen womöglich lang gehegten Plan in die Tat umzusetzen? Ganz von der Hand zu weisen waren ihre Befürchtungen nicht. Denn wenn sie ehrlich war, musste sie sich eingestehen, dass er ihr zu der Zeit verändert vorgekommen war. Seine Stimmungen wechselten wie das Aprilwetter, er schwankte ständig zwischen hocheuphorisch und zu Tode betrübt. Zwischen hektisch und phlegmatisch. Zwischen Mitgefühl und Gleichgültigkeit. Er schmiedete abends Pläne, auch für Töfftöff, die er morgens wieder verwarf. Kathrin erinnerte sich, dass sein rechtes Augenlid oft nervös gezuckt hatte, vor allem wenn er mit ihr sprach. Sie hatte das für eine Folge des Stresses gehalten, dem er als Manager einer internationalen Großbank ausgesetzt war. Die Auswirkungen der Weltfinanzkrise hatten ihm alles abverlangt und machten sich selbst Jahre später noch bemerkbar. Hinzu kam ihre eigene Krise, weil sie sich in ihrem Job an der Uni vom Arbeitsaufwand her überfordert, fachlich aber eher unterfordert fühlte. Den Entschluss, beruflich komplett umzusatteln, hatte sie erst drei Jahre nach Peters Verschwinden gefasst. Ja, sie konnte es nicht leugnen: Damals hatten ihr gemeinsames Leben und ihre Ehe deutliche Abnutzungserscheinungen aufgewiesen. Aber wäre das für Peter ein Grund gewesen, alles hinter sich zu lassen? Eine derartige Entscheidung zu treffen? Nein! Kathrin schüttelte den Kopf. »Es war ein Unfall«, sagte sie mit fester Stimme.

»Ich habe immer gedacht, der Peter, der wird mal ein ganz großes Tier. Nicht zu vergleichen mit so einem kleinen Filialleiter, wie ich es bin.«

»Ja, Peter hat immer gescherzt, dass ihn die zu erwartenden Boni bald zum Multimillionär machen werden«, erinnerte sich Kathrin mit einem wehmütigen Lächeln. »Aber ob er es tatsächlich bis in die Vorstandsetagen geschafft hätte … Ich weiß es ehrlich gesagt nicht. Doch es nutzt alles nichts, wir müssen uns der Realität stellen«, ergänzte sie mit einem bedauernden Lächeln. »Peter ist weg, und du bist hier.«

»Verrückte Welt.« Matthias Gerlos leerte seinen Becher mit wenigen Schlucken. »Bleibst du noch ein paar Tage hier?«, wollte er wissen.

»Ich habe gedacht, so bis Ende der Woche. Wenn nichts dazwischenkommt.«

»Wollen wir an einem der Abende wieder zusammen essen gehen?«

»Gern. Gibt es dieses tolle italienische Restaurant an der Wehrstufe noch?«, erkundigte sich Kathrin.

»Ja. Soll ich dich morgen anrufen, damit wir einen Termin ausmachen? Dann kann ich abschätzen, ob ich in dieser Woche abends noch eine Sitzung habe oder nicht.«

Kathrin nickte. »Du hast ja meine Handynummer.«

»Okay.« Matthias Gerlos stützte sich mit beiden Händen auf der Tischplatte ab, um auf die Beine zu kommen. »Ich muss dann mal los.«

Kathrin stand ebenfalls auf. »Uh, Nieselregen«, stellte sie beim Blick durch das Fenster über der Küchenzeile fest.

Matthias Gerlos winkte ab. Er strich die Falten seiner Hose glatt und legte die fleischige Hand auf den Türöffner. »Mach's gut«, verabschiedete er sich.

»Du auch.« Kathrin lächelte. »Bis die Tage.«

Er drückte den Türöffner nach unten, wodurch sich die Aufbautür einen Spalt öffnete. »Solltest du bei dem Wetter nicht besser deine bestellten Brötchen reinholen?«, fragte er.

»Welche Brötchen?« Kathrin schaute ihn perplex an.

»Die da in dem Leinenbeutel am Seitenspiegel hängen.« Er quetschte sich durch den Türrahmen. »Das sind doch Brötchen, oder?«

Ohne zu bemerken, dass bei Kathrin jäh die Gesichtsfarbe wechselte, ging er zum rechten Außenspiegel, löste die Schnur, mit der der Beutel befestigt war, und reichte ihn ihr. »Guten Appetit«, sagte er und setzte sich mit einem leicht watschelnden Gang in Bewegung. Das triumphierende Lächeln, das er sich nach den Minuten der Anspannung erlaubte, sah Kathrin nicht. Sie konnte nicht ahnen, dass die ersten Schritte seines perfiden Plans geschafft waren … und dass weitere in Kürze folgen würden.

Mit zitternden Händen öffnete Kathrin den weißen Leinenbeutel. Darin entdeckte sie drei verschiedene Backwaren und einen Bezahlbon, von dem der obere Teil abgetrennt worden war. Dem Aufdruck konnte sie entnehmen, dass das Vollkorn- und das Mohnbrötchen sowie das Hörnchen mit aufgestreuten Mandelblättchen aus reinem Dinkelmehl gefertigt waren. Heftig schüttelte sie den Kopf, in der Hoffnung, dass die Trugbilder sich in Luft auflösen würden. Was jedoch nicht geschah. Der Beutel und die Backwaren fühlten sich äußerst real an. Außerdem reagierte ihr Magen auf den Duft der frisch gebackenen Brötchen: Er knurrte und verlangte umgehend nach seinem Frühstück. Kathrin ignorierte seine Signale und fuhr sich mit der Hand über die Stirn, um sich besser zu konzentrieren. Wie waren die Brötchen an ihr Wohnmobil gelangt? Wer war dafür verantwortlich?

Ihr kam ein Verdacht: War sie gestern nach dem Vorfall mit dem blonden Jungen geistig so weggetreten gewesen, dass sie die Brötchen an der Rezeption des Campingplatzes bestellt hatte, ohne sich jetzt noch daran erinnern zu können? Oder hatte sie beim Einchecken auf dem Formular aus Versehen etwas angekreuzt, das sie gar nicht benötigte? Für die ersten Urlaubstage hatte Kathrin sich genügend Aufbackbrötchen von zu Hause mitgenommen, die sie in ihrem kleinen runden Schwedenbackofen auf der Gasflamme zubereitete. Sie bedurfte keines Lieferservices. Aber woher kamen die Dinkelbrötchen? Kathrin schlüpfte in ihre Regenjacke und griff nach dem Beutel. Sie würde das umgehend klären.

Hinter dem Tresen der Rezeption saß an diesem Morgen eine junge Frau, der sie bisher noch nicht begegnet war. Kathrin schlug die Kapuze ihrer Jacke zurück und legte den Leinenbeutel demonstrativ auf den Tresen. »Den habe ich gerade am Außenspiegel meines Wohnmobils entdeckt«, sagte sie. »Ich nehme an, der ist von Ihnen?«

Die junge Frau, die ihre modische dunkelgraue Beanie im Innenraum nicht abgesetzt hatte, schaute Kathrin durch die Gläser ihrer schwarz gerahmten Brille erstaunt an. »Nein. Von mir ist der nicht.«

»Vielleicht von Ihrer Kollegin?«

»Ich bin allein hier. Seit halb sieben«, erwiderte die Campingplatz-Mitarbeiterin und richtete ihren Blick wieder auf den Bildschirm, auf dem Kathrin einen langen Text mit eingeschobenen Formeln ausmachen konnte.

»Aber jemand muss mir den Beutel vorbeigebracht haben.«

»Fragen Sie doch mal Ihre Nachbarn.«

»Die schlafen noch.«

»Na, dann halt, wenn sie aufgestanden sind.« Die Mitarbeiterin blickte vielsagend von Kathrin zurück auf ihren Text.

»Könnten Sie bitte mal in der Bestellliste nachsehen?«, bat Kathrin.

Die junge Frau zog ihre schwarzen Augenbrauen hoch. »Sie wollen, dass ich in der Bestellliste nachschaue, ob Sie gestern Brötchen bestellt haben?«

»Ja, möchte ich.«

Die Augenbrauen wanderten noch einen Tick höher. »Okay, wie Sie meinen.« Sie gab sich geschlagen und stand auf, um den Ordner mit den Bestellformularen aus dem Regal zu holen. »Da ist sie, die Liste von gestern.« Die junge Frau, eine studentische Aushilfskraft, wie Kathrin inzwischen vermutete, knallte den aufgeschlagenen Ordner auf den Tresen.

Kathrin zog die Mappe ein Stück näher zu sich heran und studierte die Brötchenbestellungen vom Vortag.

»Da bin ich nicht drauf«, stellte sie mit Erleichterung fest.

»Was Sie nicht sagen!« Die Stimme der Mitarbeiterin troff vor Sarkasmus.

Kathrin rieb sich erneut über die Stirn, hinter der es schmerzhaft zu pochen begann. Dann unternahm sie einen weiteren Versuch, sich verständlich zu machen.

»Also, ich wusste natürlich, dass ich da nicht drauf sein kann«, erklärte sie. »Weil ich gestern ja nichts bei Ihnen bestellt habe.«

Die junge Frau verschränkte die Arme vor der Brust. »Gestern hatte meine Kollegin Dienst.«

Kathrin atmete tief durch, um nicht zu explodieren. »Also dann formuliere ich es so: Ich wusste, dass ich auf der Liste von gestern nicht drauf sein kann, weil ich gestern nichts bei Ihrer Kollegin bestellt habe.«

Die Campingplatz-Mitarbeiterin schwieg, doch ihr Gesichtsausdruck sprach Bände. Kathrin konnte ihm entnehmen, dass die junge Frau sie für total irre hielt. Aber man hatte ihr wohl eingebläut, beim Umgang mit schwierigen Gästen auf keinen Fall die Fassung zu verlieren. Auch wenn die Gäste sich wie Wahnsinnige aufführten.

Kathrin beugte sich ein wenig über den Tresen. Die Frau wich zwei Schritte zurück. »Ich wollte doch nur nachprüfen, ob bei der Bestellung ein Fehler unterlaufen ist.«

»Und? Ist die Bestellliste zu Ihrer Zufriedenheit?«

»Natürlich«, beeilte sich Kathrin zu versichern. »Nur dass ich halt nicht drauf bin.«

Die junge Frau gab einen gequälten Ton von sich.

Kathrin setzte ein, wie sie hoffte, zuckersüßes Lächeln auf. »Ich danke Ihnen für Ihre Geduld. Jetzt weiß ich mit Sicherheit, dass keine Bestellung von mir auf der Liste ist. Allerdings –«

»Nee! Bitte nicht schon wieder!«, fiel ihr die Mitarbeiterin, in deren Augen sich ein verzweifelter Ausdruck breitgemacht hatte, ins Wort. Kathrin fragte sich insgeheim, wann der Moment käme, in dem sie die Polizei oder den Notarzt alarmieren würde. Aber sie musste das jetzt zu Ende bringen. Klarheit erlangen.

Sie verstärkte ihr Lächeln. »Dröseln wir das doch bitte noch einmal ganz von vorn auf.«

»Von mir aus«, stöhnte die junge Frau und verdrehte die Augen zur Zimmerdecke.

Kathrin ließ sich nicht beirren. »Würden Sie mir zustimmen, wenn ich sage, dass die Brötchen, die ich heute an meinem Wohnmobil vorgefunden habe, definitiv nicht von Ihnen kommen? Oder von Ihrer Kollegin?«, fügte sie schnell hinzu. »Dass bei Ihnen also keine wie auch immer geartete Bestellung dafür vorliegt?«

Die Mitarbeiterin schwieg. Rieb sich mit dem Daumen über die Unterlippe. Dann platzte sie heraus: »Aber das hätte ich Ihnen alles vorher sagen können. Wenn Sie mich gelassen hätten! Bevor Sie mit der blöden Bestellliste angefangen haben.«

»Wie?« Kathrin war merklich verunsichert.

»Es ist nämlich so«, begann die junge Frau nun eifrig zu erklären, wohl um der peinlichen Situation ein Ende zu bereiten. »Wir bekommen die Morgenbackwaren in Körben angeliefert. Dann nehmen wir uns die Bestellliste für den jeweiligen Tag vor und sortieren das Gebäck je nach Bestellung in Tüten. In braune Papiertüten. Der Beutel da, der ist nicht von uns.« Jetzt war es Kathrin, die laut aufstöhnte. Obwohl sie morgens nie Alkohol trank, überkam sie das Gefühl, dass ein doppelter Schnaps ihr jetzt guttun und sie vielleicht vor dem kompletten Überschnappen bewahren würde. »Danke, dass Sie mir geholfen haben«, murmelte sie mit hochroten Wangen und stürmte hinaus. Den Leinenbeutel mit den Dinkelbrötchen hielt sie mit weit ausgestrecktem Arm vor sich, so als befände sich darin eine Bombe.

Im Wohnmobil griff Kathrin sofort zu ihrem Handy. Es dauerte eine Weile, bis ihre Schwiegermutter das Gespräch annahm. »Warte mal«, bat Ruth Schäfer. »Ich muss mir die Hände waschen. Ich war im Garten.«

Kathrin hörte Wasser plätschern.

»So, jetzt bin ich ganz bei dir«, sagte Ruth Schäfer. »Dann leg mal los. Was gibt's denn, Liebes?«

Während Kathrin ihrer Schwiegermutter berichtete, welche anonyme Gabe sie heute an ihrem Wohnmobil vorgefunden hatte, zog diese hörbar einen Stuhl unter dem Küchentisch hervor und setzte sich. Das Gespräch würde mit Sicherheit länger dauern, als ihren alten Beinen im Stehen guttat.

»An der Rezeption darf ich mich so schnell nicht mehr blicken lassen, ohne dass die gleich mit der Zwangsjacke ankommen«, schloss Kathrin ihren Bericht.

»Ach was, Derartiges müssen sie aushalten. Ich nehme sogar an, dass sie dort Schlimmeres gewohnt sind. Gäste, denen die Farbe der Toilettenbürste oder das Wetter oder die Nase ihres Nachbarn nicht passt. Wenn man ein Hotel oder einen Campingplatz betreibt, muss man sich ein dickes Fell zulegen.«

»Das Blöde ist, dass ich nach wie vor nicht den blassesten Schimmer habe, von wem die Brötchen stammen.«

»Dann hast du also gleich zwei Rätsel zu lösen«, stellte Ruth Schäfer fest. »Ich nehme an, der Überbringer des Rosenstraußes hat sich ebenfalls nicht bei dir gemeldet?«

»Nein. Auch diesbezüglich tappe ich total im Dunkeln.«

»Vielleicht hast du einen heimlichen Verehrer?«, mutmaßte ihre Schwiegermutter.

»Matthes war heute früh hier«, erzählte Kathrin. »Aber der ist es definitiv nicht gewesen.«

»Matthes? Matthias Gerlos? Wie geht es ihm?«

»Er ist jetzt Filialleiter und scheint darüber auch ganz glücklich zu sein. Aber seit letztem Jahr hat er bestimmt weitere fünf bis zehn Kilo zugelegt.«

»Der kleine Matthes«, erinnerte sich Ruth Schäfer amüsiert. »Wenn ich für die Jungs Pfannkuchen gebacken habe, hat Matthes schon damals mehr als die doppelte Menge verputzt. Ein kleiner Nimmersatt war er. Auch in anderen Belangen, wohlgemerkt. Hat keine Gelegenheit ausgelassen, sich in den Vordergrund zu drängen. Wollte stets mehr. Viel mehr.«

»Echt? Ich habe ihn immer als eher zurückhaltend erlebt«, wunderte sich Kathrin. »Und er war doch Peters bester Freund.«

»Das hat Peter auch immer behauptet. Aber manchmal hatte ich das Gefühl, dass er wohl eher sein bester Feind war. Da war so ein Unterton zwischen den beiden. Eine Art Rivalität. Matthes wollte ständig genau das, was Peter hatte. Oder mehr.«

»Komisch. Das hat Peter mir nie erzählt. Er hat auf Matthes nie etwas kommen lassen.«

»Vielleicht irre ich mich ja auch. Ist alles schon lange her. Kann gut sein, dass mich mein Gedächtnis im Stich lässt. Du weißt doch: Alte Leute werden zuerst kauzig und dann vergesslich.«

Kathrin lachte laut auf. »In deinem Oberstübchen ist alles in bester Ordnung. Und was du als kauzig bezeichnest, das würden andere Leute schlicht und ergreifend ›sturer Dickkopf‹ nennen!«

Ruth Schäfer brach ebenfalls in Lachen aus. »Musst du gerade sagen. Wie hieß es in meiner Kindheit so schön: Da schimpft ein Esel den anderen ›Langohr‹. Gegen deinen angeborenen Dickkopf ist meiner doch butterweich!«

»Mag sein. Mein Dickkopf will jedenfalls wissen, wer mir die Brötchen ans Wohnmobil gebracht hat.«

»Hast du bei deinen Nachbarn nachgefragt?«

»Noch nicht«, musste Kathrin eingestehen. »Aber ich bin mir zu hundertfünfzig Prozent sicher, dass sie es nicht waren.«

»Weil?«

»Es stecken nicht irgendwelche Brötchen in dem Leinenbeutel«, erwiderte Kathrin. »Es sind Dinkelbrötchen. Das konnte ich anhand des Bons, der im Beutel lag, erkennen.«

»Musst du die noch bezahlen?« Ruth Schäfer kam die ganze Angelegenheit nun ebenfalls seltsam vor.

»Nein, nein«, beeilte sich Kathrin zu sagen. »Der Bon zeigt ja, dass sie bezahlt wurden. Ich sehe das eher so, dass der Bon mit dazugelegt wurde, um mir zu zeigen, dass die Brötchen aus reinem Dinkelmehl sind.«

»Wie aufmerksam von dem edlen Spender«, spottete Ruth Schäfer.

»Durchaus.« Kathrin ging auf den heiteren Ton nicht ein. »Weil ich nur Dinkelmehl ohne Probleme essen kann.«

»Ach du lieber Himmel!«, entgegnete Ruth Schäfer erschrocken. »Das hatte ich total vergessen. Du verträgst ja kein Weizenmehl!«

»Ich bin mindestens drei Tage krank, wenn ich doch welches esse«, präzisierte Kathrin düster.

Ihre Schwiegermutter schwieg eine Weile.

»Aber woher wusste derjenige, der dir die Brötchen ans Wohnmobil gebracht hat, von deiner Weizenunverträglichkeit?«, fragte sie schließlich.

»Genau das ist die Frage, die ich mir auch dauernd stelle«, erwiderte Kathrin.

»Dann war es doch Matthes!«, rief Ruth Schäfer aus. »Es muss Matthes gewesen sein.«

»Nein, das ergibt keinen Sinn. Warum sollte er den Beutel mit den Brötchen an den Außenspiegel hängen und mich erst beim Gehen darauf aufmerksam machen? Wäre es Matthes gewesen, hätte er die Brötchen doch einfach mit ins Wohnmobil gebracht.«

»Stimmt.«

»Es ist wie mit den Teerosen.« Kathrin lief inzwischen im engen Mittelgang des Wohnmobils auf und ab. »Wer außer dir konnte wissen, dass es meine Lieblingsblumen sind? Die Peter mir immer zum Hochzeitstag geschenkt hat?«

»Außer mir war niemand im Bilde«, musste Ruth Schäfer zugeben.

»Eben!«, schrie Kathrin jetzt so laut, dass Ruth Schäfer abwehrend aufstöhnte. »Und genauso verhält es sich mit meiner Weizenunverträglichkeit. Von Peter und dir abgesehen, hatte niemand davon Kenntnis. Und selbst du hast eben nicht daran gedacht, obwohl wir zu Hause oft zusammen frühstücken.«

»Aber Liebes! Ich war es nicht, und Peter kann es ebenfalls nicht gewesen sein«, widersprach Ruth Schäfer heftig.

»Weiß ich doch«, sagte Kathrin und raufte sich mit der linken Hand das Haar. »Andererseits …«

»Was andererseits?« Ruth Schäfers Stimme war anzuhören, dass das Gespräch einen Verlauf nahm, der ihr nicht behagte.

»Wir haben keine Beweise«, sagte Kathrin. »Acht Jahre später wissen wir noch immer nicht, was in jener Nacht auf der Ostsee tatsächlich passiert ist.«

»Wir haben den abschließenden Untersuchungsbericht. Und die gerichtliche Todeserklärung.«

»Das ist ein formaler Akt«, widersprach Kathrin vehement, »aber kein Beweis. Weder du noch ich haben mit eigenen Augen Peters Leichnam gesehen. Er liegt in keinem Grab.«

»Weil er nicht mehr auffindbar ist«, wandte Ruth Schäfer leise ein.

»Was, wenn alles ganz anders war, als die Polizei vermutet? Wenn –«

»Liebes, du machst dir was vor!«

»Nein!« Kathrins Schrei spiegelte ihre ganze Verzweiflung wider. »Es könnte doch sein, dass wir uns alle irren. Was, wenn

Peter gar nicht über Bord gegangen ist? Vielleicht wurde er gegen seinen Willen irgendwo festgehalten. Konnte uns nicht benachrichtigen. Oder er hatte einen Unfall und hat das Gedächtnis verloren. So was liest man doch immer wieder in den Medien.«

»Wenn er an einem Gedächtnisschwund leiden würde, könnte er sich nicht an die Teerosen und deine Weizenunverträglichkeit erinnern«, versuchte Ruth Schäfer, ihre Schwiegertochter auf den Boden der Tatsachen zurückzubringen.

»Vielleicht kehrt die Erinnerung ja langsam zurück. Es muss doch eine logische Erklärung für die Rosen und die Dinkelbrötchen geben!« Kathrin war den Tränen nahe.

»Die gibt es sicherlich«, sagte Ruth Schäfer mit sanfter Stimme. »Du hast sie nur noch nicht gefunden. Ich verspreche dir, das wird sich alles bald aufklären.«

»Hoffentlich.« Kathrin fuhr sich mit dem Handrücken über die Augen. »Wenn das so weitergeht, drehe ich noch komplett durch.«

»Ich habe von Anfang an gesagt, dass es keine gute Idee ist, nach Rotenburg zu fahren«, rief ihr Ruth Schäfer ins Gedächtnis. »Du musst endlich mit allem abschließen. So schwer es dir auch fallen mag. Und glaube mir, ich weiß, wovon ich spreche.«

Kathrin schwieg eine Weile.

»Vielleicht ist es besser, wenn ich morgen nach Hause komme«, sagte sie.

»Was gut für dich ist, musst du selbst entscheiden«, erwiderte ihre Schwiegermutter. »Aber ich für meinen Teil wäre erleichtert, wenn ich dich wohlbehalten wieder in Lorsch wüsste.«

Kathrin konnte es ihr nachfühlen. »Lass mich eine Nacht darüber schlafen«, bat sie. »Ich werde es mir morgen früh überlegen.«

»Ist in Ordnung, Liebes.« Ruth Schäfer atmete tief durch. »Pass gut auf dich auf.«

Sie beendeten das Gespräch, und Kathrin legte ihr Handy zur Seite. Ihr Blick fiel auf die Rosen, die im Topf auf dem Tisch der Hecksitzgruppe standen.

»Was mache ich nur?«, flüsterte sie in der Gewissheit, dass dies nur eine rhetorische Frage war.

Wenn es um Bleiben oder Fahren ging, gab es nur eine einzige richtige Entscheidung.

7

Als Astrid Lund nach Sonnenuntergang in Rotenburg ankam, lag die Rezeption des Campingplatzes im Dunkeln. Eine Hinweistafel mit einer Telefonnummer für Spätankömmlinge war nicht vorhanden und die Einfahrt mit einer Schranke, die sich nur mit einer an der Rezeption ausgegebenen Chipkarte öffnen ließ, verschlossen. Astrid manövrierte den Volvo und den kleinen Kabe-Wohnwagen auf den Seitenstreifen der Zufahrtsstraße zum Campingplatz und stieg aus. Seit sie in Travemünde von der Fähre gefahren war, hatte sie fast ununterbrochen am Steuer gesessen. Ihre verkrampften Schultern schmerzten, und ihre Augen brannten, als hätte sie sie mit feinem Sand ausgewaschen. Sie reckte sich und gähnte herzhaft. Mit steifen Beinen drehte sie eine Runde um ihr Auto und den Wohnwagen und beschloss, die Nacht gleich hier, vor dem Campingplatz, zu verbringen. Morgen früh konnte sie dann in aller Ruhe einchecken.

Astrid öffnete die Wohnwagentür, streifte ihre Sneaker auf der Fußmatte ab, die im Eingangsbereich lag, und betrachtete zufrieden ihr Urlaubsreich: Der kleine weiße Wohnwagen mit dem roten Mittelstreifen als äußeres Markenzeichen war inzwischen fast vierzig Jahre alt, hatte jedoch alles, was sie benötigte: eine gemütliche Sitzgruppe im Heck, die sie für die Nacht mit wenigen Handgriffen zum Bett umbauen konnte. Eine Bugküche mit Zweiflammenherd, Spüle, elektrischer Wasserpumpe und einem Kühlschrank. Dazu ein winziges Bad mit Toilette und Waschbecken und ein Kleiderschrank, der für die wenigen Urlaubsklamotten, die Astrid eingepackt hatte, mehr als genug Stauraum bot. Die Möbelfronten in Nussbaumoptik waren dank der sorgsamen Pflege ihres Vaters bestens in Schuss. Nur die Polsterbezüge und die Gardinen hatten sie im Laufe der Jahre erneuern müssen. Dunkelblaue Sitzbezüge und blauweiß gestreifte Gardinen verliehen dem kleinen Wohnanhänger einen maritimen Touch, weshalb Astrid sich manchmal, wenn der Wind am Wohnwagen rüttelte, wie auf einem Boot vorkam. Erschöpft ließ sie sich auf das Polster der Sitzgruppe fallen und legte die Füße hoch. Urlaub, endlich Urlaub, dachte sie. Und verbesserte sich sogleich: Nein. Sie war nicht im Urlaub. Sie war auf einer Mission. Einer Mission, nach deren Erfüllung sie mit ihrem alten Leben abschließen und endlich ein neues, glücklicheres beginnen würde.

Astrid merkte, wie sich allein beim Gedanken daran ein wohliges Gefühl in ihrer Brust breitmachte. Sie kam auf die Füße und holte eine Tüte Kartoffelchips aus einem der Oberschränke sowie eine Flasche Riesling aus dem Kühlschrank. Den Wein hatte sie im Bordshop der Fähre gekauft. Jetzt war genau der richtige Moment, sich ein oder zwei Gläschen davon zu gönnen. Sie füllte ein aus unzerbrechlichem Kunststoff gefertigtes Weinglas und prostete sich selbst damit zu: »Auf die Zukunft!«

Die Sonne war noch nicht aufgegangen, da wurde Astrid von einem Motorengeräusch geweckt. Sie schob die Gardine zur Seite und linste durch den Spalt nach draußen. Ein grüner Geländewagen älterer Bauart war auf dem gegenüberliegenden Randstreifen zum Stehen gekommen. Zwei in Olivgrün gekleidete Männer stiegen aus und luden Berge von schwarzen Taschen und sperrigen Gepäckstücken aus dem Kofferraum auf einen Caddy. Dabei unterhielten sie sich leise. Angler, dachte Astrid und zog die Mundwinkel nach unten. Von jener Spezies, die mit ihrer Hightechausrüstung den Fischen nachstellte und meinte, dadurch einen besonders dicken Fang an Land zu ziehen. Sie vergaßen dabei, dass es beim Fischfang nicht allein auf das Equipment, sondern vor allem auf das Wissen um die Gewässer und die Gewohnheiten der Fische ankam.

»Na, dann Petri Heil«, murmelte Astrid verächtlich und kuschelte sich erneut unter die Bettdecke. Sie schloss die Augen und wartete auf den Schlaf – der jedoch nicht kam. Nach zehnminütigem ununterbrochenem Hin-und-her-Wälzen warf sie das Oberbett zur Seite, schlüpfte in Jeans, T-Shirt und Fleecejacke und schob ihre nackten Füße in die Sneaker. Dann öffnete sie die Wohnwagentür.

Die Kuppen der Hügelketten waren in fahles Morgenlicht getaucht. Bis die Strahlen der aufgehenden Sonne das Flusstal erreichten, würde es aber noch mindestens eine halbe Stunde dauern. Nebelschleier stiegen vom wie dunkle Melasse dahinfließenden Wasser auf. Astrid schloss fröstelnd den Reißverschluss ihrer Jacke. Zu Hause in Schweden war es um diese Zeit zwar nicht unbedingt wärmer, aber deutlich heller.

Ein Güterzug ratterte auf der gegenüberliegenden Flussseite vorbei. Astrid trat von einem Bein auf das andere, unschlüssig, wie sie vorgehen sollte. Um zum Herz-Kreislauf-Zentrum hochzugehen und der Bekannten ihres Vaters das Geschenk zu übergeben, war es zu früh. Für dezente Erkundigungen, ob eine Frau, die ihrer Schwester ähnlich sah, vor Ort war, ebenso. Mit ihrer Suche könnte sie frühestens um acht, halb neun beginnen, wenn alle Leute aufgestanden beziehungsweise an ihrem Arbeitsplatz waren. Astrid beschloss, die Wartezeit zu überbrücken, indem sie sich das Gelände des Campingplatzes anschaute und sich eine freie Parzelle aussuchte. Auf diese Weise würde sie nachher bei der Anmeldung weniger Zeit verlieren.

Sie versicherte sich mit einem kurzen Blick durch die Glastür der Rezeption, dass diese tatsächlich noch nicht besetzt war. Astrid wusste aus Erfahrung, dass die Betreiber es nicht gern sahen, wenn Unbefugte oder Passanten, die keine Gäste des Campingplatzes waren, unangemeldet auf dem Grundstück herumspazierten. Doch in der Rezeption und dem angrenzenden Sanitärgebäude war alles dunkel.

Astrid passierte einen kleinen Kinderspielplatz und hielt sich links, weil sie rechts eine Ansammlung von Wohnwagen sah, die eine Art Wagenburg gebildet hatten. Da sie ihre Ruhe haben und vor allem in Ruhe gelassen werden wollte, kam dieser Teil des Terrains für ihren Aufenthalt nicht in Frage. Linksseitig erstreckte sich das Areal entlang des Flussufers. Im vorderen Bereich waren die Standplätze mit Kastanienbäumen abgegrenzt, deren rote Blüten einen süßlichen Duft verströmten.

Der Schotter auf der schnurgeraden, schmalen Zufahrt knirschte unter Astrids Sneakern. Ein Hund im Inneren eines dunklen Kastenwagens bellte auf. Sie zuckte erschrocken zusammen. Obwohl sie nichts Unrechtes tat, hatte sie doch ein schlechtes Gewissen. Sie hoffte, keinem notorischen Frühaufsteher zu begegnen, der sie fragen würde, was sie hier zu suchen hätte. Astrid wechselte von der Straße auf die kurz gehaltene Rasenfläche, sodass niemand ihre Schritte vernahm.

Die Auslastung des Campingplatzes war eher gering, das Gelände jedoch größer, als Astrid vermutet hatte. Zum westlichen Ende hin verjüngte sich das Grundstück. Die meisten Parzellen hier waren nicht belegt. Höchstwahrscheinlich deshalb, weil die Mehrheit der Gäste den längeren Weg zu den Sanitäranlagen scheute. Hier könnte es mir gefallen, dachte Astrid. Als entfernte Nachbarn hätte sie lediglich einen großen vollintegrierten Liner und ein kleines Alkoven-Wohnmobil, das schätzungsweise so betagt war wie der Wohnwagen ihrer Eltern. Sie beschloss, sofern vonseiten der Campingplatzbetreiber nichts dagegensprach, sich hier für zwei Nächte häuslich niederzulassen.

Astrid machte auf dem Absatz kehrt, um zu ihrem Wohnwagen zurückzugehen. Da entdeckte sie an der Kopfweide mit der ausladenden Krone, neben der das Oldtimer-Wohnmobil stand, eine hoch aufgeschossene Gestalt. Ihr Puls beschleunigte sich. Der Typ würde sich jetzt doch nicht an der Weide erleichtern, fragte sie sich mit Wut im Bauch. Nur weil er zu faul war, bis zu den Sanitäranlagen zu laufen? Oder weil er gestern Abend vergessen hatte, seine Campingtoilette an der Entsorgungsstation zu entleeren? Astrid, die von Kindesbeinen an mit dem Wohnwagen unterwegs war, konnte fuchsteufelswild werden, wenn sich jemand nicht an die Campingregeln hielt. Und Regel Nummer eins lautete: Erledige deine größeren und kleineren Geschäfte nur auf der eigenen Bordtoilette oder den öffentlichen Toiletten und entsorge dein Camping-WC niemals in der freien Natur. Sie machte sich bereit, den in flagranti ertappten Typen zur Rede zu stellen. Dann stutzte sie. Etwas an dem von

Kopf bis Fuß dunkel gekleideten Mann kam ihr komisch vor. Der hatte sich zwar so vor die Weide gestellt, als ob er urinieren wollte, tat es letztendlich aber nicht. Stattdessen lehnte er den Kopf, der mit einer grauen Filzkappe bedeckt war, gegen die zerfurchte Rinde des Baumes. Seine Schultern fingen an zu beben. Astrid vernahm ein leises Schluchzen. Peinlich berührt machte sie ein paar Schritte rückwärts und versteckte sich hinter dem Heck des Liners. Ich sollte zurückgehen, dachte sie. Das geht mich nichts an. Dennoch tat sie genau das Gegenteil. Sie lugte hinter dem Liner hervor. Neugier und ein vages Gefühl von Besorgnis hielten sich dabei die Waage. Was, wenn der Typ so verzweifelt war, dass er im Begriff stand, sich etwas anzutun?

Astrid streckte den Kopf vorsichtig ein Stückchen weiter vor, um einen besseren Blick auf das Geschehen zu erhaschen, und wartete. Eine Amsel stimmte in der Haselnusshecke ihren Morgengesang an. Der Mann zuckte zusammen, richtete den Oberkörper auf und schaute erschrocken um sich. Im letzten Moment gelang es Astrid, den Kopf einzuziehen und erneut im Schutz des Liners in Deckung zu gehen. Als sie sich nach einer gefühlten Ewigkeit getraute, hinter der Heckpartie hervorzuspähen, stand der Mann neben dem kleinen Oldtimer-Wohnmobil. Mit den Fingern strich er zärtlich über die Motorhaube, so als ob er einen Hund liebkoste. Seinen Blick hatte er sehnsüchtig nach oben auf das Alkovenfenster gerichtet. Fast bekam Astrid den Eindruck, dass er abermals in Tränen ausbrechen würde. Doch statt zu weinen, griff der Mann in die Tasche seiner weit geschnittenen Jacke und zog einen länglichen, filigran aussehenden Gegenstand hervor. Darauf hauchte er einen Kuss und hängte ihn an den kleinen runden Zusatzspiegel, der oberhalb des linken Außenspiegels angebracht war.

Ein letztes Mal glitten seine Finger über das silbrig glänzende Objekt, bevor er sich abrupt umdrehte.

Für den Bruchteil einer Sekunde erhellte ein Strahl der aufgehenden Sonne sein gleich darauf wieder vom Schirm der Filzkappe beschattetes Gesicht. Astrid sah ein Geflecht aus Narben, das sich von unterhalb des rechten Auges bis zum rechten Mundwinkel zog. Es war ein Gefühl, als ob ihr jemand ohne Vorwarnung mit aller Macht in den Magen getreten hätte. Sie krümmte sich hinter der Heckpartie des Liners zusammen. Konnte das, was sie gerade gesehen hatte, wahr sein? Oder bildete sie es sich nur ein? Weil sie so verzweifelt wollte, dass es die Wahrheit war? Aber die Beschreibung, die Ines ihr auf der Geburtstagsparty in Stockholm von dem Mann gegeben hatte, stimmte mit dem, was sie gerade gesehen hatte, überein. Ihre Freundin hatte die graue Filzkappe und die Narben, die seine rechte Gesichtshälfte überzogen, ausdrücklich erwähnt.

Sie atmete ein paarmal tief ein und aus, um sich zu sammeln. Konnte sie ein derart unverschämtes Glück haben, dass sie gleich am ersten Tag in Rotenburg dem Begleiter ihrer Schwester über den Weg lief? Astrid spürte, wie ihr vor Aufregung heiß wurde und ihr Herz schneller pochte. Sie spähte nochmals in Richtung der Kopfweide.

Der Mann war verschwunden.

**

In der Nacht hatte Kathrin abermals von Peter geträumt. Mit einem Unterschied: Statt wie sonst nach einem Dreizehner-Ringschlüssel zu verlangen, wollte er diesmal eine Rettungsweste von ihr. Im Traum hatte Kathrin das ganze Haus nach einer Schwimmweste abgesucht. Vergeblich. Die brodelnden Wellen waren über Peter zusammengeschlagen, ohne dass sie ihn zu retten vermocht hätte. Sie hatte versagt.

Beim Aufwachen stellte Kathrin fest, dass ihr Kopfkissen tränennass war. Sie fühlte sich wie erschlagen. Mit wackligen Beinen stieg sie die Alkovenleiter hinunter und ließ sich auf das Sitzpolster der Mitteldinette sinken. Dort stützte sie ihren müden Kopf in die Hände und versuchte, einen klaren Gedanken zu fassen. Was ihr nicht gelang. Eine halbe Stunde später war sie noch immer zu keiner Entscheidung gekommen. Sie schlurfte in ihr winziges Bad und spritzte sich kaltes Wasser ins Gesicht.

Beim Abtrocknen ließ es sich nicht vermeiden, dass sie sich mit ihrem eigenen Spiegelbild konfrontierte. Kathrin stöhnte laut auf. Wenn einer von ihren Patienten sie in dem Zustand sähe, könnte sie ihre Heilpraktiker-Praxis dichtmachen. Niemand würde ihr abnehmen, dass sie zur Gesundung ihrer Patienten beitrug. Vielleicht sollte ich auf Bestatter umschulen, dachte sie in einem Anflug von tiefschwarzem Humor. Leichenblässe und ausdruckslose Augen gehörten in dem Metier dazu.

Kathrin stellte sich erneut vor den Spiegel und streckte sich selbst die Zunge heraus. »Good morning, Zombie«, sagte sie und fühlte sich dadurch seltsamerweise besser. Humor war bekanntlich, wenn man trotzdem lachte.

In dieser Stimmung kramte sie ein knallrotes T-Shirt aus dem Kleiderschrank hervor und schlüpfte in ihre Jeans. Da klopfte es an der Tür.

»Wir wollen uns nur kurz verabschieden.« Gerda Schultheiß reichte Kathrin zum Abschied die Hand. Ihr Mann saß schon auf dem Fahrersitz und winkte ihr von dort aus zu.

»Gute Weiterfahrt.« Kathrin winkte zurück und sah mit einer gewissen Erleichterung, wie sich der Liner in Bewegung setzte. Sie hoffte, dass ihre nächsten Urlaubsnachbarn weniger redselig wären. Kathrin reckte sich und sog die frische Morgenluft ein. Dabei bemerkte sie, dass ein kleiner Wohnwagen mit schwedischem Kennzeichen auf der übernächsten Parzelle angekommen war. Eine Frau, die so gar nicht dem Klischee einer blonden, hochgewachsenen Schwedin entsprach, beugte sich in den Kofferraum ihres Volvos, holte daraus einen Tritthocker aus grauem Kunststoff hervor und stellte ihn vor die Eingangstür des Wohnwagens. Dabei trafen sich ihre Blicke.

»Guten Morgen«, grüßte Kathrin.

Die Frau antwortete nicht.

Na prima, dachte Kathrin. Was das Thema Redseligkeit betraf, schien sich die Schwedin als ihre Wunschkandidatin zu erweisen. Ohne ein weiteres Wort wandte sich Kathrin ab und wollte hineingehen, um sich in Töfftöffs Bordküche den dringend benötigten Morgenkaffee zu kochen. In dem Moment sah sie aus den Augenwinkeln etwas am Außenspiegel aufblitzen. Kathrin schnellte herum und schlug sich die Hand vor den Mund. »Das gibt es doch nicht!«, flüsterte sie.

Es dauerte eine Weile, bis sie den Mut fand, die wenigen Schritte bis zur Motorhaube zurückzulegen und den silbrig glänzenden Gegenstand vom Außenspiegel des Wohnmobils zu lösen. Als es ihr endlich gelungen war, zitterten ihre Hände so sehr, dass die Halskette ihren Fingern entglitt und zu Boden fiel. Kathrin brauchte drei Versuche, um sie aufzuheben. Wie eine Betrunkene wankend, schleppte sie sich ins Wohnmobil. Das kalte Silber schien in ihrer Hand zu glühen. Drinnen löste sie die Kette aus ihrem verkrampften Griff und legte das Schmuckstück vor sich auf die Tischplatte. Kritisch beäugte sie jedes Detail. An einer Kette aus Ankerkettengliedern waren zwei ineinander verschlungene Herzen befestigt. Der kleinere der beiden Herzanhänger war glatt poliert, der größere mit Strasssteinchen besetzt, die im Morgenlicht glitzerten. Auf einem winzigen Zettel, der am Verschluss der Kette befestigt war, entdeckte sie eine seltsame Aneinanderreihung von Ziffern, die sie nicht zuordnen konnte. Ein Preisschild war es jedenfalls nicht. Doch der Zettel hatte für Kathrin keine Bedeutung. Für sie zählte allein die Halskette. Sie war weder besonders aufwendig gearbeitet noch wertvoll. Aber sie war auf andere Weise kostbar, denn es handelte sich zweifellos um das Exemplar, das sie und Peter vor vielen Jahren auf dem Amsterdamer Flohmarkt erstanden hatten. Es war *ihre* Kette, die sie wenige Monate vor Peters Verschwinden verloren hatte. Zumindest war Kathrin davon ausgegangen, sie verloren zu haben. Von einem Tag auf den anderen war die Halskette nicht mehr aufzufinden gewesen.

Aber warum war sie jetzt, urplötzlich, wiederaufgetaucht? Und hing am Spiegel des Wohnmobils? Kathrin war sich sicher, dass es dafür nur eine einzige Erklärung geben konnte.

Ihr Herz schlug mit einem Mal viel zu schnell und viel zu laut.

8

»Was für ein beschissener Tag!«, fluchte Henrik Richtersen. Es war Viertel vor neun, und er hatte bereits genug. Der Morgen präsentierte sich rabenschwarz.

Dabei konnte Henrik nicht einmal die Ausrede bemühen, mit dem falschen Fuß aufgestanden zu sein. Er hatte wie jeden Morgen die Beine über die Bettkante geschwungen und war korrekt auf beiden Füßen aufgekommen. Allerdings war sein linker Fuß dieses Mal mitten in einer Lache aus Erbrochenem gelandet. Die der Beagle in der Nacht, während Henrik tief und fest schlief, produziert hatte. Henriks Mageninhalt hatte in dem Moment ebenfalls kurz davorgestanden, nach draußen überzuschwappen. Was für eine Riesensauerei!

Kaum dass zuerst der Fuß und dann der Fußboden seines Kastenwagens gesäubert waren, hatte zu allem Überfluss sein Handy geklingelt. Seine Schwester Maike rief an, um ihm mitzuteilen, dass die Ärzte mit dem Heilungsverlauf ihres gebrochenen Oberschenkelknochens nicht zufrieden waren. Eine Folgeoperation war für die kommende Woche geplant. Ob er den Beagle vielleicht weiterhin beherbergen könnte? Henrik hatte erbost »Auf gar keinen Fall! Nur über meine Leiche!« antworten wollen. In Anbetracht der bedrückten Stimme seiner Schwester war ihm aber gar nichts anderes übrig geblieben, als sich den Ausruf zu verkneifen und zähneknirschend zuzusagen. Der Beagle hatte derweil auf dem Bett gelegen, das Henrik unter so unappetitlichen Umständen verlassen musste, und sein Teilzeitherrchen mit Unschuldsmiene angeblickt. So als ob er kein Wässerchen trüben könnte.

»Wir sprechen uns noch, Freundchen«, murmelte Henrik warnend in Richtung des Hundes. Ehe er seine Drohung in die Tat umsetzen konnte, klingelte sein Handy zum zweiten Mal.

Seine Auftraggeber ließen ihn wissen, dass sie einen neuen

Job für ihn hätten. Nach dem Motto: Wenn er schon mal in der Gegend sei, dann könnte er doch …

Henrik unterdrückte ein Seufzen. Natürlich könnte er. Das Problem war, dass er nicht wollte. Er war anderweitig beschäftigt. Und wollte sich nicht ablenken lassen. Blöderweise war sein Gehirn noch nicht wach genug, um ihn auf die Schnelle mit einer plausiblen Ausrede zu versorgen. Prompt hatte er jetzt einen Beschattungsauftrag für eine vermeintliche Fremdgeherin an der Backe. Ein Job, für den er so viel Enthusiasmus aufbrachte wie für die Magenspiegelung, die er Anfang des Jahres über sich hatte ergehen lassen müssen. Wenn Henrik den harten alkoholischen Getränken aufgrund seines lädierten Magens nicht abgeschworen hätte, wäre er nach diesem Telefonat glatt in Versuchung geraten, sich einen doppelten Schnaps hinter die Binde zu kippen. Stattdessen musste Kaffee her. Mindestens ein Liter schwarzer Kaffee.

Henrik setzte den Wasserkessel auf den Herd und gab Kaffeepulver in die Pressstempelkanne. Er hatte das kochende Wasser eben in die Kanne gegossen, da nahm das Unglück seinen Lauf: Auf der gegenüberliegenden Parzelle brach ein Hund in wütendes Bellen aus. Woraufhin Leo, der die Provokation nicht auf sich sitzen lassen konnte, erbost vom Bett sprang, um nach draußen zu gelangen. Beim Sprung wählte er den direkten Weg zur offen stehenden Schiebetür und kollidierte mit Henrik. Der kam ins Straucheln und touchierte mit seinem rechten Ellenbogen die Kaffeekanne, die umkippte. Brühend heißer Kaffee ergoss sich zwar nicht auf den Hund, der vor dem Kastenwagen bereits den vermeintlichen Gegner ankläffte, aber auf Henriks rechten Vorderfuß.

Ein paar Sekunden lang verspürte Henrik wegen des anfänglichen Schocks nichts. Als der Schmerz mit aller Macht einsetzte, japste er nach Luft. Panisch humpelte Henrik ins Bad, ließ kaltes Wasser auf einen Waschlappen laufen und klatschte ihn auf den Fuß. Die Wirkung war gleich null. Henrik riss hektisch die Kühlschranktür auf und schaute in das kleine Eisfach. Wo, wie er feststellen musste, gähnende Leere herrschte. Kühlen, ich muss den Fuß kühlen, dachte er. Der Satz pulsierte in seinem Gehirn. Aber womit? Da fiel Henriks Blick auf die Fulda, die vierzig Meter vor seinem Kastenwagen träge dahinfloss. Henrik humpelte los, entdeckte eine kleine sandige Stelle am Ufer und watete bis zu den Knien in das kühlende Nass hinein. Der Schmerz ebbte auf ein erträgliches Maß ab. Henrik hätte vor Erleichterung in Tränen ausbrechen können.

»Kann ich Ihnen helfen?«

Widerwillig drehte er sich um und erblickte die Besitzerin des alten Alkoven-Wohnmobils. Neben ihr saß der Beagle und wedelte so heftig mit dem Schwanz, dass eine kleine Staubwolke aufstob.

»Bringen Sie den Hund um!«, knurrte Henrik.

»Wie bitte?« Kathrin Schäfers eben noch freundlicher Gesichtsausdruck wurde grimmig. »Das meinen Sie jetzt nicht ernst, oder?«

»Doch!«, entgegnete Henrik böse. Dann fuhr er sich mit der Hand durch das hellbraune Haar und winkte ab. »Nein, natürlich nicht. Aber wegen des verdammten Köters meiner Schwester habe ich jetzt einen verbrühten Fuß. Was glauben Sie denn, warum ich hier im Wasser stehe?«

Kathrin Schäfer zeigte kein Mitleid. »Hier ist Baden verboten.«

Henrik stöhnte auf. »Ich will nicht baden! Ich will meinen Fuß kühlen. Wissen Sie, wie sich das anfühlt, wenn ein halber Liter heißer Kaffee auf Ihren Zehen und Ihrem Spann landet?«

»Nein«, musste Kathrin wahrheitsgemäß eingestehen.

»Seien Sie froh«, erwiderte Henrik verdrießlich.

Kathrin stemmte die Hände in die Hüften. »Kommen Sie da raus«, befahl sie und bedeutete ihm, ans Ufer zurückzukehren.

»Wie bitte?« Henrik funkelte sie zornig an.

»Kommen Sie da raus«, wiederholte sie. »Ich kümmere mich um Ihren verletzten Fuß.«

»Sind Sie Ärztin?«

»Nein, Heilpraktikerin. Aber keine Sorge. Ersthilfe kann ich leisten. Danach müssen Sie selbst entscheiden, ob Sie zum Arzt gehen oder nicht.«

»Also, nach Ihrer ersten Schilderung hatte ich mir das deutlich schlimmer vorgestellt«, sagte Kathrin mit Erleichterung in der Stimme.

»Ich muss den Fuß wohl instinktiv weggezogen haben.« Henrik saß vor dem Oldtimer-Wohnmobil auf einem von Kathrins Campingstühlen. Sie hatte ein Kühlpad auf seinen Spann gelegt und es mit einem um den Vorderfuß geschlungenen Geschirrtuch fixiert.

»Hier.« Sie reichte ihm ein braunes Fläschchen mit weißem Schraubverschluss. »Lassen Sie ab jetzt stündlich drei von den Globuli auf der Zunge zergehen.«

Henrik beäugte den Inhalt argwöhnisch. »Und das soll helfen?«

»Cantharis ist ein Mittel, das traditionell bei Verbrennungen eingesetzt wird«, erklärte Kathrin. »Wenn Sie es sofort einnehmen, kann es in Kombination mit der Kühlung, die wir ja bereits eingeleitet haben, die Bildung von Brandblasen verhindern. Ohne Brandblasen schmerzt es weniger, und die Verletzung heilt schneller ab.«

Henrik ließ drei Globuli auf seine Handfläche kullern und steckte sie in den Mund. Sie schmeckten ein wenig süßlich. Und sonst nach nichts. So ein Zuckerzeug sollte helfen? Er nahm sich vor, dem homöopathischen Hokuspokus zwei Stunden zu geben. Wenn bis dahin keine Besserung eingetreten wäre, würde er zu einem richtigen Arzt gehen. Beziehungsweise barfuß humpeln. Er vermutete, dass er es in nächster Zeit nicht ertragen würde, einen Schuh am Fuß zu tragen.

»Haben Sie Verbandsmull dabei?«, erkundigte sich Kathrin.

Henrik überlegte kurz. »Ich nehme an, dass im Verbandskasten welcher ist.«

Sie reichte ihm eine Tube mit Salbe. »Tragen Sie die nachher etwa drei Millimeter dick auf den Mull auf und legen Sie ihn auf die betroffenen Hautstellen. Das Ganze mit einer Binde abdecken und den Verband dann jeden Tag wechseln.«

»Danke«, murmelte Henrik. Er steckte in der Zwickmühle. Einerseits war er Kathrin Schäfer für ihre spontane Hilfe dankbar. Andererseits gehörte sie auf der Suche nach der Wahrheit in seinem speziellen Fall quasi zum Job. Da wahrte er für gewöhnlich lieber Abstand. Dennoch konnte er jetzt nicht so mir nichts, dir nichts von der Bildfläche verschwinden. »Was bin ich Ihnen schuldig?«, fragte er.

»Behandeln Sie Ihren Hund besser«, rutschte es Kathrin Schäfer heraus.

Henrik grinste verlegen. »Werde ich. Aber nur, wenn Leo kein weiteres Attentat auf mich verübt.«

Kathrin schaute auf den Beagle, der friedlich und entspannt neben ihrem Stuhl lag. »Nehmen Sie sich mehr Zeit für ihn«, riet sie ihm. »Dann werden Sie zu einem guten Team.«

»Abwarten.« Henrik blieb skeptisch. Er würde drei Kreuze machen, wenn Maike so weit war, dass sie ihren Hund wieder übernehmen konnte. »Zurück zu meiner Frage: Was bin ich Ihnen schuldig?«

»Ach was, gar nichts«, wehrte Kathrin Schäfer peinlich berührt ab. »Erste Hilfe zu leisten, das hätte doch jeder getan.«

Henrik zog den verletzten Fuß vom Klapphocker und stellte erstaunt fest, dass die Schmerzen bereits ein wenig nachgelassen hatten.

Kathrin knetete nervös ihre Unterlippe. »Da wäre vielleicht doch etwas, womit Sie mir einen Gefallen tun könnten.«

Hoffentlich verlangt sie jetzt nicht, dass ich irgendetwas an ihrem Wohnmobil repariere. Oder ihr bei einem sonstigen technischen Problem aus der Patsche helfe, dachte Henrik. Er war kein Hobbyhandwerker. Kein Schrauber aus Berufung. Wenn sein Kastenwagen bockte, hatte er meist keine andere Wahl, als eine Werkstatt aufzusuchen. Außerdem, verletzter Fuß hin oder her: Er musste zurück in sein rollendes Büro, zurück an seine Arbeit. Er hatte einen Fall aufzuklären. Einen, bei dem ausgerechnet Kathrin Schäfer eine nicht unerhebliche Rolle spielte. Verdammt, in was für eine blöde Situation war er da nur hineingeraten? In was für eine missliche Lage hatte er sich bugsiert, nur weil er sich einen Kaffee hatte kochen wollen. Am liebsten hätte Henrik heftig mit dem Fuß aufgestampft. Was er sich angesichts seiner Blessuren tunlichst verkniff. Stattdessen atmete er tief durch und bemühte sich, nach außen hin cool zu bleiben. Auf keinen Fall durfte er Aufsehen erregen. Er musste normal wirken. Und normal wäre es in einer solchen Situation, sich für geleistete Hilfe erkenntlich zu zeigen.

»Ja gern. Womit kann ich Ihnen denn helfen?«, zwang Henrik sich zu fragen.

Kathrin zögerte erkennbar, so als würde sie überlegen, ob sie ihm tatsächlich vertrauen konnte. Sie gab sich einen Ruck und stand auf. »Einen Moment bitte.« Sie öffnete die Tür des Wohnmobils und ging hinein.

Keine zwei Minuten später kehrte sie mit einem winzigen Stück Papier in der Hand zurück, das sie an Henrik weiterreichte. »Es ist so: Ein Bekannter hat mir gestern eine Silberkette geschenkt«, erklärte sie. »Daran habe ich diesen komischen kleinen Zettel gefunden und weiß ehrlich gesagt nicht, was ich davon halten soll.« Sie stoppte, so als ob sie bereits zu viel gesagt hätte. Dann überlegte sie es sich anscheinend anders und fuhr mit einem etwas verlegenen Gesichtsausdruck fort: »Womöglich hat der Zettel überhaupt nichts zu bedeuten. Die Zahlen sind eh so klein, dass man sie kaum lesen kann. Am besten, ich schmeiße ihn in den Papierkorb.«

»Warum rufen Sie Ihren Bekannten nicht an und fragen ihn nach dem Zettel?«, schlug Henrik pragmatisch vor.

Kathrin antwortete mit einem Lachen, das sich für Henrik gekünstelt anhörte. »Ach, mein Bekannter ist immer so beschäftigt. Da möchte ich ihn nicht unnötig stören. Sie wissen ja, wie das ist …«

Henrik schwieg ein paar Sekunden. Seine Neugier war geweckt. Was ging hier vor? Ein ominöser Zettel von einem angeblichen Bekannten? Für wie blöd hielt sie ihn? Er hatte natürlich sofort gemerkt, dass die Besitzerin des Alkoven-Wohnmobils ihm eine Lügengeschichte auftischte. Aber genau das versprach interessant zu werden! Er kniff die Augen zusammen, um die winzige Schrift leichter zu entziffern.

»Hm, sieht für mich wie eine Koordinatenfolge aus«, verkündete er. »Ich würde mal sagen: GPS-Koordinaten.«

»Solche, die man in ein Navigationsgerät eingibt?«

»Ja.« Henrik nickte.

»Komisch.« Sie zog nachdenklich die Stirn in Falten.

»Probieren Sie es doch einfach aus«, schlug Henrik vor. »Geben Sie die Koordinaten in Ihr Navi ein und sehen Sie, was als Zielort angezeigt wird.«

»Ich weiß nicht ...« Kathrin zögerte noch. Dann gab sie sich einen Ruck und eilte zur Fahrertür ihres Wohnmobils. Steckte den Schlüssel ins Zündschloss und wartete, bis ihr Navigationssystem hochgefahren war.

Henrik war ebenfalls aufgestanden und zur Fahrertür gehumpelt, wo er durch die geöffnete Scheibe ins Innere lugte. »Und? Was ist dabei herausgekommen?«

»Echt seltsam. Das Navi zeigt mir einen Stellplatz in der Nähe des Vogelsbergs an ... Mitten in einem Naherholungsgebiet und an einem Baggersee. In Hungen oder so.« Auf Kathrins Gesicht spiegelte sich Ratlosigkeit wider.

»Vielleicht will Ihr Bekannter sich ja dort mit Ihnen treffen?«, scherzte Henrik. »Ein heimliches Rendezvous mit einem kleinen Rätsel als Kick vorab?«

Kathrin schaute ihn aus weit aufgerissenen Augen an. »Nein! Auf so etwas würde ich mich nie einlassen.«

Diesmal klang ihre Antwort echt und aufrichtig. Henrik konnte sich außerdem nur schwer vorstellen, dass sich jemand wie Kathrin Schäfer auf solche Spielchen einließ. Dann durchzuckte ihn ein Gedanke. Was, wenn es kein Spielchen war? Wenn der angebliche Bekannte, der die Koordinatenfolge auf den Zettel geschrieben hatte, mehr als nur ein Bekannter war? Wenn Kathrin Schäfer ihn sogar sehr gut kannte? Und sie sich auf diese Weise mit ihm in Verbindung setzen sollte?

Henriks Kopfhaut begann zu kribbeln. Was sie immer dann tat, wenn er auf eine verlässliche Spur stieß. Am liebsten hätte er Kathrin an den Schultern gepackt und sie so lange durchgeschüttelt, bis sie ihm die Wahrheit sagte. Alles preisgab. Doch das wäre womöglich ein Fehler, schließlich wusste er nicht, auf wessen Seite sie in dieser Angelegenheit stand. Die Falle durfte erst zuschnappen, wenn er genügend Beweise gesammelt hatte. Valide Beweisstücke, die für eine Festnahme und eine Anklage ausreichten. Henrik zwang sich, Ruhe zu bewahren. Unbeteiligt zu wirken.

»Wenn ansonsten nichts ist, gehe ich dann mal.«

»Okay.« Kathrin starrte weiter auf den Bildschirm ihres Navigationssystems.

Henrik packte den Beagle am Halsband, um sicherzustellen, dass der Hund nicht bei Kathrin Schäfer blieb. »Nochmals vielen Dank.«

»Keine Ursache«, entgegnete Kathrin abwesend.

Henrik humpelte zurück zum Kastenwagen, wo er als Erstes zu Notizblock und Kugelschreiber griff.

»Dem Himmel sei Dank, dass ich mich auf mein gutes Gedächtnis jederzeit verlassen kann«, murmelte er, während er die Koordinatenfolge auf das karierte Papier schrieb.

Sein Entschluss war gefasst: Sollte Kathrin Schäfer Rotenburg verlassen, würde er ihr folgen. Die Ziffern, die sie ihm durch den Zettel preisgegeben hatte, waren dabei nur ein probates Mittel, damit er ihr auf der Spur blieb. Henriks Job als Privatermittler brachte es mit sich, dass er vielfältige Möglichkeiten nutzen konnte und eine Menge Kniffe beherrschte, um sie unbemerkt zu beschatten. Wenn es sein musste, würde er sich nicht scheuen, alles, was nötig war, zum Einsatz zu bringen.

9

Astrid Lund kaute nachdenklich auf ihrer Unterlippe. Was sie soeben mit angehört hatte, brachte all ihre Pläne durcheinander.

Weil sie beim Frühstück eine schreckliche Sehnsucht nach den Seen und dem vielen Wasser ihrer schwedischen Heimat befallen hatte, war sie mit ihrem Campingstuhl an das Ufer der Fulda gezogen und hatte die Füße in den Fluss baumeln lassen. Keine fünf Minuten später war aus dem dunklen Kastenwagen urplötzlich dieser hagere Typ ins Wasser gestürmt. Und die Frau mit dem Oldtimer-Wohnmobil hatte ihn mit zu ihrer Parzelle genommen und seinen verletzten Fuß verarztet. Das Gespräch der beiden hatte Astrid, die hinter einer kleinen Schilfinsel versteckt saß, Wort für Wort mitbekommen.

Fast wünschte sie, sie hätte nicht gelauscht. Wenn sie das Gehörte nämlich korrekt deutete, stand die Frau kurz davor, aufzubrechen. Rotenburg zu verlassen. Die Frage, die sich Astrid anhand der neuen Informationen stellte, war die, ob sie es ebenfalls tun sollte. Oder wäre es besser, bei ihrem ursprünglichen Plan zu bleiben? Für Letzteres sprach, dass sie gerade erst angekommen war. Bisher hatte sie weder die Chance gehabt, die Bekannte ihres Vaters zu besuchen, noch, Erkundigungen über Svenja einzuholen. Ein Umstand, der ihr bis vor wenigen Minuten heftige Kopfschmerzen bereitet hatte. Das einzig Positive, was sie seit ihrer Abreise aus Schweden für sich hatte verbuchen können, war, zufällig den Mann mit dem Narbengesicht entdeckt zu haben. Ihn dabei beobachtet zu haben, wie er eine Kette am Außenspiegel des Oldtimer-Wohnmobils angebracht hatte. Nach dieser Entdeckung hatte Astrid den Campingplatz und den angrenzenden separaten Wohnmobilstellplatz auf der gegenüberliegenden Straßenseite abgesucht. In der Hoffnung, dort ein weiteres Campingfahrzeug mit schwedischem Kennzeichen vorzufinden. Oder nochmals einen Blick auf den Fremden mit der Filzkappe zu erhaschen. Vergeblich. Der Mann war wie vom Erdboden verschluckt. Und außer ihr schien niemand aus dem hohen Norden auf diesem Campingplatz Urlaub zu machen.

Trotz ihrer anfänglichen Enttäuschung war Astrid weit davon entfernt, aufzugeben. Denn eins war für sie klar: Wenn der Mann mit der Filzkappe und dem Narbengesicht sich in der Umgebung aufhielt, tat es Svenja ebenso. Astrid merkte, wie sich auf ihren Unterarmen Gänsehaut bildete. So nah war sie ihrer Schwester seit Langem nicht gewesen. Ihre Vorderzähne gruben sich in die empfindliche Innenhaut ihrer Unterlippe. Sie schmeckte Blut.

Blut würde ebenfalls fließen, wenn sie Svenja nach all den Jahren endlich wieder von Angesicht zu Angesicht gegenüberstünde. Vorausgesetzt, es gelänge ihr tatsächlich, sie zu finden.

Bei ihrer Suche durfte sie jedoch auch die Frau aus dem Oldtimer-Wohnmobil nicht aus dem Blick lassen. Astrid war der festen Überzeugung, dass der Mann mit der Filzkappe nicht nur in einer Beziehung zu Svenja, sondern ebenso zu der Wohnmobilfahrerin stand. Welchen Grund hätte er sonst gehabt, ihr die Silberkette an den Außenspiegel zu hängen? Und warum hatte er dabei geweint und sich dann, ohne sich zu erkennen zu geben, aus dem Staub gemacht? Für Astrid gab es keinen Zweifel, dass der Mann etwas zu verbergen hatte. Denn anstatt die Frau anzusprechen und sich mit ihr zu verabreden, hatte er mit den Koordinaten eine Art Spur gelegt. Die, wie Astrid vermutete, zu einem bestimmten Ort führte. Leider hatte sie von ihrem Versteck aus den genauen Namen nicht mitbekommen. Sie hatte lediglich so etwas wie »Hunger« verstanden. Was eigentlich keinen Sinn ergab. Doch wenn es darauf ankam, konnte Astrid beharrlich wie ein Terrier sein, der einen Fuchs im Fuchsbau aufspürt.

Sie war in ihren Wohnwagen gehuscht und hatte Google bemüht. Bei der Eingabe von »Hunger« waren Hunderte von Restaurants, Lebensmittelgeschäften oder -fabriken sowie der deutsche Familienname mit gleicher Schreibweise als Ergebnis aufgelistet worden. Astrid merkte, dass sie auf dem Holzweg war. Dann hatte sie sich glücklicherweise daran erinnert, dass in dem Gespräch, dem sie gelauscht hatte, auch von einem Vögelberg oder Vogelsberg die Rede gewesen war. Mit dieser Zusatzinformation konnte sie endlich einen Treffer verzeichnen. Google Maps hatte ihr einen Ort namens Hungen angezeigt. Dem nicht nur ein See mit einem Naherholungsgebiet, sondern auch ein Campingplatz und ein Wohnmobilstellplatz angegliedert waren.

War dies der neue Aufenthaltsort des Mannes mit der Filzkappe und damit auch der ihrer Schwester? Es gab nur eine Möglichkeit, um genau das herauszufinden.

***

Kathrin Schäfer gähnte herzhaft. Zum Glück hatte sich der Verkehr auf der A 5 nach dem Kirchheimer Dreieck gelichtet, sodass sie beim Fahren nicht mehr so höllisch aufpassen musste. Sie betätigte die Lenkradschaltung, um in den vierten Gang zu wechseln, und hängte sich mit gebührendem Sicherheitsabstand hinter einen Lkw. Mit der rechten Hand kramte sie eine Musikkassette aus dem Handschuhfach hervor und steckte sie in den dafür vorgesehenen Schlitz ihres altertümlichen Radiogerätes mit Kassettenabspielfunktion.

»Country roads, take me home …«, erklang es aus den Lautsprechern. John Denver. Kathrin hatte eine von Peters ehemaligen Lieblingskassetten erwischt. Aber entgegen den Liedzeilen hatte sie nicht die Absicht, nach Hause zu fahren. Im Gegenteil. Während sie sich letzte Nacht schlaflos im Alkoven hin und her gewälzt hatte, war sie zu dem Entschluss gekommen, dem Hinweis mit den Koordinaten zu folgen. Sie war der festen Überzeugung, dass die Vorkommnisse der letzten Tage kein Zufall gewesen waren. Jemand beabsichtigte, ihr damit ein Zeichen zu geben. Und dieser Jemand konnte niemand anderes als Peter sein! Auch wenn ihre Schwiegermutter behauptete, dass dies unmöglich war. Die Rosen, die Dinkelbrötchen und die Silberkette sind real, dachte Kathrin störrisch. Unbewusst fasste sie an ihren Hals, an dem die Kette mit den Herzchenanhängern baumelte. Sie war nicht verrückt. Nur zwiegespalten. Ihr Kopf sagte ihr, dass keine Hoffnung mehr bestand. Peter war vor acht Jahren für tot erklärt worden. Doch ihr Herz war anderer Meinung. Es flüsterte:»Er lebt. Und er will dich wiedersehen.« Kathrin hatte entschieden, ihrem Herzen zu folgen. Koste es, was es wolle.

Bei Fernwald verließ sie auf Anweisung ihres Navigationssystems die Autobahn und folgte der Bundesstraße 457 in östlicher Richtung. An einer Tankstelle füllte sie ihren Dieseltank und fuhr dann im Kreisverkehr Richtung Süden. Das Navi lotste sie durch eine kleine Ortschaft, in der sie sich auf der engen Straße zwischen parkenden Pkw durchschlängeln musste. In Momenten wie diesen war Kathrin froh, dass Töfftöff so handliche Außenmaße aufwies. Sicher manövrierte sie ihr Oldie-Wohnmobil durch alle Engstellen hindurch, bis sie neben einer eingezäunten Weide mit grasenden Pferden und Ziegen einen großen geschotterten Parkplatz erreichte. In den für Wohnmobile ausgewiesenen Buchten parkten bereits drei andere Fahrzeuge. Aber der schönste und, wie Kathrin erfreut registrierte, größte Platz am hinteren Ende war nicht belegt. Er schien nur auf sie zu warten. Kathrin fackelte nicht lange, legte den Rückwärtsgang ein und bugsierte Töfftöff zwischen zwei rot blühende Kastanien in die Parkposition. Angekommen, dachte sie zufrieden und stellte den Motor ab.

Beim Aussteigen merkte sie, dass sie in ihrer Begeisterung etwas voreilig gewesen war. Ihr kleines Alkoven-Wohnmobil zeigte eindeutig Schräglage. Um im Bett nicht ständig ungewollt nach vorne zu kullern und um das einwandfreie Funktionieren ihres Kühlschranks sowie der Wasserabflüsse in der Küche und im Bad sicherzustellen, fischte Kathrin die beiden gelben Auffahrkeile unter dem Beifahrersitz hervor.

»Na, kann ich dir helfen?«, fragte eine männliche Stimme nah an Kathrins Ohr. Ein Atemhauch streifte ihren Nacken. Sie schnellte herum und fand sich Auge in Auge mit einem Mann wieder, dessen blondes, schütteres Haar vor Pomade triefte und der ein angegrautes Feinripp-Unterhemd statt eines T-Shirts trug. Kathrin beugte den Oberkörper ein wenig nach hinten, um Abstand zu gewinnen.

»Danke. Ich komme klar«, presste sie zwischen zusammengebissenen Zähnen hervor.

Der Mann rührte sich nicht vom Fleck. Er stierte ungeniert auf Kathrins kurzärmelige Bluse, deren Stoff sich durch ihre Rückwärtshaltung gestrafft hatte und unter der sich ihre Brüste deutlich abzeichneten.

»Bei Frauen in Not pack ich doch gern mit an«, säuselte der Mann. Sein Atem stank nach Bier und Zigarettenrauch.

»Ich bin nicht in Not«, stellte Kathrin richtig.

Der schmierige Typ, der etwa fünf, sechs Jahre älter, aber bestimmt dreißig Kilo schwerer war als Kathrin, rückte nicht einen Millimeter von ihr ab. »Soll ich für dich fahren?«, schlug er mit einem Glimmen in den Augen vor. »Und du spendierst mir dafür gleich ein Bierchen?«

So weit kommt es noch, dass ich einen besoffenen Lüstling wie dich an Töfftöff ranlasse, dachte Kathrin grimmig. Sie reagierte instinktiv, indem sie das rechte Knie hochzog, das prompt mit den empfindlichen Weichteilen des Mannes kollidierte.

Für den Bruchteil einer Sekunde zeigte sich verblüfftes Erstaunen auf dem Gesicht ihres Widersachers. Dann stöhnte der Mann schmerzerfüllt auf und taumelte ein paar Schritte rückwärts. Ein Ehepaar, beide im fortgeschrittenen Rentenalter, eilte auf Kathrin zu.

»Hau ab! Schlaf deinen Rausch im Wohnmobil aus«, zischte die Frau den aufdringlichen Klotz an.

Der zog den Kopf ein wie ein gescholtener Hund und trollte sich.

»Das macht er immer, wenn er sich einen hinter die Binde gekippt hat«, erklärte die Frau.

»Nette Nachbarschaft«, entgegnete Kathrin mit Sarkasmus in der Stimme.

»Der Kalle, der fährt übermorgen wieder«, mischte sich der

Ehemann der Frau ins Gespräch ein. »Der ist immer nur übers Wochenende hier.«

»Na, wenigstens etwas.«

»Lass dir von dem Suffkopf nicht deinen Aufenthalt vermiesen«, riet ihr die Frau gutmütig.

»Nein, werde ich nicht«, versicherte Kathrin.

Das Ehepaar machte sich auf den Rückweg zu seinem Reisemobil. Kathrin stieg auf den Fahrersitz, startete den Motor und setzte Töfftöff einen guten halben Meter zurück. Im Anschluss platzierte sie die Auffahrkeile so, dass die schmalen Seiten mittig vor den Vorderreifen zum Liegen kamen, kletterte nochmals auf den Fahrersitz und ließ das Wohnmobil nach vorne rollen, bis die Vorderreifen auf dem höchsten Punkt der Keile zum Stehen kamen.

»Gekonnt ist gekonnt«, murmelte Kathrin, betätigte mit dem Fuß das Pedal für die Feststellbremse und schaltete den Motor aus. Sie verriegelte die Fahrer- und Beifahrertür und ließ ihren Blick über das Stellplatzgelände schweifen. Aus den Augenwinkeln bemerkte sie, wie sich die Gardine im Nachbarwohnmobil bewegte. Kathrin seufzte. Mit ihrem beherzten Handeln hatte sie sich zwar den aufdringlichen Nachbarn vom Leib gehalten, sich aber gleichzeitig einen Feind gemacht.

10

Wie soll es jetzt bloß weitergehen, fragte sich Kathrin, als sie sich im Wohnmobil ein belegtes Brot zubereitete.

Zu Fuß hatte sie eine Runde über den Wohnmobilstellplatz gedreht und sich die etwas rustikale Entsorgungsstation sowie die nähere Umgebung angesehen. Dabei hatte sie nichts Auffälliges festgestellt. Die Buchten für die Reisemobile waren bis auf eine inzwischen allesamt belegt. Auf dem großen Pkw-Parkplatz standen etwa zwanzig Autos, deren Insassen entweder in den kleinen Ferienhäusern des angrenzenden Naherholungsgebietes Urlaub machten oder zum Badesee gegangen waren. Kathrin hatte nirgends ein ihr bekanntes Gesicht ausmachen können. Niemand war auf sie zugekommen, niemand hatte sie angesprochen.

Wenn sie ehrlich zu sich war, hatte sie auch nichts anderes erwartet. Derjenige, der ihr die Geschenke und die Koordinaten gebracht hatte, war stets nachts, im Schutz der Dunkelheit zum Wohnmobil gekommen. Bis dahin musste sie sich gedulden. Und Vorbereitungen treffen. Denn heute Nacht, das hatte sich Kathrin geschworen, würde sie sich auf die Lauer legen. Wachsam sein.

Allein beim Gedanken daran pochte Kathrins Herz schneller und lauter. Würde sie in wenigen Stunden Peter begegnen? Ihm von Angesicht zu Angesicht gegenüberstehen? Was würde er ihr nach all den Jahren zu sagen haben? Und wie würde sie darauf reagieren? Würde sie dann endlich erfahren, was wirklich geschehen war?

Kathrin sah dem vermeintlichen Treffen mit gemischten Gefühlen entgegen. Sie war sich darüber im Klaren, dass weder sie noch Peter die vergangenen acht Jahre einfach wegwischen oder gar vergessen machen konnten. Zu viel war seitdem passiert, zu viel Ungeklärtes stand im Raum. Fragen über Fragen, auf die es im Moment nicht eine einzige Antwort gab. Weiter darüber zu grübeln, wäre müßig. Kathrin hatte keinen blassen Schimmer, wie das Abenteuer, auf das sie sich hier einließ, enden würde. Ihr war nur eins wichtig: Sie wollte endlich Gewissheit. Der Rest würde sich finden.

Als sie das Brot gegessen hatte, schaute Kathrin auf die Uhr. Halb drei. Bis zum Einbruch der Dunkelheit blieben immer noch etwa sieben Stunden. Sieben Stunden, die sie irgendwie zu überstehen hatte.

Kurz entschlossen schnappte sich Kathrin ihren Rucksack, warf ihre Brieftasche und ihr Handy hinein und stürmte nach draußen, um ihr Fahrrad vom Fahrradträger am Heck herunterzuholen.

Auf kleinen Wegen und zwischen Feldern, auf denen Mohn und die ersten Kornblumen blühten, radelte Kathrin zuerst am Oberen und als Nächstes am Unteren Knappensee vorbei. Das Wasser der Seen schimmerte grünlich blau. Die wenigen Wolken, die wie bauschige Pusteblumensamen über den Himmel zogen, spiegelten sich in der glatten Wasseroberfläche. Vögel zwitscherten munter. Die Bäume und Sträucher der Auenlandschaft erstrahlten im satten Frühlingsgrün. Und doch war die Landschaft, wie Kathrin auf einem Hinweisschild las, keine Schöpfung von Mutter Natur, sondern von Menschenhand künstlich angelegt. Die Seen und Teiche der Wetterauer Seenplatte waren bei der Rekultivierung von Tagebauen des Wetterauer Braunkohlereviers ausgebildet worden. Die meisten von ihnen waren Anglern und Spaziergängern vorbehalten. Was erklärte, warum Kathrin an den Ufern kaum auf andere Menschen traf.

Das änderte sich, als Kathrin den Unteren Knappensee umrundet hatte und am Ende ihrer Tour erneut den nördlich gelegenen Trais-Horloffer See erreichte. Hier herrschte an der Strandpromenade und auf der Seestraße reger Betrieb. Zum Baden war es zwar zu kalt, doch auf dem See tummelten sich kleine Segeljollen, Stehpaddler und Ruderboote. Auf der großen Liegewiese hatten sich Jugendliche zum Grillen versammelt. Kathrin hörte ihren Magen knurren. Bis auf das Sandwich hatte sie heute nichts gegessen. Sie beschloss, sich in der Strandbar neben der Segelschule ein Eis zu gönnen.

Mit dem Eis am Stiel in der Hand suchte sie sich einen freien Platz an einem der Holztische. Eine Ente kam vom Seeufer her auf sie zugewatschelt, positionierte sich direkt vor Kathrins Tisch und gab Schnatterlaute von sich. Kathrin zog die Verpackung vom Eis und überlegte einen Augenblick, ob sie dem hungrig dreinblickenden Federvieh ein Stück davon überlassen sollte. Dann entschied sie sich mit einer gemurmelten Entschuldigung dagegen, weil gezuckerte Eiscreme mit Sicherheit nicht zum ausgewogenen Ernährungsplan für Stockenten zählte. Kathrin schleckte das Schoko-Vanille-Eis und ließ dabei ihren Blick über die Terrasse der Strandbar schweifen. Auf einmal stutzte sie. An einem der dem See zugewandten Tische saß eine dunkelblonde Frau, die ihr bekannt vorkam. Angestrengt überlegte Kathrin, wo sie die Frau, die sich über eine Portion Pommes frites und eine Currywurst hermachte, schon einmal gesehen hatte. Sie war so in Gedanken versunken, dass sie gar nicht merkte, wie etwas von dem Eis auf ihre Jeans kleckerte. Himmelherrgott, woher kannte sie nur die Frau?

Erst als die Fremde ihren leer gegessenen Teller zur Seite schob und sie ihr Profil mit der breiten, an der Spitze abgeflachten Nase und den ein wenig hervorstehenden Augen sah, fiel bei Kathrin der Groschen. Es handelte sich um die Schwedin, die ihren Gruß auf dem Campingplatz in Rotenburg nicht erwidert hatte. Komischer Zufall, dachte Kathrin. Außer dem Wohnmobilstellplatz gab es noch einen Campingplatz am See, der hauptsächlich von Dauercampern frequentiert wurde. Als ein touristischer Hotspot, der auch bei internationalen Gästen beliebt war, ließ sich die Wetterauer Seenplatte aber gewiss nicht bezeichnen. Wieso kreuzten sich ihre Wege ausgerechnet hier erneut?

Die Frau schien Kathrins Blicke wahrgenommen zu haben, denn sie stand abrupt auf, eilte mit ihrem Teller und dem Besteck zur Theke und war kurz darauf verschwunden. Erst jetzt bemerkte Kathrin, dass ihr schmelzendes Eis zwei große Kleckser auf ihrer Jeans hinterlassen hatte. Sie rieb mit einer Papierserviette auf dem Stoff herum. Ohne Erfolg. Den Flecken würde sie im Wohnmobil mit Wasser und Seife zu Leibe rücken müssen. Kathrin stieg auf ihr Fahrrad und radelte zurück zum Wohnmobilstellplatz. Als sie eben dabei war, ihr Bike auf den Fahrradträger am Heck zu hieven, sah sie die Bescherung: Die horizontal verlaufende Metallschiene mit dem U-Profil, in dem der Vorder- und der Hinterreifen arretiert wurden, war am linken und am rechten Ende verbogen.

»Ach nein, das kann doch wohl nicht wahr sein!«, schimpfte Kathrin. Sie war sich sicher, dass die Schiene vor ihrer Radtour unversehrt gewesen war. Jemand hatte die Metallkonstruktion mit voller Absicht beschädigt! Und sie glaubte auch zu wissen, wer der Schuldige war.

Kathrin stürzte zum Nachbarwohnmobil und hämmerte gegen die Tür. Die blieb verschlossen. Aus dem Inneren war nicht ein Pieps zu vernehmen. Aufgebracht eilte sie weiter, zum Wohnmobil des freundlichen Ehepaars, das sie bei ihrer Ankunft kennengelernt hatte. Die beiden Rentner saßen auf ihren Campingstühlen und spielten Karten.

»Habt ihr diesen Kalle gesehen?«, fragte Kathrin ein wenig atemlos.

Die Frau schüttelte den Kopf. »Nein, ich nicht.«

»Der Kalle ist, kurz nachdem du ihn in seine Schranken verwiesen hast, zum Angeln losgezogen«, informierte sie der Mann. »Aber viele Fische, schätze ich, wird er heute nicht fangen. Wahrscheinlich hat er sich auf dem Boden seines Ruderbootes zusammengerollt und hält ein bierseliges Schläfchen.«

Kathrin fuhr sich genervt mit der Hand durch ihr volles braunes Haar. »Dann kann er es wohl nicht gewesen sein. Habt ihr sonst jemanden gesehen, der um mein Wohnmobil herumgeschlichen ist?«

Die Frau blickte Kathrin aus wachen blauen Augen erstaunt an. »Ist etwas passiert?«

»Mein Fahrradträger ist beschädigt worden«, erwiderte Kathrin mit Groll in der Stimme.

Der Mann stand vom Campingstuhl auf. »Oha. Das ist übel.«
»Ich weiß nicht, ob ich den Träger überhaupt noch nutzen kann, so krumm, wie der ist«, beschwerte sich Kathrin.
»Ich schau mir das mal an.« Er zog einen kleinen Werkzeugkasten aus der Heckgarage. Seine Frau erhob sich ebenfalls und folgte ihnen zu Kathrins Wohnmobil.
»Wirklich nicht schön.« Der Mann pfiff durch die Zähne. »Aber ich glaube, das lässt sich richten.«
Mit einer Ruhe, um die Kathrin ihn beneidete, kramte er zuerst einen Hammer mit rundem Kunststoffkopf und dann einen mit einem quadratischen Stahlkopf aus seinem Werkzeugkasten. »Hast du mal ein Geschirrtuch?«, fragte er Kathrin. Die spurtete ins Wohnmobil, um das Gewünschte zu holen.
Ihr Campingnachbar legte das Tuch über die Schiene und drückte die breite Seitenfläche des Metallhammers von hinten dagegen. Mit dem Kunststoffhammer klopfte er vorsichtig auf die Vorderseite, wodurch die sich Millimeter um Millimeter nach hinten bewegte. Diese Prozedur vollführte er am rechten und am linken Ende.
»Geschafft!«, sagte er mit Stolz in der Stimme.
»Danke. Du bist ein Genie.« Vor Freude wäre Kathrin dem Nachbarn am liebsten um den Hals gefallen. Stattdessen eilte sie zurück ins Wohnmobil und holte eine Flasche Rotwein aus dem Proviantfach. »Für deine Hilfe«, sagte sie und drückte dem Mann die Flasche in die Hand.
Der wurde vor Verlegenheit ein wenig rot. »Aber nein, das ist nicht nötig«, protestierte er. »Das habe ich gern getan. Unter Campern hilft man sich doch gegenseitig.«
»Mag schon sein«, erwiderte Kathrin. »Aber selbstverständlich ist es nicht. Deshalb: Lasst euch den Wein schmecken.«
»Danke.« Der Mann lächelte und warf einen letzten prüfenden Blick auf den Fahrradträger. »Also ich an deiner Stelle würde die Schiene zu Hause durch eine neue ersetzen. Sicher ist sicher.«
»Mache ich«, versprach Kathrin.
Seine Frau, die die Reparatur schweigend mitverfolgt hatte,

berührte Kathrin kurz am Arm. »Doch, jetzt fällt's mir wieder ein. Da war einer.«

»Was? Wo war einer?«

»Na, an deinem Wohnmobil.« Sie wandte sich an ihren Mann. »Den musst du doch auch gesehen haben.«

Ihr Mann blickte von seinem Werkzeugkasten auf. »Wen soll ich gesehen haben?«

»Na, diesen Kerl aus dem dunklen Kastenwagen.«

Kathrin glaubte ihren Ohren nicht zu trauen. »So ein hagerer Typ mit hellbraunem Haar? Und einem Beagle?«, fragte sie alarmiert.

»Einen Hund habe ich nicht gesehen«, erwiderte die Camperin. »Aber hager, das stimmt. Ich habe mich gefragt, wann der zum letzten Mal was Ordentliches zu essen bekommen hat.«

»Was hat er gemacht?«, wollte Kathrin aufgeregt wissen.

»Er ist auf den Parkplatz gefahren, hat zwei Runden gedreht und dann dahinten, unter den Ahornbäumen, eingeparkt. Gleich darauf ist er raus aus seinem Kastenwagen und auf dein Wohnmobil zumarschiert. Habe ich vom Küchenfenster aus beobachtet.«

»Hat er sich am Fahrradträger oder sonst wo an meinem Wohnmobil zu schaffen gemacht?«

»Das konnte ich leider nicht erkennen«, musste die Frau eingestehen. »Von unserem Platz aus haben wir keine freie Sicht auf dein Wohnmobil. Für mich sah es so aus, als ob er sich quasi auf der Stelle wieder umgedreht hätte und zurück zu seinem Wagen gespurtet wäre. Ich wollte ihn noch fragen, ob ich ihm irgendwie helfen kann, aber da war er schon wieder verschwunden.«

»Also kann er es nicht gewesen sein, der die Schiene beschädigt hat«, stellte ihr Mann nüchtern fest.

»Sieht so aus«, murmelte Kathrin. Aber wer war dann der Übeltäter? Und wieso tauchte Henrik Richtersen so unvermutet auf diesem Stellplatz auf?

Ein Verdacht flammte in Kathrin auf: Konnte es sein, dass der Richtersen und die Schwedin gemeinsame Sache machten? Aber um was genau zu tun? Sie rieb sich die Unterarme, weil sie trotz des Sonnenscheins auf einmal fröstelte. Auf was hatte sie sich mit der Entscheidung, den Koordinaten auf dem Zettel zu folgen, bloß eingelassen?

Doch ein Zurück gab es für sie nicht mehr.

Bei Sonnenuntergang war Kathrin für alle Eventualitäten gewappnet. Beim Abendessen hatte sie auf ein Gläschen Rotwein verzichtet und sich stattdessen eine Kanne Kaffee gekocht. Anstelle ihres Schlafanzuges trug sie dunkelblaue Leggings und einen dunkelgrauen Fleecepulli. Die LED-Taschenlampe, die sie normalerweise im Fahrerhaus aufbewahrte, stand einsatzbereit auf dem Tisch. Alles Licht im Wohnmobil war gelöscht. Kathrin saß mucksmäuschenstill auf der Sitzbank der Mitteldinette und wartete, während die Bewohner der umstehenden Wohnmobile sich nach und nach zum Schlafen zurückzogen. Irgendwann war alles ruhig. Ein Pkw näherte sich der weitläufigen Parkfläche, die nur im vorderen, von Ahornbäumen gesäumten Teil vom Schein der wenigen Straßenlaternen erhellt wurde, verlangsamte die Fahrt und stellte sich unter einen der Bäume. Kathrin starrte aus dem Fenster, um zu erkennen, wer sich in dem Fahrzeug aufhielt. Die Innenbeleuchtung flammte kurz auf, als der Fahrer ausstieg und eine Decke aus dem Kofferraum holte. Sie hörte das leise Kichern einer Frau. Fehlalarm: ein Liebespärchen, das es sich im Auto gemütlich machte. Kathrin gähnte und schaute auf ihr Handy, das sie unter der Tischplatte kurz einschaltete. Null Uhr dreiundzwanzig. Das versprach eine lange Nacht zu werden.

Töfftöff gab ab und zu ein Knarzen von sich, so als könnte das Wohnmobil ebenfalls keine Ruhe finden. Ansonsten blieb alles ruhig. Kathrin öffnete das Fenster einen winzigen Spalt, um frische Luft hereinzulassen. Vom Nachbarwohnmobil drangen Schnarchgeräusche zu ihr herüber. Kalle schlief vermutlich seinen Bierrausch aus. Sie versuchte, auf dem Polster eine bequemere Sitzhaltung einzunehmen. Ihr rechter Fuß kribbelte, er war kurz davor, einzuschlafen. Auch Kathrin kämpfte mit dem Schlaf. Sie goss sich den restlichen Kaffee in den Becher.

Aber die Strapazen der letzten Nächte forderten ihren Tribut. Obwohl sich Kathrin zwang, die Augen offen zu halten, musste sie doch kurz eingenickt sein.

Ein leises Klappern ließ sie hochschrecken. Peter, dachte sie und spähte aus dem Fenster. Neben der Kastanie glaubte sie einen dunklen Schatten auszumachen. Für Kathrin gab es kein Halten mehr. So schnell es ihr eingeschlafener Fuß zuließ, humpelte sie aus dem Wohnmobil und auf die Person zu. »Peter! Endlich! Hier, hier bin ich!«, rief sie und richtete die Taschenlampe auf die Gestalt an der Kastanie.

Ein junger Mann mit wildem dunklen Lockenschopf und nur mit Slip und T-Shirt bekleidet, starrte sie erschrocken an. »Ich bin nicht Peter. Ich bin der Martin«, stammelte er.

Es fehlte nicht viel, und Kathrin wäre vor Enttäuschung in Tränen ausgebrochen. Stattdessen herrschte sie den jungen Mann an: »Was machen Sie hier?«

»Ich mache gar nichts«, rechtfertigte sich der Lockenschopf. »Aber unsere Lotti, die hat seit heute Abend Durchfall.«

Kathrins Blick folgte seinem Fingerzeig nach unten und erspähte eine Dackelhündin, die sichtbar von Verdauungsproblemen geplagt wurde.

»Ich bin jetzt schon das vierte Mal hintereinander mit ihr draußen«, murmelte der junge Mann und gähnte herzhaft.

»Tut mir leid.« Kathrin strich sich eine Haarsträhne, die ihr in die Stirn gefallen war, mit der Hand zurück. Dabei blitzte ihr Ehering, den sie nach Peters Verschwinden nicht abgelegt hatte, im Schein der Taschenlampe auf. »Ich wollte Sie nicht erschrecken«, versicherte Kathrin dem Lockenschopf. »Ich hatte nur für einen Moment vermutet, ich hätte, äh, einen, äh, Bekannten von mir gesehen.«

»Ach so.« Auf dem Gesicht des Dackelbesitzers machte sich ein Grinsen breit. »Wenn das so ist, gehe ich, wenn die Lotti noch mal rausmuss, besser dahinten mit ihr hin.« Er wies auf eine an die Einfahrt zum Parkplatz angrenzende Grasfläche. »Dann bleiben Sie heute Nacht ungestört.«

Kathrin merkte, wie ihre Ohren rot anliefen. »Nicht nötig«,

murmelte sie. »Ich glaube nicht, dass mein … äh, mein Bekannter noch kommt.«

»Ach was, die Nacht hat doch kaum angefangen«, erwiderte der Dackelbesitzer und zwinkerte ihr vielsagend zu. »Ich wünsche Ihnen auf jeden Fall viel Spaß.« Mit diesen Worten zog er die bemitleidenswerte Lotti hinter sich her, zurück zu seinem wenige Meter entfernt parkenden VW-Bus.

Nur mit Mühe unterdrückte Kathrin ein lautes Aufstöhnen. In was für eine blöde Situation hatte sie sich mit ihrem kopflosen Handeln nur gebracht? Dem Dackelbesitzer war anzusehen gewesen, dass er sie für eine Ehefrau auf Abwegen hielt, die mit ihrem Liebhaber eine heiße Nacht im Wohnmobil zu verbringen beabsichtigte.

Weit gefehlt, dachte Kathrin mürrisch. Ihr Liebesleben war mit Peters Verschwinden erloschen. Wie die Hoffnung, ihn in dieser Nacht noch zu Gesicht zu bekommen.

11

Mit einem Stöhnen drehte sich Henrik Richtersen auf die andere Seite. Die mit hellgrauem Kunststoff verkleideten Wände schwankten, so als ob er sich in einer Schiffskoje auf hoher See befände. Dabei lag er, wie die rot karierte Bettwäsche und das Kissen für Seitenschläfer ohne Zweifel bewiesen, in seinem Campingbett im Kastenwagen. Henrik hob den Kopf und erkannte beim Blick aus dem Heckfenster eine exakt geschnittene Thujahecke und die Stromsäule, in die er gestern seinen CEE-Stecker eingestöpselt hatte. Er schloss daraus, dass er sich nach wie vor auf dem kleinen Campingplatz am Baggersee befand. Wohin er Kathrin Schäfer gestern, nachdem sie ihm die Koordinaten gezeigt hatte, von Rotenburg aus gefolgt war. Damit sie dies nicht bemerkte, hatte er nicht auf dem Wohnmobilstellplatz geparkt, sondern auf dem nahe gelegenen Campingplatz eingecheckt. Soweit Henrik das von seinem kurzen Aufenthalt beurteilen konnte, war der wie viele andere in Deutschland. Aber woher, fragte er sich, kamen dann das seltsame Kreisen und das Schwanken? Und wieso dröhnte sein Schädel zur frühen Stunde so, als wollte er gleich zerplatzen? Henrik stützte sich auf den rechten Arm und versuchte, sich zu konzentrieren. Was hatte er gestern nur angestellt, dass es ihm heute derart mies ging?

Die Erinnerungen an den Vorabend waren vage. Aber Henrik glaubte sich zu entsinnen, dass er mit dem Laptop auf den Knien vor seinem Kastenwagen gesessen hatte. Sich vergewissert hatte, dass der Peilsender, den er gestern Nachmittag am Oldtimer-Wohnmobil von Kathrin Schäfer angebracht hatte, zuverlässig funktionierte. Dann war aus heiterem Himmel seine Nachbarin von der Parzelle nebenan aufgetaucht und hatte Leo ein Stück Wurst gereicht. Während der verfressene Beagle zufrieden schmatzte, waren sie ins Gespräch gekommen. Kurze Zeit später war die Campingnachbarin mit einem Viertelring Fleischwurst und einer grünen Literflasche mit weißem Schraubverschluss bei ihm aufgeschlagen.

Henrik war kein Weinkenner, doch die Flasche hatte in seinen Augen völlig harmlos ausgesehen. In Anbetracht seines brummenden Schädels wunderte er sich, was ihm seine Campingplatznachbarin da eingeschenkt hatte. Das Zeug hatte, wenn er sich recht erinnerte, kühl und süffig geschmeckt und nicht wie etwas auf der Zunge gelegen, das einem einen Mordskater verschaffte. Und doch verhielt sich sein Kopf so, als ob Henrik zwei Flaschen Single Malt Whisky auf ex getrunken hätte. War Weißwein, selbst wenn es sich um die billigste Plörre handelte, in der Lage, im menschlichen Körper eine derartige Wirkung zu entfalten? Er hätte schwören können, nicht mehr als drei, höchstens vier Gläser getrunken zu haben. Dazu hatte er eine große Salamipizza vertilgt, die er von einem Pizzabäcker im Ort hatte liefern lassen. Die Pizza hätte sich unter normalen Umständen als solide Grundlage für seinen Alkoholkonsum erweisen müssen. Und dennoch turnte gerade eine Horde wild gewordener Stepptänzer auf seiner schmerzenden Stirn herum.

Mit einem Aufstöhnen kroch er aus dem Bett und schleppte sich zur Küchenzeile. In einem der Küchenschränke vermutete er eine Packung Sprudelaspirin, die höchstwahrscheinlich schon längst abgelaufen war. Aber sein Kopf ließ ihm keine andere Wahl. Als Henrik das Kunststoffröhrchen endlich neben einer ungeöffneten Tube Senf und einer Packung Rinderkauknochen für den Beagle aufspürte, rebellierte sein Magen. Er schaffte es gerade noch bis zu seiner Bordtoilette, wo er sich erbrach. Anschließend wischte er sich den kalten Schweiß von der Stirn und ließ sich wieder aufs Bett fallen. Der Beagle streckte sich neben ihm aus und schaute ihn aus seinen dunkelbraunen Augen mitfühlend an.

»Ich schwöre hoch und heilig: Ab jetzt rühre ich nie wieder einen Tropfen Alkohol an«, jammerte Henrik.

Aber lag es tatsächlich nur am Alkohol? Oder hatte sich mehr als nur Rieslingwein in seinem Glas befunden? Hatte ihm die dunkelblonde Frau etwas untergejubelt? Um was mit ihm zu tun? Ihn gefügig zu machen? Damit er irgendetwas mit ihr oder mit sich oder mit ihnen beiden zusammen anstellte? Henriks Gedanken verselbstständigten sich und fingen an, wild in seinem Kopf zu kreisen.

Nach ein paar Minuten rief er sich zur Ordnung. Auf was für einen Blödsinn ließ er sich da mental ein? Hätte es, wenn an seinen Spekulationen etwas dran wäre, nicht genau umgekehrt sein müssen? Seiner langjährigen beruflichen Erfahrung nach waren es doch die Männer, die Frauen Drogen in ihre Drinks mischten. Dass Frauen bei solchen Vergehen die Täter und die Männer die Opfer waren, war ihm bis jetzt nicht untergekommen. Dennoch konnte Henrik den Drang nicht unterdrücken, einen Blick auf den Slip zu werfen, den er unter seiner Schlafanzughose trug.

Erleichtert atmete er auf. Soweit er erkennen konnte, war diesbezüglich alles in Ordnung. Es handelte sich definitiv um die Unterhose, in die er am gestrigen Morgen geschlüpft und die inzwischen reif für den Wäschebeutel war. Außer seinem Kopf und seinem Magen schien nichts an ihm in Unordnung geraten zu sein. Zudem glaubte Henrik, sich dunkel daran zu erinnern, dass die Frau gegen zehn, halb elf zurück zu ihrem Wohnwagen gegangen war. Dass er allein beziehungsweise mit dem Beagle neben sich eingeschlafen war. Ohne eine Ahnung davon zu haben, was ihm am nächsten Morgen bevorstand.

Inzwischen hatte sich Henriks Magen so weit beruhigt, dass er es wagte, aufzustehen und eine Flasche Mineralwasser aus dem Kühlschrank zu holen. Als er die Hälfte davon getrunken hatte, war der dicke, schwere Nebel, der sein Gehirn umhüllt hatte, abgezogen. Henrik gab zwei der Sprudeltabletten in ein Glas, übergoss sie mit dem restlichen Wasser und wartete, bis sie sich aufgelöst hatten. Er stürzte die etwas trübe und nach künstlichem Zitronenaroma schmeckende Flüssigkeit in drei Zügen hinunter. Obwohl die Acetylsalicylsäure ihre Wirkung erst noch entfalten musste, fühlte sich Henrik besser. Er beschloss, die leidige Angelegenheit abzuhaken. Womöglich hatte er sich eins von diesen Viren eingefangen, die einen für einige Stunden oder einen Tag flachlegten. Oder er hatte die Pizza nicht vertragen. Wie auch immer – jetzt, da er sich wieder halbwegs wie ein Mensch vorkam, war die Sache für ihn erledigt. Einen Grund, die dunkelblonde Frau wiederzusehen, gab es für ihn nicht. Ihr Geplauder war ihm mitunter etwas wirr und zusammenhangslos vorgekommen. Zudem war sie nicht sein Typ. Dennoch beschloss Henrik, den Campingplatz so schnell, wie sein gemarterter Kopf es zuließ, zu verlassen. Um effektiv zu arbeiten, musste er allein sein. Und allein bleiben.

»Ich bin ein einsamer Wolf«, sagte er an den geduldig wartenden Beagle gewandt.

Der antwortete, indem er heftig mit dem Schwanz wedelte.

»Und wenn du nicht artig bist, fresse ich dich«, drohte Henrik scherzhaft.

Die Taktrate des Schwanzwedelns verdoppelte sich.

»Blöder Hund.« Henrik kraulte dem Beagle die Ohren, vollzog im Bad eine Katzenwäsche, schlüpfte in Jeans und T-Shirt, rollte sein Stromkabel auf die Kabeltrommel auf und war kurz darauf vom Campingplatz verschwunden.

Ein paar Kilometer weiter südlich, aber weiterhin in Reichweite des Peilsenders, fand er einen schattigen Wanderparkplatz. Er stellte sich direkt an den Waldrand, schaltete seinen Laptop ein und wartete gespannt, was der Tag noch bringen würde.

**

Kathrin wurde wach, weil sie vergessen hatte, die Gardine am großen Alkovenfenster zuzuziehen, und die Sonne ihr ins Gesicht schien. Ein Blick auf den Wecker sagte ihr, dass nichts dagegensprach, noch eine Weile liegen zu bleiben. Doch sie ahnte, dass sie keinen Schlaf mehr finden würde. Die Enttäuschung, die sich in der Nacht wie eine schmerzhafte Muskelentzündung in ihrem Körper breitgemacht hatte, war zurück. Kathrin hatte den Eindruck, von einem Dreißigtonner überrollt worden zu sein. Dabei war sie sich so sicher gewesen, dass Peter auftauchen und ihr alles erklären würde. Dass das Warten endlich ein Ende hätte. Stattdessen hatte sie sich vor einem harmlosen Mitcamper lächerlich gemacht. Beim Gedanken daran schoss Kathrin das Blut ins Gesicht. Sie hoffte inständig, dass sie dem Dackelbesitzer niemals wieder unter die Augen treten müsste. Kathrin warf die Bettdecke zur Seite und kletterte die Alkovenleiter hinunter. Gegen die trüben wie peinlichen Gedanken half nur eins: Bewegung an frischer Luft. Ein strammer Morgenspaziergang war genau das, was sie jetzt brauchte.

Nach dem Ankleiden und einem Glas Orangensaft im Stehen öffnete Kathrin die Wohnmobiltür. Über dem See hingen Nebelschwaden, doch es versprach ein strahlend schöner Tag zu werden. Los, worauf wartest du, sagte sich Kathrin. Mit dem rechten Fuß trat sie beschwingt auf den schwarzen Tritthocker aus Kunststoff, der ihr das Ein- und Aussteigen erleichterte, und merkte verdutzt, wie die Einstiegshilfe unter ihrem Gewicht nachgab, sich langsam, aber stetig nach vorn senkte. Sie versuchte, sich am Türrahmen festzuhalten, doch es war zu spät. Der Hocker brach unter ihr zusammen. Kathrin kippte unaufhaltsam vorwärts. Zuerst prallten ihre Knie und dann ihr Kinn auf dem Boden auf. Benommen blieb sie lang auf dem Bauch ausgestreckt liegen.

»Gütiger Himmel! Ist Ihnen was passiert?« Eine besorgte Stimme, die Kathrin entfernt bekannt vorkam, drang an ihr Ohr. Es gelang ihr, den Kopf ein wenig zur Seite zu drehen. Die dunkelblauen Augen des Dackelbesitzers waren vor Schreck weit aufgerissen. Oh nein, nicht schon wieder der, flehte Kathrin trotz der Schmerzen stumm.

»Tina, komm mal her!«, brüllte der Lockenschopf. »Schnell! Hier ist ein Unfall passiert. Können Sie aufstehen?«, wollte er von Kathrin wissen. Seine Stimme zitterte.

»Weiß noch nicht«, murmelte Kathrin und probierte, in Seitenlage zu gelangen. Ihr linkes Knie protestierte ziepend. Doch es gelang ihr, sich umzudrehen und den Oberkörper aufzurichten.

»Sie bluten«, sagte eine weibliche Stimme, und die Freundin des Dackelbesitzers trat in ihr Sichtfeld.

Kathrin fuhr mit der Hand über ihr Kinn, wodurch sich ihre Fingerspitzen klebrig anfühlten und rot färbten.

»Auf der Stirn auch«, sagte die junge Frau mitfühlend. Dann herrschte sie ihren Freund an:»Worauf wartest du? Hol mal einen Stuhl und das Verbandszeug!«

Sie beugte sich zu Kathrin hinunter.»Ich bin Tina, aus dem VW-Bus da vorne.« Mit der Hand zeigte sie auf den quietschgelben VW T2 Bulli.»Mein Freund, der Martin, ist gleich zurück.«

»Wird schon gehen«, nuschelte Kathrin, obwohl sie sich immer noch benommen fühlte.

»Hier!« Martin reichte seiner Freundin die Reiseapotheke. Dann klappte er einen orangefarbenen Campingstuhl auf und fragte Kathrin:»Meinst du, du schaffst es, dich da draufzusetzen?«

Kathrin nickte und zog gleichzeitig eine Grimasse, weil ihr Kinn schmerzte.

»Ich helfe dir«, sagte Martin und packte Kathrin unter den Achseln.»Eins, zwei, drei ...«

Unter Ächzen gelang es Kathrin, aufzustehen. Sie ließ sich auf den Campingstuhl plumpsen und atmete tief durch. Als sie auf ihre Beine hinunterblickte, sah sie, dass ihre Jeans an beiden Knien Grasflecken aufwies. Sie konnte sich glücklich schätzen, dass sie nicht auf Asphalt oder Schotter gestürzt war.

»Das brennt jetzt ein bisschen«, warnte Tina und tupfte mit einer sterilen Kompresse, auf die sie Desinfektionsmittel gesprüht hatte, Kathrins Kinn und die Stirn ab.

Kathrin zwang sich, bewegungslos sitzen zu bleiben.

»Sah schlimmer aus, als es ist«, stellte Tina erleichtert fest und klebte jeweils ein großes Pflaster auf Kathrins Kinn und Stirn. Kathrin vermutete, dass sie nun aussah wie eine Boxerin nach einem Kampf.

»Was machen die Knie?«, erkundigte sich Martin.

Kathrin bewegte zuerst das linke und dann das rechte. Das linke beklagte sich ein wenig. Aber es war auszuhalten. Sie versuchte sich in Galgenhumor: »Einen Marathon werde ich in den nächsten Tagen nicht laufen können. Aber um mein Wohnmobil zu bewegen, wird es ausreichen.«

»Wie ist das eigentlich passiert?« Tina blickte sie fragend an und strich sich eine Strähne ihres blonden Haars hinter das Ohr.

»Ich bin auf den Tritthocker gestiegen und vornübergefallen. Verstehe ich selbst nicht«, murmelte Kathrin.

Martin hatte derweil den grauen Kunststoffhocker in Augenschein genommen. »Kein Wunder, dass du gefallen bist«, stellte er fest. »Jemand hat die vorderen Beine angesägt.«

Tina schaute Kathrin geschockt an. »Da wollte jemand mit voller Absicht, dass du fällst? Krass! Wie abartig ist das denn?«

Martins Gesicht hatte einen grimmigen Ausdruck angenommen. »Also ich an deiner Stelle, ich würde die Polizei holen. Das war Sabotage. Ein Akt von fahrlässiger Körperverletzung.«

Kathrin versuchte ihre Gedanken zu ordnen. Gestern der beschädigte Fahrradträger und heute der angesägte Tritthocker. Gab es einen Zusammenhang zwischen den beiden Vorfällen? Waren sie von ein und derselben Person verursacht worden? Aber wer sollte ihr hier, wo sie niemanden kannte und wo vor allem niemand *sie* kannte, etwas Derartiges antun wollen? Und warum? Wollte sich jemand rächen?

Erst jetzt bemerkte Kathrin, dass die Parkbucht neben der ihren verlassen dalag. Kalle war offenbar am frühen Morgen abgefahren. Sie hatte zu fest geschlafen, um es mitzubekommen. War das seine Art, ihr Auf Wiedersehen zu sagen? Nein, das kam Kathrin dann doch zu weit hergeholt vor. Aber sie hatte das Gefühl, dass es höchstwahrscheinlich besser wäre, wenn sie ebenfalls möglichst schnell von hier verschwände.

»Ich glaube, ich lass die Polizei da lieber raus«, verkündete Kathrin. »Vielleicht war das mit dem Hocker so etwas wie Materialermüdung. Der ist bei mir schon seit fünfzehn Jahren im Einsatz.«

»Nun ja, es ist letztendlich deine Entscheidung«, erwiderte Martin. Ihm war anzusehen, dass er sie nicht guthieß.

Kathrin stützte sich auf beiden Stuhllehnen ab und kam langsam auf die Beine. »Auf jeden Fall lieben Dank für eure Hilfe. Ich glaube, ich komme jetzt allein klar.«

»Bist du sicher?« Tina musterte sie besorgt.

»Ganz sicher.« Kathrin nickte zur Bestätigung. »Kümmert ihr euch mal lieber wieder um Lotti. Wie geht es ihr eigentlich?« Auf Tinas sommersprossigem Gesicht machte sich ein Lächeln breit. »Ach, die ist zum Glück wieder topfit.«

»Freut mich.« Kathrin erwiderte das Lächeln, obwohl die Pflaster dabei unangenehm ziepten.

»Also dann«, verabschiedete sich Martin. »Wenn du was brauchst, komm einfach bei uns am Bulli vorbei.«

»Danke. Eine schöne Zeit noch!« Kathrin winkte dem sympathischen jungen Pärchen hinterher. Als sie ihre Hand sinken ließ, bemerkte sie, dass etwas am Beifahrerspiegel baumelte. Ein kleines, in braunes Packpapier eingeschlagenes Paket.

So schnell ihre lädierten Knie es zuließen, humpelte Kathrin auf den Spiegel zu. »Du warst also doch hier«, flüsterte sie.

Tränen kullerten ihr die Wangen hinunter.

12

Astrid Lund stieß einen herben Fluch auf Schwedisch aus. Das durfte doch nicht wahr sein! Sie hatte sich so auf einen entspannten Tag hier am Badesee in Hungen gefreut. Einen Tag, an dem sie in aller Ruhe Pläne schmieden, Kraft sammeln könnte. Doch nun musste sie schon wieder los. Die Ortungs-App, die sie letzte Nacht auf dem iPhone des Kastenwagenfahrers installiert hatte, zeigte eindeutig an, dass sich der Wagen vom Campingplatz fortbewegte. Ein Blick aus dem Fenster ihres Wohnwagens bestätigte die Annahme. Die angrenzende Parzelle war leer.

Wütend warf Astrid die Bettdecke beiseite und sprang in die Klamotten, die sie am Vortag getragen hatte. Zum Duschen oder Frühstücken blieb keine Zeit. Sie musste sich ranhalten! Die Verfolgung erwies sich als stressiger, als sie vermutet hatte.

Nachdem sie zu dem Entschluss gekommen war, der Frau im Alkoven-Wohnmobil zum neuen Standort nahe Hungen zu folgen, hatte sie sie für den Rest des Tages nicht mehr aus den Augen gelassen. Sie wollte gewappnet sein für den Fall, dass die Frau sich hinter das Steuer ihres Wohnmobils setzte und abfuhr. Was aber nicht geschah, sie machte keine Anstalten, Rotenburg vor dem nächsten Morgen zu verlassen. Dafür war Astrid klar geworden, dass nicht nur der Mann mit dem vernarbten Gesicht und der dunklen Filzkappe der Fahrerin des Oldtimer-Wohnmobils auf der Spur war. Auch der Mann aus dem Kastenwagen, dessen Fuß die Frau verarztet hatte, zeigte mehr Interesse an ihr, als für einen normalen Campinggast üblich war. Astrid hatte ihn dabei beobachtet, wie er heimlich Fotos von der Frau und ihrem Wohnmobil schoss. Seine Festplatte auf dem Laptop musste von Aufnahmen der Brünetten überquellen. Womöglich war der Typ ein Stalker, hatte Astrid zuerst gedacht. Der schon monatelang hinter der Frau her war. Aber warum hatte er sich dann von ihr helfen lassen? Sich so unbekümmert mit ihr unterhalten? Das passte nicht zu einem Stalker. Außerdem wirkte seine Kamera hochprofessionell.

Als der hagere Typ mit dem hellbraunen Haar zu einer Gassirunde mit dem Beagle aufgebrochen war, hatte sich Astrid an den Kastenwagen herangepirscht und im Schutz der Büsche durch die Fenster geschaut. Auf dem Tisch und der Sitzbank gegenüber der Küchenzeile konnte sie einen Laptop und verschiedene externe Festplatten ausmachen. Ein Fotokoffer, in dem zahlreiche Objektive sowie drei Kameras von groß bis sehr klein verstaut waren, stand sperrangelweit geöffnet auf dem zum Innenraum gedrehten Beifahrersitz. Ein Fernglas, das Astrid für die Nachtsicht geeignet erschien, lag auf der Küchenzeile. Daneben ein schwarzer Apparat in der Größe eines Smartphones, von dem Astrid vermutete, dass es sich um einen Voice-Recorder handelte. Alles in allem zählte das Ensemble an hochtechnischen Geräten nicht unbedingt zum Equipment, das man normalerweise in den Campingurlaub mitnahm.

Astrid hatte das zuerst nicht recht einzuordnen gewusst. Bei einer anschließenden Tasse Kaffee und einem Schokomuffin war der Groschen gefallen: Der hagere Mann war als verdeckter Ermittler oder Privatdetektiv unterwegs! Ein Profi, der dieselbe Person observierte wie sie.

Astrid hatte sich gefragt, was seine Gründe dafür waren. Warum er sich so beharrlich an die Fersen beziehungsweise die Reifen der Frau geheftet hatte.

Und gestern war die perfekte Gelegenheit gekommen, um genau das herauszufinden. Als der Kastenwagenfahrer ausgerechnet auf der Parzelle neben ihr eingeparkt hatte, wollte Astrid sich die unerwartete Chance nicht entgehen lassen. Obwohl sie von Natur aus eher schüchtern war, hatte sie sich überwunden, den Hamburger anzusprechen und ihn auf ein Gläschen Wein einzuladen.

Aus dem einen Glas waren schnell etliche geworden, die der Hamburger wie Wasser runterspülte. Als er die Kartons der Pizzas, die sie zwischenzeitlich bestellt hatten, im Müll entsorgte, hatte Astrid ihre Chance genutzt und ihm eine kleine

Dosis eines Betäubungsmittels ins Glas geträufelt. Zehn Minuten später war der Hamburger so weit weggetreten gewesen, dass sie ihm unbemerkt das iPhone abnehmen konnte, um eine Spionage-App aufzuspielen. Not machte bekanntlich erfinderisch. Und Astrids Not, was Svenja anging, war riesengroß. Dabei kam ihr zugute, dass ihr Vater im Sicherheitsdienst tätig war und sie als Krankenschwester Zugang zu den erforderlichen Medikamenten hatte. Bei der Jagd nach ihrer Schwester wollte Astrid nichts dem Zufall überlassen. Sie war bestens ausgerüstet.

Von nun an würde ihr das Handy des Hamburgers stets mitteilen, wo er – und damit gleichzeitig auch die Wohnmobilbesitzerin – sich aufhielt. Den beiden auf der Spur zu bleiben dürfte für Astrid somit nicht schwer werden. Vorausgesetzt, sie war jederzeit bereit, auch kurz entschlossen zu handeln.

Astrid putzte sich in Windeseile die Zähne, schwang sich auf den Fahrersitz und ließ den Motor an. Der Kastenwagen des Hamburgers entfernte sich als blauer Punkt auf ihrem Handydisplay in Richtung Süden. Wenn sie an ihm dranbleiben wollte, musste sie sich sputen!

***

Auch ohne das Päckchen zu öffnen, hatte Kathrin eine Ahnung, was sich darin befand. Ihre Vermutung bestätigte sich, als sie die weiße Schachtel mit der schwarzen Aufschrift und ihrem Lieblingsparfüm darin aus der Verpackung zog. Kathrin nahm das Fläschchen heraus, legte beide Hände über den schlichten Flakon und ließ den Tränen freien Lauf. Sie machte sich schwere Vorwürfe: Warum war sie eingeschlafen? Warum hatte sie nicht besser aufgepasst? Sie war sich sicher: Wenn sie wach geblieben wäre, wäre sie Peter begegnet. Hätte mit eigenen Augen gesehen, wie er den Flakon Chanel N°5 am Beifahrerspiegel befestigte. Jetzt war es zu spät. Die Nacht war ungenutzt verstrichen. Und die Frage, was damals passiert war, stand weiter unbeantwortet im Raum. Aus Frust hieb Kathrin mit der flachen Hand auf den Tisch, wodurch das Wohnmobil erzitterte.

»'tschuldigung, Töfftöff«, schniefte sie.

Schwerfällig kam sie auf die Beine und riss ein Blatt von der Rolle Küchenpapier ab, mit dem sie sich die Nase putzte. Dann zog sie den gläsernen Stöpsel vom Flakon und bestäubte beide Handgelenke und ihr Dekolleté mit dem Parfüm. Ein zitronig-blumiges Bouquet mit einer pudrigen Note und dem Nachklang von Sandelholz, Vanille und Amber erfüllte den kleinen Innenraum. Erneut schossen Kathrin Tränen in die Augen, und ein dicker Kloß bildete sich in ihrem Hals. Urplötzlich schien ihr der Duft übermächtig, fast schon unangenehm zu sein. Kathrin riss die Tür der Wohnkabine auf und stellte sich auf die Türschwelle, um die klare, reine Luft des Frühlingstages einzuatmen. Ihre Trauer, ihre Verzweiflung schlugen in Ärger und Wut um.

»Verdammt noch mal! Was soll das, Peter? Warum spielst du diese Spielchen mit mir?«, presste sie zwischen zusammengebissenen Zähnen hervor. »Wann kommst du endlich aus deinem Versteck gekrochen und erklärst mir, was los ist?«

Eine Taube gurrte im Kastanienbaum, ansonsten blieb alles still. Kathrin schlurfte zurück zum Tisch, wo sie die weiße Schachtel auf den Kopf drehte. Wie erwartet kam ein kleiner Zettel zum Vorschein. Diesmal benötigte Kathrin keinen Rat, um zu wissen, was die Zahlenfolge bedeutete. Als sie die GPS-Koordinaten eingegeben hatte und ihr Navigationssystem den Zielort anzeigte, musste sie verwundert zweimal hinsehen. Was sollte das jetzt schon wieder bedeuten? Ihr neues Reiseziel lag mitten im Nirgendwo, an der Grenze zu Thüringen. Weil Kathrin vermutete, dass sie sich bei der Eingabe der Koordinaten vertippt hatte, gab sie sie erneut ein. Am Ergebnis änderte sich dadurch nichts. Sie vergrößerte den Kartenausschnitt und sah, dass der Zielort an einem kleinen Flughafen lag.

»Was soll der Blödsinn? Willst du etwa, dass ich in ein Flugzeug steige?«, murmelte sie.

Dieses Hin und Her mit den GPS-Koordinaten wurde immer verworrener. Es ergab keinen Sinn. Wollte sie sich ernsthaft weiter darauf einlassen? Mit der Hand rieb sich Kathrin über die schmerzende Stirn. Dabei stieg ihr erneut ein Hauch von Chanel No°5 in die Nase. Erinnerte sie an das, was sie für alle Zeit verloren geglaubt hatte und was jetzt aufgrund der Koordinaten auf einmal wieder in erreichbarer Nähe zu sein schien. Peter hat diesen Ort mit Absicht gewählt, dachte sie. Damit wir beim Treffen ungestört und vor allem unbeobachtet sind.

Ja, so und nicht anders musste es sein. Kathrin nickte. Sie beeilte sich, Töfftöff für die Abreise fertig zu machen.

Kurz vor Fulda fiel Kathrin siedend heiß ein, dass sich in ihrem Kühlschrank wie im Vorratsschrank zunehmende Leere breitmachte. Wenn sie länger als einen Tag an diesem Flugplatzgelände im Nirgendwo zu bleiben gedachte, musste sie zuvor ihre Lebensmittelvorräte auffrischen. Kathrin steuerte den nächstgelegenen Supermarkt an. Da sie genügend Platz zum Manövrieren sowie zum Ein- und Aussteigen sicherstellen wollte, fuhr sie in eine Parkbucht im hinteren, weniger frequentierten Teil des Supermarktparkplatzes. Sie zog die Feststellbremse an, schnappte sich ihre Handtasche und stürmte in den Lebensmittelladen. Die konsternierten Blicke der anderen Kunden erinnerten sie daran, dass ihr Gesicht durch die Pflaster am Kinn und auf der Stirn verunstaltet war. Fast schämte sie sich für ihr Aussehen. Dann riss sie sich zusammen. Sich in den kommenden Tagen vor den Menschen zu verstecken und zu hungern, war keine Option.

Ohne sich hetzen zu lassen, füllte Kathrin den Einkaufswagen mit dem, was sie benötigte. Als sie nach dem Bezahlen auf ihr Wohnmobil zulief, kam sie ins Stocken. Stutzte.

»Das gibt es doch nicht«, flüsterte sie. Die Fahrertür stand weit offen. Ihr schwante nichts Gutes.

Mit klopfendem Herzen schaute sie ins Fahrerhaus, wo, von der offen stehenden Tür einmal abgesehen, alles normal wirkte. Anders sah es im Wohnbereich aus. Hier hatte der Eindringling ganze Arbeit geleistet. Das Geschirr und die verbliebenen Lebensmittelvorräte waren aus den Schränken gerissen worden. Eine Packung Maccheroni war dabei aufgeplatzt, und die Nudeln hatten sich über den gesamten Mittelgang ergossen.

Kaffeepulver war auf der Spüle und dem Herd verschüttet worden. Sämtliche Zeitschriften, ein Reiseführer, Autokarten sowie Kathrins E-Book-Reader lagen unter dem Tisch der Mitteldinette. Der Inhalt des Kleiderschranks quoll als kunterbunter Wasserfall aus Textilien über den Tisch und die Polster der Hecksitzgruppe. Kathrins BHs hingen wie schwarze und beige Girlanden von den LED-Spots herab. Das Kopfkissen hatte der Eindringling mit einem Messer aufgeschlitzt und die Füllung im Alkoven verteilt. Im Bad hatte jemand den Inhalt ihrer Zahncremetube ins Waschbecken geleert. Der Spiegel und die Toilettenabdeckung waren mit Lippenstift beschmiert. Kathrin starrte fassungslos auf das Chaos. Das Klingeln ihres Handys drang nur langsam in ihr Bewusstsein.

»Ja?« Kathrins Stimme klang rau und schleppend, die von Matthias Gerlos dagegen ausgesprochen fröhlich.

»Wie wäre es, wenn wir morgen zum Italiener gehen? Ich habe mir den ganzen Abend für dich freigeschaufelt.«

»Matthes.« Kathrin hatte Mühe zu reden. Sie stand unter Schock.

»Ist was?« Matthias Gerlos war Kathrins ungewöhnliche Stimmlage nicht entgangen.

Kathrin ließ sich auf das Polster der Mitteldinette sinken. Eine Maccheroninudel zerbrach knirschend unter ihrem Gewicht. »Mein Wohnmobil … Bei mir ist ins Wohnmobil eingebrochen worden.«

»Auf dem Campingplatz?«, fragte Matthias Gerlos erstaunt. »Die haben doch eine Schranke und alles.«

»Ich bin nicht mehr in Rotenburg«, erwiderte Kathrin.

»Nein? Warum denn nicht? Ich dachte, du wolltest noch ein paar Tage bleiben.«

»Mir ist was dazwischengekommen«, wich Kathrin aus.

»Wo bist du jetzt?«

»Auf einem Supermarktparkplatz bei Fulda.«

»Auf dem Heimweg?«

»Sozusagen.« Die Ausrede klang selbst in Kathrins Ohren lahm. Doch sie wollte Matthes nicht den wahren Grund für die Änderung ihrer Reisepläne nennen. Weil er mich dann unweigerlich für verrückt erklären würde, dachte Kathrin und zog eine Grimasse.

»Und in Fulda ist es passiert?«

»Ich war nur kurz im Laden einkaufen. Höchstens eine Viertelstunde«, berichtete Kathrin. »Als ich zurückkam, habe ich gesehen, dass die Fahrertür offen stand.«

»Hast du keine Alarmanlage?«

»Nein. Ich habe immer gedacht: Wer soll schon in mein betagtes kleines Wohnmobil einbrechen? Da ist doch eh nichts zu holen. Peter hielt ein Alarmsystem übrigens auch nicht für nötig.«

»Dann lagt ihr wohl beide ziemlich falsch«, stellte Matthias Gerlos trocken fest.

»Ich verstehe trotzdem nicht, wie sie reingekommen sind«, beharrte Kathrin. »Ich hatte alle Türen abgeschlossen. Und die Fenster sind nicht beschädigt.«

Matthias Gerlos seufzte. »So ein Türschloss aufzubekommen ist kein großes Ding. Auch ohne passenden Schlüssel. Die nehmen einfach einen Schraubendreher oder einen anderen spitzen Gegenstand. Profis haben dafür einen sogenannten ›Lockpicker‹. Damit stechen sie unterhalb der Türgriffschale in die Tür und betätigen das Gestänge der Zentralverriegelung. Das dauert keine zwei Minuten, und sie sind drin. Ohne Lärm und ohne groß Aufsehen zu erregen.«

»Das wusste ich nicht«, gestand Kathrin.

»Ist was gestohlen worden?«

Kathrin beäugte das Chaos, das sie umgab. »Auf den ersten Blick nicht. Aber du kannst dir nicht vorstellen, wie es hier drinnen aussieht.«

»Ruf die Polizei«, sagte Matthias Gerlos. »Vom Einbruch abgesehen kommen, wenn ich dich richtig verstehe, noch Sachbeschädigung und Vandalismus hinzu.«

»Meinst du, die Polizei hat eine Chance, den- oder diejenigen zu finden?« Kathrin war mehr als skeptisch.

»Viel Hoffnung würde ich mir an deiner Stelle nicht ma-

chen«, erwiderte Matthias Gerlos. »Trotzdem musst du die
Polizei benachrichtigen. Allein schon wegen der Versicherung.
Um Ansprüche geltend zu machen, brauchst du den Polizei-
bericht.«

»So ein Mist!«, fluchte Kathrin. »Warum gerade ich?«
»Einbrüche dieser Art nehmen in letzter Zeit zu. Dass es
dich jetzt erwischt hat, ist Pech«, erwiderte Matthes lakonisch.
»Nimm es nicht persönlich!«

»Ich versuch's«, versprach Kathrin und legte auf.

Matthias Gerlos steckte das Handy weg und spielte weiter mit
dem Kugelschreiber, den er in der Hand hielt. Starrte nachdenklich aus seinem Bürofenster. Er hatte so eine Vermutung, auf
wessen Kappe der Einbruch ging. Wer Kathrin am Supermarkt
aufgelauert und den Innenraum ihres Wohnmobils verwüstet
hatte. Aber darüber würde er kein Sterbenswörtchen verlieren.
Vor allem nicht gegenüber Kathrin. Sie durfte keinen Verdacht
schöpfen. Es tut sich was, dachte er. Er wusste nur nicht, ob er
darüber erfreut oder betrübt sein sollte.

13

Bis Kathrin sämtliche Formulare ausgefüllt und mit der örtlichen Polizeistation alles geregelt hatte, war es früher Nachmittag. Der Leiter des Supermarktes war so nett, ihr einen Industriestaubsauger sowie Putzeimer und Putzlappen zur Verfügung zu stellen, womit sie das Chaos in ihrem Wohnmobil Stück für Stück beseitigte. Zu gern hätte sie ihre gesamte Kleidung in die Waschmaschine gesteckt und gründlich gewaschen. Doch dazu hätte sie einen Waschsalon aufsuchen oder nach Hause fahren müssen. Beides kam für Kathrin nicht in Frage. Sie wollte, sie musste zum nächsten Zielort. Der lag noch mehr als hundert Kilometer entfernt.

Außerhalb geschlossener Ortschaften drückte Kathrin aufs Gaspedal, holte aus Töfftöff alles heraus. Sie passierte kleine Dörfer, die zwischen einem Flickenteppich aus Getreide-, Mais- und Kartoffelfeldern lagen. Je näher sie der Landesgrenze zu Thüringen kam, desto größer wurden die Waldflächen. Fichten, Kiefern, Tannen, Douglasien und Lärchen säumten die Straße. Obwohl der Sonnenuntergang frühestens in zwei Stunden zu erwarten war, schaltete Kathrin das Abblendlicht ein. Der strahlend blaue Himmel hatte sich während der Fahrt verdunkelt. Dicke graue Wolken waren aufgezogen. Es roch nach Regen.

Nachdem Kathrin die Kreisstadt Meiningen passiert hatte, dünnte sich der Gegenverkehr merklich aus. Ein Traktor, der höchstwahrscheinlich noch aus der Vorwendezeit stammte, zuckelte gemächlich vor ihr dahin. Weil Kathrin auf der schmalen Straße keine Möglichkeit fand, ihn zu überholen, musste sie sich in Geduld üben. Abwarten, bis der Traktor endlich nach rechts abbog. Dann gab sie erneut Gas. An einem Gehöft verlangsamte sie ihre Fahrt, weil eine muntere Hühnerschar auf der Straße herumlief und sich erst durch lang anhaltendes Hupen verzog. Ihr Navigationssystem hieß sie an der darauffolgenden Kreuzung links abbiegen. Die vorher asphaltierte Straße verengte sich ab dem Punkt zu einer schmalen Schotterpiste. Töfftöff quälte sich von einem Schlagloch zum nächsten. Kathrin fragte sich bereits, ob sie auf dem richtigen Weg war, da entdeckte sie ein verblasstes Holzschild: »Flughafen 300 Meter«. Liebevoll tätschelte sie Töfftöffs Lenkrad. »Die paar Meter schaffen wir auch noch«, machte sie sich und ihrem betagten Wohnmobil Mut.

Der letzte Teil des Weges führte sie an einem kleinen Wäldchen vorbei, nach dem die Schotterpiste ohne Vorwarnung steil anstieg. Töfftöff schnaufte hörbar. Auf der rechten Seite erblickte Kathrin ein grau verputztes Gebäude mit einer verwitterten Holzterrasse, das, wie Kathrin dem schief über dem Eingang hängenden Schild entnahm, einst eine Gaststätte beherbergt hatte. Dahinter erstreckte sich ein Wellblechhangar, der ebenfalls verlassen dalag. Die buckelige Wiese hinter dem Hangar war mit weißen Markierungen versehen. Kathrin schloss daraus, dass es sich um die Start- und Landebahn handelte. Um hier mit einem Sportflugzeug abzuheben und zu landen, braucht man eine große Portion Mut, dachte sie. Aber wo, so fragte sie sich irritiert, ist hier der Wohnmobilstellplatz?

»Scheiß Navi«, murmelte Kathrin und erwärmte sich zusehends für den Gedanken, auf der Stelle umzudrehen. Da erblickte sie hinter der nächsten Halle das Heck eines Wohnmobils, das nicht viel jünger als Töfftöff sein konnte. Daneben hatte jemand aus Wohnwagen, die nicht minder betagt aussahen, eine Art Camp gebildet. Auf der gegenüberliegenden Seite waren kleine Zelte aufgebaut worden, vor denen große Motorräder parkten. Die mit schwarzen Lederhosen, schwarzen Lederjacken und dunklen Kutten bekleideten Besitzer der schweren Maschinen standen im Kreis davor, die meisten von ihnen hielten eine Bierflasche in der Hand. Auf den Rücken der Männer erkannte Kathrin die Embleme eines Motorradclubs, mit dem sie keine Bekanntschaft zu machen beabsichtigte.

Gütiger Himmel! Wo bin ich hier nur gelandet, fragte sich Kathrin bang. Für einen Moment erwog sie, mit Töfftöff um die Halle zu fahren und das Weite zu suchen. Dann befingerte sie die beiden Herzchenanhänger ihrer Kette, atmete ein paarmal tief durch und öffnete die Fahrertür. Es gab einen Grund, warum Peter sie hierhergeschickt hatte. Und sie würde herausfinden, welcher das war.

Ihr »Hallo!« in Richtung der Männer klang dennoch ein wenig verzagt. Die Biker winkten Kathrin mit ihren Bierflaschen freundlich zu, kümmerten sich aber nicht weiter um sie. Suchend schaute sie sich um. Gab es hier so etwas wie einen Platzwart, der sie einweisen und die Stellplatzgebühr kassieren würde?

Aus einem der Wohnwagen kam eine Frau in orangefarbener Yogahose und einem Batikshirt in allen Regenbogenfarben auf Kathrin zu. Das lange dunkle Haar, durch das sich vereinzelte graue Strähnen zogen, war zu vielen dünnen Zöpfen geflochten. An den Ohren glitzerten goldene Kreolen. Ihre Körperhaltung wirkte entspannt, so als ob sie selbst im dicksten Trubel in sich ruhte. Die Frau war Kathrin auf Anhieb sympathisch.

»Hallo! Ich suche einen Platz für die Nacht.«

Die Frau lächelte, wobei sich an beiden Seiten ihrer Mundwinkel Grübchen bildeten. »Na, Platz haben wir hier genug.« Sie streckte den Arm aus und beschrieb damit einen Halbkreis.

»Dann ist es egal, wo ich mich hinstelle?«, hakte Kathrin nach.

»Ich an deiner Stelle«, erwiderte die Frau, wobei sich ihr Lächeln verstärkte, »würde ein bisschen Abstand zu den Jungs da drüben halten. Fahr doch hinter die Halle, an den Rand. Da hast du deine Ruhe.«

»Okay, mache ich«, willigte Kathrin ein. Aber sie hatte eine weitere Sorge. »Wo kann ich denn bezahlen?«

»Ach, mach dir keinen Kopf. Das hat Zeit.« Die Frau winkte ab. »Der Herbert kommt erst morgen Mittag wieder.«

»Okay, dann weiß ich Bescheid. Ich werde nach ihm Ausschau halten.«

Die Frau mit den Zöpfen kam ein paar Schritte näher. »Ein tolles Wohnmobil hast du da«, sagte sie anerkennend. »Hat schon einige Jährchen auf dem Buckel, oder?«

»Mein Töfftöff ist Jahrgang 1990«, erwiderte Kathrin mit Stolz in der Stimme. »Da steckte der Wohnmobilbau noch in den Kinderschuhen.«

»Es ist jammerschade, dass so etwas heute gar nicht mehr gebaut wird«, erwiderte die Frau. »Mir sind dieses ganze Plastik, die Folien in Holzoptik und das viele technische Gedöns, das die meisten heute unbedingt haben wollen, ein Graus. Mein Wohnwagen von Westfalia ist von 1996. Den habe ich bei meiner Scheidung vor fünfzehn Jahren mitgenommen. Er ist treuer und beständiger als mein Ex. Der ist inzwischen schon zum dritten Mal verheiratet.« Sie lachte laut auf.

Kathrin schaute zum Himmel, wo sich die grauen Wolken verdichteten. »Ich sehe mal lieber zu, dass ich Töfftöff und mich für die Nacht klarmache. Das da oben sieht nicht gut aus.«

»Mach das.« Die Frau nickte. Dann streckte sie Kathrin spontan die Hand entgegen. »Ich bin übrigens die Mandie. Wenn du was brauchst oder Lust auf einen Tee oder ein Bier hast, komm einfach vorbei.«

»Ich glaube, ich brauche heute Abend mal ein bisschen Ruhe«, erwiderte Kathrin und wies auf ihr verpflastertes Gesicht. »Ich bin heute früh doof gestürzt. Das muss ich erst einmal verdauen.«

»Warte mal kurz«, rief die Frau und lief leichten Fußes zu ihrem Wohnwagen. Zwei Minuten später reichte sie Kathrin ein durchsichtiges Glasgefäß mit Schraubverschluss. »Das ist selbst gemachte Calendulasalbe. Damit heilen deine Verletzungen schneller.«

Kathrin nahm das Gläschen gerührt an sich. Durch die nette Geste fühlte sie sich weniger einsam. »Danke«, sagte sie mit einem Lächeln. »Wir sehen uns.«

Mandie nickte. »Klar. Wir sehen uns morgen.«

Als Kathrin den ersten Bissen ihrer Dinkelspaghetti mit Bolognesesoße in den Mund steckte, öffnete der Himmel alle Schleusen. Regentropfen prasselten auf das Wohnmobildach und übertönten die Musik aus dem Radio. Gut, dass ich heute nicht mehr rausmuss, dachte sie und schenkte sich ein Gläschen Rotwein ein. Trotz des Regens versprach dies ein gemütlicher Abend zu werden. Kathrin fragte sich lediglich, ob es Peter bei diesem Wetter zu ihr schaffen würde. Aber sie könnte, wenn es denn sein müsste, ihren Aufenthalt um ein oder zwei Nächte verlängern. So haarsträubend, wie sie anfangs angenommen hatte, ging es auf diesem eher unkonventionellen Stellplatz nicht zu. Und die Aussicht auf die Gipfel der Rhön und des Thüringer Waldes wäre bei Sonnenschein bestimmt gigantisch. Kathrin spürte, wie sich Zuversicht in ihr breitmachte. Zum ersten Mal kam bei ihr echtes Urlaubsfeeling auf. Die Gedanken an ihren Sturz und den Einbruch verdrängte sie resolut. Wenigstens für diesen Abend.

Nach dem Essen widmete sich Kathrin erneut dem Krimi, bei dessen Lektüre sie in den letzten Tagen nur bis zum zweiten Kapitel gekommen war. Nach ein paar Minuten packte die Handlung sie so sehr, dass sie alles um sich herum vergaß. Als Kathrin draußen ein Motorengeräusch registrierte, blickte sie von ihrem E-Book-Reader auf. Näherte sich da ein Spätankömmling, der sich ausgerechnet hierhin, direkt neben sie, zu stellen gedachte?

Kathrin zog die Gardine ein wenig zur Seite. Der Starkregen hatte sich abgeschwächt. Aber das Flugplatzareal wurde von keiner Lampe und keinem Strahler beleuchtet. Draußen war es stockdunkel. Nur ein Paar rote Bremslichter erhellten für wenige Sekunden die Nacht. Komisch, das ist kein Wohnmobil, dachte Kathrin. Instinktiv fiel ihr Blick auf ihre Aufbautür. Mit Erleichterung stellte sie fest, dass sie sie, wie jeden Abend, sicher verriegelt hatte.

Der Pkw setzte sich erneut in Bewegung. Aber nicht um wegzufahren, sondern um sie und Töfftöff zu umkreisen. Jetzt bereute Kathrin, dass sie sich so weit abseits hingestellt hatte. Enger und enger zog der Fahrer seine Kreise. Was treibt der da, fragte sie sich mit wachsender Beunruhigung. Dann kam der Pkw erneut zum Stehen. Kathrin konnte vernehmen, wie eine der Autotüren geöffnet wurde. Kamen da Schritte auf ihr Wohnmobil zu? Sie hielt den Atem an. Lauschte. Doch das einzige Geräusch, das sie wahrnahm, war das Klopfen ihres Herzens. Dann hörte sie ein leises Klacken. Der Sicherungsriegel des Türschlosses bewegte sich. Kathrin spürte, wie ihr die Knie weich wurden. Zwei Einbrüche an einem Tag? So viel Pech konnte man doch nicht haben! Aber wenn es kein Pech war … Waren ihr der oder die Einbrecher etwa von Fulda aus gefolgt?

Wieder bewegte sich der Riegel. Hektisch suchte Kathrin nach ihrem Handy, das sie auf der linken oberen Ablagefläche der Hecksitzbank fand. Sie tippte den Notruf ein und wartete. Da klackte das Türschloss erneut. Panisch schaute Kathrin auf das Display ihres Handys. Kein Netz! Sie stand kurz davor, in Tränen auszubrechen. Hilfe, ich muss Hilfe herbeiholen, war der einzige Gedanke, den sie zustande brachte. Aber wie? Sie parkte so weit weg von den Bikern und den Wohnwagen, dass die anderen ihr Rufen nicht vernehmen konnten. Mit Lichtzeichen auf ihre missliche Lage aufmerksam zu machen, war ebenfalls zwecklos, da sie hinter der Halle stand. Die einzige Möglichkeit, sich Beistand zu holen, wäre, die Aufbautür zu öffnen, die Beine in die Hand zu nehmen und zu den Bikern oder zu Mandie und ihrer Gruppe zu rennen.

Wieder klackte die Türverriegelung. Nein, dachte Kathrin, der Weg durch diese Tür kommt nicht in Frage. Könnte sie es durch die Fahrertür schaffen? Aber was, wenn derjenige, der draußen vor ihrer Aufbautür stand, nicht allein war? Wenn seine Kumpane Töfftöff umstellt hatten und nur darauf warteten, dass sie einen Zeh aus dem Wohnmobil streckte? Um sie zu packen und dann weiß Gott was mit ihr zu tun? Kathrin brach der Angstschweiß auf der Stirn aus. Noch nie war sie sich so hilflos, so ausgeliefert vorgekommen. Wenn Peter jetzt bei ihr wäre, hätte sie wenigstens eine Chance. Zu zweit wären sie vielleicht in der Lage, sich gegen die Eindringlinge zur Wehr zu setzen. Verdammt, Peter, warum hast du mich ohne Vorwarnung im Stich gelassen? Warum muss ich seitdem mit allem allein klarkommen, schimpfte Kathrin innerlich. Die aufsteigende Wut half ihr, ihre Angst etwas zu kompensieren.

Sie getraute sich, einen weiteren Blick nach draußen zu werfen. In der Schwärze der Nacht konnte sie durch das regennasse Fenster lediglich die Umrisse des Pkw erkennen. Ein großes Offroadfahrzeug, entweder ein Jeep oder ein Nissan, schätzte sie. Die Insassen waren nirgends auszumachen. Mit etwas Glück ist der Fahrer ja doch allein, überlegte Kathrin, um sich selbst Mut zuzusprechen. Wenn sie ihre dunkle Fleecejacke überzog, leise die Fahrertür entriegelte und nach draußen huschte, könnte sie vielleicht entkommen. Sie öffnete die Kleiderschranktür. Da bemerkte sie, dass das Wohnmobil zu wanken anfing. Erst zaghaft, so als ob ihm jemand einen kleinen seitlichen Schubs gegeben hätte. Dann wurde das Schaukeln stärker. Kathrin glaubte, Töfftöff aufstöhnen zu hören.

Konnte ein einzelner Mann es fertigbekommen, ein gut drei Tonnen schweres Wohnmobil zum Kippen zu bringen? Oder bedeutete das, dass drei oder vier kräftige Männer am Werk waren?

»Aufhören! Hört endlich damit auf«, schrie Kathrin außer sich. Doch das Schaukeln ging unvermindert weiter. Und es stand zu befürchten, dass dies nicht der letzte Akt des heimtückischen Angriffs auf sie sein würde. Ihr blieb keine andere Wahl. Sie musste eine Möglichkeit finden, sich ohne fremde Hilfe zu verteidigen. Sich ihrer Angreifer zu erwehren.

Mit zitternden Händen nahm Kathrin ein langes Messer aus der Küchenschublade. Hektisch kramte sie in ihrem Rucksack, bis sie das Pfefferspray fand. Aus dem Kleiderschrank schaffte sie den kleinen Feuerlöscher herbei. Derart bewaffnet nahm sie auf dem Polster der Mitteldinette Platz. Wartete. Wappnete sich innerlich gegen die Eindringlinge. Mit dem Messer in der linken und dem Pfefferspray in der rechten Hand.

14

Henrik Richtersen hatte seinen Kastenwagen im Schutz des Wäldchens geparkt. Mit dem Nachtsichtgerät bot sich ihm so eine ausgezeichnete Sicht auf das Flugplatzgelände, ohne selbst gesehen zu werden. Mit wachsender Sorge beobachtete er den bulligen Jeep, der auf dem Areal sein Unwesen trieb. Zu Henriks Leidwesen stand das Oldtimer-Wohnmobil im Windschatten der Halle, weshalb er sich kein komplettes Bild von den Vorgängen machen konnte. Was führten die drei Milchbubis in dem Geländewagen im Schilde? Warum arbeiteten sie sich ausgerechnet an Kathrin Schäfers Wohnmobil und nicht an einem der anderen Campingfahrzeuge ab?

Eine ganze Weile rang Henrik mit sich. Fragte sich, ob sein Einschreiten erforderlich war. Als er merkte, dass weder die Leute in den Wohnwagen noch die Biker Kathrin zu Hilfe kamen, zog er seinen schwarzen Hoodie über und legte sein Waffenholster an. Im Schutz der Dunkelheit und des Regens stieg er zum Flugplatzgelände hoch.

Die drei Jugendlichen, die Henrik alle stark alkoholisiert oder bekifft vorkamen, hatten in diesem Augenblick höllischen Spaß daran, das Alkoven-Wohnmobil von Kathrin Schäfer zum Schwanken zu bringen. Henrik mochte sich gar nicht ausmalen, wie es Kathrin darin erging. Er vermutete, dass sie vor Angst schier umkam, und beschloss, der Sache ein zügiges Ende zu bereiten, ohne selbst dabei aufzufallen. Kathrin sollte keinen Verdacht schöpfen, nicht bemerken, dass er sie beschattete.

Henrik nahm sich zuerst die beiden Rowdys vor, die auf der Fahrerseite des Wohnmobils standen. Ehe sie seine Anwesenheit bemerkten, setzte Henrik sie einen nach dem anderen mit einem gezielten Würgegriff außer Gefecht, bei dem er die Blutzirkulation in den Karotisarterien im Hals unterbrach. Daraufhin fesselte er die beiden Bewusstlosen mit Kabelbinder und verfrachtete sie auf die Rückbank des Jeeps. Beim Fahrer ging er einen Tick sanfter vor, weil der noch in der Lage sein sollte, den Jeep vom Flugplatz wegzubewegen. Henrik nahm den Jugendlichen, der viel zu jung aussah, um eine Fahrerlaubnis zu besitzen, von hinten in den Schwitzkasten. Er flüsterte ihm eindringlich ins Ohr, was er mit ihm anstellen würde, wenn er nicht unverzüglich mit seinen Kumpanen Fersengeld gäbe. Henriks Worte zeigten die gewünschte Wirkung. Der Jeep kam auf dem regennassen Grasboden kurz ins Schlingern. Dann fanden alle vier Reifen wieder Halt, und der Geländewagen raste davon. Henrik beobachtete, wie die roten Rücklampen sich den Hügel hinabbewegten. Alles in allem hatte die ganze Aktion nicht mehr als fünf, sechs Minuten gedauert. Er war noch nicht einmal ins Schwitzen gekommen.

Jetzt war es höchste Zeit, zu seinem Kastenwagen und dem wartenden Beagle zurückzukehren. Da nahm er aus den Augenwinkeln einen dunklen Schatten wahr und lief geduckt zur Halle, hinter der er in Deckung ging. Sollte einer der Rowdys tatsächlich die Dreistigkeit besitzen, erneut hier aufzutauchen? Henrik bereitete sich innerlich auf seinen nächsten Angriff vor. In dem Moment erkannte er, dass dieser nächtliche Besucher mit einem Mountainbike unterwegs war. Wie Henrik war er von Kopf bis Fuß in Schwarz gekleidet und trug eine dunkle Kappe, deren Schirm er tief ins Gesicht gezogen hatte. Henrik hielt den Atem an. War nun der Zeitpunkt gekommen, wo er endlich den Beweis für das liefern konnte, was er schon seit Jahren vermutete? Er zog seine Minikamera aus der Hosentasche und schoss so viele Fotos wie möglich. Er betete inständig, dass der ISO-Wert hoch genug eingestellt war, sodass nicht nur der Mann, sondern vor allem sein Gesicht auf den Bildern zu erkennen sein würde.

Nachdem Henrik die Kamera wieder in die Hosentasche gesteckt hatte, beobachtete er, wie der Mann vom Mountainbike stieg, es auf das regennasse Gras legte und zum Wohnmobil schlich. Lautlos öffnete er die Fahrertür, deponierte einen Gegenstand auf dem Fahrersitz, verschloss die Tür wieder und rannte zurück zu seinem Bike. Verschwand in der Nacht. Das Ganze ging so schnell vonstatten, dass Henrik sich hinterher fragte, ob er geträumt hätte.

Die Fotos, die er von der Speicherkarte der Kamera auf den Laptop übertrug, bewiesen, dass dem nicht so war. Henrik setzte ein zufriedenes Grinsen auf.

»Gotcha«, murmelte er.

***

Kathrin behielt ihre Verteidigungsposition bis Sonnenaufgang bei. Erst als sie den Motor einer Harley aufheulen hörte, wagte sie es, das Messer und das Pfefferspray niederzulegen. Ihr Nackenbereich und die Schultern waren total verkrampft, fühlten sich an wie zu Beton erstarrt. Ihre Beine wollten ihr zuerst nicht gehorchen. Nur mit Mühe kam Kathrin in eine aufrechte Position. Mit klopfendem Herzen schaute sie aus dem Küchenfenster. Der Regen hatte sich verzogen. Die Sonne erhob sich an einem blitzblauen, wolkenlosen Himmel. Von dem wuchtigen Geländewagen fehlte jede Spur. Vorsichtig öffnete Kathrin die Aufbautür. Blickte nochmals nach rechts und nach links. Dann atmete sie tief durch und rannte los. Hin zu der Gruppe von Bikern, mit denen sie bis vor Kurzem nichts zu tun haben wollte.

»Geht es wieder?«, fragte einer der Männer mitfühlend.

»Ich glaube schon«, murmelte Kathrin.

Die Gruppe von Motorradfahrern, von denen manche bei ihrem Erscheinen noch keinen Kontakt mit ihren Luftmatratzen im Zelt gehabt hatten, kümmerte sich fürsorglich um sie. Trotz des gehobenen Alkoholpegels hatten sie einen bequemen Stuhl aufgetrieben, Kathrin in eine Decke gehüllt und auf dem kleinen Gaskocher Kaffee gekocht. Viel Kaffee. Nach der dritten stark gesüßten Tasse hatte Kathrin ihre zitternden Hände wieder unter Kontrolle.

»Wenn ich nur wüsste, warum mir in den letzten Tagen dauernd so was passiert«, sagte Kathrin mehr zu sich selbst als zu dem um sie versammelten Trüppchen.

»Hast du wenigstens das Kennzeichen von dem Geländewagen erkennen können?«, fragte Sven, ein bärtiger Hüne, der sich alle paar Wochen eine Auszeit von Frau und Kindern nahm.

»Nein.« Kathrin schüttelte bedauernd den Kopf. »Es war zu dunkel. Und außerdem war ich viel zu aufgeregt, um darauf zu achten.«

»Ich frage mich, warum ihr nix davon mitgekriegt habt.« Mandie funkelte die Biker wütend an.

»Dasselbe könnte ich dich fragen!«, schoss ein junger Biker, der alle paar Minuten mit einem Gähnanfall kämpfte, zurück. »Haste tief und fest gepennt, oder was?«

»Ja«, gab Mandie zerknirscht zu. »Aber ihr hättet was bemerken müssen. Ihr wart noch wach und näher dran an Kathrins Wohnmobil.«

»Stimmt nicht«, erwiderte Timo, der im richtigen Leben in einer Steuerkanzlei arbeitete. »Wegen des Regens haben wir uns ins große Gemeinschaftszelt an der Vorderseite des Hangars verzogen. Und die Mucke lief auf voller Lautstärke.«

»Ich frage mich, warum die ausgerechnet dich auf dem Kieker hatten«, warf Mandies Freundin Susanne ein. »Dahinten in dem Wohnmobil«, sie zeigte auf ein modernes Allrad-Wohnmobil, »wäre doch sicher mehr zu holen gewesen als bei dir.«

Sven schaute Kathrin fragend an. »Bist du jemandem auf die Füße getreten?«

»Quatsch!«, warf Mandie unwirsch ein. »Ich kann Kathrins Aura spüren. Die ist rein. Die Kathrin hat nichts zu verbergen.«

Nun ja, als derart makellos würde ich meine Aura nicht unbedingt bezeichnen, dachte Kathrin und gab sich Mühe, ihre Gesichtszüge unter Kontrolle zu halten. Sie wollte sich nicht verraten. Die anderen durften auf keinen Fall erfahren, warum sie sich ausgerechnet für diesen Stellplatz entschieden hatte. Wenn sie ihnen die Wahrheit sagte, würden sie sie für irre halten und die Geschehnisse der vergangenen Nacht als erfunden oder dem Einfluss von Medikamenten oder Drogen geschuldet ansehen. Ihr jedenfalls keinen Glauben schenken. Dabei war alles so real, so furchterregend gewesen. Kathrins Hände fingen erneut an zu zittern. »Vielleicht war es eine Verwechslung«, erwiderte sie lahm.

»Verwechslung mit wem?«, wollte Timo wissen.

»Keine Ahnung.« Kathrin wich seinem Blick aus.

»Warst du hier mit jemanden verabredet?«, hakte Timo nach.

Kathrin zuckte innerlich zusammen. Ein besorgniserregender Gedanke machte sich in ihr breit: Was wäre, wenn Peter hinter dem Angriff auf sie steckte? Wenn er sie hierhergelotst hatte, um sie in Angst und Schrecken zu versetzen? Damit sie aufhörte, den GPS-Koordinaten zu folgen. Ihren Wunsch, ihn wiederzusehen, ein für alle Mal begrub. Kathrin kaute nachdenklich auf ihrer Unterlippe. Lag das tatsächlich im Bereich des Möglichen? Aber nein, versuchte sie sich zu beruhigen, die Idee ist völlig schwachsinnig. Peter hatte sie mit den Rosen, der Halskette und dem Parfüm überrascht, um ihr ein Zeichen zu geben. Um Kontakt mit ihr aufzunehmen. Sie wiederzusehen. Sie schüttelte das ungute Gefühl ab. Für den nächtlichen Angriff musste jemand anders als Peter verantwortlich sein.

»Wolltest du dich hier mit jemanden treffen?«, wiederholte Timo seine Frage.

»Nein«, erwiderte Kathrin mit fester Stimme. »Ich habe den Platz in meiner Stellplatz-App gefunden und aufgrund der guten Bewertungen gedacht, dass ich die darin erwähnte tolle Aussicht genießen möchte.«

»Hast du was dagegen einzuwenden?« Mandie stemmte die Hände in die Hüften und funkelte Timo kämpferisch an. Die Leipzigerin erwies sich, obwohl sie sich erst am Vorabend kennengelernt hatten, als Kathrins treueste Fürsprecherin.

Timo scharrte mit dem Fuß über den vom Regen aufgeweichten Boden. »Selbstverständlich nicht. Ich möchte Kathrin nur helfen, herauszufinden, warum sie bedroht wurde.«

»Vielleicht war es ja bloß ein Dummejungenstreich«, warf Susanne ein. »Ein paar Jungs aus der Gegend haben das eine oder andere Bierchen gekippt und bekamen Lust, mal ordentlich die Sau rauszulassen. In der Stadt hätten die sich das sicherlich nicht getraut. Aber hier oben, wo sich Fuchs und Hase Gute Nacht sagen, da kann man schon mal aufdrehen und ein paar Touris in Panik versetzen.«

»Gut möglich«, erwiderte Kathrin, die sich trotz des Kaffees auf einmal hundemüde fühlte. »Wie sagt man so schön: Ich war wohl schlicht und ergreifend zur falschen Zeit am falschen Ort.« Dann fügte sie mit einem vielsagenden Blick auf die Biker hinzu: »Beim nächsten Mal schicke ich die zu euch rüber.«

Der junge Biker stellte sich breitbeinig hin und verschränkte die Arme vor der Brust. »Klaro. Die sollen mal ruhig kommen!«

»Ich glaube, ich gehe dann mal zurück in mein Wohnmobil.« Kathrin rieb sich die Kopfhaut, die spannte und juckte. Sie benötigte dringend eine Dusche. Mit den Pflastern, dem wirren Haar und dem von Tränen gezeichneten Gesicht musste sie zum Fürchten aussehen.

In dem Moment fuhr ein klappriger Renault Kangoo am Wellblechhangar vorbei und kam vor den Zelten zum Stehen.

Mandie blickte überrascht auf. »Der Herbert ist aber heute früh dran.«

»Bist du aus dem Bett gefallen?«, fragte Susanne den Verwalter des Flug- und Stellplatzes zur Begrüßung.

»Von wegen.« Herbert, ein kompakt gebauter Mittfünfziger mit kahlem Kopf und dem Ansatz eines Wohlstandsbäuchleins, gähnte herzhaft. »Ich bin seit viertel zwei im Einsatz. Habt ihr nisch mitbekommen?«

»Was sollen wir mitbekommen haben?«, fragte Sven.

»Na, die Sirenen halt.« Herbert betrachtete mit sehnsüchtigem Blick die Kaffeekanne. »Ist da noch ein Schlückchen drin?«

»Für einen knappen Becher wird's reichen«, erwiderte Sven und goss dem Platzverwalter Kaffee ein.

»Danke. Das kann ich jetzt gut gebrauchen.« Herbert ließ sich steif auf die Bank der Biergarnitur fallen, die zwischen den Zelten aufgebaut war. Dann beäugte er die Versammelten über den Rand des Bechers hinweg. »Ihr müsst einen verdammt guten

Schlaf haben, wenn ihr nischt gehört und nischt mitgekriegt habt. War ganz schön was los bei uns.«

Ach, was du nischt sagst, dachte Kathrin und brachte es nur knapp fertig, nicht in hysterisches Lachen auszubrechen. Himmel! Es war allerhöchste Zeit, dass sie ins Bett kam.

»Warst du im Einsatz?«, fragte Susanne. Dann wandte sie sich Kathrin zu. »Weißt du, der Herbert, der ist bei der Feuerwehr.«

»Ach so?« Kathrin heuchelte Interesse. Von ihr aus konnte der Herbert der liebe Gott persönlich sein, solange er sie nicht daran hinderte, in ihr Bett zu fallen und diese grauenvolle Nacht zu vergessen.

»Schlimme Sache.« Herbert legte die breite Stirn in Falten. »Drei junge Leben, einfach so ausgelöscht.«

»Kohlenmonoxidvergiftung?«, fragte Sven. »Wollten bei dem Wetter ihre Thüringer Roster nicht draußen grillen und waren plötzlich drinnen mausetot?«

»Nee.« Herbert starrte in seinen Kaffee. »Autounfall. Grauenhaft, wie der Wagen und die Insassen ausgesehen haben. Ich weiß nischt, ob ich die Bilder jemals loswerde.«

Mandie legte ihm tröstend ihre Hand auf die Schulter. »Du hast bestimmt dein Bestes gegeben. Das zählt. Den Rest, den musst du vergessen.«

Herbert seufzte laut auf. »Ich kann mir das überhaupt nischt erklären. Die Straße da unten ist schnurgerade. Nur ein einziger Baum steht auf der Strecke. Und ausgerechnet um den müssen die sich herumwickeln.«

»Schrecklich«, murmelte Susanne betroffen.

»Was sagt denn die Polizei?«, erkundigte sich Timo. »Lass mich raten: überhöhte Geschwindigkeit unter Alkoholeinfluss. Typisch für einen Freitagabend.«

»Gut möglich«, meinte Herbert. »Das Seltsame ist nur, dass wir keine Bremsspuren gefunden haben. Die müssen volle Kanne in den Baum reingedonnert sein. Und dann ist der Wagen sofort in Flammen aufgegangen. Die drei Jungs hatten nischt den Hauch einer Chance.«

»Und genau aus diesem Grund habe ich meinem Sohn nach

dem Führerschein nicht so einen Kleinwagen gekauft. Mit dem er sofort in Lebensgefahr gerät, wenn er irgendwo aneckt«, sagte Timo, dem die Erschütterung ins Gesicht geschrieben stand. »›Lieber ein bisschen mehr Blech um den Popo‹ ist meine Devise.«

»Musst du gerade sagen«, warf der junge Biker ein und zeigte mit dem Kinn auf Timos Harley Street Rod, die zwischen den anderen nicht nur heißen, sondern vor allem schweren Öfen wie eine grazile Prinzessin auf zwei Rädern wirkte.

Herbert leerte den Becher und stellte ihn auf der Holzbank ab. »Das ist es ja gerade, was uns Rettungskräften zu schaffen macht. Die Jungs saßen in keinem Kleinwagen. Die waren mit einem fetten Geländewagen unterwegs. Ein aufgemotzter Jeep Wrangler.«

Kathrin hatte das Gefühl, als ob ihr Blut zu Eis erstarrte. Was ging hier vor? Erst wäre sie um ein Haar zum Opfer geworden, und nun waren die Täter selbst nicht mehr am Leben. Das konnte beileibe kein Zufall sein!

Sie schluckte schwer, um die aufsteigende Panik in den Griff zu bekommen. Sie hatte nicht die geringste Ahnung, wer hinter allem steckte, wer dafür verantwortlich war. Sicher war nur, dass ihr Roadtrip mit der heutigen Nacht eine brandgefährliche Richtung eingeschlagen hatte.

15

»Auch das noch!«, zischte Astrid Lund. Am liebsten hätte sie wie ein trotziges Kind mit dem Fuß aufgestampft. In den letzten zwei Tagen klebte das Pech geradezu an ihr.

Es hatte damit angefangen, dass sich Richtersen und demzufolge auch die Fahrerin des Oldtimer-Wohnmobils in Richtung Pampa aufgemacht hatten. Zu einem gottverlassenen Ort auf einer Bergkuppe, wohin Astrid ihnen nicht unbemerkt zu folgen vermochte. Sie hatte sich getraut, bis zum Hinweisschild des Sportflughafens zu fahren. Dort hatte sie ihr Gespann auf einer Wiese abgestellt und war den Hügel zu Fuß hochgelaufen. Ein paar schwere Jungs mit Harleys und dunklen Kutten hatten sie misstrauisch gemustert, weshalb Astrid sich nur einen kurzen Überblick über das Gelände verschafft und im Anschluss schnellstens das Weite gesucht hatte. Für ihre Pläne wäre es nicht förderlich, wenn sie Aufmerksamkeit erregte. Andererseits wollte sie sich nicht zu weit von Richtersen entfernen. Die Gefahr, ihn dadurch aus den Augen zu verlieren, wäre trotz der Spionage-App zu groß. Doch die dringlichste Frage, die sich Astrid derweil stellte, war die, wo sie für die Nacht unterkommen sollte. Hier im Nirgendwo gab es keinen weiteren Campingplatz.

Nachdem Astrid eine geschlagene Stunde in einem Umkreis von fünf Kilometern herumgefahren war, um einen sicheren Platz zum Übernachten zu finden, hatte ihr ausgerechnet ein Huhn aus der Patsche geholfen. Die braune Legehenne hatte es sich mitten auf der schmalen Straße bequem gemacht und konnte auch durch Hupen nicht dazu bewegt werden, ihren Ruheplatz zu verlassen. Astrid war nichts anderes übrig geblieben, als auszusteigen, auf das Gelände des angrenzenden Bauernhofs zu stapfen und nach dem Besitzer des Huhns Ausschau zu halten. Der war gemächlichen Schrittes zur Straße gestiefelt und hatte einen Pfiff abgegeben, so als würde er einen

Hund herbeirufen. Auch das Huhn schien gewusst zu haben, was von ihm erwartet wurde, es war mit flatternden Flügeln angerannt gekommen.

»Sie mag den Stall nicht besonders. Ist lieber draußen in der Natur«, hatte der Bauer mit einem Schulterzucken gemeint.

Auf Astrids Frage, ob er ihr einen nahe gelegenen Übernachtungsplatz empfehlen könne, hatte er ihr kurzerhand den Grünstreifen neben dem Hühnerstall angeboten. An geruhsamen Schlaf war in direkter Nachbarschaft zum Stall jedoch nicht zu denken gewesen, weil das Federvieh schon vor Sonnenaufgang auf den dünnen, staksigen Beinen war. Als in den Morgenstunden Wind aufgekommen und ein beißender Geruch nach Hühnerhinterlassenschaften ins Innere des Wohnwagens gedrungen war, hatte Astrid die Flucht ergriffen.

Weit war sie nicht gekommen. Kurz nachdem sie die nächstgelegene Stadt erreicht hatte, bockte ihr Volvo 740. Im Schneckentempo hatte sie es bis zu einer Werkstatt geschafft. Hier war erst einmal Schluss. Ein Marder hatte ihr Zündkabel angebissen, das ausgetauscht werden musste. Was theoretisch sofort hätte passieren können – wenn das passende Kabel vorrätig gewesen wäre.

Astrid schickte ein paar deftige schwedische Flüche zum Himmel. Der silbergraue Kombi war seit mehr als hundertfünfzigtausend Kilometern ihr treuer Begleiter. Warum musste ihn ausgerechnet jetzt so ein Mistvieh mit scharfen Zähnen ausbremsen? Sie hoffte inständig, dass der Kurierdienst es vor Feierabend schaffte, das benötigte Kabel zu liefern. Sie hatte Sorge, dass die Frau mit dem Wohnmobil zwischenzeitlich aufbrechen und Richtersen ihr folgen würde, während sie selbst den Anschluss verlor. Ihre Pechsträhne nahm kein Ende.

Wie ein Tiger im Käfig schritt Astrid auf dem Parkplatz der Kfz-Werkstatt auf und ab. Alle Viertelstunde versicherte sie sich, dass Richtersen sich mit seinem Kastenwagen nicht von der Stelle gerührt hatte. Als ihr Handy klingelte, zuckte sie erschrocken zusammen.

»Astrid, wir brauchen dich hier.« Die Stimme von Astrids

Kollegin aus dem Karolinska-Universitätskrankenhaus klang drängend.

Astrid stöhnte innerlich auf. Das hatte ihr gerade noch gefehlt! Dennoch zwang sie sich zur Ruhe. »Was gibt es denn?«, fragte sie.

»Es ist Ferienzeit.«

»Ja, eben«, erklärte Astrid ihrer Kollegin. »Ich habe Urlaub.«

»Wie lange denn noch? Die Datei mit dem Personalplan ist heute abgestürzt. Ich steh total auf dem Schlauch, weiß nicht, wer bis wann freihat.«

»Bis Mitte des Monats, also noch acht Tage.«

Eine gute Woche, dachte Astrid und merkte, wie ein Hauch von Panik in ihr aufstieg. Wenn sie mit ihren Erkundigungen in demselben Tempo weitermachte wie bisher, würde die Zeit niemals ausreichen, um Svenja zu finden. Dann hätte sie keine andere Wahl, als ihren Urlaub zu verlängern. Ein Umstand, der die Kollegen in Stockholm mit Sicherheit nicht in Freudentänze ausbrechen lassen würde. Aber diesmal konnte sie keine Rücksicht nehmen. Diesmal war sie an der Reihe.

»Ich brauche meinen Urlaub. Ich habe ihn mir verdient«, machte Astrid unmissverständlich klar.

»Das weiß ich doch«, entschuldigte sich die Kollegin. »Was ich sagen wollte: Wir sind chronisch unterbesetzt, und jetzt macht diese Frühjahrsgrippe in Kombination mit Durchfall die Runde. Vor allem bei den Kindern ist das Fieber kaum ohne Antibiotika runterzubekommen. Wir müssen sie aufnehmen und beobachten. Dazu kommen die typischen Badeunfälle zu Saisonbeginn und was es sonst an normalen Unglücksfällen gibt. Unsere Bettenkapazität ist erschöpft. Wir sind erschöpft.«

Astrid lachte bitter auf. »Aber das ist doch nichts Neues!«

»Nein«, musste die Kollegin eingestehen. »Aber es wird dadurch tückischer, dass Dr. Johansson Knall auf Fall gekündigt hat. Wir sind unterbesetzt.«

»Ich bin kein Arzt«, wandte Astrid ein.

»Nein, aber fast.«

»Fast ist nicht genug«, stellte Astrid fest und schluckte schwer.

Die damalige Enttäuschung, die Demütigungen, die Verzweiflung, all dies stieg erneut wie bittere Gallenflüssigkeit in ihr auf. Ätzte sich durch ihr Inneres. Dabei war sie so nah an der Erfüllung ihrer Träume gewesen: Nach dem Abi und einem praktischen Jahr stand sie kurz davor, ihr Medizinstudium an der berühmtesten medizinischen Fakultät in Schweden aufzunehmen. Am Karolinska-Institut in Stockholm, wo nach einer Testamentsverfügung von niemand Geringerem als Alfred Nobel die Nobelpreise für Medizin und Physiologie bestimmt werden. Vom Nobelpreis sah sich Astrid auch damals Lichtjahre entfernt, doch ihre berufliche Zukunft als Ärztin war zum Greifen nah. Mit ihrem Verlobten Jon, der ebenfalls zum Medizinstudium zugelassen war, teilte sie sich ein spartanisch eingerichtetes Miniappartement in Vasastaden. Wähnte sich im Paradies. Bis zu dem Tag, an dem Jon ihr mitteilte, dass er ausziehen werde. Der Grund dafür und für die Auflösung ihres Verlöbnisses lag auf der Hand: Er hatte eine andere, eine Schönere, eine Bessere gefunden. Ein Umstand, der Astrid letztendlich nicht verwundert hatte. Ihr war es von Anfang an wie ein Wunder vorgekommen, dass ein gut aussehender, intelligenter Mann wie Jon sich ausgerechnet mit einer, wie sie es war, abgab. Sie hatte jeden Tag gehofft und gebetet, insgeheim jedoch stets mit dem Schlimmsten gerechnet. Als es tatsächlich eintraf, war sie vorbereitet. Worauf sie sich nicht vorbereitet hatte, war der Anblick der Partnerin, mit der Jon verliebt auf dem Universitätsgelände herumturtelte.

Astrid würde niemals den Moment vergessen, in dem der Boden urplötzlich zu schwanken anfing und alles um sie herum im Dunkeln versank. So wie bei einem Erdbeben, infolgedessen der Strom und das Licht ausfielen. Als Astrid wieder zu sich gekommen war, hatte sie in einem Krankenhausbett gelegen, aus dem man sie so schnell nicht entließ. Bei der Routineuntersuchung war eine Wucherung am Eierstock festgestellt worden. Die sich zwar als gutartig herausstellte, bei der Entfernung und der Heilung aber Probleme bereitete und Astrid zum Nichtstun verdammte. Erst sechs Wochen später war sie in der Lage gewesen, ihr normales Leben wieder aufzunehmen. Obwohl zu dem Zeitpunkt kein bisschen mehr normal war. Astrid hatte vor dem Nichts gestanden: Das Appartement war gekündigt, das Eingangssemester des Medizinstudiums fand ohne sie statt, und das Konto, auf dem sie das Erbe ihrer Patentante deponiert hatte, war leer geräumt. Weil sie ihrer Schwester Svenja im guten Glauben, dass sie ihr vertrauen könnte, bei der Einrichtung des Kontos eine Vollmacht gegeben hatte. Svenja hatte im Nachhinein hartnäckig behauptet, ihr habe mindestens die Hälfte des Geldes zugestanden. Doch nicht einmal die war mehr vorhanden. Ihre Schwester hatte die stattliche Gesamtsumme in Windeseile unter die Leute gebracht. Astrid war nichts anderes übrig geblieben, als ihren Traum vom Medizinstudium zu begraben und eine Ausbildung zur Krankenschwester aufzunehmen. Durch zahlreiche Zusatzqualifikationen hatte sie viel an Fachwissen und Ansehen gewonnen. Sich mit ihrem Beruf ausgesöhnt. Doch Astrid hatte nichts vergessen und vergeben. Sie würde Svenja für ihr Verhalten zur Rechenschaft ziehen. Der Tag der Abrechnung war nah.

»Tut mir leid, aber ich kann nicht zurückkommen«, sagte sie mit fester Stimme. »Ich muss eine Familienangelegenheit erledigen.«

»Schade. War ja auch nur ein Versuch. Bis nach deinem Urlaub dann.« Die Kollegin beendete das Gespräch.

Astrids Handy gab einen Piepslaut von sich. Der blaue Punkt der Spionage-App setzte sich langsam, aber stetig in Bewegung.

Sie stürmte in die Werkstatt. »Verflixt noch mal! Wann ist mein Auto endlich fertig?«

✳✳✳

Kathrin rubbelte sich im Wohnmobil mit einem Handtuch das Haar trocken. Nachdem Herbert, der Flugplatzverwalter, von ihren Erlebnissen in der Nacht erfahren hatte, hatte er ihr spontan die Dusche im Obergeschoss der Halle angeboten, die von den Fliegern genutzt wurde. Dankbar hatte Kathrin sein Angebot angenommen. Die Minidusche in Töfftöff war zwar praktisch, aber ein Frischwasservorrat von achtzig Litern reichte nicht aus, um sich genüsslich unter dem wärmenden Wasserstrahl zu aalen. In Kathrins Oldtimer-Wohnmobil lautete die Devise: Dusche an zum Nasswerden, Dusche aus zum Einseifen, Dusche an zum Abspülen. Fertig in weniger als fünf Minuten. In der Fliegerdusche hatte Kathrin das Wasser deutlich länger auf ihre verkrampften Schultern plätschern lassen und ihr schulterlanges Haar zweimal schamponiert. Jetzt fühlte sie sich wieder halbwegs wie ein Mensch.

Mit den Fingerspitzen strich sie über die Schürfwunden am Kinn und auf der Stirn. Die roten Hautverletzungen waren deutlich auszumachen, aber nicht mehr so groß und angeschwollen wie zu Beginn. Kathrin trug etwas von Mandies Calendulasalbe auf und beschloss, auf Pflaster zu verzichten. Wenn sie den Anblick aushielt, dann sollte es ihren Mitmenschen ebenso gelingen. Sie schlüpfte in bequeme Leggings und ein T-Shirt, holte sich ein Glas Orangensaft aus dem Kühlschrank und streckte die Beine auf dem Sitzpolster aus. In dem Moment klingelte ihr Handy.

»Lothar.« In Kathrins Stimme schwang wenig Begeisterung mit.

»Ich wollte mal hören, wie es dir so geht.«

Im Hintergrund waren weitere Stimmen zu vernehmen. Woraus Kathrin schloss, dass Lothar sie aus seinem Büro in der Apotheke anrief.

»Nun ja, es ist ganz nett hier«, erwiderte sie ausweichend und schaute aus dem Fenster. Von ihrem Platz aus hatte sie einen weiten Panoramablick bis hin zu den bewaldeten Kuppen der Rhön. Für Wanderenthusiasten war die Region ein Paradies. In den langen Stunden der Dunkelheit war sich Kathrin jedoch wie in der Vorkammer zur Hölle vorgekommen. Aber über das, was in der vergangenen Nacht vorgefallen war, würde sie kein Sterbenswörtchen verlieren. Wenn sie Lothar korrekt einschätzte, wäre der in der Lage, sich umgehend in seinen Hybridwagen zu setzen und in Rekordtempo bei ihr aufzuschlagen. Genau das wollte Kathrin um jeden Preis verhindern.

»Ich habe über unseren Urlaub nachgedacht«, verkündete Lothar.

Nur mit Mühe unterdrückte Kathrin ein Aufstöhnen. Alles, aber bitte nicht das, flehte sie im Stillen. Sie hatte gehofft, dass das Thema endgültig vom Tisch wäre. Lothar erwies sich als hartnäckiger, als sie vermutet hatte. »Mir bleiben nicht mehr viele freie Tage«, gab sie zu bedenken.

Lothar ließ ihren Einwand nicht gelten. »Eben! Deshalb müssen wir so schnell wie möglich zu einer Entscheidung kommen.«

»Ach, Lothar!«

Der Apotheker war nicht zu bremsen. »Ich habe ja gemerkt, dass dir dieses Hotel in Scharbeutz nicht zusagt. Ich für meinen Teil kann diesem Campinggedöns nichts abgewinnen. Ständig auf so einer harten Pritsche zu schlafen und mir das Klo mit Hunderten anderen zu teilen … Nein, das schaffe ich nicht.«

»Mein Bett im Alkoven ist total gemütlich«, widersprach Kathrin. »Und auf fremde Klos gehe ich nur im Notfall. Ich habe doch meine eigene Kassettentoilette immer dabei.«

»Ja, ja. Mag ja alles sein.« Ungeduld lag in Lothars Stimme. »Aber ich bin halt nicht zum Camper geboren.«

»Nein.« Da musste Kathrin ihm recht geben.

»Mein Vorschlag zur Güte: Ich habe im Westerwald ein kleines Biohotel ausgemacht, das auch einen Wohnmobilstellplatz anbietet. Da könntest du in deinem Wohnmobil übernachten und ich in meinem Zimmer. Außerdem backen sie ihr Brot und den Kuchen selbst, das Gemüse kommt aus dem eigenen Garten. Nun sag schon! Wäre das nichts für dich? Für uns?«

Kathrin war gerührt. So viel Einfühlungsvermögen hätte sie Lothar gar nicht zugetraut. Vielleicht sollte sie ihrer Beziehung doch eine Chance geben? Die Vergangenheit endlich ruhen lassen?

»Hört sich wirklich verlockend an«, gestand sie ein.

»Ich habe mich auf der Internetseite umgeschaut. Das Hotel befindet sich mitten im Wald, quasi in Alleinlage. Von der Fasssauna aus kann man direkt in einen Naturbadeteich springen«, schwärmte Lothar. »Und es gibt so viele Wanderwege, dass wir sie gar nicht alle schaffen werden. Soll ich ab morgen oder übermorgen für uns buchen?«

Kathrin zögerte. Lothar gab sich alle Mühe, sie von einem gemeinsamen Kurzurlaub zu überzeugen. Wenn er es fertigbrächte, seinen akuten Gesundheitsfimmel abzulegen, wäre er bestimmt ein angenehmer Reisebegleiter. Er war ein guter Zuhörer, der sich, wenn es sein musste, zurücknahm. Der nicht den Anspruch hatte, immer im Vordergrund zu stehen. Nach einem Gläschen Wein trat sogar sein im Apothekeralltag verschollener Humor zutage. Kathrin gab sich einen Ruck. Was habe ich zu verlieren, dachte sie. Nach der gestrigen Nacht wäre es sowieso besser, wenn sie ihre sprichwörtlichen Zelte hier abbräche. Sich nicht länger von der Illusion an der Nase herumführen ließe, dass es ein Wiedersehen mit Peter geben könnte.

Wenn sie den nackten Tatsachen ins Gesicht schaute, existierten keine stichhaltigen Beweise dafür, dass Peter am Leben war. Dass *er* ihr die Geschenke und die Zettel mit den GPS-Koordinaten überbracht hatte. Was, wenn ihr jemand einen üblen Streich spielte? Jemand, der – aus welchen Gründen auch immer – auf Rache aus war? Kathrin vermutete, dass sie nicht ohne Feinde war. Zu denen gehörte zum Beispiel ihr Nachbar, der sie beim Bau des Carports für Töfftöff mit Schreiben von seinem Anwalt bombardiert hatte. Oder die Kollegin an der Uni, die sich damals bei der Beförderung übergangen gefühlt hatte. Kathrin hatte sie zu ihren Freundinnen gezählt und bei gemeinsamen Unternehmungen entsprechend viel Persönliches von sich preisgegeben. Was ihr die Kollegin dankte, indem sie nach der personellen Veränderung Klatsch und Tratsch über Kathrin verbreitete. Wäre es möglich, überlegte sie, dass diese Kollegin ihre Verunglimpfungskampagne nun auf einen neuen Level brachte? Dass sie Kathrin emotional in die Enge zu treiben gedachte und sich hinter ihrem Rücken scheckig lachte?

Ja, so oder zumindest so ähnlich musste alles, was ihr in den vergangenen Tagen passiert war, abgelaufen sein.

Kathrin war froh, endlich wieder einen klaren Gedanken zustande zu bringen. Sich der Realität zu stellen. Und was die vergangene Nacht betraf, war sie mit Sicherheit durch Zufall ins Visier der betrunkenen Jugendlichen geraten. Die hatten einen Heidenspaß daran gehabt, einer allein reisenden Camperin einen ordentlichen Schrecken einzujagen. Was im Anschluss geschehen war, nun, dafür konnte sie nichts. Das stand in keinem Zusammenhang mit den Ereignissen zuvor. Ein tragischer Unfall mit noch tragischerem Ausgang. Kathrin strich sich über die Stirn, um die Erinnerungen wegzuwischen.

»Was meinst du? Soll ich buchen oder nicht?«, drängte Lothar.

»Okay.« Sie hatte ihre Entscheidung getroffen. »Mach eine Reservierung ab morgen Abend. Und schick mir die Adresse per WhatsApp, damit ich weiß, wo ich hinmuss.«

»Ich freu mich so!« Lothars Stimme klang vor Begeisterung höher als normal.

»Geht mir genauso«, erwiderte Kathrin. Und dieses Mal meinte sie es ehrlich.

Kathrin hatte kaum das Handy zur Seite gelegt, als es klopfte. Mandie stand vor der Aufbautür und überreichte ihr eine Kunststoffdose.

»Selbst gemachte Energiebällchen. Ich habe gedacht, die würden dir jetzt guttun.«

»Komm rein«, erwiderte Kathrin und setzte sich auf die andere Seite der Mitteldinette, damit Mandie ebenfalls Platz nehmen konnte. Sie öffnete die Dose und schnupperte an den mit Kakaopulver umhüllten Leckereien. »Hm, was ist denn da Gutes drin?«

»Getrocknete Datteln, Mandelmus, Walnüsse, Haselnüsse, Orangenschale und ein Hauch Chili.«

Kathrin griff nach einem der Bällchen und biss ab. »Echt lecker«, sagte sie mit vollem Mund. »Danke dir!«

Mandie beäugte sie kritisch. »Wie geht es dir inzwischen?«
»Nach der Dusche deutlich besser«, erwiderte Kathrin und
wischte sich die Finger an einem Papiertaschentuch ab. »Ich
vermute mal, dass ich heute Nacht ein bisschen überreagiert
habe.«
Mandie war anderer Meinung. »Finde ich nicht. So wie du
es geschildert hast ... Also ich hätte da auch voll die Panik bekommen.«
»Ich überlege, ob ich mir zu Hause eine Alarmanlage in Töfftöff einbauen lasse«, verkündete Kathrin. »Ich habe immer gedacht, bei so einem alten Wohnmobil lohnt sich das nicht. Aber
inzwischen sage ich mir: Sicher ist sicher.«
Mandie nickte so heftig, dass ihre schwarzen Zöpfe auf und
ab tanzten. »Also ich würd's tun. Wäre doch superschade, wenn
deinem kleinen Schmuckstück etwas passieren würde. Darf ich
mich mal umschauen?«
»Klar doch«, gab Kathrin ihre Zustimmung. »Dahinten
rechts ist das Bad mit Toilette und Dusche. Davor der Kleiderschrank.«
Mandie nickte anerkennend. »Ganz schön viel Platz für ein
so kleines Wohnmobil.«
»Hinten über der Sitzgruppe kann man ein Etagenbett an-
bringen«, erklärte Kathrin. »Deshalb auch die Gardinenschiene
da oben für den Vorhang. Haben wir aber nie genutzt.«
»Wir?« Mandie schaute Kathrin fragend an.
»Mein Mann Peter und ich.« Leise fügte sie hinzu: »Aber
Peter ist schon seit acht Jahren tot.«
»Tut mir leid.« Mandie berührte kurz Kathrins Hand. »Muss
schwer für dich gewesen sein. Deshalb ist da auch dieser Trauer-
schleier, der deine Aura umgibt.«
»Ich habe mich inzwischen damit arrangiert«, behauptete
Kathrin, vermied es aber tunlichst, Mandie dabei anzuschauen.
»Das Leben muss ja weitergehen.«
Mandie blickte einen Augenblick ins Leere. »Es wird eine
Zeit kommen, in der ihr wieder vereint seid«, sagte sie und
nickte dazu.

Kathrin zuckte zusammen wie unter einem Peitschenhieb, hatte sich aber gleich wieder im Griff. »Hier ist die Küche mit dem Kühlschrank und einem Zweiflammenherd. Oben im Alkoven schlafe ich«, erklärte sie mit fester Stimme, ohne auf Mandies vermeintliche Prophezeiung einzugehen.

»An allen drei Seiten Fenster. Toll! So schön hell.«

»Und dann ist da nur noch das Fahrerhaus.« Kathrin machte eine Handbewegung in Richtung des Lenkrades.

»Oh, du liest gerne deutsche Klassiker?«, rief Mandie begeistert aus.

»Klassiker?« Kathrin schaute sie verwundert an. »Im Moment lese ich einen Krimi auf meinem E-Book-Reader.«

»Ich dachte nur deswegen.« Mandie griff nach dem gelben Reclam-Heft, das mitten auf dem Fahrersitz lag. »›Die Leiden des jungen Werther‹. Habe ich in der Schule gelesen. So eine tragische Liebesgeschichte. Hat mich tief berührt.«

Kathrin wurde weiß wie die Wand.

»Ist dir nicht gut?«, fragte Mandie alarmiert.

»Ich muss … Ich glaub … Ist besser, wenn ich jetzt allein bin«, stammelte Kathrin. »Tut mir leid.«

Mandies Blick sprach Bände. Doch sie tat, worum Kathrin sie gebeten hatte.

»Du bist nicht allein«, beteuerte sie und verließ das Wohnmobil.

16

Eine Stunde später war Kathrin reisefertig.

Mandie zuckte nicht einmal mit der Wimper, als Kathrin sich von ihr verabschiedete. »Du musst es zu Ende bringen«, sagte sie nur und drückte Kathrin kurz fest an sich.

»Wir hören voneinander«, versprach Kathrin mit einem Kloß im Hals.

Vorsichtig bugsierte sie Töfftöff durch die Schlaglöcher den Hügel hinunter und fuhr gen Norden. Ihren neuen Zielort hatte sie auch ohne die Hilfe der GPS-Koordinaten bestimmen können, die auf der letzten Seite des Reclam-Heftes mit Kugelschreiber eingetragen waren. Ihr Weg führte sie erneut nach Mittelhessen, diesmal in die ehemalige Reichsstadt Wetzlar. Dorthin, wo der junge Johann Wolfgang von Goethe den Sommer 1772 verbracht und sie im Sommer 1989 an einer Klassenfahrt teilgenommen hatte. Schon damals waren sie und Peter ein Paar gewesen. Unzertrennlich in der Schule und in der Freizeit. Anders als bei Goethes »jungem Werther« hatte ihre Liebesgeschichte deshalb in ein Happy End gemündet. Zumindest bis zu dem schicksalhaften Tag, an dem Peter zu einer Geschäftsreise aufgebrochen war, von der er nicht zurückkam.

Aber jetzt war Kathrin, das spürte sie mit jedem Herzschlag, ganz nah an ihm dran. So nah wie nie zuvor. Sie hatte keine Ahnung, wie er es in der vergangenen Nacht fertiggebracht hatte, das Reclam-Heft auf dem Fahrersitz zu deponieren. Wahrscheinlich hatte er, bevor er zu seiner letzten Geschäftsreise nach Schweden aufgebrochen war, nicht nur die Halskette, sondern auch einen von Töfftöffs Ersatzschlüsseln eingesteckt. Sie hatte damals keine Veranlassung gesehen, das zu überprüfen. Jetzt war sie froh, dass er es getan hatte. Es hatte sie davor bewahrt, aufzugeben und angesichts der Hindernisse und der Gefahren zu kapitulieren. Ihren Roadtrip voreilig zu beenden.

Auf der A 5 drückte Kathrin auf das Gaspedal. Vor Einbruch

der Dunkelheit kam sie auf dem geschotterten Wohnmobilstellplatz am Dillufer an. Trotz der durchwachten Nacht und der Müdigkeit, die sich inzwischen in allen ihren Gliedern breitgemacht hatte, lächelte Kathrin.

Morgen würde sie sich, um Peter zu finden, in der Altstadt von Wetzlar auf die Spur des jungen Goethe begeben.

In der Nacht war Kathrins Schlaf so fest und so tief, dass man sie samt Wohnmobil hätte klauen können, ohne dass sie es bemerkt hätte. Bestens ausgeschlafen und frischen Mutes beschloss sie nach dem Aufwachen, ihren Morgenkaffee nicht in ihrer eigenen Küche auf vier Rädern zu trinken, sondern eins ihrer Lieblingscafés in Wetzlar aufzusuchen. Sie schulterte ihren Rucksack, vergewisserte sich, dass alle Fenster und Türen von Töfftöff verschlossen waren, und machte sich auf den Weg in die Wetzlarer Altstadt.

Das Flüsschen Dill, das sie auf der schmalen Brücke überquerte, floss träge dahin. Auch die Lahn, die sie nach Passieren des geräumigen Busparkplatzes erreichte, führte einen niedrigen Wasserstand. Trotzdem ließen sich ein paar Wanderpaddler flussabwärts treiben. Auf der Lahninsel marschierte Kathrin am Sportstadion vorbei, bis sie zum Parkplatz auf der Inselspitze gelangte. Hier war ein kleiner Bereich ebenfalls als Wohnmobilstellplatz ausgewiesen. Für den Stellplatz sprach, dass er in unmittelbarer Nähe zum Dom und zur Altstadt lag. Sein großes Manko war, wie Kathrin aus Erfahrung wusste, dass er an den viel befahrenen Karl-Kellner-Ring und die Mühlgrabenstraße grenzte. Sie hatte das eine Mal, als sie dort mit Peter übernachtet hatte, kein Auge zubekommen. Aus diesem Grund nahm Kathrin den um ein paar Minuten längeren Fußmarsch vom Stellplatz am Dillufer, der ruhig und im Grünen lag, gern in Kauf.

Sie eilte weiter, vorbei an der alten Lahnbrücke mit den sieben steinernen Kreisbögen und dem Mühlgraben. Historische Fachwerkhäuser mit frisch herausgeputztem Gebälk säumten das schmale Eselstreppchen, das Kathrin beschwingten Schrittes hinaufstieg. Auf der Weißadlergasse hielt sie sich rechts, bis sie am Café »Mundart« mit dem angeschlossenen Lädchen ankam. Zu dieser frühen Stunde befand sich nur eine Handvoll Gäste im Café. Die Holztische und -stühle stammten allesamt aus der Gründerzeit, und die Accessoires schienen aus Großmutters guter Stube entnommen zu sein. Ein Ambiente wie aus der Zeit gefallen, in dem sich Kathrin wohlfühlte. Das Café war Teil eines Inklusionsprojektes, und die sympathischen Mitarbeiter, von denen einige Behinderungen aufwiesen, nahmen sich stets viel Zeit, um Kathrins Bestellung und ihre Sonderwünsche wegen der Weizenunverträglichkeit aufzunehmen. Angesichts der zahlreichen Köstlichkeiten auf der Karte fiel Kathrin die Entscheidung schwer. Für eine Auswahl von hessischen Tapas oder für Pellkartoffeln mit hausgemachter grüner Soße war es zu früh. Ein Stück Käsekuchen ohne Boden wäre zu mächtig. Letztendlich entschied sich Kathrin für ein klassisches Käsefrühstück. Nachdem sie eins der knusprig frischen Dinkelbrötchen aufgeschnitten, üppig mit Butter bestrichen und mit einer Scheibe goldgelbem Schnittkäse belegt hatte, schaute sie sich verstohlen um. Würde sie unter den versammelten Gästen ein ihr bekanntes Gesicht erblicken?

Ihre Enttäuschung, als dies nicht der Fall war, hielt sich in Grenzen. Sie war von Anfang an davon ausgegangen, dass Peter sich ihr nicht auf derart engem Raum, wo viele Augenpaare auf ihnen ruhten, zu erkennen geben würde. Wenn er sie in Wetzlar zu treffen gedachte, so würde dies an einem anderen Ort vonstattengehen.

Obwohl das Frühstück wie auch das Ambiente im Café zum längeren Verweilen einluden, kam Kathrin nicht zur Ruhe. Sie ließ ein halbes Brötchen und den Rest vom Käse zurückgehen, beglich ihre Rechnung und machte sich erneut auf den Weg.

Auf dem Domplatz war Markt, und es roch nach frisch gebackenem Brot, Kräutern, orientalischen Gewürzen, gegrilltem Geflügel, Zitrusfrüchten und Räucherfisch. Eine Gruppe asiatischer Touristen machte sich bereit, durch das frühgotische Südportal das Dominnere zu betreten. Kathrin schenkte dem

Dom mit der unvollendeten Fassade keine Beachtung, sondern hastete weiter, bis sie die Lottestraße erreichte. Erneut blockierte ihr eine Besuchergruppe den Weg, aber Kathrin gelang es, sich zwischen den aufmerksam der Stadtführerin lauschenden Touristen durchzuschlängeln. Sie beabsichtigte, vor ihnen am Lottehaus und dem angeschlossenen kleinen Hausgarten anzukommen.

Als sie das weiß verputzte Haus mit dem grau gestrichenen Gebälk erreicht hatte, klopfte Kathrins Herz schneller. Sie vermochte nicht einzuschätzen, ob dies vom zügigen Gehen oder von der Hoffnung auf das, was womöglich gleich eintreten würde, herrührte. Vor dem ehemaligen Verwaltungsgebäude des Deutschordenshofes, das gleichzeitig das Elternhaus der jungen Charlotte Buff war, diskutierte eine Familie mit zwei Teenagern, ob sich der Besuch des Museums lohne. Erwartungsgemäß sprachen sich die Eltern dafür, die Jugendlichen jedoch dagegen aus.

Trotz ihrer inneren Anspannung konnte sich Kathrin ein Lächeln nicht verkneifen. Peter und ihr war es auf der gemeinsamen Klassenfahrt vor dreißig Jahren ähnlich ergangen. Auch sie hatten überlegt, ob sich die Besichtigung der Gedenkstätte für die Frau, in die sich der junge Goethe 1772 Hals über Kopf verliebt hatte, lohne oder ob sie besser blaumachen sollten. Schließlich hatten sie sich einen Ruck gegeben und waren durch die Räume geschlendert, in denen historische Möbel, Haushaltsgegenstände, Gemälde und Handschriften der Familie Buff sowie eine Werther-Ausstellung präsentiert wurden. Im Anschluss waren ihre Klassenkameraden zum Schillerplatz geeilt, um eine der Eisdielen unsicher zu machen. Peter und Kathrin blieben allein im Hof des Lottehauses zurück. Sie hatten auf einer der Bänke, die unter den alten Kastanienbäumen aufgestellt waren, Platz genommen und auf den kleinen Kräutergarten geschaut. Sich amüsiert vorgestellt, wie der junge Johann Wolfgang von Goethe hier Unkraut gerupft hatte, um das Herz seiner Angebeteten zu erweichen. Eine Plackerei, die sich als vergebene Liebesmüh herausstellte. Denn die schöne und kluge Charlotte

Buff war bereits einem anderen versprochen. Ein Umstand, der Goethe zuerst immensen Herzschmerz zugefügt, ihn aber dann zur Schaffung eines seiner Meisterwerke angespornt hatte.

Peter, der ein ausgezeichnetes Gedächtnis besaß, war an jenem Tag von der Holzbank aufgesprungen und hatte Zeilen aus Goethes »Die Leiden des jungen Werther« zitiert. Im Anschluss, so erinnerte sich Kathrin, hatte er sich zu ihr hinuntergebeugt. Hatte ihr tief in die Augen geschaut. Seine Lippen näherten sich den ihren ...

Die Erinnerung wärmte Kathrin wie eine gute Tasse Tee. Sie ließ sich auf einer der Holzbänke nieder und schloss die Augen. Spürte, wie ein Sonnenstrahl, der sich seinen Weg durch das Blätterdach der Kastanien bahnte, ihre rechte Wange streichelte. Ihre linke Wange streifte ein Lufthauch. Bienen summten in den rosafarbenen Kastanienblüten, die süßlich dufteten. Darunter mischte sich der herb-frische Hauch eines Rasierwassers. Jetzt, dachte Kathrin und reckte ihr Gesicht wie vor dreißig Jahren den fordernden Lippen entgegen. Wartete mit geschlossenen Augen auf den Kuss, der folgen musste.

»Sie haben da was«, sagte eine Männerstimme.

Kathrin riss erschrocken die Augen auf. Vor ihr stand ein Mann in Gummistiefeln und im Blaumann. In der linken Hand hielt er eine Gartenharke. Mit dem rechten Zeigefinger tippte er sich selbst gegen die Wange. »Sie haben da was«, wiederholte er. »Vom Baum.«

Kathrin betastete ihre Wange, auf der ein braunes, verschrumpeltes Kastanienblatt gelandet war. Sie strich es weg und rieb ihre Finger aneinander. Sie fühlten sich klebrig an.

»Das kommt von den Läusen«, erklärte der Mann. »Honigtau. Prima für die Ameisen, eine Plage für uns Gärtner.«

Kathrin sprang auf und warf einen angewiderten Blick auf das Blattwerk. Was ihr als Idylle erschienen war, erwies sich als Brutstätte für verschiedene Plagegeister.

»Danke. Ich war ganz in Gedanken«, entgegnete sie.

»Im ersten Moment habe ich gedacht, Sie wären tot«, gestand der Mann und gab ein verlegenes Lachen von sich. »So still, wie

Sie dahockten. Aber meine Phantasie hat mir wohl einen Streich gespielt. Das kommt davon, wenn man jeden Sonntagabend ›Tatort‹ schaut.«

»Ich fühle mich zum Glück ziemlich lebendig«, versicherte Kathrin und schulterte ihren Rucksack. »Ich mache mich dann mal wieder auf den Weg.«

»Schöne Zeit noch«, wünschte der Mann.

»Tschüss.« Kathrin nickte ihm freundlich zu.

»Vergessen Sie Ihren Zettel nicht!«, rief der Mann und wies mit dem Harkenstiel auf die Bank.

Mit einem dumpfen Gefühl in der Magengegend bückte sich Kathrin, um das mit Karomuster bedruckte Blatt aufzuheben. Darauf stand in Druckschrift ein einziger Satz. Er stammte von Goethe. Das Zitat aus den »Leiden des jungen Werther« war, wie Kathrin mit Herzklopfen feststellte, um zwei entscheidende Wörter ergänzt worden.

»Ich habe eine Bekanntschaft *im Rosengärtchen* gemacht, die mein Herz näher angeht.«

Kathrin stürmte los. Sie hatte keine Sekunde zu verlieren.

Sie hastete die Goethestraße entlang, bog nach links ab und hatte kurze Zeit später die Parkanlage mit der angrenzenden Freilichtbühne erreicht. Hohe Laub- und Nadelbäume spendeten Schatten. Gelbe und weiße, orangefarbene und rote Rosen blühten neben verwitterten Grabsteinen mit Inschriften aus dem 17. und 18. Jahrhundert. Vermächtnisse aus der Zeit, in der das Rosengärtchen nicht als Grünanlage, sondern als Friedhof gedient hatte. Auch Kathrin war nicht wegen der Rosenpracht gekommen, sondern hielt zielstrebig auf einen von grünen Bodendeckern und Rhododendren umsäumten Gedenkstein zu. Der war 1949, zum zweihundertsten Geburtstag von Johann Wolfgang von Goethe, dort aufgestellt worden. Ein Ort mit einer etwas morbiden Ausstrahlung, fand Kathrin und rieb sich die Unterarme. Trotz der frühsommerlichen Temperaturen fröstelte sie. Eine Reaktion, die sich jedes Mal bei ihr einstellte, wenn sie den Platz hier im Rosengärtchen besuchte. Denn der graue, mit Flechten überzogene Stein gedachte keines freudigen

Ereignisses. Er erinnerte an Karl Wilhelm Jerusalem, der sich aus unglücklicher Liebe zu einer verheirateten Frau das Leben nahm. Und damit als Vorlage für Goethes Figur des jungen Werther diente. Auf Peter, so entsann sich Kathrin, hatte der Ort stets eine seltsame Faszination ausgeübt. Bei jedem Besuch in Wetzlar hatten sie sich auf der Rasenfläche neben dem Gedenkstein niedergelassen und eine mitunter recht gegensätzliche Diskussion geführt: Rechtfertigte eine verschmähte oder unglückselige Liebe einen solchen Akt der Gewalt gegen sich selbst? Wann hatte man einen validen Grund, das eigene Leben zu beenden? War es vertretbar, den Hinterbliebenen einen derartigen Schmerz zuzufügen? Sie vielleicht im Glauben zu lassen, dass sie versagt hätten? Oder rechtfertigte Liebe alles? Wie weit durfte man für das eigene Glück gehen? Welche Grenzen überschreiten?

Bei ihrer letzten Wohnmobiltour nach Wetzlar vor etwa zehn Jahren hatte sich der Schwerpunkt ihrer Diskussion verschoben. Waren ihre argumentativen Gegensätze stärker ausgeprägt gewesen. Zumindest bei Peter. Zu dieser Zeit war ein Wandel in ihm vorgegangen. Er erschien radikaler, kompromissloser und egoistischer in seinen Ansichten.

»Sich mit einem Loch in der Schläfe aus dem Leben zu stehlen, ist nur was für Feiglinge«, hatte er gesagt. »Man muss kämpfen. Nicht nur im Job, sondern auch für das private Glück. Sich das nehmen, wonach es einen sehnt. Selbst wenn man dafür letztendlich einen Preis bezahlt. Aber das kommt ja erst später. Davor erreicht man Erfüllung, Glückseligkeit. Man lebt schließlich nur einmal.«

»Und du, bist du glücklich?«, hatte Kathrin damals gefragt, wobei sich ein beklemmendes Gefühl in ihrer Brustregion festsetzte.

»Klar doch!«, hatte Peter geantwortet. Aber seine Antwort war erst nach dreißig, vierzig Sekunden gekommen. Später hatten sie nie wieder darüber gesprochen.

Wir hätten es tun, hätten die Fronten klären sollen, dachte Kathrin, als sie sich, wie früher, im Schneidersitz auf der kurz gehaltenen Rasenfläche niederließ. Dann wüsste ich wenigstens, woran ich bin. Wüsste, wie es zwischen uns in Wirklichkeit gestanden hat. War nun, nach all den Jahren, der Moment gekommen, um darüber zu sprechen? Das Glück neu zu definieren? Oder einen endgültigen Schlussstrich zu ziehen?

Kathrin vergrub den Kopf in den Händen und stöhnte laut auf. Die Unsicherheit, diese ständige Achterbahn der Gefühle machte sie fertig. In was für einen Schlamassel habe ich mich da reinziehen lassen, fluchte sie innerlich. Warum kann ich nicht loslassen? Suchend blickte sie sich um. Bis auf ein älteres Ehepaar, das sich langsam auf die Treppen hinunter zur Freilichtbühne zubewegte, lag das Rosengärtchen verlassen vor ihr. Sie merkte, dass ihr Geduldsfaden kurz vor dem Zerreißen stand.

»Zeig dich!«, zischte sie.

Nichts passierte.

Okay, eine Viertelstunde gebe ich dir noch, dachte Kathrin missmutig und versuchte, auf der harten Rasenfläche eine bequemere Position einzunehmen.

Aus der Viertel- wurde eine halbe Stunde. Aus der halben eine ganze. Kathrins Allerwertester schmerzte, und ihre Blase drängte auf einen Toilettengang.

»Noch fünf Minuten, dann ist Schluss«, murmelte sie.

Ein Junge näherte sich auf einem Tretroller, bei dem das Hinterrad quietschte. Kathrin blickte auf. Stutzte. Woher kannte sie den Jungen? Der blonde Schopf mit dem überlangen Pony kam ihr bekannt vor. Der Junge stoppte abrupt und bückte sich, um nachzusehen, warum das Hinterrad Geräusche von sich gab. Mit dem Zeigefinger pulte er einen kleinen Stein hervor, der zwischen dem Hinterrad und der Radabdeckung klemmte. Triumphierend strich er sich mit einer Geste, die Kathrin wie ein Déjà-vu vorkam, den Pony aus der Stirn. Grinste zufrieden, wobei eine Zahnlücke zwischen den Schneidezähnen sichtbar wurde.

Kathrin sprang wie elektrisiert auf. Das ist der Junge, der Junge aus Rotenburg, dachte sie. Der mit dem heruntergefallenen Eis und Peters Augen.

»Hey, du!«, rief Kathrin und eilte auf den Knirps mit dem Tretroller zu.

Der Junge riss erschrocken die braunen Augen auf und stieg auf seinen Roller.

»Bleib stehen!«, schrie Kathrin. »Du kennst mich doch! Ich will nur kurz mit dir sprechen.«

Der Junge trat mit dem linken Bein auf den Boden. Immer schneller und kräftiger, sodass sein Gefährt auf dem leicht abschüssigen Weg rasch Fahrt aufnahm.

»Hey, warte doch mal!«, rief Kathrin erneut, um ihn zum Stehenbleiben zu bewegen. Ohne Erfolg. Sie sprintete los, um den Jungen nicht aus den Augen zu verlieren. Dabei bemerkte sie nicht einmal, dass sie ihren Rucksack auf der Rasenfläche liegen ließ.

Der Junge rollerte auf dem asphaltierten Weg zwischen hohen Bäumen in Richtung der Freilichtbühne. Wandte sich nach links, um in einem langen, leicht abschüssigen Bogen den gepflasterten Vorplatz der atriumförmigen Bühne zu erreichen.

Kathrin war bewusst, dass sie nur eine Chance hatte. Sie hielt sich rechts, rannte auf die Treppenstufen zu. Wenn es ihr gelänge, über die Treppen als Erste unten an der Bühne anzukommen, konnte sie ihm den Weg abschneiden.

Obwohl ihr Atem wegen der ungewohnten Anstrengung keuchend kam, steigerte Kathrin ihr Tempo. Der obere Abschnitt der zweiteiligen Treppenanlage lag direkt vor ihr. Sie schnellte die Stufen hinunter, rannte über das kurze Stück Asphalt und erreichte den Beginn der zweiten Treppe. Aus den Augenwinkeln versuchte sie, einen Blick auf den Jungen zu erhaschen. Da passierte es: Ihr rechter Fuß landete nicht mittig auf der Stufe, sondern auf der Kante. Kathrins Körper wurde nach vorn katapultiert. Verzweifelt wollte sie sich am Geländer festhalten. Doch es gab keins!

Kathrin ruderte mit den Armen und fiel vorwärts. Immer weiter vorwärts. Bis sie auf etwas Weichem aufprallte und lang gestreckt zum Liegen kam. Sie benötigte ein paar Sekunden, bis sie in der Lage war, aufzublicken und die Situation zu erfassen.

Jetzt verstand sie, warum ihre Landung auf dem Pflaster so sanft verlaufen war: Sie lag auf dem Oberkörper eines Mannes, der für sie ebenfalls kein Fremder war!

»Was machen Sie denn hier?«, rutschte es ihr heraus.

»Sie vor dem sicheren Tod bewahren«, erwiderte Henrik Richtersen und verzog das Gesicht.

»Haben Sie sich verletzt?«, wollte Kathrin besorgt wissen.

»Weiß ich noch nicht«, presste Henrik hervor. »Im Moment merke ich nur, dass Sie mir die Luft abdrücken.«

»Tut mir leid.« Kathrin versuchte, vom Oberkörper ihres Retters hinunterzurollen. Mit Erleichterung stellte sie fest, dass ihr Arme und Beine ohne Protest gehorchten. Dank Henriks geistesgegenwärtigem Eingreifen war sie unverletzt geblieben.

Ihr Retter zog die Knie an und kam mühsam auf die Beine. Rieb sich mit schmerzverzerrtem Gesicht das Steißbein. »Ich glaube, das gibt einen dicken blauen Fleck. Haben Sie dafür ebenfalls Globuli im Gepäck?«

»Arnica«, erwiderte Kathrin. »Bei Hämatomen hilft Arnica.«

»Ich komme darauf zurück.« Er humpelte ein paar Schritte im Kreis, um seine Muskeln und Sehnen wieder beweglich zu machen.

Kathrin schaute gehetzt um sich. »Wo ist der Junge?«

»Welcher Junge?«

»Der blonde Junge mit dem Tretroller.« Kathrin suchte mit den Augen die nähere Umgebung ab.

»Ich habe keinen Jungen bemerkt.«

»Aber der war doch nicht zu übersehen!«

»Von da oben vielleicht«, widersprach Henrik. »Von meiner Position aus habe ich nur Sie auf mich zufliegen sehen.«

»Tut mir echt leid«, wiederholte Kathrin zerknirscht.

»Sie scheinen in letzter Zeit öfter zu fallen«, stellte Henrik fest und blickte vielsagend auf Kathrins verblassende Schürfwunden am Kinn und an der Stirn.

Sie zog die Mundwinkel nach unten. »Mein Tritthocker, ich meine die Einstiegshilfe zum Wohnmobil, hat den Geist aufgegeben. Und zwar genau, als ich draufgetreten bin.« Dass dieser Vorfall ein Sabotageakt gewesen war, verschwieg sie tunlichst.

»Und was war eben los?« Henrik klopfte sich ein paar Steinchen von der schwarzen Jeans. »Warum waren Sie hinter dem Jungen her? Hat er Sie beklaut?«

»Nein, nein.« Kathrin schüttelte den Kopf. »Den wollte ich nur kurz was fragen. Weil ich ihn schon in Rotenburg gesehen habe.«

»Auf dem Campingplatz?«

»Nein, auf dem Marktplatz.«

Henrik Richtersen sah sie durchdringend an. »Komischer Zufall.«

»Finde ich auch«, stimmte Kathrin zu. »Vor allem weil der Junge anscheinend immer ohne seine Eltern unterwegs ist. Und eine skandinavische Sprache, vermutlich Schwedisch, spricht.«

Henrik Richtersen fuhr sich mit der rechten Hand über das Kinn, die Bartstoppeln unter seinen Fingerspitzen knisterten. Weil Kathrin Schäfer sich so früh in Richtung Altstadt aufgemacht hatte, war ihm keine Zeit zum Rasieren geblieben. Er war Hals über Kopf aus dem am Rand des Busparkplatzes abgestellten Kastenwagen hinter Kathrin hergeeilt. Im Gewirr der mittelalterlichen Gassen hatte er sie dann aus den Augen verloren.

Henrik war auf sich selbst stinksauer. Einem Profi wie ihm hätte das nicht passieren dürfen. Aber wie hätte er es verhindern sollen? Er konnte sich doch nicht zweiteilen! Während er Kathrin verfolgt hatte, war ihm nämlich aufgefallen, dass sie von einer weiteren Person beschattet wurde. Ein Mann hatte sich ab dem Biergarten am Flutgraben an ihre Fersen geheftet. Hatte in einem zurückspringenden Türeingang auf der Weißadlergasse gewartet, bis Kathrin aus dem Café kam und auf den Domplatz zuhielt. Bei der Hauptwache drehte der Mann dann aber jäh in Richtung Blaunonnengasse ab. Henrik war ihm noch ein kurzes Stück gefolgt und hatte es geschafft, heimlich ein paar Fotos von ihm zu schießen. Die er später an einen seiner Kontakte bei der

Polizei weiterzuleiten gedachte. In der Hoffnung zu ergründen, wer der Unbekannte war und was er beabsichtigte. Wieso er Kathrin Schäfer so hartnäckig verfolgte, ohne sich ihr zu erkennen zu geben. Hatte er etwa den Auftrag, ihr eine Nachricht zu überbringen? Oder sie zu einem Treffpunkt zu lotsen? Der Fall wurde immer verworrener. Wer folgte hier eigentlich wem? Und wer führte ihn mit größerer Wahrscheinlichkeit zu seiner Zielperson, Kathrin oder ihr Verfolger?

Ratlos hatte Henrik einen kleinen Stein, der auf dem Pflaster lag, zur Seite gekickt. Und im nächsten Moment gesehen, wie der Mann im Parkhaus am Domplatz verschwand. An diesem Punkt hatte Henrik die Verfolgung abgebrochen und war umgekehrt. Es erschien ihm dringlicher, Kathrin Schäfer wiederzufinden.

Er hatte die mittelalterlichen Gassen vom Domplatz bis zum Schillerplatz, vom Schillerplatz bis zum Kornmarkt und zurück bis zum Fischmarkt eine nach der anderen durchkämmt, ohne Erfolg. Kathrin blieb verschwunden. An einem Kiosk hatte er sich wegen seines zunehmenden Durstes eine Flasche Mineralwasser gekauft, die er im Schatten der Bäume des Rosengärtchens zu trinken gedachte. Wo er an der Treppe vor der Freilichtbühne unverhofft wieder auf Kathrin gestoßen war. Im wahrsten Sinne des Wortes.

»Ich schätze, der Junge ist längst über alle Berge«, sagte er.

Kathrin nickte betrübt. »Den hole ich nicht mehr ein. Ist vielleicht ganz gut so«, fügte sie in einem Nachgedanken hinzu. »Er hätte mir wahrscheinlich eh nicht weiterhelfen können.«

»Wobei?«, rutschte es Henrik Richtersen heraus.

»Ach, das ist eine lange Geschichte«, wiegelte Kathrin ab. »Ich habe mich da in etwas verrannt. Aber jetzt ist endgültig Schluss damit. Aus, vorbei.« Nicht nur ihr Gesicht, sondern auch ihre Körperhaltung drückte Entschlossenheit aus. Dann riss sie erschrocken die Augen auf. »Ach du lieber Himmel! Mein Rucksack liegt noch da oben. Mit meinem Geld, meinen Papieren, den Schlüsseln für Töfftöff.«

»Dann sollten wir schleunigst in die Hufe kommen!«, schlug

Henrik vor und setzte sich steif in Bewegung. Kathrin humpelte hinter ihm her.

Als sie ihren Lederrucksack unversehrt auf der Rasenfläche vorfanden, fiel Kathrin offensichtlich ein Stein vom Herzen. »Uff! Ich glaube, mir reicht es an Aufregung für heute. Ich gehe zurück zum Wohnmobil.«

»Wo stehen Sie denn?«, erkundigte sich Henrik, dem Kathrins Aufenthaltsort logischerweise längst bekannt war, mit Unschuldsmiene.

»Auf dem großen Stellplatz an der Tennishalle. Und Sie? Sie sind doch auch mit Ihrem Kastenwagen hier, oder?«

»Ja sicher«, erwiderte Henrik. »Mir bleiben noch ein paar Tage Urlaub, bevor ich zurück nach Hamburg muss. Und da Fotografieren mein Hobby ist, habe ich mir gedacht, dass ich mir das Ernst-Leitz-Museum anschaue.«

»Habe ich Sie jetzt mit meinem … Überfall«, Kathrin verzog den Mund zu einem schiefen Grinsen, »am Museumsbesuch gehindert?«

»Ach was! Fürs Museum ist es heute eh ein bisschen spät«, wehrte Henrik ab. »Den Besuch verschiebe ich auf morgen. Außerdem wartet Leo bestimmt schon auf mich.«

»Okay. Aber ich habe trotzdem ein schlechtes Gewissen.« Kathrin nagte an ihrer Unterlippe.

»Nein, das müssen Sie nicht haben«, beteuerte Henrik. »Kommen Sie! Wir haben den gleichen Weg. Als ich gestern Abend spät hier angekommen bin, war auf dem Stellplatz am Dillufer alles belegt. Deshalb stehe ich auf dem Ausweichplatz, am Busparkplatz.«

»Da ist deutlich mehr Trubel«, meinte Kathrin mitfühlend.

»Wenn ich Glück habe, ist bei Ihnen an der Tennishalle inzwischen was frei geworden«, sagte Henrik. »Dann stelle ich mich um. Es wird eh höchste Zeit, dass ich meine Toilette leere und Frischwasser auffülle.«

»Kommen Sie danach doch auf einen Kaffee bei mir vorbei«, bot Kathrin an. »Das ist das wenigste, was ich nach Ihrem ritterlichen Eingreifen für Sie tun kann.«

Henrik grinste. »Ich denke, wir sind jetzt quitt. Sie haben meinen Fuß verarztet, ich habe mich für Sie als Sprungpolster hingelegt.«

»Was macht der Fuß?«

»Dem geht es so weit gut.«

»Trotz oder wegen der Globuli?«, hakte Kathrin mit einem schelmischen Lächeln nach.

»Wegen Ihrer beherzten Fürsorge.« Henrik lächelte zurück. »Wie ist denn die Sache mit den GPS-Koordinaten ausgegangen? Haben Sie Ihren Bekannten getroffen?«, fragte er im Plauderton, um seine Tarnung als zufällige Bekanntschaft unter Campern aufrechtzuerhalten.

Kathrin zögerte einen Moment. »Ach das«, sagte sie mit einem gequälten Lachen. »Das war nur so eine Art Scherz von meinem Bekannten. Er wollte mich auf den Platz an der Wetterauer Seenplatte aufmerksam machen. Es wäre einfacher gewesen, wenn er mich auf die entsprechende Seite im Stellplatzführer hingewiesen hätte.«

»Und? Hat es sich gelohnt, dorthin zu fahren?«

Nein, dachte Kathrin missmutig. Alles in allem war es Zeitverschwendung. Die mir außerdem jede Menge Ärger eingebracht hat. Laut sagte sie: »Ja, der Platz liegt idyllisch am See. Schön, wenn man baden oder angeln will.«

Sie waren an Henriks dunklem Kastenwagen angekommen, und Henrik schloss die Tür auf. Der Beagle schoss nach draußen und begrüßte Kathrin überschwänglich.

»Vielleicht sehen wir uns ja gleich auf einen Kaffee«, sagte Kathrin. »Und für Leo habe ich eine Scheibe Schinken im Kühlschrank.«

»Wie lange bleiben Sie denn in Wetzlar?« Henrik hoffte, dass er nicht zu neugierig klang. Zu seinem Bedauern antwortete Kathrin eher ausweichend.

»Ich weiß nicht. Kann sein, dass ich morgen oder erst übermorgen weiterfahren werde. Kommt ein bisschen darauf an ...« Sie hielt erschrocken inne, als ihr siedend heiß etwas einfiel: Himmelherrgott! Sie hatte sich gar nicht mehr bei Lothar gemeldet! Von dem Moment an, als Mandie das Reclam-Heft auf dem Fahrersitz entdeckt hatte, war alles andere in Vergessenheit geraten. Auch ihre Verabredung mit Lothar. Kathrin vermutete, dass der bereits auf dem Weg in den Westerwald war, um dort ein gemeinsames Wochenende mit ihr zu verbringen. Zu dem sie nicht erscheinen würde. Sie mochte sich gar nicht ausmalen, wie Lothar darauf reagieren würde. Mit ihrem egoistischen Verhalten hatte sie womöglich den endgültigen Sargnagel in ihre erst knospende Beziehung geschlagen.

Kathrin warf einen kurzen Blick gen Himmel. Verdammt noch mal, Peter! Was machst du mit mir? In was für Situationen bringst du mich, schimpfte sie innerlich.

Henrik Richtersen beobachtete sie irritiert. »Alles in Ordnung?«

Kathrin riss sich zusammen. »Sicher doch. Ich muss nur dringend jemandem eine WhatsApp schreiben. Wir sehen uns!«

Henrik schaute ihr hinterher, bis sie den staubigen Busparkplatz überquert hatte und die Brücke über das Flüsschen Dill erreichte. Diesmal war sie allein. Ohne Verfolger im Schlepptau. Er fragte sich, ob er sie hätte warnen müssen.

Aber nein, dazu bestand keine Veranlassung. Erst würde er herausfinden, wer oder was dahintersteckte.

17

Astrid beäugte die roten Striemen auf ihren Oberarmen. An einer Stelle oberhalb des linken Ellenbogens quollen Blutstropfen hervor. Sie wischte sie mit einem Papiertaschentuch fort. Alle weiteren Maßnahmen, die brennenden Verletzungen fachmännisch zu verarzten, mussten warten, bis sie wieder im Wohnwagen war. Astrid bedauerte, keine langärmelige Jacke mitgenommen zu haben. Mit ihren von den Dornen zerkratzten Armen sah sie vermutlich zum Fürchten aus. Sie wagte es nicht, sich die Blicke vorzustellen, die sie im Bus auf der Rückfahrt zum Campingplatz auf sich ziehen würde. Astrid stöhnte vor Frust laut auf. Wenn sie nur einen Tick schneller gewesen wäre. Dann wäre sie nah genug herangekommen, um sich den Jungen zu schnappen, ihn festzuhalten. Ihn aus der Nähe anzuschauen. Und ihn nach Strich und Faden auszufragen. Denn das alles, dachte Astrid mit vor Aufregung pochendem Herzen, kann kein Zufall sein. Es war auch keine schicksalhafte Fügung. Kein Wink des Himmels. Sondern eher eine Frage der Genetik.

Als Astrid im Zubringerbus zum ersten Mal das markante herzförmige Muttermal direkt unter dem rechten Ohr des Jungen erblickt hatte, war ihr der Atem gestockt. Innerhalb eines Bruchteils einer Sekunde war ihr klar geworden, dass sie diese Entdeckung nicht auf sich beruhen lassen konnte. Sie musste handeln. Je eher, desto besser.

Zuvor war ihr der Junge im Grundschulalter nur deshalb aufgefallen, weil er Schwedisch sprach. Ein Umstand, der Astrid hatte aufhorchen lassen, da auf dem Campingplatz mit angeschlossenem Kanuverleih direkt an der Lahn außer dem ihrigen kein weiteres Campingfahrzeug mit schwedischem Kennzeichen zu finden war. Sie hatte gestern zu Fuß ein paar Runden über den Platz gedreht, um sich zu vergewissern. Ein paar Holländer, die mit Bierdosen und Räucherwurst um einen

Gasgrill versammelt standen, hatten ihr misstrauische Blicke zugeworfen. Weil Astrid keine Aufmerksamkeit erregen wollte, war sie, ohne nochmals auf den Jungen zu treffen, zu ihrem Wohnwagen zurückgekehrt. Wo sie sich die halbe Nacht schlaflos in ihrem Bett gewälzt und gegrübelt hatte.

Die Frage, woher der blonde Junge so jäh aufgetaucht war, aus vollem Hals ein allen schwedischen Kindern bekanntes Kinderlied trällernd, hatte ihr auch am Folgetag keine Ruhe gelassen. Aus diesem Grund war Astrid nicht, wie ursprünglich geplant, neben dem Stellplatz, auf dem die Besitzerin des Oldtimer-Wohnmobils untergekommen war, in Stellung gegangen. Stattdessen war sie immer mal wieder unauffällig zu den Sanitäranlagen des Campingplatzes, zum Kanuverleih, zum kleinen Kiosk und der nahe gelegenen Bushaltestelle geschlendert. Wo bei ihrer dritten Erkundungsrunde unvermutet der Junge mit einem dunkelblauen Tretroller inmitten einer Gruppe von Fahrgästen gestanden hatte. Astrid hatte sich aus einem spontanen Entschluss heraus dazugestellt und auf den Zubringerbus zum Stadtzentrum gewartet. Als der einfuhr, hatte sie sich vorgedrängelt und war direkt hinter dem Jungen eingestiegen. Zum Glück hatte sie zuvor ihren Wohnwagen abgeschlossen und ihr Portemonnaie in die Gesäßtasche ihrer Jeans gesteckt.

Der Bus ruckelte beim Anfahren. Um nicht zu stürzen, hatte Astrid die Hand nach demselben Haltegriff ausgestreckt, an dem sich auch der Junge festhielt. Und das Muttermal an dessen Hals bemerkt.

Ihre Finger, die den Griff umklammerten, wurden feucht. Sie wollte vor den Jungen treten und ihn nach seinem Namen fragen, herausbekommen, woher er kam. Da rief ihm eine Frau, die einen Platz direkt vor den Ausgangstüren eingenommen hatte, etwas zu. Astrid schätzte die Frau auf sechzig oder fünfundsechzig Jahre. Sie war eher stämmig als schlank, hatte einen dunklen Teint und dunkle Augen und wirkte alles andere als typisch schwedisch. Dennoch teilte sie dem Jungen in akzentfreiem Schwedisch mit, an welcher Haltestelle sie auszusteigen gedachte. Der Junge nickte zustimmend.

Astrid war verunsichert. Hatte sie sich geirrt? Hatte ihr Gehirn, das in den letzten Tagen nur auf ein Ziel fokussiert war, sie etwas sehen lassen, das gar nicht existierte? Litt sie an Wahnvorstellungen?

Sie beugte sich ein wenig vor, um einen erneuten Blick auf den schmalen Hals des Jungen zu erhaschen. Aber nein, das Muttermal war keine Fata Morgana, kein Wunschdenken gewesen. Astrid beschloss, dem Jungen und seiner Begleiterin auf den Fersen zu bleiben.

Die beiden stiegen vor der modernen vierspurigen Lahnbrücke aus dem Bus und bewegten sich in Richtung Altstadt. Der blonde Junge erwies sich als geschickt im Umgang mit dem Tretroller und war seiner Begleiterin immer ein paar Meter voraus. Auf dem Markt am Domplatz kaufte sich die dunkelhaarige Frau ein Wurstbrötchen, worüber der Junge die Nase rümpfte. Ihm war anzusehen, dass er die vielen Menschen und das Treiben in der Stadt nicht schätzte. Mit seinem Tretroller hatte er nirgendwo freie Fahrt. Für die Frau schien es nicht der erste Besuch in der Stadt zu sein. Ohne zu bemerken, dass Astrid ihnen mit etwas Abstand folgte, ging sie zielstrebig nordwestwärts, wo sich direkt am Lahnufer eine weitläufige Grünanlage erstreckte. Dort konnte sich der Junge mit seinem Tretroller endlich austoben.

In einem Café kaufte ihm die Frau ein Eis, das er mit sichtlicher Begeisterung schleckte. Danach drängte sie darauf, den Rückweg einzuschlagen. Der Junge protestierte. Mit einem Seufzen, das Astrid selbst in gut fünfzig Meter Entfernung deutlich vernehmen konnte, gab sich die Frau geschlagen. Die beiden wandten sich nach rechts und spazierten weiter, bis sie eine halbkreisförmige Freilichtbühne erreichten. An deren Fuß gab es zwischen der Frau und dem Jungen eine kurze Diskussion. Die darin mündete, dass die Frau dem Jungen erlaubte, in der Parkanlage oberhalb des Freilichttheaters und der historischen Stadtmauern ein paar Runden auf dem Tretroller zu drehen, während sie unten sitzen blieb.

Astrid sah ihre womöglich einzige Chance, den Jungen allein

zu sprechen, gekommen. So schnell ihre stämmigen Beine sie trugen, hastete sie die Treppe zum Rosengärtchen hinauf. Hinter einem Grabmonument, das früher einmal zu einer Familiengruft gehört hatte, stellte sie sich in Position, um den Jungen abzufangen. Dann allerdings geschah etwas, womit Astrid nicht gerechnet hatte.

Der Junge kam auf seinem Tretroller angefahren. Stoppte abrupt, um einen Stein, der ein Quietschen verursachte, zu entfernen. Ein lautes Geräusch ließ ihn erschrocken zusammenfahren. Hastig setzte er sich mit seinem Roller in Bewegung und nahm durch kräftiges Treten schnell Fahrt auf. In dem Moment, als Astrid hinter dem Grabmonument hervorschnellte, um ihn aufzuhalten, bemerkte sie aus den Augenwinkeln die Besitzerin des Oldtimer-Wohnmobils. Die von der Rasenfläche neben dem Denkmal aufsprang und ebenfalls zur Verfolgung des Jungen ansetzte.

Astrid stoppte und ruderte mit den Armen, um das Gleichgewicht zu halten. Sie registrierte, dass sie sich genau im Sichtfeld der Deutschen aufhielt. Damit die sie nicht wahrnahm und sich ihrerseits wunderte, was Astrid dort zu suchen hatte, entschloss sie sich zum Rückzug. Sie preschte vorwärts, mitten durch zwei Rosenbüsche hindurch, und ging hinter einem Baum in Deckung. Verfolgte mit den Augen, wie zuerst der Junge und dann die Frau in Richtung der Freilichtbühne verschwanden.

Astrid stieß ein paar deftige schwedische Flüche aus. Was für ein heilloses Chaos! Die Sachlage wurde immer undurchsichtiger. Woher kannte ausgerechnet sie den Jungen? Und was wollte sie von ihm? War die Deutsche mit ihrer Suche etwa schneller vorangekommen als sie selbst? Aber wie hatte sie das angestellt? Obwohl sich Astrid einige Nächte um die Ohren geschlagen hatte, war es ihr kein zweites Mal gelungen, den Mann mit der Filzkappe auszumachen. Ihre Verfolgungsjagd hatte zu keinen neuen Erkenntnissen geführt. Astrid ihrem Ziel nicht einen Meter näher gebracht.

Bis sie auf den Jungen mit dem Muttermal gestoßen war. Diesen unverwechselbaren herzförmigen Leberfleck unter dem rechten Ohr hatte Astrid in ihrem Leben bis jetzt nur zweimal gesehen: bei ihrer Großmutter mütterlicherseits und bei Svenja.

In welchem Verhältnis steht der Junge zu den beiden, fragte sich Astrid, während sie sich an das Grabmonument lehnte und sich zu sammeln versuchte. Konnte es wirklich sein ...?

Der Gedanke erschien ihr in gleicher Weise so folgerichtig und so abstrus, dass ihr davon schwindelig wurde. Sie brauchte eine Weile, bis sie wieder einen klaren Gedanken fassen konnte. Dann eilte sie zurück zur Bushaltestelle.

Im Bus lehnte Astrid ihre heiße Stirn gegen die kalte Fensterscheibe. Sie fühlte sich ausgelaugt, bis auf die Knochen erschöpft. Von den ewigen Fragen. Der irrsinnigen Verfolgungsjagd, auf die sie sich eingelassen hatte. Von ihrer Ohnmacht und dem ständigen Alleinsein. Dem Druck, alles mit sich selbst ausmachen zu müssen.

Trotzdem würde Astrid nicht aufgeben. Der Hass trug sie weiter. Immer weiter bis ans Ziel.

✳✳✳

»So eine verfluchte Schweinerei!«

Mürrisch beäugte Kathrin die Bescherung. Die Dose mit dem löslichen Cappuccinopulver war ihr aus der Hand gerutscht, an der Kante ihrer Küchenarbeitsplatte abgeprallt und mit einem satten Platschgeräusch auf dem Boden gelandet. So wie es aussah, hatte sie beim letzten Mal, als sie sich einen Cappuccino mit heißem Wasser angerührt hatte, den Dosendeckel nicht verschlussfest aufgesetzt. Infolgedessen verteilte sich das dunkelkaramellfarbene Pulver jetzt im halben Wohnmobil. Etwas davon hatte sich auch auf Kathrins T-Shirt und der Jeans breitgemacht.

Kathrin trat vor ihr Wohnmobil und klopfte das Pulver, so gut es eben ging, mit der Hand ab. Dann holte sie Handfeger und Schaufel aus dem Außenstaufach und machte sich daran, ihr Gefährt von innen zu säubern. Die unfreiwillige Putzaktion war gerade beendet, als ihr Handy klingelte.

Kathrin hatte eine Vermutung, wer sie da so dringlich zu erreichen versuchte. Seit sie sich bei Lothar mit einer WhatsApp entschuldigt und im Zuge dessen das geplante gemeinsame Wochenende endgültig gehimmelt hatte, waren mindestens zwanzig Nachrichten für sie eingegangen. Kathrin hatte nur die erste davon überflogen und beschlossen, ab jetzt nach der Vogel-Strauß-Taktik zu verfahren. Ihre und Lothars Beziehung war eh nicht mehr zu kitten. Kathrin nahm sich vor, nach ihrer Rückkehr in Lothars Apotheke zu fahren und endgültig einen Schlussstrich zu ziehen. Bis es so weit war, hatte sie sich jedoch um wichtigere Angelegenheiten zu kümmern.

In der Annahme, dass ihre zitternden Hände und das Malheur mit dem Cappuccinopulver nach der Aufregung mit dem blonden Jungen auch den drei Tassen Kaffee geschuldet waren, die sie zusammen mit Henrik Richtersen getrunken hatte, setzte Kathrin Wasser für einen Kamillentee auf. Sie musste ruhig bleiben. Einen klaren Kopf bewahren und eine Entscheidung treffen. Während der Teebeutel im Edelstahlbecher zog, versuchte Kathrin in Gedanken zusammenzufassen, was bis jetzt geschehen war.

In Rotenburg hatte sie sich Hals über Kopf auf einen Roadtrip eingelassen. Der sie, wie sie hoffte, nicht nur zu Peter führen, sondern ihr endlich Klarheit darüber bringen würde, was vor acht Jahren geschehen war. So weit die Theorie. Die Praxis sah weitaus ernüchternder aus. Bis jetzt war sie mit ihrer Suche kaum einen Schritt vorangekommen. Für die wenigen Tage, die sie jetzt unterwegs war, hatte sie eine beeindruckende Bilanz des Schreckens vorzuweisen: Sie war böse vom Tritthocker gestürzt. Man hatte in ihr Wohnmobil eingebrochen und sie des Nachts bedroht. Diejenigen, die sie bedroht hatten, waren inzwischen tot. Sie hatte zweimal einen Jungen gesehen, der Peter ähnlich sah, aber in keiner Beziehung zu ihm stehen konnte. Bei seiner Verfolgung hätte sie sich um ein Haar endgültig den Hals gebrochen.

Warum habe ich, dachte Kathrin in einem Anflug von Galgenhumor, nicht besser zwei Wochen Pauschalurlaub auf Mallorca gebucht? Eine Flugreise und ein Aufenthalt in einer der Hochburgen des Massentourismus wären vermutlich nicht nur erholsamer, sondern vor allem risikofreier.

Mit Schwung beförderte Kathrin den Teebeutel in den Mülleimer. Dabei erblickte sie das Spiegelbild ihres von den Schürfwunden gezeichneten Gesichtes im Küchenfenster. »Kathrin Schäfer. Du bist eine komplette Idiotin!«, sagte sie laut. Das Spiegelbild tat ihr nicht den Gefallen, zu widersprechen.

Kathrin kam zu einer Entscheidung: Es war höchste Zeit, dieser komplett verrückten Irrfahrt ein Ende zu setzen und nach Hause zurückzukehren.

»Punkt. Aus. Ende«, verkündete Kathrin. In dem Moment meldete sich erneut ihr Handy. Es erschien eine Nummer auf dem Display, die nicht mit der von Lothar übereinstimmte.

»Nicole! Das ist aber eine Überraschung«, rief Kathrin erfreut aus.

»Tut mir leid! Ich habe ein furchtbar schlechtes Gewissen, weil ich mich so lange nicht bei dir gemeldet habe«, entgegnete Nicole. »Aber in den letzten Monaten ist hier so viel passiert.«

»Geht es euch gut?«

Kathrin hatte Nicole Kiefer bei ihrer Ausbildung zur Heilpraktikerin auf einem Seminar kennengelernt und die quirlige Rothaarige sogleich in ihr Herz geschlossen. Nach der erfolgreich abgelegten Prüfung waren die beiden Frauen in Kontakt geblieben. Sie einte nicht nur der gleiche Beruf, sondern vor allem das gemeinsame Hobby. Nicole und ihr Mann Bernd waren ebenfalls passionierte Camper. Im Urlaub zog es die beiden mit dem Wohnwagen nach Süditalien, die Wochenenden und die Feiertage verbrachten sie auf einem Campingplatz am Werratalsee. Ihr Lebensplan, auf den sie seit ein paar Jahren hinarbeiteten, war der, mit sechzig ihre Jobs an den Nagel zu hängen und als digitale Nomaden mit dem Wohnwagen durch Europa zu ziehen. Kathrin wünschte ihnen von ganzem Herzen, dass sie sich diesen Traum erfüllen konnten.

»Ach, bei uns war ganz schön was los«, stöhnte Nicole. »Kurz nach Weihnachten ist die Schwiegermama gefallen und hat sich die Hüfte gebrochen. Wir haben schon mit dem Schlimmsten gerechnet.«

»Und?«, fragte Kathrin bang.

»Dank des Einsatzes eines engagierten Assistenzarztes und meiner Wenigkeit hat sie sich dann doch relativ schnell berappelt und ist wieder auf die Beine gekommen«, berichtete Nicole. »Bernd hat es fertiggebracht, ihr einen Platz für betreutes Wohnen schmackhaft zu machen. Anfang April haben wir ihre Wohnung aufgelöst, und sie ist umgezogen. Inzwischen hat sie dort einen Boule-Club gegründet und mischt das Küchenpersonal gewaltig auf. Ich habe den Eindruck, dass sie sich unter den vielen Menschen pudelwohl fühlt.«

»Also schafft ihr es wieder, auf Achse zu sein?«

»Ja, dem Himmel sei Dank.« In Nicoles Stimme schwang Erleichterung mit. »Nach dem Sturz der Schwiegermama waren wir wochenlang nicht auf unserem Dauercampingplatz. Aber nun ist alles wieder wie vorher. Oder nein. Sogar viel schöner.«

»Warum?«, erkundigte sich Kathrin verwundert.

»Wir haben den alten Wohnwagen verkauft«, erläuterte Nicole etwas atemlos, »und uns unseren Traumwohnwagen gegönnt.«

»Wow!«, entfuhr es Kathrin. »Das freut mich für euch.«

»Das ist auch der Grund, warum ich mich bei dir melde«, verkündete Nicole. »Willst du nicht bei uns vorbeischauen? Wir veranstalten eine kleine Wohnwagentaufe und quatschen die ganze Nacht durch. Und morgens kredenzt uns Bernd seine Spezialomeletts mit Speck zum Frühstück.«

Kathrin lachte laut auf. »Hört sich verlockend an.«

»Komm! Tu mir den Gefallen und sag Ja«, drängte Nicole. »Zu Hause sitzen und arbeiten kannst du auch später.«

»Ich bin gar nicht zu Hause«, gestand Kathrin.

»Du bist mit Töfftöff unterwegs?«

»Richtig.«

»Wo bist du gerade?«

»Auf einem Stellplatz in Wetzlar.«

»Hast du beruflich dort zu tun?«

»So ähnlich«, erwiderte Kathrin ausweichend.

»Noch lange?«

»Nee, nicht wirklich.«

»Also, was hindert dich? Für die nächsten Tage haben sie echtes Badewetter vorausgesagt«, sagte Nicole, um die Freundin zu ködern. »Da bist du hier bei uns am See besser aufgehoben als in der Stadt.«

»Ich weiß nicht.« Kathrin zögerte, kämpfte mit sich. Sollte sie bei ihrer vor zehn Minuten getroffenen Entscheidung bleiben? Die Suche aufgeben? Einfach nach Hause fahren? Und damit womöglich ihre letzte Chance, dass Peter sich ihr zeigte, verpassen?

Erneut fiel ihr Blick auf ihr Spiegelbild im Küchenfenster.

Kathrin gab sich einen Ruck. »Stell schon mal den Sekt kalt!«, befahl sie. »Spätestens morgen Abend bin ich bei euch.«

18

Mit zum Abschiedsgruß erhobenem Arm sah Henrik zu, wie Kathrin Schäfer den Blinker setzte und mit ihrem betagten Wohnmobil vom Stellplatz auf die Straße fuhr. Er war sich sicher, dass sie sich schon bald wiedersehen würden. Und doch konnte er nicht anders, als sich Sorgen zu machen. Der Beagle an Henriks Seite gab ein Winseln von sich und schaute ihn aus seinen großen dunkelbraunen Augen fragend an.

»Du bist auch traurig, oder?«, meinte Henrik mitfühlend.

Leo gab ein Seufzen von sich, das fast menschlich klang.

»Ich lasse sie nicht aus den Augen«, versprach Henrik. Dann führte er den Beagle an der Leine an eine Baumreihe außerhalb des Stellplatzes, damit er sich dort erleichtern konnte. Im Anschluss hatte es Henrik eilig, zurück zu seinem Kastenwagen zu gelangen.

Der Laptopbildschirm zeigte Kathrin Schäfers Reiseverlauf an. Sie hatte inzwischen die B 49 erreicht und fuhr nordostwärts in Richtung Gießen. Im Grunde hätte Henrik den Peilsender nicht bemühen müssen, um zu erfahren, wohin sie unterwegs war. Kathrin hatte ihm anvertraut, dass sie ihre Suche nach etwas, das es überhaupt nicht geben konnte, einstellte und ihre letzten Urlaubstage bei einer Freundin auf einem Campingplatz an der Werra zu verbringen gedachte. Henrik hatte sich tunlichst verkniffen nachzuhaken, worum es sich bei dieser Suche genau handelte. Die Antwort war ihm ja längst bekannt. In der Beziehung gab es für ihn keine Überraschungen.

Was ihm hingegen Kopfschmerzen bereitete, war die Frage, wer sich noch alles an der Verfolgung von Kathrin Schäfer beteiligte. Und warum. Von dem Mann, der Henrik in der Altstadt aufgefallen war, fehlte jede Spur. Selbst die Fotos, die er auf die Schnelle von dem Fremden geschossen und an einen engen Freund bei der Hamburger Polizei weitergeleitet hatte, hatten ihn nicht weitergebracht. Da der Mann sich bis jetzt weder eines Vergehens schuldig gemacht zu haben schien noch polizeilich gesucht wurde, tauchte er in keiner Datenbank auf. Henriks innere Stimme sagte ihm jedoch, dass er ihn eher früher als später wiedersehen würde. Wichtig war nur, dass es geschah, bevor der Mann Kathrin in Gefahr bringen konnte. Um genau dies zu verhindern, machte sich Henrik ebenfalls abreisebereit.

Beim Zusammenpacken fiel sein Blick auf sein iPhone. Die darauf installierte Spionage-App hatte die Aufgabe, zuverlässig seinen Standort zu verraten und gleichzeitig unentdeckt zu bleiben. Letzteres hatte nur wenige Stunden lang hingehauen.

Nachdem Henrik mit seinem Kastenwagen auf den Waldparkplatz südlich von Hungen gefahren war, hatte er eine befreundete Ärztin angerufen. Die Frage, warum er sich nach dem Abend mit der Schwedin so mies gefühlt hatte, ließ ihm keine Ruhe. Die Ärztin hatte sich seine Schilderung angehört und war zu dem Schluss gekommen, dass Henriks ursprünglicher Verdacht doch richtig gewesen war: Die vermeintlich nette und harmlose Campingnachbarin hatte ihm eine Substanz, die zum kurzfristigen Verlust der objektiven Wahrnehmung und des Reaktionsvermögens führte, in den Wein geträufelt. Ihn handlungsunfähig gemacht. Aber warum? Was wollte sie ausgerechnet von ihm?

Während er noch darüber nachgrübelte, hatte sein Handy einen Piepton von sich gegeben, weil eine E-Mail für ihn eingegangen war. Und plötzlich war es ihm wie Schuppen von den Augen gefallen: Während er wie ein nasser Sack auf dem Campingstuhl gehangen hatte, musste die Schwedin sich seines iPhones bemächtigt und es manipuliert haben.

Vor Wut über seine eigene Fahrlässigkeit hatte Henrik mit der Faust auf die Tischplatte geschlagen, wodurch der Kastenwagen erzitterte und der Beagle ihn vorwurfsvoll anschaute. »Sorry«, hatte er zu Leo gesagt und sich gleichzeitig geschworen, nie wieder so gutgläubig zu sein.

Die fremde App auf seinem Handy aufzuspüren, war für ihn dann nur noch eine Sache von zwei Minuten gewesen. Eigentlich hatte er sie umgehend löschen wollen, sich aber eines Besseren besonnen. Er entschied, sich ahnungslos zu geben und das Spielchen der Schwedin mitzuspielen. Herauszufinden, warum sie ihn beschattete. Denn dass sie genau das tat, daran hegte Henrik inzwischen keinen Zweifel mehr. Seit seinem Aufenthalt im Vogelsberggebiet sendete die App fleißig Signale. Sorgte dafür, dass die Schwedin ihm an den Reifen klebte. Aber frei nach dem Motto »Wie du mir, so ich dir« setzte Henrik seinerseits jedes ihm zur Verfügung stehende Mittel ein, um ihren Aufenthaltsort zu bestimmen. Mit der Kamera seiner Flugdrohne hatte er gestern ihren Wohnwagen auf dem drei Kilometer entfernten Campingplatz an der Lahn ausgemacht. Sie war also auch vor Ort.

Wieder drängte sich Henrik die Frage nach dem Warum auf. Was bezweckte sie mit ihrem Tun? War sie die Leidtragende einer außerehelichen Affäre, die Henrik aufgedeckt hatte? Oder war sie ebenfalls Privatermittlerin? Wenn ja, dachte Henrik kopfschüttelnd, stellt sie sich bei ihrem Job verdammt ungeschickt an. Sie war seiner Auffassung nach alles andere als ein Profi. Eher eine blutige Anfängerin. Dennoch war die Situation zu brisant, als dass er die Spionage-App einfach ignorieren durfte. Er musste auf der Hut sein.

»Was für ein Schlamassel«, murmelte er. Was für ihn in Rotenburg mit dem simplen Überführen eines säumigen Zahlungssünders begonnen hatte, mauserte sich immer mehr zu einem komplexen Wirrwarr von Spuren, von denen viele ins Nichts führten. Vor seinem geistigen Auge tauchte das Abbild eines gigantischen Puzzles auf, das er eigenhändig zusammenzusetzen hatte. Aber dazu fehlten ihm ein paar zentrale Puzzleteilchen. Oder die echten Teile waren durch falsche ausgetauscht worden.

In dem Moment kam Henrik ein Gedanke, der ihm zuerst völlig irrwitzig erschien. Aber in den langen Jahren seiner Tätigkeit als Ermittler hatte Henrik schon manch sprichwörtliches Pferd vor der Apotheke kotzen gesehen. Außerdem meldete sich sein Bauchgefühl mit einer Vehemenz, die er nicht zu ignorieren vermochte. Die ihn zum Nachhaken anspornte. Was, fragte er sich, wenn wir alle auf der annähernd gleichen Fährte sind?

Henrik verpasste dem sich windenden Beagle sein Reisesicherheitsgeschirr und ließ sich auf den Fahrersitz plumpsen. Unter Missachtung der meisten Geschwindigkeitsbegrenzungen hetzte er hinter Kathrin Schäfer her.

✳✳✳

»Da bist du ja endlich!« Nicole Kiefer umarmte die Freundin stürmisch.

Kathrin löste sich aus der Umarmung und strich sich eine Haarsträhne aus der Stirn. »Ich hatte Probleme mit dem Auspuff. Der fing auf halber Strecke plötzlich an zu scheppern. Ich musste in eine Werkstatt, wo sie am Endrohr eine Kleinigkeit geschweißt haben.«

»Ist halt nicht mehr der Jüngste, dein Töfftöff«, erwiderte Nicole mit einem Grinsen.

»Nein.« Kathrin schüttelte bedauernd den Kopf. »Früher hat sich Peter um all das gekümmert.«

Nicole nickte. »Ja, du hast schon oft erzählt, dass er ein wahrhafter Mister Fix It war, dein Peter.«

»Manchmal frage ich mich, ob es ohne ihn für mich und Töfftöff langfristig eine Zukunft gibt«, gestand Kathrin. »Ich bin handwerklich zwar nicht unbegabt. Aber Töfftöff ist in ein Alter gekommen, in dem zunehmend auch strukturelle Dinge zu richten sind. Da bin ich allein aufgeschmissen und muss eine Werkstatt mit den Reparaturen beauftragen. Das geht ins Geld. Ich befürchte, für mich als Alleinverdienerin wird das auf die Dauer zu viel.«

Nicole Kiefer strich ihr mitfühlend über den Rücken. »Ich bin mir sicher, dass du eine Lösung finden wirst. Aber jetzt lässt du dich erst einmal von Bernd und mir nach Strich und Faden verwöhnen! Bernd war heute früh schon unterwegs und hat die halbe Metzgerei leer gekauft. Ich glaube, wir müssen uns von den Nachbarn einen zweiten Grill leihen, damit seine ganzen Einkäufe auf den Rost passen.«

Kathrin spürte, wie die Traurigkeit von ihr abfiel. »Typisch Bernd.«

»Seine einzige Sorge ist, dass du inzwischen Vegetarierin geworden sein könntest.«

Kathrin biss sich kurz auf die Unterlippe, um nicht laut aufzulachen, und setzte einen bierernsten Gesichtsausdruck auf. »Dein Mann ist Hellseher! Bei mir kommen seit einem halben Jahr tatsächlich nur noch Tofu und Gemüse in die Pfanne.«

Nicole starrte sie entgeistert an. »Echt jetzt?«

Kathrin prustete los. »Du hättest dein Gesicht eben sehen sollen!«

»Also du meinst, du bist also nicht ...« Nicole blieb verunsichert.

Kathrin erlöste die Freundin aus ihrem Dilemma. »Wie wir alle versuche ich, deutlich weniger Fleisch und Wurst zu essen. Aber bei Bernds Grillsteaks und den Rindswürsten werde ich mit Sicherheit schwach. Den Tofu hebe ich mir für zu Hause auf.«

Nicole atmete erleichtert auf. »Na, dann lass uns gleich im See ein paar Runden schwimmen, damit wir nachher ordentlich Hunger haben!«

»Vielleicht sollte ich zuerst ordnungsgemäß einchecken?« Kathrin wies mit der Hand zum verglasten Rezeptionsanbau, in dem man auf die beiden kichernden Freundinnen schon aufmerksam geworden war.

»Du musst denen nur noch deine persönlichen Daten in den Computer diktieren«, erwiderte Nicole. »Den Rest habe ich bereits geregelt. Du kannst mit Töfftöff bei uns auf der Parzelle stehen.«

»Wegen der kurzen Wege zum Grill?«, fragte Kathrin feixend.

»Und zum Kühlschrank«, bestätigte Nicole. »Während sich Bernd um das Fleisch und die Salate gekümmert hat, habe ich die Getränke besorgt. Wir werden nicht verdursten.«

»Da bin ich aber beruhigt«, erwiderte Kathrin mit einem Augenzwinkern und stapfte los zur Anmeldung.

»Wow! Hier hat sich ja gewaltig was getan«, entfuhr es Kathrin, als sie im Anschluss an die Formalitäten im Schritttempo über den weitläufigen Campingplatz fuhren.

»Die Betreiberfamilie hat in den letzten Jahren viel investiert.«

»Früher war es hier schon komfortabel. Aber jetzt ... Jetzt wirkt der Platz geradezu unverschämt luxuriös.«

»Wann warst du das letzte Mal hier?«

Kathrin überlegte einen Moment. »Das muss so vier, fünf Jahre her sein.«

»Seitdem haben sie das Sanitärhaus im Eingangsbereich renoviert. Und im hinteren Teil, wo wir unsere Parzelle haben, ein nagelneues zweites errichtet. Dort haben wir unser eigenes kleines Bad angemietet«, berichtete Nicole mit Stolz in der Stimme.

»Dusche und Toilette, die nur ihr benutzt?« Kathrin war beeindruckt.

Nicole nickte zustimmend. »Nur wir und unsere Besucher. Mit einem eigenen Schlüssel.«

»Was für ein Luxus! Pass bloß auf, dass du mich übermorgen wieder loswirst«, warnte Kathrin mit einem breiten Grinsen.

Nicole, die auf dem Beifahrersitz saß, knuffte sie in die Seite. »Bist du jetzt unter die Warmduscher gegangen? Auf unseren Seminaren warst du es doch, die immer die gesundheitlichen Vorzüge von Wechselduschen gepredigt hat. ›Und schön kalt zum Schluss‹, das waren deine Worte.«

»Ich bin eine Frau. Ich habe das Recht, meine Meinung zu ändern«, erwiderte Kathrin mit einem nonchalanten Schulterzucken.

»Das sage ich Bernd auch immer. Jeden Tag mindestens zweimal.« Nicole grinste.

Kathrin war an einer weiteren Abzweigung angekommen. »Wo muss ich hin? Ich habe ein bisschen die Orientierung verloren.«

Nicole wies nach rechts. »Wir müssen dort hinten hin. Die letzten Plätze direkt am See.«

Während Kathrin langsam weiterfuhr, beäugte sie den Teil des Areals, das den Dauercampern vorbehalten war. Die meisten Campingfahrzeuge waren mindestens doppelt so lang wie Töfftöff und wirkten gegenüber ihrem betagten Wohnmobil wie Jungspunde. Vor fast allen Wohnwagen standen Vorzelte, die oft deutlich größer waren als die Wohnwagen selbst. Aufgrund der dicken Zeltplanen und der mit Streben abgestützten Dächer vermutete Kathrin, dass die Plätze das ganze Jahr über genutzt wurden. Die Parzellen waren mit niedrigen Holzzäunen oder mit akkurat geschnittenen Hecken voneinander abgegrenzt. Kieswege, auf denen Unkraut nicht den Hauch einer Chance hatte, erstreckten sich zwischen den verschiedenen Bereichen und führten zu den asphaltierten Zufahrtssträßchen. An Metallstangen gehisste Fahnen und Windspiele in allen Regenbogenfarben flatterten in der milden Brise, die vom See herüberwehte. In vielen Gärten quollen farbenprächtige Sommerblumen aus Blumenkästen oder Trögen auf den exakt getrimmten Rasen. Schmetterlinge und Hummeln schwirrten von Blüte zu Blüte. Kathrin fragte sich besorgt, wie ihr eigener Garten, der mehr von der Natur als von ihrer ordnenden Hand gestaltet wurde, mit ihrer Abwesenheit klarkam. Ein Hauch von frisch gemähtem Gras, Grillwürstchen und Sonnencreme lag in der Luft.

»Dauercamping war ja nie so ganz meins«, gestand Kathrin. »Aber ich muss gestehen: Ihr seid hier kilometerweit von den üblichen Klischees entfernt.«

»Welchen Klischees?«

»Na, du weißt doch! Zum Beispiel das vom dickbäuchigen Großstädter, der schon morgens um zehn im Doppelrippunterhemd vor seinem Wohnwagen sitzt und an der Bierflasche nuckelt.«

Nicole lachte amüsiert auf. »Das wäre eine tolle Verkleidung für Bernd beim nächsten Karneval. Allerdings müsste er vorher in die Doppelrippausstattung investieren.«

»Mail mir ein Foto, wenn es so weit ist«, bat Kathrin.

»Da vorne ist es. Der Platz mit dem kleinen Badesteg«, sagte Nicole, und mit gebührendem Respekt bugsierte Kathrin Töfftöff die mit Rasenverbundpflaster ausgelegte Einfahrt hoch.

»Nicht schlecht, Herr Specht!« Kathrin pfiff anerkennend durch die Zähne. »Euer Wohnwagen ist eine Wucht auf zwei Rädern.«

»Auf vier Rädern«, verbesserte sie Bernd Kiefer mit unverhohlenem Besitzerstolz. »Wir haben uns einen Tandemachser zugelegt.«

»Dadurch haben wir trotz der üppigen Basisausstattung noch genügend Zuladung«, erklärte Nicole.

Sie waren alle bereits beim zweiten Glas Prosecco angelangt. Nicoles ansonsten eher blasses Gesicht hatte einen rosigen Schimmer angenommen. Ihre graugrünen Augen funkelten vor Aufregung und guter Laune.

»Und du meinst wirklich, dass du damit bis zum Nordpol und bis nach Sizilien kommst?«, fragte Kathrin an Bernd gewandt. Sie war von den schieren Ausmaßen des neuen Campingfahrzeuges ihrer Freunde überwältigt.

»Nun ja, mit gut vierzehn Metern Gespannlänge muss man schon etwas öfter in die Seitenspiegel schauen«, räumte Bernd ein. »Aber das ist ja das Schöne am Wohnwagen. In den Gegenden, wo es eng wird, lasse ich ihn auf dem Campingplatz stehen und schaue mir die Sehenswürdigkeiten solo mit dem Pkw an.«

»Mit dem Offroader kommen wir überall durch«, fügte Nicole an.

»Das glaube ich euch aufs Wort.« Kathrin sah bewundernd auf den ebenfalls nagelneuen viertürigen Jeep, der neben dem Riesenwohnwagen geparkt war.

»Aber wir haben uns Queen Silva ja nicht nur zum Reisen gekauft«, wandte Nicole ein.

»Queen Silva?« Kathrin blickte ihre Freundin fragend an. Deren Wangen wurden noch eine Spur rosiger.

»Das ist halt der Name, der uns spontan in den Sinn kam«,

gestand Nicole verlegen. »Silva, weil die Außenhaut silbern schimmert. Und in Anlehnung an Königin Silvia aus Schweden, weil der Wohnwagen vom Design und der Ausstattung her an Skandinavien erinnert.«

Kathrin hob ihr Glas. »Na, dann Prost, auf Queen Silva!«

»Prösterchen!« Nicole kicherte.

»Wie Nicole eben schon gesagt hat.« Bernd schickte sich an, das Gespräch wieder in ernstere Bahnen zu lenken: »Der Wohnwagen wird uns nicht nur als Reisegefährt, sondern auch als rollendes Büro dienen. Lass uns mal hinten ins Heck gehen.«

Kathrin stellte ihr Glas auf der Arbeitsplatte der ebenso geräumigen wie modernen Frontküche ab, die manch normale Küche zwischen vier Wänden blass erscheinen ließ. Dann folgte sie Bernd am Schlafzimmer mit dem Queensize-Bett vorbei in den hinteren Teil des Wohnwagens.

»Normalerweise befindet sich hier das Etagenbett für die Kids«, erklärte Bernd. »Wir haben uns stattdessen ab Werk ein kleines Büro einbauen lassen.«

Kathrin kam aus dem Staunen nicht heraus. Bernds und Nicoles mobiles Büro beherbergte alles, was man zum effizienten Arbeiten benötigte: zwei einander gegenüberliegende Arbeitsplätze mit separaten Computerbildschirmen, einen kombinierten Drucker-Scanner, Regale für Ordner und Schubladen für den Kleinkram. Auf dem lang gestreckten Sideboard tummelten sich normale Zweihundertzwanzig-Volt- und USB-Steckdosen, um Computer, Handys, Tablets und Akkus aufzuladen.

»Das ist perfekt!«, entfuhr es Kathrin. »Wann soll es losgehen?«

»Wenn alles gut geht, übernächstes Neujahr«, erwiderte Bernd und strahlte vor Vorfreude.

Kathrin stellte sich auf die Zehenspitzen und hauchte dem Freund einen Kuss auf die rechte Wange. »Ich drücke euch ganz fest die Daumen. Und vergesst nicht, mir Fotos von all den tollen Locations zu schicken, die ihr besichtigen werdet. Auf diese Weise kann ich ein Stückchen mit euch mitreisen. Mein

Töfftöff würde eine ausgedehnte Europareise wohl eher nicht mehr packen.«

»Ach was.« Bernd tat Kathrins Bedenken mit einer Handbewegung ab. »Du gönnst deinem Globetrotter eine kleine Generalüberholung. Und dann köpfen wir in Venedig eine Flasche Prosecco oder schlendern in Paris gemeinsam über den Montmartre.«

»Schön wär's.« Kathrin seufzte wehmütig. Sie hatte das Gefühl, dass das Reisen nach diesem Roadtrip für sie nicht mehr dasselbe sein würde. Etwas hatte sich schon jetzt für sie verändert.

»Hey, was ist denn jetzt mit dem Grillen?«, meldete sich Nicole aus dem vorderen Teil des Wohnwagens zu Wort. »Mein Magen knurrt.«

»Bin gleich bei dir«, rief Bernd und schob Kathrin vor sich her. »Ran an die Wurst!«

Kathrin sah auf die Uhr, gähnte herzhaft und stand auf. »Seid mir nicht böse, aber ich bin reif für mein Bett.«

Nicole erhob sich ebenfalls von ihrem Stuhl und reckte sich. »Eigentlich wollten wir ja die ganze Nacht durchquatschen. Aber ich muss mich auch geschlagen geben.«

»Du wirst alt«, sagte Bernd, um sie zu foppen, und verschloss die Rotweinflasche, die sie nicht komplett geleert hatten, mit einem Silikonverschluss.

»Älter«, korrigierte Nicole. »Ich brauche meinen Schönheitsschlaf.«

»Was machen wir damit?« Kathrin wies auf das schmutzige Geschirr, den fettigen Grillrost und die Gläser.

»Darum kümmern wir uns morgen früh«, erwiderte Nicole und löschte die Dochte der kleinen Windlichter, die sie im Vorzelt verteilt hatte.

»*Heute* früh«, erwiderte Bernd. »Aber bitte nach dem Ausschlafen.«

»Schlaft gut.« Kathrin umarmte die Freundin. »Und vielen Dank für das tolle Essen.«

»Möchtest du den Zweitschlüssel für unser Privatbad?«, wollte Bernd wissen und bot an, ihn zu holen.

Kathrin schüttelte den Kopf. »Nee, nicht für heute Abend. Aber vielleicht morgen zum Duschen.«

Sie trat ins Freie und sah zum Himmel. Wolken waren aufgezogen. Über den Hügeln nördlich des Sees blitzte Wetterleuchten auf.

»Hoffentlich gibt das kein Gewitter«, murmelte sie.

»Ach was, das ist noch weit weg«, befand Nicole. »Davon bekommen wir hier nichts ab.«

»Also, dann bis morgen früh.« Kathrin schlurfte zu den Sanitäranlagen. Kleine kniehohe Solarlampen wiesen ihr den Weg.

Als Kathrin die Tür des Sanitärgebäudes öffnete, schlug ihr Finsternis entgegen. Sie ging einen weiteren Schritt vorwärts, in der Hoffnung, dass ein Bewegungsmelder reagieren und das Licht einschalten würde. Nichts dergleichen geschah.

»Mist!«, brummte Kathrin. Sie wartete ein paar Sekunden, bis sich ihre Augen an die Dunkelheit gewöhnt hatten, und tastete sich in eine Toilettenkabine vor. Sollte sich ihre Blase heute Nacht nochmals melden, würde sie ihre eigene Bordtoilette benutzen. Das menschenleere dunkle Gebäude jagte ihr Angst ein.

So viel zum Thema Luxus, dachte Kathrin und nahm sich vor, gleich nach dem Aufstehen in der Rezeption Bescheid zu geben. Sie schloss die Tür, verrichtete ihr Geschäft und beeilte sich, in ihr heimeliges und sicheres Wohnmobil zurückzukommen. Dort angekommen, riss sie die Fenster im Alkoven auf, weil es im Inneren stickig war.

Ihr Kopf hatte kaum das Kopfkissen berührt, da war sie auch schon fest eingeschlafen.

Im Nachhinein konnte Kathrin nicht sagen, was sie geweckt hatte. War es der plötzlich einsetzende Regen, der um das Wohnmobil peitschende Wind oder ein anderes Geräusch von draußen gewesen? Sie setzte sich im Bett auf und lauschte. Klopfte da jemand an die Tür? Versuchte erneut jemand, ins

Wohnmobil einzudringen? Die Erinnerungen an die schrecklichen Ereignisse der Nacht auf dem Flugplatzgelände stiegen in Kathrin hoch und ließen sich nicht mehr verdrängen. Zitternd kroch sie aus dem Alkoven und schaltete das Licht ein. Spitzte die Ohren. Außer dem Regen, der auf das Wohnmobildach pladderte, konnte sie nichts vernehmen.

Die Außentemperatur hatte sich merklich abgekühlt. Kathrin bibberte in ihrem dünnen Nachthemd. Sie stieg die Alkovenleiter wieder hoch, schloss die Fenster und kuschelte sich unter ihre warme Decke.

Donner grollte über den Hügeln. Blitze zuckten und tauchten die Regennacht in gespenstisches Licht. Kathrin war heilfroh, unter diesen Umständen nicht hinauszumüssen. Sie versuchte, wieder einzuschlafen. Da meldete sich erneut ihre Blase. Und auch in ihrem Bauch grummelte es. Sie hatte definitiv zu viel von Bernds Grillspezialitäten gegessen und zu viel vom Rotwein getrunken.

Kathrin schlug die Bettdecke zurück, stand auf und ging in ihr Bad. Dort bemerkte sie das rote Licht am Toilettenbehälter.

»Oh nein, das kann doch jetzt nicht wahr sein!«, stöhnte sie auf.

In ihrer Freude über das Wiedersehen mit Nicole und Bernd hatte sie vergessen, ihre Toilettenkassette zu leeren. Die vorwurfsvoll brennende rote Leuchte zeigte ihr an, dass der Behälter randvoll war! So blieb ihr im Moment nur die Wahl zwischen der Pest und der Cholera: Entweder sie schlüpfte in ihre Kleidung, ging nach draußen, zog die Kassette aus dem Außenfach und schleppte sie im strömenden Regen zur Entsorgungsstelle für Chemietoiletten. Oder sie verschob dies auf einen späteren Zeitpunkt und nutzte nochmals die Toiletten im dunklen Sanitärgebäude. Beides waren keine erquickenden Aussichten. Kathrin beschloss, auf Zeit zu setzen. Wenn sie Glück hatte, würde der Regen in einer halben Stunde nachlassen.

Müde krabbelte sie zurück in ihr Bett. Doch mit ihrem Bauch und seinen Bedürfnissen war nicht zu verhandeln. Fluchend zog sich Kathrin an und griff nach der Taschenlampe. Tapfer stemmte sie sich gegen den Wind und den Regen. Nach wenigen Metern war sie trotz ihrer Regenjacke klatschnass. Was tue ich hier, fragte sie sich missmutig. Erneut stieg das Bild eines gemütlichen Appartements mit eigenem Bad und Toilette in einer Ferienanlage auf Mallorca vor ihrem geistigen Auge auf. Warum nur hatte sie sich, verdammt noch mal, von Peter mit dem Campingvirus infizieren lassen? Und wurde ihn jetzt nicht mehr los? Im nächsten Urlaub, so schwor sich Kathrin, unternehme ich etwas komplett anderes.

Sie stieß die Tür zum Sanitärgebäude auf, wo das Licht nach wie vor nicht funktionierte. Ihr Bedürfnis war inzwischen so dringlich, dass sie, ohne die Taschenlampe einzuschalten, in die nächstgelegene Toilettenkabine stürzte und sich erleichterte. Die nasse Jeans ließ sich nur mit Mühe wieder hochziehen, und der Reißverschluss ihrer Jacke klemmte. Kathrin knipste die Taschenlampe an, ordnete ihre Kleidung und trat aus der Kabine.

Auf dem Flur wandte sie sich nach links, um sich im Waschraum die Hände zu waschen. Ein Geräusch wie ein Klacken oder Knacken, das von der weiß gestrichenen Holzbalkendecke zu kommen schien, ließ sie zusammenzucken.

Kathrin leuchtete nach oben zur Decke, wo sie nichts Auffälliges entdecken konnte. Es ist der Wind, versuchte sie sich zu beruhigen, und ging weiter. In dem Moment stieß ihr Fuß gegen etwas Weiches, und sie stolperte. Nur mühsam gelang es Kathrin, das Gleichgewicht wiederzuerlangen. Die Taschenlampe glitt ihr aus der Hand und fiel zu Boden. Als der Lichtkegel zur Ruhe kam, schien er direkt auf den Kopf einer Frau, die lang ausgestreckt dalag. Ihre Stirn berührte die weißen, kalten Bodenfliesen. Den rechten Arm hatte sie weit von sich gestreckt, so als wollte sie nach etwas greifen. Der linke lag in einer unnatürlichen Haltung halb unter ihrem Körper.

Kathrin beugte sich ein Stück hinunter und flüsterte: »Hallo! Können Sie mich hören?«

Die Frau antwortete nicht.

Geh raus! Verschwinde von hier, sagte Kathrins innere Stimme warnend. Trotzdem zögerte sie. Brachte es nicht übers

Herz, die arme Frau so zurückzulassen. Sie atmete ein paarmal tief durch und ging in die Knie. Mit den Fingerspitzen berührte sie den Hals der Frau oberhalb des T-Shirt-Kragens. Die Haut fühlte sich kalt und klamm an.

Kathrin merkte, wie sich die Reste ihres Abendessens einen Weg nach oben bahnten. In letzter Sekunde schaffte sie es bis zu einem der Waschbecken, wo sie sich erbrach. Es dauerte eine Weile, bis die Übelkeit abebbte. Mit wackligen Knien bückte sie sich und hob die Taschenlampe auf. Als der Lichtkegel über den reglosen Körper glitt, drängte sich etwas in ihr Bewusstsein, das sie bis dahin zwar nicht übersehen, aber nicht in vollem Umfang registriert hatte: Die Frau trug ihr brünettes Haar schulterlang und war etwa in ihrem Alter. Bekleidet war sie mit Jeans und T-Shirt. Auf dem Rücken des dunkelblauen T-Shirts konnte Kathrin eine weiße Aufschrift ausmachen: »Ich brauch keine Therapie, ich muss zum Camping.«

Normalerweise brachte sie dieser Satz zum Schmunzeln. Jetzt blieb Kathrin das Lachen im Halse stecken. Denn das gleiche T-Shirt lag sauber zusammengefaltet in Töfftöffs Kleiderschrank. Es war eines der letzten Geburtstagsgeschenke, die Peter ihr gemacht hatte.

In Kathrin stieg ein schrecklicher Verdacht auf.

19

»Du solltest dich besser ein wenig hinlegen.« Nicole sah Kathrin voller Sorge an. »Du siehst, wenn ich mal ehrlich sein darf, aus wie durch die Mangel gedreht.« Mit einer fahrigen Bewegung strich Kathrin ihre Haare zurück. »Durch die Mangel gedreht ist noch optimistisch ausgedrückt«, entgegnete sie. »Ich bin so fix und fertig, dass ich nicht einmal mehr meinen eigenen Namen buchstabieren kann.« Eine lange Nacht lag hinter ihr. Nachdem sie den Notruf gewählt und die Polizei alarmiert hatte, war sie nicht mehr zur Ruhe gekommen. Zuerst hatte sie mit angesehen, wie der Notarzt herbeieilte und nichts anderes mehr verrichten konnte, als den Tod der Frau festzustellen. Kurz nach dem Eintreffen des ersten Streifenwagens war die Spurensicherung erschienen und hatte das Sanitärgebäude hermetisch abgeriegelt. Eine freundliche, aber energische Kommissarin hatte Kathrin eine gefühlte Ewigkeit zu ihrem Fund befragt: Wann war sie das erste Mal in den Sanitäranlagen gewesen? Wann zum zweiten Mal? Was war ihr, von dem nicht funktionierenden Licht einmal abgesehen, aufgefallen? Hatte sie jemanden gesehen, etwas gehört, gerochen oder sonst wie wahrgenommen?

Kathrin schwirrte von den vielen Fragen der Kopf. Sie hatte versucht, das wenige, was sie wusste, in Worte zu fassen. War zuvorkommend und aufrichtig gewesen. Mit einer Ausnahme. Von ihrer schrecklichen Vermutung hatte sie der Kommissarin nichts erzählt.

Als Kathrin jetzt mit angewinkelten Beinen auf der Sitzecke in Nicoles und Bernds Wohnwagen saß, fragte sie sich, ob dies ein Fehler gewesen war. Denn wenn der Anschlag in Wirklichkeit ihr und nicht der anderen brünetten Frau gegolten hatte, schwebte sie in akuter Gefahr. In Lebensgefahr. Jemand schien es, aus welchen Gründen auch immer, auf sie abgesehen zu haben. Kathrin merkte, wie sich ihr Puls erneut beschleunigte. Sie hatte das Gefühl, als ob er sich seit Stunden nicht im normalen Bereich befand. Der Stress der vergangenen Tage machte ihrem Körper und ihrer Psyche schwer zu schaffen.

Sie griff nach dem heißen Tee, den Nicole vor ihr auf dem Tisch abgestellt hatte. Beim Anheben der Tasse zitterten Kathrins Hände derart, dass etwas von der Flüssigkeit überschwappte. Schuldbewusst setzte sie die Tasse ab und sprang auf. »Ich wische das sofort weg!«

»Schon passiert«, sagte Nicole und entfernte das Malheur mit einem Küchentuch. »Zum Glück haben wir uns für Leder entschieden. Das ist pflegeleicht. Mach dir keinen Kopf.«

»Ich an deiner Stelle würde mich für ein paar Stunden aufs Ohr hauen«, riet ihr Bernd. »Danach sieht die Welt bestimmt wieder ganz anders aus.«

Aber würde sie das wirklich, fragte sich Kathrin bang. Oder saß ihr das Unglück, das mit Peters Verschwinden vor acht Jahren eingesetzt hatte, bis ans Ende ihrer Tage im Nacken? Würde sie jemals in der Lage sein, wieder ein normales und glückliches Leben zu führen? Oder war sie dem Wahnsinn nahe? Während draußen ein Mörder herumlief, der es auf sie abgesehen hatte. Die aufgestauten Emotionen bahnten sich einen Weg nach draußen. Kathrin brach in Tränen aus.

Nicole eilte zu ihr und schloss sie tröstend in die Arme. »Das war alles viel zu viel. Soll ich dir etwas Pflanzliches zur Beruhigung geben?«

Kathrin schüttelte den Kopf. »Ich habe selbst etwas in der Reiseapotheke.«

»Du musst ein bisschen Abstand gewinnen, dich entspannen«, sagte Nicole mit einem mahnenden Unterton.

Kathrin fuhr sich mit dem Handrücken über die nassen Augen und kramte ein Papiertaschentuch aus der Vordertasche ihrer Jeans.

»Ich werde jetzt nie und nimmer schlafen können«, erklärte sie mit belegter Stimme.

»Dann leg dich einfach nur hin! Mach die Beine lang und versuch abzuschalten«, schlug Nicole vor.

»Unmöglich«, widersprach Kathrin. »Die Bilder gehen mir nicht aus dem Kopf.«

»Die Bilder von der toten Frau?«, fragte Bernd mitfühlend.

»Nein, alles. Alles ist einfach so schrecklich!« Kathrin konnte sich nicht mehr zurückhalten. »In Rotenburg wollte ich mich ein letztes Mal von Peter verabschieden. Und dann war er plötzlich da, hat mir Geschenke gebracht ...«

Nicole starrte sie entgeistert an. »Peter war bei dir? Aber wie kann das sein? Er wurde doch für tot erklärt.«

Kathrin schnäuzte sich die Nase. »Nein, nein, so meine ich das nicht. Peter war natürlich nicht als Person da. Zumindest habe ich ihn nicht gesehen. Aber da waren die Rosen, die Halskette und das Parfüm, die er hinterlassen hat. Zusammen mit den GPS-Koordinaten«, stammelte sie.

»Stopp!« Bernd hob die Hand. »Ich kann dir da nicht ganz folgen. Erzähl uns doch mal von Anfang an, was vorgefallen ist.«

Und Kathrin fing an zu reden.

Als sie das, was ihr in den letzten Tagen widerfahren war, zusammengefasst hatte, war es im Wohnwagen so still, dass das leise Rattern des Kühlschranklüfters sich wie ein startender Jumbojet anhörte.

Kathrin lachte verlegen auf. »Und? Haltet ihr mich jetzt für völlig gaga?«

»Nein.« Bernd schüttelte den Kopf. »Aber Himmel, das ist wirklich mal eine Geschichte, die man nicht alle Tage hört.«

»Ich scheine ein Talent für so was zu haben«, scherzte Kathrin in einem Anflug von schwarzem Humor.

Nicole rieb sich mit beiden Händen über das Gesicht, das ebenfalls von Müdigkeit gezeichnet war. Nachdem Kathrin die Polizei alarmiert hatte, gab sie auch den Freunden Bescheid. Die Nacht war für alle drei kurz gewesen.

»Ich verstehe nicht, was dieses perfide Spiel mit den GPS-Koordinaten soll«, sagte Nicole ratlos. »Wenn wir davon ausgehen, dass Peter tatsächlich lebt und mit dir in Kontakt treten will. Warum klopft er nicht einfach an dein Wohnmobil und gibt sich zu erkennen?«

»Vielleicht kann er das nicht«, gab Bernd zu bedenken. »Weil er ja offiziell tot ist.«

Nicole verzog den Mund zu einem spöttischen Grinsen. »Du meinst, Peter ist so was wie ein Untoter, der nur von Mitternacht bis zur Morgendämmerung in Form von geheimnisvollen Koordinaten mit den Lebenden in Kontakt tritt?«

»Quatsch!«, widersprach Bernd vehement. »Ich meine, dass er sich möglicherweise nicht zu erkennen geben kann, weil er gesucht wird. Oder etwas getan hat, was ihm leidtut. Oder weil er in etwas hineingerutscht ist, aus dem es keinen richtigen Ausweg gibt.«

Kathrin schlug vor Schreck ihre Hand vor den Mund. »Willst du damit sagen, dass Peter ein Krimineller ist?«

Bernd schwieg einen Moment. »Wenn er wirklich am Leben sein sollte … Was könnte er für Gründe haben, dir das nicht mitzuteilen? Ich meine: Wie konnte er dich grundlos so in Sorge versetzen? Dein ganzes Leben auf den Kopf stellen? Dich acht Jahre lang um ihn trauern lassen? Obwohl er noch lebt.«

»Ob er noch lebt, nun, das wissen wir nicht hundertprozentig«, wandte Nicole ein. »Oder hast du echte Beweise? Von Anzeichen wie den Blumen und der Kette mal abgesehen?«

»Nein.« Kathrin schüttelte den Kopf. »Wie gesagt. Ich habe nie beobachten können, wer die Sachen an Töfftöff abgelegt hat.«

»Eben.« Nicole blieb skeptisch.

»Aber wer könnte sonst so viel über uns beide wissen? Und wie könnte dieser Jemand, wenn wir mal davon ausgehen, dass es nicht Peter war, in den Besitz meiner Silberkette gekommen sein?« Kathrin schaute die Freunde fragend an.

»Hatte Peter einen engen Vertrauten, eine Person, bei der er sich alles von der Seele reden konnte?«, fragte Bernd.

»Ja, mich«, antwortete Kathrin. »Wir hatten keine Geheimnisse voreinander.« Zumindest ich nicht, dachte sie. »Davon bin ich jedenfalls bis vor Kurzem ausgegangen«, ergänzte sie leise.

»Tut mir leid!« Nicole hob abwehrend die Hände in die Höhe. »Ich kann mir beim besten Willen nicht vorstellen, dass Peter dieses Spielchen mit dir spielt. Das kommt mir nicht nur völlig unlogisch, sondern komplett abwegig vor. Ich habe den Eindruck, dass sich da jemand köstlich auf deine Kosten amüsiert. Dich peinigt, demütigt, vorführt und sich extrem gut damit fühlt. Hattest du in letzter Zeit eine Beziehung, die du beendet hast? Oder eine Affäre?«

»Meinst du, dass ein verschmähter Liebhaber diesen ganzen Zirkus aufführt?« Bernd schaute seine Frau zweifelnd an.

»Wäre gut möglich. Aus unerwiderter Liebe oder verletzter Eitelkeit sind schon weitaus schlimmere Vergehen begangen worden.«

»Nun ja, ich bin in den letzten Wochen öfter mit Lothar ausgegangen«, bemerkte Kathrin unsicher.

»Welcher Lothar?«, hakte Nicole nach.

»Ein Apotheker aus Lorsch, den ich schon eine ganze Weile kenne«, erklärte Kathrin. »Er fertigt für mich Globuli, Salben und Essenzen an. Darüber sind wir ins Gespräch gekommen. Er hat mich eingeladen. Wir waren ein paarmal zusammen im Kino und essen.«

»Mehr nicht?«

»Bis jetzt nicht. Obwohl Lothar, glaube ich, mehr von mir erwartet.«

»Wusste ich's doch!«, rief Nicole triumphierend aus. »Weil du Nein gesagt hast, rächt er sich jetzt an dir.«

»Ich hätte eigentlich das Wochenende mit ihm verbringen sollen«, gestand Kathrin kleinlaut. »Er wollte ein Hotel im Westerwald mit angeschlossenem Wohnmobilstellplatz buchen. Aber dann fand ich das Reclam-Heft, die Geschehnisse in Wetzlar kamen dazwischen, und ich habe mich umentschieden.«

Nicoles Gesicht nahm einen grimmigen Ausdruck an. »Na, an deiner Stelle würde ich bei diesem Lothar mal ordentlich auf den Busch klopfen.«

»Ich weiß nicht. Lothar hat, wie jeder von uns, die eine oder andere Macke. Aber ansonsten ist er ein echt netter Typ.«

»Ja, ja. Am Anfang sind sie das alle«, spottete Nicole.

Bernd zog fragend die Augenbrauen hoch. »Wie darf ich das denn jetzt verstehen?«

Nicole tätschelte ihm kurz die Hand. »Keine Sorge. Anwesende natürlich ausgeschlossen.«

Bernd hauchte seiner Frau einen Kuss auf die Hand und grinste. »Da bin ich ja beruhigt.« Dann wurde er schlagartig wieder ernst. »Selbst wenn wir annehmen, dass dieser Lothar seine Beziehung zu Kathrin auf ein anderes Niveau bringen möchte. Und ihm das nicht schnell genug geht. Warum sollte er zu solchen Maßnahmen greifen? Noch bevor Kathrin ihm definitiv einen Korb gegeben hat?«

»Ich gebe dir recht. Lothar kann es nicht sein.« Kathrin war sich hundertprozentig sicher.

»Wer dann?« In Nicoles Gesicht lag Ratlosigkeit.

Kathrin zuckte mit den Schultern. »Wie ich schon gesagt habe: Es kann niemand anderes als Peter sein.«

Bernd lehnte sich auf der Sitzbank zurück. »Also ich bin der Ansicht, dass du dich der Polizei anvertrauen, reinen Tisch machen solltest. Vor allem in Anbetracht dessen, was heute Nacht passiert ist.«

Kathrin überlegte kurz und sagte dann: »Ich glaube, ich habe da eben etwas voreilig Schlussfolgerungen gezogen. Ich meine, wegen der Frau und des T-Shirts. Es ist nur so … Ich bin halt noch nie zuvor über eine Leiche gestolpert.«

»Das ist ein Erlebnis, auf das ich ebenfalls gut verzichten könnte«, stimmte Nicole ihr zu.

Kathrin schüttelte sich, so als könnte sie die schrecklichen Bilder, die in ihrem Kopf herumgeisterten, dadurch abschütteln. »Ich war total in Panik. Konnte keinen klaren Gedanken fassen. Deshalb habe ich wahrscheinlich Zusammenhänge gesehen, wo keine sind.«

»Aber du hast doch gesagt …« Nicole setzte neu an. »Du hast gemeint, dass der Anschlag dir galt.«

»Ja, ich weiß«, erwiderte Kathrin. »Aber im Laufe unseres Gespräches ist mir klar geworden, dass ich mich da in was hineingesteigert habe. Wisst ihr, wenn ich das jetzt, mit Abstand, beurteile: Als die Kommissarin die Frau auf den Rücken gedreht hat, da habe ich erkannt, dass sie doch keine so große Ähnlichkeit mit mir aufweist. Ihr Gesicht war viel schmaler als meins. Und dieses Camping-T-Shirt mit dem Spruch, nun, das tragen wahrscheinlich Zighunderte.«

»Ja, das habe ich hier auf dem Platz schon öfter gesehen«, bestätigte Nicole.

»Ist bestimmt ein beliebtes Mitbringsel für Campingfreunde«, vermutete Bernd. »Trotzdem: Bist du dir ganz sicher?«

Kathrin nickte. »Ja.«

»Wie du meinst. Es ist deine Entscheidung.« Bernds Gesichtsausdruck verriet, dass er nicht ganz überzeugt war.

»Trotzdem … Was für eine schreckliche Angelegenheit!«, warf Nicole ein. »Die arme Frau. Hast du mitbekommen, wie sie zu Tode gekommen ist?«

»Nein, leider nicht«, erwiderte Kathrin. »Die Polizei hat sich da ziemlich bedeckt gehalten. Oder sie waren nicht in der Lage, es so schnell festzustellen. Ich meine, vielleicht ist sie im Dunkeln unglücklich gestürzt und dabei mit dem Kopf auf den harten Fliesen aufgeschlagen.«

»Die an der Rezeption haben von einem technischen Defekt im Verteilerkasten gesprochen, der die gesamte Beleuchtung lahmgelegt hat«, berichtete Nicole. »Aber ich sage euch: Das muss, das wird Konsequenzen haben.«

»Also ich verstehe das nicht«, entrüstete sich Bernd. »Die Möllers, die Betreiberfamilie, sind ansonsten so hinter allem her, sorgen immer dafür, dass alles tipptopp ist. Wie konnte das passieren?«

Nicole gähnte herzhaft. »Ich schätze, das werden wir heute nicht mehr erfahren. Außerdem streikt mein Hirn so langsam. Ich brauche eine Mütze Schlaf.«

Kathrin ließ sich von dem Gähnen anstecken. »Ich glaube, ich lege mich auch hin. Vielleicht schaffe ich es ja doch, einzuschlafen. Danke, dass ich mir bei euch alles von der Seele reden durfte.«

Nicole drückte sie an sich. »Mach dir keine Sorgen! Es wird sich alles aufklären.«

»Hoffentlich behältst du recht.«

»Wollen wir nachher zusammen essen?«, bot Bernd an. »Eine kleine Stärkung wird uns nach der ganzen Aufregung guttun.«

»Machst du Omeletts?«, wollte Kathrin mit einem verschmitzten Grinsen wissen.

Bernd nickte. »Meine Spezialomeletts. Mit Eiern von glücklichen Hühnern, Speck und frischem Spinat. Habe ich alles im Kühlschrank.«

»Wenn du mich weiter so bekochst, passe ich bald nicht mehr in meine Jeans«, prophezeite Kathrin.

»Wie lange kannst du bleiben?« Nicole warf Kathrin einen fragenden Blick zu.

»Die Polizei hat mich gebeten, mich noch zwei, drei Tage zur Verfügung zu halten.«

»Dann haben wir wenigstens noch ein bisschen Zeit zusammen«, freute sich Nicole. »Obwohl ich mir für unser Treffen andere Umstände gewünscht hätte. Keine Frage.«

»Sweet dreams!«, wünschte Bernd und bugsierte Kathrin sanft, aber mit Nachdruck aus dem Wohnwagen.

20

Astrid kaute nachdenklich auf ihrer Unterlippe. Sollte sie oder sollte sie nicht? Sie beobachtete die Frau aus dem Oldtimer-Wohnmobil seit einer knappen Viertelstunde. Sie saß auf einer Holzbank am See und las konzentriert in einem Buch. Der Aufmachung nach zu urteilen war es ein Reiseführer. Bis jetzt war Astrid keine plausible Ausrede eingefallen, um die Frau wie beiläufig anzusprechen. Da kam ihr eine Windböe zu Hilfe. Sie wirbelte das Lesezeichen, das die Deutsche neben sich auf die Bank gelegt hatte, in die Höhe, ließ es kurz wie einen Minidrachen aufsteigen, ehe es genau vor Astrids Füßen zum Liegen kam. Astrid nutzte ihre Chance und bückte sich.

»Sie haben das verloren«, sagte sie. Die Deutsche gab ein schmallippiges »Danke« von sich und vertiefte sich wieder in ihre Lektüre. Oha, die ist ja nicht gerade die Freundlichkeit in Person, dachte Astrid. Aber sie wollte noch nicht aufgeben. Ohne dass sie dazu aufgefordert worden wäre, ließ sie sich ebenfalls auf der Bank nieder. »Schön ist es hier.«

»Ja«, erwiderte Kathrin einsilbig. Sie war nicht in der Stimmung für ein Gespräch und wollte jetzt am liebsten allein sein.

»Ein bisschen wie bei mir zu Hause in Schweden«, bekannte Astrid im Plauderton. »Nur dass wir noch mehr Seen und noch mehr Wald haben.«

»Hm.«

»Aber dafür weniger Sonne.« Astrid ließ sich von der Wortkargheit der Deutschen nicht beirren. »Ich habe mir hier in Deutschland schon zweimal in einer knappen Woche einen Sonnenbrand geholt. Ist das Wetter um diese Jahreszeit immer so sonnig und warm?«

»Kommt drauf an.«

»Da habe ich wohl Glück gehabt!« Astrid rückte ein Stück näher.

Kathrin blickte auf und stutzte. »Sie?«, fragte sie mit Misstrauen in der Stimme. »Wir sind uns doch schon mal begegnet, nicht wahr?«

»Mhm, ich weiß nicht.« Astrid beschloss, sich naiv zu geben. Sie schürzte die Lippen und richtete den Blick gen Himmel, so als würde sie angestrengt nachdenken. »Ach tatsächlich!«, rief sie schließlich aus. »Waren Sie nicht auch auf diesem Campingplatz an der Burg? Rote Burg oder so?«

»Sie meinen Rotenburg an der Fulda.«

»Ja, genau da.« Astrid klatschte sich auf die stämmigen Schenkel. »Was für ein Zufall!«

»Ist es das?«

Die Deutsche wirkte skeptisch. Oder angespannt, misstrauisch, dachte Astrid. Hegte sie etwa einen Verdacht? Hatte sie ihre Taktik durchschaut? Astrid spielte mit dem Gedanken, das Gespräch zu beenden, sich schnellstens vom Acker zu machen und die Deutsche nur noch aus der Ferne zu beobachten. Dann besann sie sich. Ihr blieb nicht mehr viel Zeit, bevor sie zurück nach Schweden musste. Sie musste diese vielleicht einmalige Gelegenheit nutzen, um der Deutschen ein bisschen auf den Zahn zu fühlen.

Astrid setzte ein, wie sie hoffte, gewinnendes Lächeln auf. »Ihnen gefallen anscheinend die gleichen Reiseziele wie mir.«

»Sieht so aus.«

»Ach, es ist aber auch wirklich herrlich hier.« Astrid wies mit dem Kinn auf den See. »Vielleicht gehe ich gleich noch eine Runde schwimmen. Waren Sie auch schon im Wasser?«

»Ja, es ist sehr angenehm. Aber Sie sollten Badeschuhe anziehen. Hinter dem Sandstrand wird es steinig.«

»Danke für den Tipp.« Astrid verstärkte ihr Lächeln. Dann getraute sie sich endlich, das Thema anzusprechen, das ihr schon die ganze Zeit unter den Nägeln brannte. »Wo ist eigentlich Ihr Mann?«

»Mein Mann?«, fragte Kathrin perplex.

»Ach, habe ich jetzt was Falsches gesagt?« Astrid gab sich alle Mühe, verlegen dreinzuschauen. »Ich meine diesen hageren Herrn mit den hellbraunen Haaren. Mit dem sie da am Fluss gesessen haben.« Und der zurzeit fünf Minuten entfernt mit seinem Kastenwagen auf dem Parkplatz am Skaterpark steht, fügte sie im Stillen hinzu. Ihre Spionage-App funktionierte weiterhin wie eine Eins. Dank dem Hamburger blieb sie der Deutschen auf den Fersen. Ließ sich nicht abschütteln. Dennoch musste sie vorsichtig sein und sich, um an weitere Informationen zu gelangen, als naive Touristin ausgeben.

»Nein, das war nur ein anderer Camper«, sagte Kathrin. »Mein Mann ist vor acht Jahren bei einem Unfall verstorben.«

Astrid schlug mit betroffenem Blick die Hand vor den Mund. »Das tut mir jetzt ganz schrecklich leid, dass ich mich geirrt habe. Sie beide wirkten so vertraut.«

»Nein, nein, mein Mann Peter war ganz anders.« Kathrin schaute versonnen zum Horizont. Erinnerungen überrollten sie wie eine mächtige Flutwelle. Brachten sie zum Reden. »Peter war groß, über ein Meter neunzig. Mit breiten Schultern, an die man sich anlehnen konnte. Er hat fast täglich mit den Hanteln trainiert. Hat auf sein Äußeres geachtet. Sein dunkelbraunes Haar und den Vollbart hat er alle zwei Wochen schneiden lassen. Es wuchs so irre schnell. Und er musste in der Bank doch immer akkurat aussehen. Obwohl er in seiner Freizeit am liebsten in uralten Jeans und Sweatshirts rumgelaufen ist. An unserem Wohnmobil rumgeschraubt hat.«

»Ihr Mann war Banker?«

»Ja, er war für eine Großbank tätig.«

»Dann ist er bestimmt viel rumgekommen? Ist er oft verreist?«

»Ja, hauptsächlich nach London. Und nach Schweden. Peter war mindestens zweimal im Monat in Schweden. Er liebte das Land und mochte die Leute dort.«

»Ach, wirklich? Wie nett.« Astrid versuchte, äußerlich unbeeindruckt zu wirken. In ihrem Inneren jedoch brodelte es. Die Beschreibung passte nicht hundertprozentig auf den Mann, den sie an jenem Morgen in Rotenburg gesehen hatte. Der hatte außerdem keinen Bart getragen. Aber die Größe und die breiten Schultern, das könnte hinhauen. Der Beruf sowieso. Dazu seine

Reisen nach Schweden … Astrids Herz klopfte vor Aufregung schneller. »Hatte Ihr Mann Narben?«, rutschte es ihr heraus. Kathrin musterte sie misstrauisch. »Nein. Warum sollte er denn Narben gehabt haben?«

Mist, fluchte Astrid innerlich. Jetzt hätte sie sich um ein Haar verraten. Wie konnte sie diesen Patzer wiedergutmachen? »Ich dachte, weil Sie etwas von einem Unfall gesagt haben«, erwiderte sie lahm.

»Ja.« Kathrin seufzte. »Nur habe ich meinen Mann danach nie wiedergesehen.«

Aber ich, dachte Astrid. Sofern ich mit meiner Annahme nicht völlig danebenliege, habe ich ihn gesehen. Und werde es hoffentlich demnächst wieder tun. Mit etwas Glück ist er dann nicht allein.

Am liebsten wäre Astrid vor Vorfreude hochgeschnellt und hätte Luftsprünge gemacht. Stattdessen bohrte sie die Nägel ihrer linken Hand in ihre rechte Handfläche und zwang sich zur Ruhe. »Bleiben Sie länger hier?«, fragte sie, als sie sich innerlich beruhigt hatte.

Kathrin, die nach wie vor in Gedanken an Peter versunken war, brauchte einen Moment, um wieder im Hier und Jetzt anzukommen. »Ich schätze, dass ich morgen oder übermorgen fahren werde.«

»Oh, Sie müssen nach Hause?« Astrid tat mitfühlend. »Oder geht es für Sie woandershin?«

»Nein. Es wird für mich allerhöchste Zeit, in den Alltag zurückzukehren«, sagte Kathrin.

Verdammt! Mit der Antwort hatte Astrid nicht gerechnet. Nervös begann sie, ihr rechtes Ohrläppchen zwischen Daumen und Zeigefinger zu kneten. So ein Ärger! Ihr ganzer schöner Plan war dabei, wie ein Kartenhaus in sich zusammenzufallen. Wie sollte es ihr gelingen, den Mann mit dem vernarbten Gesicht und damit Svenja zu finden, wenn die Deutsche nach Hause fuhr? Astrids Bauchgefühl sagte ihr, dass der Mann ihr dorthin nicht freiwillig folgen würde. Hätte er dort mit ihr in Kontakt treten wollen, wäre dies längst geschehen. Stattdessen hatte er bewusst eine Möglichkeit gewählt, sich seiner nichts ahnenden Frau fern von seinem ehemaligen Wohnort zu nähern.

Mist, Mist, Mist, fluchte Astrid innerlich. War ihre Suche damit endgültig zu Ende? Game over? War sie erneut gegen die sprichwörtliche Wand gelaufen, und hatte Svenja letztendlich doch gewonnen? Fieberhaft überlegte sie, wie sie das Ruder herumreißen, die brandheiße Spur weiterverfolgen könnte. Sollte die Deutsche in Kürze tatsächlich abreisen, wäre es von Vorteil, wenn sie vorher wenigstens ihre Adresse herausbekäme. Für den Fall, dass der Hamburger ihr dorthin nicht mehr folgen und der Mann mit dem Filzhut doch noch auftauchen würde. Obwohl derzeit alles dagegensprach. Zudem neigte sich Astrids Urlaub langsam dem Ende zu. Hilfe! Was sollte sie jetzt nur tun? In der Hoffnung, auf die Schnelle eine Inspiration zu finden, schaute sich Astrid hektisch um. Entdeckte den Kiosk am Badestrand.

»Puh! Ist das warm!«, rief sie und fächelte sich mit der Hand Luft zu. »Ich hätte jetzt Lust auf eine kleine Abkühlung. Möchten Sie auch ein Eis? Ich bringe Ihnen gern eins mit.«

»Ich weiß nicht …« Kathrin kämpfte mit sich. Die redselige Schwedin war ihr nicht unbedingt sympathisch. Außerdem wollte sie nach wie vor lieber allein sein. Ihre Lektüre fortsetzen oder darüber nachdenken, wie es für sie nach den Erlebnissen der letzten Tage im Alltag weitergehen würde. Dann gab sie sich einen Ruck. Die Schwedin machte auf sie den Eindruck, als ob sie oft allein war. Niemanden zum Reden und zum Austauschen hatte. Auf Kathrin dagegen warteten Nicole und Bernd, die sie nach Strich und Faden verwöhnten. Sie zeigte sich großmütig.

»Ein Eis wäre prima«, sagte sie mit einem Lächeln. »Aber nur, wenn es auf meine Kosten geht. Und bitte eins am Stiel, nicht im Hörnchen.«

»Bin gleich zurück!« Astrid Lund sprang auf.

Kathrin erhob sich ebenfalls und lief ein paar Schritte. Ihre Beine fühlten sich vom langen Sitzen auf der Holzbank taub an. Auf dem See drehten kleine Segeljollen ihre Runden. Ein Surfer, den Kathrin von der Statur her eher in einem Biergarten vor einer zünftigen Brotzeit vermutet hätte, gab sich alle Mühe, erneut sein Brett zu erklimmen. Halb amüsiert, halb mitleidig beobachtete Kathrin, wie der Mann jedes Mal, wenn er auf dem Surfbrett fast zum Stehen kam, zurück ins Wasser plumpste. Aber er gab nicht auf, zeigte Durchhaltevermögen. Das musste Kathrin ihm zugutehalten.

Ihr Blick schweifte über das gegenüberliegende Ufer. Die Sonne stand inzwischen deutlich tiefer am Himmel. Dann schaute sie auf das Display ihres Handys. Schon kurz nach sechs! Sie hatte fast zwei Stunden auf der Bank gesessen. Kein Wunder, dass sie Probleme hatte, wieder in Gang zu kommen. Bernd war sicher längst mit den Vorbereitungen für das Abendessen beschäftigt. Kathrin nahm sich vor, in aller Schnelle das Eis zu essen und umgehend zu ihren Freunden zurückzukehren. Da klingelte ihr Handy.

Oh nein, nicht schon wieder Lothar, dachte Kathrin und schielte mit schlechtem Gewissen auf den Bildschirm. Der Anrufer wurde als »anonymer Anrufer« angezeigt.

Kathrin zögerte. Sie hatte weder Lust noch Energie, sich mit Werbung vollquatschen zu lassen. Sich Offerten, die sie nicht brauchte, anzuhören. Drei, vier Sekunden lang schwebte ihr Zeigefinger über der roten Taste. Dann nahm sie den Anruf doch entgegen.

Das Erste, was sie vernahm, war ein Rauschen und ein Knistern. Es fehlte nicht viel, und Kathrin hätte genervt wieder aufgelegt. Da kristallisierte sich aus dem Rauschen eine Stimme heraus.

»Kathrin?«

Sie hatte das Gefühl, als ob ihr das Blut in den Adern gefrieren würde.

»Kathrin?«, wiederholte die Stimme. Diesmal eindringlicher.

Sie wollte antworten, doch ihr Mund fühlte sich auf einmal wie mit Sand gefüllt an. Sie schluckte ein paarmal kräftig, bis das unangenehme Gefühl verschwunden war.

»Peter? Bist du das, Peter?«, brachte sie mit krächzender Stimme hervor.

»Ja! Hör zu. Uns bleibt nicht viel Zeit.«

Kathrin fuhr herum und suchte die Umgebung mit den Augen ab. »Wo bist du?«

»Das spielt keine Rolle. Ich muss dich sehen! So schnell wie möglich.«

»Ja, sicher, sicher. Ich warte doch schon die ganze Zeit darauf. Warum hast du mir sonst die Sachen ans Wohnmobil gehängt? Und die Koordinaten.« Ihre Stimme klang wie ein Schluchzen. »Was sollte das? Sag mir doch –«

»Nicht jetzt«, unterbrach Peter sie. »Erinnerst du dich an unsere letzte Fahrt an den Edersee? Als wir auf dem kleinen Stellplatz mit anderen Campern am Lagerfeuer gestanden und Stockbrot gebacken haben?«

»Nein, wieso denn Lagerfeuer?« Kathrin spürte Panik in sich aufsteigen. »Ich weiß nicht. Wo meinst du?«

»Der kleine Stellplatz zwischen dem Teich und dem Edersee. Dahinter ist Wald. Und ein Campingplatz.«

»Ja, jetzt erinnere ich mich!« Kathrin triumphierte. »Aber warum dort? Warum kommst du nicht hierher? Wir können doch hier reden.«

»Das ist zu gefährlich. Sie sind mir auf der Spur.«

»Wer?«

»Erkläre ich dir am Edersee.«

»Wie finde ich dich?« Kathrins Hände zitterten inzwischen so heftig, dass sie Angst hatte, das Handy fallen zu lassen.

»Ich komme zu dir.«

»Soll ich nicht besser die Polizei alarmieren?« Kathrins Stimme hatte einen hysterischen Tonfall angenommen.

»Nein! Auf keinen Fall! Damit machst du alles kaputt.«

»Ich will dich doch nur sehen!«

»Ich dich doch auch, meine Süße.«

Kathrin schluchzte jetzt ins Telefon.

»Du lebst, du lebst.«

»Ja. Aber sie sind mir hart auf den Fersen. Und wenn sie mich finden, ist es vorbei. Sie werden dafür sorgen, dass wir uns nicht wiedersehen.«

»Nein!« Kathrins Schrei hallte über den See.

»Pst! Bleib ruhig«, ermahnte Peter sie. »Tu, was ich dir gesagt habe. Dann wird alles gut werden.«

»Aber wo warst du denn so lange? Warum hast du dich nie gemeldet? Peter, ich habe gedacht … Wir waren alle so traurig. Ruth und ich.«

»Später. Ich muss Schluss machen.«

»Nein, Peter, nein! Rede weiter mit mir! Bitte leg nicht auf.«

»Sie sind in der Nähe. Ich muss vorsichtig sein.«

»Was hast du getan? Was wollen die von dir?«

»Wir sehen uns am Edersee.« Peters Stimme kam keuchend. Abgehackt.

»Lass mich dir helfen«, flehte Kathrin.

»Nein. Halt dich da raus. Meine Sache.«

»Peter, bitte!«

»Pass auf … dich auf!« Das Rauschen und das Knistern hatten erneut eingesetzt. Dann brach die Verbindung ab.

»Peter!«, schrie Kathrin außer sich.

Doch das Handy blieb stumm.

21

»Das kannst du nicht machen.« Nicole sah sie entsetzt an.
»Doch!« Kathrin, die vor der Küchenzeile in ihrem Wohn-
mobil stand, blickte gehetzt um sich. Hatte sie alles, was vor der
Abfahrt verstaut werden musste, an dem dafür vorgesehenen
Platz untergebracht? Hatte sie draußen etwas vergessen? Und
wo war die Magnetkarte für die Eingangsschranke, die sie beim
Bezahlen in der Rezeption zurückgeben müsste?

»Es ist der pure Wahnsinn, wenn du in dem Zustand los-
fährst«, meldete sich nun auch Bernd zu Wort, der draußen
stand und durch die Aufbautür ins Innere des Wohnmobils
schaute.

Kathrin hob verzweifelt die Hände in die Höhe. »Versteht
doch! Ich darf keine Zeit verlieren.«

»Wenn ich dich eben recht verstanden habe«, widersprach
Nicole, »weißt du gar nicht, ob Peter überhaupt schon an diesem
Platz am Edersee angekommen ist.«

»Er hat gesagt, ich soll so schnell wie möglich kommen.«
Kathrin pfefferte das Ladekabel ihres Handys in den Ober-
schrank.

»Mag sein. Aber er wird bestimmt nicht wollen, dass du
dabei Kopf und Kragen riskierst. Reg dich erst mal ab, versuch,
heute Nacht ein paar Stunden zu schlafen, und brich morgen
früh auf!«

»Morgen früh kann es schon zu spät sein«, erwiderte Kathrin
düster.

»Himmelherrgott!« Nicole fuhr aus der Haut. »Du hast Peter
seit acht Jahren nicht gesehen. Da wird es auf ein paar Stunden
nicht ankommen. Benutze doch mal deinen Verstand! Erinnere
dich daran, was dir der Scheißtyp angetan hat! Wenn ich überlege, was er dir zugemutet hat. Noch immer zumutet. Mann,
ich könnt kotzen!«

»Nicole«, sagte Bernd leise. »Lass gut sein. Vorwürfe sind

das Letzte, was Kathrin jetzt gebrauchen kann. Nicht nach dem, was sie durchgemacht hat.«

»Eben!« Nicole stemmte kampfeslustig die Hände in die Hüften. Ihr vor wenigen Augenblicken noch blasses Gesicht war von Zornesröte überzogen. »Was für eine Sauerei nimmt der Typ sich da heraus? Verschwindet für Jahre und lässt alle im Glauben, er wäre tot. Dann taucht er urplötzlich wieder aus der Versenkung auf. Oder von da, wo er sich bis jetzt ein gutes Leben gemacht hat.«

»Ich kann mir ehrlich gesagt nicht vorstellen, dass Peter unter den Umständen ein gutes Leben geführt hat«, wandte Bernd ein. »Er scheint auf der Flucht zu sein.«

»Seine Stimme klang so anders. Voller Wut und irgendwie auch Angst«, erinnerte sich Kathrin. Sie rieb sich fröstelnd über die Unterarme, auf denen sich Gänsehaut gebildet hatte.

»Pah! Klar hat der Schiss. Dass man ihm auf die Schliche kommt!« Nicole war nicht zu besänftigen. »Ist das nicht eine Straftat? Abhauen und sich tot stellen?«

»Soweit ich weiß, nein«, erwiderte Bernd und schaute Kathrin an. »Es sei denn, es hätte jemand von seinem Tod, äh … ich meine seinem Verschwinden, profitiert. Hast du damals eine Versicherungsprämie oder so was ausbezahlt bekommen? Oder eine große Summe geerbt?«

Kathrin schüttelte energisch den Kopf. »Nein, natürlich nicht. Im Gegenteil. Ich muss mich ranhalten, um die Schulden für unser Haus weiter abzubezahlen. Zusammen mit Peters Gehalt war das kein Problem. Aber als Alleinverdienerin …«

»Ganz ehrlich?«, brauste Nicole auf. »Ich würde nicht zum Edersee fahren und ihn in die Arme schließen. Ich würde ihm den Kopf abreißen. Oder die Eier«, fügte sie leise hinzu.

Bernd bedachte seine Frau mit einem warnenden Blick.

»Ist doch wahr!«, verteidigte sich Nicole. »Was soll diese verdammte Schnitzeljagd mit dem ganzen Zeug, das er dir zum Wohnmobil bringt, und mit den hingekritzelten Koordinaten? Warum hat er nicht den Mumm, dir in die Augen zu schauen und zu sagen: ›Ich habe Scheiße gebaut.‹«

»Nun, es ist ja nicht so, dass ich nicht wütend bin. Selbstverständlich habe ich eine Mordswut. Aber ich will, ich muss die Wahrheit erfahren.« Kathrin faltete nervös ein Küchenhandtuch, das auf der Abtropffläche der Spüle lag, zusammen und gleich darauf wieder auseinander.

»So lammfromm habe ich dich in den Diskussionsrunden in unseren Seminaren nicht erlebt«, stichelte Nicole aufgebracht.

»Ich versuche, einen klaren Kopf zu bewahren.«

»Und deswegen haust du ohne Rücksicht auf Verluste ab? Kommst angerannt, wenn dein Peter nach acht Jahren nur mit den Fingern schnippt?«

»Blödsinn. Ich werde das schon mit ihm regeln. Glaub mir.«

»Er will etwas von *dir*. Also soll er gefälligst zu dir kommen!«

»Er war ja bei mir. In Rotenburg. In Wetzlar.«

»Pah! Glaubst du!«

»Ich habe Beweise.«

»Weil du ihn mit eigenen Augen gesehen hast?«

»Nun, nicht ganz …«

»Du hast nichts als Vermutungen.«

»Ich spüre doch, dass er noch lebt! Mein Herz sagt mir, dass es niemand anders als Peter gewesen sein kann.«

Nicole schnaubte verächtlich. »Sentimentaler Bullshit.«

»Halt dich da raus! Das ist meine Angelegenheit!«, zischte Kathrin.

»Geht nicht! Du bist meine Freundin«, erwiderte Nicole bockig und verschränkte die Arme vor der Brust.

»Eine tolle Freundin bist du«, schoss Kathrin verbal zurück.

»Hey, hey, nun mal langsam!« Bernd stieg die Trittstufe zur Aufbautür hoch und stellte sich zwischen seine Frau und Kathrin. »Streiten bringt nichts.«

Nicole funkelte ihn wütend an. »Dann verbiete du ihr doch, dorthin zu fahren!«

Bernd berührte mit seiner Hand kurz die seiner Frau. »Ich kann Kathrin nichts verbieten. Sie ist eine erwachsene Person, die im Vollbegriff ihrer geistigen Kräfte ist. Sie muss und darf selbst entscheiden. Es ist ihr Leben.«

»Danke«, murmelte Kathrin.

Schweigen machte sich im Wohnmobil breit. Nicole starrte auf die Spitzen ihrer grauen Sneakers. Kathrin knetete das Küchenhandtuch zwischen ihren Fingern. Dann blickte sie mit tränennassen Augen auf. »Versteht doch! Ich muss fahren. Es ist vielleicht meine einzige, meine letzte Möglichkeit, Peter wiederzusehen. Er hat ganz klar zum Ausdruck gebracht, dass er sich bedroht fühlt.«

»Ich habe es ja schon vorgestern gesagt: Du solltest die Polizei einschalten«, drängte Bernd.

»Oder nimm wenigstens mich mit«, bot Nicole spontan an. Ihr Zorn war verflogen.

»Das ist lieb gemeint.« Kathrin strich der Freundin kurz über den Arm. »Aber ich muss allein dorthin. Peter wird sich mir nur zeigen, wenn ich ohne Begleitung bin.«

»Ich habe kein gutes Gefühl dabei.« Nicole ließ den Kopf hängen.

»Ich passe auf mich auf«, versprach Kathrin. Mit einem schiefen Grinsen ergänzte sie: »Ich bin ein großes Mädchen.«

»Melde dich«, sagte Bernd. »Sobald du am Edersee angekommen bist. Egal, um welche Uhrzeit. Und natürlich auch, wenn du etwas Neues erfahren hast.«

»Wenn wir bis morgen Abend nichts von dir hören, alarmiere ich die Polizei«, drohte Nicole.

»Ich rufe euch an, sobald ich kann«, versprach Kathrin und hängte das Handtuch an einem Küchenhaken auf.

»Okay.« Bernd drückte sie kurz an sich. »Dann gute Fahrt. Und viel Glück.«

Nicole schloss Kathrin für einen langen Moment in ihre Arme. Nur widerwillig gab sie sie frei. »Sei vorsichtig! Bring dich nicht unnötig in Gefahr.«

»Nein, mir wird schon nichts passieren«, erwiderte Kathrin leise.

Die beiden verließen das Wohnmobil. Kathrin kletterte auf den Fahrersitz, legte den Sicherheitsgurt an und drehte den Schlüssel im Zündschloss. Töfftöff gab ein kurzes Husten von sich und verstummte. Sie versuchte es ein zweites Mal. Der Anlasser sprang mit einem dudelnden Drehgeräusch an, bevor er erneut stoppte. Kathrin hieb mit der flachen Hand auf das Lenkrad. »Verdammt noch mal, spring an, Töfftöff!«, stieß sie zwischen zusammengepressten Zähnen hervor.

Warum musste ihr Oldie-Wohnmobil sie immer dann im Stich lassen, wenn sie es am wenigsten gebrauchen konnte?

»Du hast keinen Saft. Die Batterie ist leer«, stellte Bernd fachmännisch fest.

»Oh nein.« Kathrin stöhnte auf. »Wo bekomme ich denn jetzt ein Batterieladegerät her? Und bis Töfftöff damit wieder fit ist, dauert es eine Ewigkeit.«

»Mach mal die Motorhaube auf«, befahl Bernd. »Ich gebe dir mit dem Jeep Starthilfe. Und dann fährst du am besten mindestens eine Stunde, ohne anzuhalten.«

»Ich muss noch bezahlen«, wandte Kathrin ein.

»Komm.« Nicole zog an ihrem Ärmel. »Das erledigen wir beide vorher zusammen, und dann fährst du in einem Rutsch durch.«

Als Kathrin endlich mit dem wie ein Kätzchen schnurrenden Motor auf die Autobahn fuhr, setzte langsam die Abenddämmerung ein. Sie vermutete, dass es so oder so eine lange Nacht für sie werden würde.

**

»Leo! Komm sofort raus aus dem Wasser!«

Der Beagle, der das erfrischende, wenn auch nicht legale Bad im See genoss, schaltete wie üblich auf stur.

Henrik verfolgte mit Anspannung das Signal des Peilsenders. Der sich bewegende Punkt teilte ihm unmissverständlich mit, dass der dreißig Jahre alte Globetrotter von Kathrin Schäfer sich zügig vom Campingplatz entfernte.

Verdammt, wo will sie denn heute Abend noch hin, fragte sich Henrik innerlich fluchend. Damit hatte er nicht gerechnet.

Eine Unachtsamkeit seinerseits, die ihn zwang, all seine Pläne umzuschmeißen.

»Leo!«, rief er ein weiteres Mal ungeduldig. Da der Beagle wieder nicht reagierte, streifte Henrik die Schuhe ab und watete ins Wasser. Zum Glück trug er Shorts. Er packte den Hund, der sich augenblicklich steif machte, energisch am Halsband und zerrte ihn zurück ans Ufer. Dort beging Henrik die zweite Unachtsamkeit des Tages: Er schlüpfte, ohne genügend Sicherheitsabstand zum nassen Hund zu halten, in seine Schuhe. Als der Beagle sich mit Begeisterung das Wasser aus dem Fell schüttelte, bekam Henrik quasi eine Ganzkörperdusche ab.

»Verfluchte Scheiße«, brummte er. Ihm blieb keine Zeit, sich umzuziehen. Mit dem Beagle an der kurzen Leine joggte er zurück zu seinem Kastenwagen. Dort legte er einen Schnellstart hin und gab Gas. Obwohl er die Klimaautomatik eingeschaltet hatte und die Temperatur im Innenraum mit einundzwanzig Grad Celsius recht angenehm war, rümpfte Henrik die Nase. Durch den gesamten Wagen waberte ein penetranter Duft nach nassem, sandigem Hund. Angewidert ließ er die Seitenscheibe so weit hinunter, dass der Fahrtwind durch sein kurz gehaltenes Haar wirbelte. Auch seine Gedanken stoben hin und her. Ihm gefiel es gar nicht, wie die Sachlage sich entwickelte.

Nachdem er von der Toten in den Sanitäranlagen erfahren hatte und ihm seine Kontakte bei der Polizei offenbart hatten, wie die Frau zu Tode gekommen war, hatte er reinen Tisch machen wollen. Henrik hatte die feste Absicht gehabt, Kathrin Schäfer in ihrem Wohnmobil aufzusuchen und ihr die Wahrheit zu gestehen. Die ganze Wahrheit. Die auch darin bestand, dass sie sich auf ein lebensgefährliches Unterfangen einließ. Ob bewusst oder unbewusst, spielte inzwischen keine Rolle mehr. Henrik hegte nicht den geringsten Zweifel daran, dass der tödliche Anschlag auf dem Campingplatz in Wirklichkeit ihr gegolten hatte. Die brünette Frau, die statt ihrer niedergeschlagen und dann mit einer Plastiktüte erstickt worden war, hatte das Pech gehabt, Kathrin Schäfer sehr ähnlich zu sehen und zur falschen Zeit in die Sanitäranlagen gekommen zu sein.

Wo der Täter die Beleuchtung manipuliert und dann geduldig auf sein Opfer gewartet hatte.

Die ganze schreckliche Angelegenheit barg eine gewisse Ironie: Hätte der Täter nicht das gesamte Sanitärgebäude in Dunkelheit getaucht und damit auch seine eigene Sehfähigkeit eingeschränkt, hätte er sich nicht in der Person geirrt. Was für eine verfahrene, brandgefährliche Situation, dachte Henrik und hieb aus Frust auf das Lenkrad ein. Er musste sich sputen, um Kathrin Schäfer und ihr betagtes Wohnmobil einzuholen. Ihr überstürzter Aufbruch vom Werratalsee hatte ein klärendes Gespräch vorerst unmöglich gemacht. Jetzt blieb Henrik nichts anderes übrig, als Schadensbegrenzung zu betreiben. Er hoffte inständig, dass Kathrin unversehrt ihr neues Ziel erreichte. Und dass nichts geschehen würde, was ihn daran hindern könnte, sie vor dem Schlimmsten zu bewahren.

Henrik war sich bewusst, dass sich sein persönlicher Schwerpunkt in den letzten Tagen stetig verlagert hatte. War ihm am Anfang lediglich daran gelegen gewesen, durch ihre Verfolgung endlich seine Zielperson zu stellen, sah er sich nun als Kathrins Beschützer.

Ich bin ihr rollender Bodyguard, dachte Henrik. Die Voraussetzung dafür war jedoch, dass er sie früh genug erreichte.

Er drückte beherzt aufs Gaspedal. Denn seine Sorge wuchs von Minute zu Minute. Henrik befürchtete, dass die Person, die Kathrin nach dem Leben trachtete, in Kürze erneut zuschlagen würde. Eine andere Gelegenheit wahrnehmen würde, um das zu erledigen, was auf dem Campingplatz am Werratalsee schiefgelaufen war.

Doch der frei herumlaufende Mörder war nur ein Teil des Problems. Henrik konnte sich des Eindrucks nicht erwehren, dass inzwischen eine ganze Horde von Verfolgern hinter Kathrin Schäfer her war. Von denen er die meisten trotz der jahrelangen Erfahrung in seinem Metier nicht einzuordnen vermochte. Wer war in dieser Jagd von einem Ort zum anderen der Gute und wer der Böse? Oder gab es gar mehrere von jeder Sorte?

Sein Zielobjekt, der Mann auf dem Mountainbike, der ihm in

der Nacht auf dem Flugplatzgelände erstmals in Person gegenübergestanden hatte, zählte nach Henriks Einschätzung definitiv zu den Guten. Seine Absichten waren ehrlich und ungefährlich. Zumindest in diesem Fall. Für das Vergehen, dessen er sich vorher schuldig gemacht hatte, galt das nicht. Dafür würde er ins Gefängnis wandern. Und höchstwahrscheinlich seine besten Jahre hinter Gittern verbringen. Sobald Henrik seiner habhaft werden würde. Oder, anders formuliert, sobald er ihn dingfest gemacht und der Polizei übergeben hätte. Aber noch war die Partie nicht gewonnen. Es konnte durchaus sein, dass er vor dem Zugriff noch einige Gefahren für Kathrin Schäfer aus dem Weg räumen müsste.

Eine weniger eindeutige Rolle spielte die unansehnliche Schwedin, die Kathrin umschwirrte wie die Motten das Licht. Ihr zuerst heimlich und inzwischen unverhohlen auf der Pelle saß. Welche Rolle sie in dem Geflecht aus Lügen, Täuschungen und Verfolgungen spielte, darüber war sich Henrik nicht im Klaren. Er ging jedoch davon aus, dass er nicht ihre eigentliche Zielperson war. Dass sie es nicht auf ihn persönlich abgesehen hatte. Er war nur ein Vehikel, an das sie sich hängte. Das sie zu Kathrin Schäfer führen sollte. Aber um was zu erreichen? Rein finanziell war bei Kathrin nichts zu holen. Das hatte Henrik nach ihrer ersten Begegnung in Rotenburg nochmals abgecheckt. Sie war in den gigantischen Betrugsfall nicht involviert. War Opfer statt Täter. Was also bezweckte die Schwedin, die sich als harmlose Deutschlandurlauberin tarnte, mit ihrem Tun? Warum ließ sie Kathrin nicht in Ruhe? Folgte ihr auf Schritt und Tritt?

Henrik warf einen Blick in den Rückspiegel. Er war sich sicher, dass die Schwedin inzwischen ebenfalls hinter dem Lenkrad saß. Mittels der App blieb sie ihm auf den Fersen. Doch statt des Volvos mit angehängtem Kabe-Wohnwagen erblickte er einen Lkw aus Osteuropa, der viel zu dicht an der Stoßstange seines Kastenwagens hing. Henrik beschleunigte und setzte den Blinker, um auf die linke Fahrspur zu gelangen.

Zehn Minuten später klingelte sein Handy. Henrik erkannte

an der Nummer des Anrufers, dass es ratsam wäre, sich im Laufe des Gespräches ein paar Notizen zu machen. Er nahm das Gespräch kurz entgegen und versprach, vom nächsten Parkplatz aus zurückzurufen.

»So, jetzt kann ich reden.« Henrik schaltete den Motor aus.

»Nach deiner Rückkehr bist du mir ein Essen im besten Fischrestaurant der Stadt schuldig«, sagte Henriks Freund, seines Zeichens Kriminalhauptkommissar bei der Hamburger Schutzpolizei.

»Erst mal abwarten, was du zu bieten hast«, flachste Henrik.

»Womöglich reicht es ja nur für ein Fischbrötchen.«

»Wenn es mit Almas-Kaviar belegt ist, nehme ich auch das.«

»Du wirst mir langsam zu gierig«, stellte Henrik fest. »Statt des sündhaft teuren Zeugs aus dem Iran bringe ich dir ein Gläschen Ersatzkaviar aus Seetang vom schwedischen Möbelriesen mit. Auf der Rückfahrt müsste ich an der einen oder anderen Filiale vorbeikommen.«

»Okay. Dann tschüss! Ich leg wieder auf.«

»Untersteh dich! Spuck aus, was du zu sagen hast.« Henriks Stimme war wieder ernst geworden.

»Also …«, legte der Hauptkommissar los. »Du hattest mich doch nach diesem verdächtigen Mann gefragt.«

»Genau. Der mir in Wetzlar aufgefallen ist. Und über den es in den Bilderkennungsdatenbanken nichts zu finden gibt.«

»Offiziell nicht«, gab ihm der Kommissar recht. »Aber mir ist ein Kollege zu Hilfe gekommen.«

»Sag nicht, dass ich den jetzt auch zum Essen einladen soll«, maulte Henrik.

Sein Freund lachte laut auf. »Könnte sein. Obwohl Kommissar Zufall beziehungsweise seine Personifizierung mehr auf Bares steht.«

»Ich verstehe nur Bahnhof.«

»Die Nichte von Sylvia ist zu Besuch. Sie macht eine halbjährige Zusatzausbildung bei uns. Und schnuppert nebenbei ein bisschen Großstadtluft. Die ganzen Sippenmitglieder von Sylvia sind ja eher Landeier.«

»Und was hat deine Nichte mit dem Mann zu tun?«, wunderte sich Henrik.

»Der arbeitet in der Bankfiliale, in der sie ihr Konto hat. Und er ist wie sie Mitglied im Ortsbeirat.«

»Echt jetzt?«

»Völlig echt«, bestätigte der Kommissar. »Ich hatte die Fotos, die du mir gemailt hast, ausgedruckt und auf dem Schreibtisch ausgebreitet. Doreen, Sylvias Nichte, hat den Mann sofort erkannt.«

»Das nenne ich in der Tat Zufall!«

»Wie gesagt ... Mach schon mal die Reservierung.«

»Kommt darauf an, was deine Nichte über den Mann zu berichten weiß.«

»Er ist im Ortsbeirat zuständig für Steuern, Abgaben und Finanzen. Ergibt durchaus Sinn, ist ja sein Fachbereich. Allerdings führt er sich in letzter Zeit zunehmend wie ein Lokalfürst auf. Mischt sich in Projekte ein, die ihn eigentlich nichts angehen. Versucht, Genehmigungen mehr nach Willkür als nach geltendem Recht zu erteilen. Schreckt vor der einen oder anderen ›wohlgemeinten‹ Drohung nicht zurück. Obwohl er sonst immer gern auf volksnah und jovial macht.«

»Charmanter Typ«, meinte Henrik.

»Er hat da wohl so ein persönliches Steckenpferd. Laut Doreen will er ein hypermodernes Gesundheits-, Wellness- und Touristikzentrum direkt an den Flussauen bauen. Das vor allem durch Patienten des nahe gelegenen Herz- und Kreislaufzentrums ausgelastet werden soll. In das Projekt hat er schon viel investiert, auch finanziell. Leider finden die Umweltbehörde und der NABU das Projekt alles andere als cool. Mit denen liegt er deswegen im Dauerclinch.«

»Auf mich machte dieses Sackgesicht schon aus der Ferne keinen sympathischen Eindruck«, gab Henrik zu. »Aber warum sollte er in Verbindung zu meiner Zielperson stehen?«

»Man munkelt, dass er de facto pleite ist«, erwiderte der Kommissar. »Er muss zu Geld kommen. Und das möglichst schnell.«

»Daher weht der Wind.« Henrik pfiff durch die Zähne. »Jetzt wird mir einiges klar.«

»Ich habe ja von vornherein gesagt, dass meine Auskunft jeden Euro für das Feinschmeckermahl, zu dem du mich mit Sylvia und ihrer Nichte einladen wirst, wert ist.«

»Vorher muss ich den Vertrag mit meinen Auftraggebern erfüllen. Sonst sehe ich keinen Cent.«

»Bleib dran! Diesmal schaffst du es«, ermunterte ihn der Kommissar.

»Okay, dann gib mir noch rasch die dazugehörigen Daten durch«, bat Henrik und schlug seinen karierten Notizblock auf. »Schieß los. Ich bin ganz Ohr.«

22

Kathrin stocherte in ihrem Rührei, das sie sich auf die Schnelle zubereitet hatte. Bei ihrer Ankunft auf dem kleinen, etwa einen Kilometer von der Sperrmauer des Edersees entfernten Wohnmobilstellplatz hatte sie das Gefühl überfallen, vor Hunger zu sterben. Jetzt schmeckte der Bissen, den sie im Mund hin und her bewegte, wie angefeuchtete Sägespäne. Es kostete sie Überwindung, die glibberige Eierspeise hinunterzuschlucken. Angewidert schob sie den Teller von sich. Und doch war ihr bewusst, dass ihr fehlender Appetit nicht an ihren Kochkünsten lag. Sie war nervös. Mehr noch, ihre Nerven lagen blank. Immer wieder warf sie beunruhigte Blicke durch das Küchenfenster. Aber draußen war nichts als Dunkelheit.

Bei ihrer Ankunft hatte Kathrin den Stellplatz zu ihrer eigenen Verwunderung nahezu verwaist vorgefunden. Dort, wo sich in der Hauptsaison sonst mehr als zwanzig Reisemobile tummelten, hatte einzig und allein ein alter, zum Wohnmobil ausgebauter Kleintransporter gestanden. Liegt mit Sicherheit am Wetter, dachte sie nun und zog ihre Fleecejacke fröstelnd um die Schultern. Am Abend waren die Temperaturen deutlich gesunken, fast schon auf herbstliches Niveau. Nieselregen hatte eingesetzt und beschlug die Wohnmobilscheiben von außen. Kathrin überlegte, die Gasheizung einzuschalten, entschied sich aber zunächst für einen heißen Tee.

Dampf stieg vom Henkelbecher auf. Sie hielt das Gefäß mit beiden Händen umklammert. Die Wärme spendete ihr Trost. Sie hatte keinen blassen Schimmer, wie sie mit ihren widersprüchlichen Emotionen umgehen sollte. Ihr Gehirn schien eine weiße, wabernde Masse zu sein. Wie der Dampf, der vom Becher zur Wohnmobildecke aufstieg. Kathrin war außerstande, einen klaren Gedanken zu fassen. Sie war hin- und hergerissen zwischen dem Sehnen, Peter wiederzusehen, und der Angst vor dem, was er ihr zu sagen hatte. Zwischen der Hoffnung, dass sie dort weitermachen könnten, wo sie vor Peters Verschwinden aufgehört hatten. Und dem Wissen, dass sich die Zeit nicht zurückdrehen ließ. Gab es für sie überhaupt noch eine gemeinsame Zukunft? Und wie würde die aussehen? War das, was sie trennte, inzwischen größer als das, was sie verband? Hinter Kathrins Schläfen meldete sich ein pochender Schmerz. In den letzten Tagen hatte sie das Gefühl, in einem bösen Traum gefangen zu sein. Einem Alptraum, in dem sie von Ort zu Ort hetzte, ohne jemals ihr Ziel zu erreichen. Immer wenn sie vermutete, am Zielort angekommen zu sein, musste sie weiter. Statt Klarheit fand sie nur immer größere Konfusion. Sie war auf einem Höllenritt, der sie in die tiefsten Abgründe ihres Lebens schleuderte. Kathrins Kopfschmerzen wurden stärker. Sie massierte ihre Schläfen. Dabei schielte sie auf ihr Handy. Konnte es sein, dass sie Peters Anruf nur geträumt hatte? Dass sie sich in eine Art Trance versetzt und Trugbilder gesehen hatte?

Kathrins Zähne fingen an zu klappern. Sie nahm einen weiteren Schluck vom Tee, in der Hoffnung, dass er die innerliche Kälte vertreiben würde. Als das nicht half, drehte sie den Gaskontrollschalter unterhalb der Abtropffläche der Edelstahlspüle in Richtung der »Auf«-Position und drückte den Zündknopf der alten, aber funktionstüchtigen Truma-Gasheizung. Der Piezozünder klackte ein paarmal, bis die Heizung mit einem leisen Rauschen ansprang. Innerhalb weniger Minuten würde der kleine Raum mollig warm sein. Zum Glück hatte sie sich vor ihrer Abfahrt aus Lorsch darum gekümmert, die beiden leeren Elf-Kilogramm-Gasflaschen durch volle zu ersetzen.

Kathrin setzte den Wasserkessel erneut auf den Herd, um sich eine weitere Tasse Tee zuzubereiten. Mit einer großen Portion Honig. In ihrem Hals hatte sich ein unangenehmes Kratzgefühl breitgemacht.

Als ihr Handy zu klingeln begann, zuckte Kathrin zusammen. Sie räusperte sich mehrmals, bis sie in der Lage war zu sprechen. Ihr Hals fühlte sich rau und wund an.

»Hallo, Ruth«, brachte sie krächzend zustande.

»Habe ich dich geweckt? Hast du schon geschlafen?«, wollte ihre Schwiegermutter wissen. »Du hörst dich so anders an.«

»Nein, nein. Ich sitze hier mit einer Tasse Tee«, erklärte Kathrin. »Ich glaube, ich kriege eine dicke Erkältung.«

»Bei dem Wetterwechsel kein Wunder«, meinte Ruth. »Heute Abend ist es lausig kalt. Und es regnet.«

»Hier sieht es nicht besser aus«, erwiderte Kathrin mit einem Seufzen.

»Wo bist du?«

»Am Edersee.«

»Ich dachte, du wolltest mit deinem Apotheker in den Westerwald.«

»Lothar ist nicht mein Apotheker«, stellte Kathrin richtig.

»Gut, von mir aus. Aber was ist mit dem Westerwald?«

Sie überlegte kurz, ob sie ihre Schwiegermutter auf den neuesten Stand der Dinge bringen, sie einweihen sollte. Dann entschied sie sich dagegen. Sie wollte es vermeiden, Ruth zu beunruhigen. Oder in ihr eine Hoffnung zu schüren, die der Realität letztendlich nicht standhalten konnte. Ihr Treffen mit Peter, sofern es überhaupt eines geben würde, war Geheimsache. Niemand außer Nicole und Bernd war eingeweiht. Und von den beiden Freunden hatte Kathrin Verschwiegenheit eingefordert. Sollte Peter tatsächlich wie ein Phönix aus der Asche auftauchen und sich die ganze Angelegenheit nicht als schlechter Scherz erweisen, wäre immer noch Zeit genug, Ruth behutsam an die Wahrheit heranzuführen. Kathrin wollte sie nicht übermäßig belasten. Ihre Schwiegermutter war schließlich nicht mehr die Jüngste.

»Den Westerwald kann ich später besuchen. Allein«, erwiderte Kathrin und betonte das letzte Wort.

Ihre Schwiegermutter besaß genügend Taktgefühl, um nicht nachzuhaken. »Weshalb ich dich so spät anrufe …« Sie zögerte hörbar.

»Kein Problem. Du weißt doch, dass ich nie vor Mitternacht ins Bett gehe«, beteuerte Kathrin.

»Vielleicht liege ich auch völlig falsch. Sehe Gespenster, wo keine sind. Der Franz hat ja schon vor unserer Hochzeit immer behauptet, dass ich dazu tendiere, überzureagieren.«

Kathrin schwante nichts Gutes. »Was ist los?«, wollte sie beunruhigt wissen.

»Mir wurde heute mit der Post ein Paket zugestellt. Obwohl ich nichts bestellt habe.«

Kathrin überfiel ein Gefühl von Déjà-vu. »Was war in dem Paket?«, fragte sie mit rauer Stimme.

»Das ist ja das Seltsame«, antwortete Ruth Schäfer. »Jede Menge Produkte von meiner Lieblingskosmetikfirma. Eau de Toilette, Seife, Duschgel, Badeschaum, Körperlotion und Handcreme. Da muss jemand den halben Laden leer gekauft haben. Alle in meiner Lieblingssorte ›Lily of the Valley‹.«

»Du meinst die Maiglöckchenkompositionen von dieser Firma in Devon? Die dir Peter immer von seinen Geschäftsreisen aus London mitgebracht hat?«

»Genau die.«

Kathrin lehnte sich an die Küchenzeile, weil ihr die Knie weich wurden. »Das gibt es doch nicht! Jetzt auch du.«

»Jetzt auch ich«, sagte Ruth mit einem grimmigen Unterton in der Stimme. »Nachdem du mir erzählt hattest, dass du mit dem Apotheker in den Westerwald fährst, war ich mir sicher, dass der Spuk nun vorbei ist. Dass diese sinnlose Sucherei ein Ende hat. Ich dachte, du kämest nach Hause, und wir könnten all das vergessen.«

Kathrin schluckte. »Das geht nicht. Mir ist ein weiteres Mal etwas zugespielt worden«, gestand sie kleinlaut ein. »Deshalb war ich nicht im Westerwald. Sondern an der Lahn. In Wetzlar.«

»Wieso in Wetzlar?«

»Ich habe ein Reclam-Heft im Wohnmobil gefunden. Goethes ›Die Leiden des jungen Werther‹. Das haben wir in der Schule gelesen.«

»Ich erinnere mich dunkel daran. Wetzlar. Wart ihr da nicht zusammen auf Klassenfahrt? Du und Peter?«

»Ja. Deshalb war ich mir total sicher, dass ich ihn dort treffen, ihn wiedersehen würde. Im Hausgarten vom Lottehaus.«

»Aber du hast ihn nicht getroffen«, schlussfolgerte Ruth Schäfer.

»Nein, er kam weder in die Lottestraße noch zum Rosengärtchen. Wo ich ...« Kathrin stoppte.

»Ist dir dort etwas passiert?« Ruth Schäfer wusste den veränderten Klang ihrer Stimme korrekt zu deuten.

»Nein, natürlich nicht«, schwindelte Kathrin. »Ich wollte sagen: Wo ich mehr als eine Stunde vergeblich gewartet habe.«

»Was hast du dann gemacht?«

»Ich bin zurück zum Wohnmobil gegangen. Dort angekommen, hat mich meine Freundin Nicole angerufen. Wir haben uns spontan verabredet.«

»Ich erwische dich also jetzt bei deiner Freundin?«

Nur mit Mühe unterdrückte Kathrin ein Stöhnen. Es wurde immer schwieriger, sich aus der Diskussion mit ihrer Schwiegermutter herauszuwinden, ohne dass die einen Verdacht schöpfte. Ihr wurde heiß, obwohl sie eben vor Kälte geschlottert hatte.

»Nein, ich bin heute Nachmittag Richtung Edersee aufgebrochen. Mich hat jemand angerufen und um eine Erstanamnese gebeten. Eine Patientin.«

»Ganz schön weit von Lorsch entfernt«, stellte Ruth Schäfer trocken fest.

»Ach, ich habe mir inzwischen bundesweit einen guten Ruf erarbeitet«, erwiderte Kathrin mit einem kurzen Lachen. Sie hoffte inständig, dass es nicht auch in den Ohren ihrer Schwiegermutter falsch klang.

»Und danach kommst du nach Hause?«

»Ja. Danach komme ich nach Hause«, versprach Kathrin.

»Es ist nämlich so.« Ruth Schäfer räusperte sich. »An dem Paket ist etwas faul.«

Kathrin verstand nicht sofort. »Du meinst, dass da keine Originalprodukte, sondern billige Plagiate drin sind?«

»Solange sie gut riechen und wirken, wäre mir das völlig schnuppe«, entgegnete Ruth Schäfer. »Was ich eigentlich sagen wollte, ist: Mit der beigefügten Grußkarte ist etwas nicht in Ordnung.«

»Wieso? Was stand denn drauf?«

»Für Mummy. In Liebe und Erinnerung. Dein Peter.«

Kathrin schluchzte auf. »Das Paket. Das ist sein Abschiedsgeschenk.«

Ruth Schäfer stutzte. »Wieso Abschiedsgeschenk? Das hätte, wenn überhaupt, doch vor gut acht Jahren bei mir ankommen müssen.«

»Nein, es ist, weil … Weil du … Ich meine, weil Peter …«, stammelte Kathrin. Wie konnte sie Ruth schonend beibringen, dass ihr Sohn in Gefahr war? Um sein Leben fürchten musste? Dass er womöglich schon gar nicht mehr … Nein! Nach ihrem Telefongespräch am Badesee war allein der Gedanke daran unerträglich. Kathrin rieb sich hart mit dem Daumenballen über die Stirn, wo sich die Kopfschmerzen von Minute zu Minute verstärkten. Reiß dich zusammen, befahl sie sich. Du musst Ruth schützen. Und Peter. Vor allem Peter. Soweit das in ihrer Macht stand.

Kathrin atmete tief durch. »Tut mir leid. Mich hat die Fahrerei heute mehr als sonst angestrengt. Überall war Stau. Und jetzt hat mich auch noch diese blöde Erkältung erwischt.«

»Du hörst dich wirklich nicht gut an«, stellte Ruth Schäfer besorgt fest.

»Ich haue mich gleich ins Bett und schlafe mich aus«, sagte Kathrin. »Mein Patiententermin ist erst morgen Nachmittag. Aber um noch mal auf das Paket zurückzukommen: Wieso, denkst du, ist es ausgerechnet jetzt bei dir angekommen?«

»Keine Ahnung.«

»Bei mir, da ergeben die Geschenke ja durchaus Sinn. Weil Peter sie mit Koordinaten versieht. Um eine Möglichkeit zu finden, mich ungestört zu treffen. Aber warum tritt er jetzt auch mit dir in Kontakt?«

»Mein Sohn ist nicht mit mir in Kontakt getreten«, widersprach ihr Ruth heftig.

»Doch! Er hat dir ebenfalls ein Geschenk gemacht. Ein sehr persönliches Geschenk. Von dem er weiß, dass es für dich eine Bedeutung hat.«

»Ich habe dir schon in Rotenburg gesagt, dass du dich da in etwas verrennst«, erwiderte Ruth, wobei ihre Stimme einen Tick lauter wurde. »Ein Toter kann keine Geschenke machen.«

»Aber das ist ja genau der Punkt!« Kathrin erhob ihre Stimme ebenfalls. »Peter ist nicht tot. Er lebt.«

»Nein, tut er nicht. Auch wenn du mit aller Macht daran glauben möchtest. Ich muss dich enttäuschen.«

»Kannst du es beschwören? Hast du Beweise?« Kathrins Stimme hatte einen beinahe hysterischen Tonfall angenommen.

»Ja, habe ich.«

»Wie?«

»Das Paket und die Karte sind nicht von Peter«, verkündete Ruth. »Die Schrift, nun, das hätte durchaus hinhauen können. Eine gute Kopie. Da hat sich jemand Mühe gegeben. Aber …«

»Aber was?«

»Peter hat für mich ja schon früh einen englischen Kosenamen gewählt. Das fand er damals auf dem Gymnasium, als er mit dem Englisch-Leistungskurs anfing, cool. Und dann sind wir dabei geblieben.«

»Stimmt«, erinnerte sich Kathrin.

»Aber Peter hat mich nie, nicht ein einziges Mal Mummy oder Mammy genannt.«

»Nein?«

»Für ihn war ich immer seine Mumsy oder Little Mumsy.«

»Vielleicht ist es ein Schreibfehler«, mutmaßte Kathrin, um ihre Schwiegermutter doch noch vom Gegenteil zu überzeugen.

»Nein, das glaube ich nicht«, erwiderte Ruth Schäfer. »So senil oder krank oder sonst was kann Peter nicht sein, dass ihm das passiert. Da hat jemand ein Wissen vorgetäuscht, das er im Endeffekt nicht besitzt. Ich vermute, wir haben es mit so einer Art Trittbrettfahrer zu tun.«

Kathrin benötigte ein paar Augenblicke, bis sie in der Lage war zu antworten. Die Gedanken schwirrten wie ein wild gewordener Wespenschwarm hinter ihrer schmerzenden Stirn umher. Die Rosen, die Dinkelbrötchen, das Parfüm, die Kette und das Reclam-Heft. Waren all diese Gaben, die sie am Wohnmobil vorgefunden hatte, nicht von Peter, sondern von jemand anderem gewesen? Von jemandem, der sich als Peter ausgab? War sie die ganze Zeit an der Nase herumgeführt worden? Aber warum? Kathrin konnte keinen einzigen Grund finden, der das rechtfertigte. Und auf eins würde sie ihr eigenes Leben verwetten: Am Handy hatte sie mit dem echten, sehr lebendigen Peter gesprochen!

»Wer sollte so etwas tun? Wer, in aller Welt, hat dir das Paket geschickt?«, brachte sie mühsam hervor.

»Ich weiß es nicht. Aber ich werde es herausfinden«, erklärte Ruth Schäfer. »Jedoch nicht allein. Dazu werde ich mir professionelle Hilfe holen. Der Unsinn hat lange genug angedauert. Ich werde die Polizei einschalten. Und ich möchte, dass du dann an meiner Seite bist. Komm nach Hause, Kathrin!«

In der Nacht überfiel Kathrin zuerst Schüttelfrost. So heftig, dass sie kaum die Alkovenleiter hinunterkam, um sich mit Medikamenten aus ihrer Reiseapotheke zu versorgen. Liebend gern hätte sie sich eine Wärmeflasche gemacht, doch dazu fehlte ihr die Kraft. Sie besaß die Geistesgegenwart, eine Flasche Mineralwasser mit hoch in den Alkoven zu nehmen, von der sie sich alle halbe Stunde ein paar Schlucke zu trinken zwang. Gegen drei Uhr setzte das Fieber ein. Hohes Fieber. Kathrins Stirn pochte und glühte. Schweiß rann ihr zwischen den Brüsten den Bauch hinab, und ihr Rücken fühlte sich klamm an. Sehnsüchtig wünschte sich Kathrin den Schüttelfrost zurück. Unter Aufbringung all ihrer Willenskraft ließ sie sich nochmals aus dem Alkoven gleiten und schleppte sich ins Bad. Dort zog sie ihr Nachthemd aus und rieb ihren fieberheißen Körper mit einem kalten Waschlappen ab. Anschließend wickelte sie sich in ein großes Duschhandtuch und nahm eine Fleecedecke mit in den Alkoven, die sie auf das Bettlaken legte, um es vor dem Schweiß zu schützen. Ihre Bettdecke zog sie nur bis zu den Hüften hoch.

Kathrin hatte das Gefühl, innerlich zu verbrennen. Einen derartigen Fieberschub hatte sie bis dahin nie erlebt. Einen Moment lang erwog sie, telefonisch Hilfe herbeizurufen. Aber an wen könnte sie sich wenden? Ihre Schwiegermutter zu beunruhigen, war keine gute Idee. Für Nicole und Bernd lag der Edersee nicht gerade um die Ecke. Außerdem lag das Handy auf dem Tisch der Hecksitzgruppe. Nur wenige Meter von ihr entfernt. Unter normalen Umständen. In der momentanen Situation war es für sie unerreichbar. Kathrin schloss die Augen und hoffte, im Schlaf die dringend notwendige Erholung zu finden.

Doch sie blieb hellwach, registrierte das kleinste Geräusch. Wind ließ die Blätter der Bäume, die den Stellplatz umsäumten, rascheln. Der Regen plätscherte auf das Wohnmobildach. Aus dem nahe gelegenen Wald schallte der Ruf eines Tieres zu ihr herüber. Es klang wie ein heiseres, hohes Bellen. Ein zweites Tier antwortete in der gleichen Weise. Rehe, dachte Kathrin und drehte sich auf die Seite. Kurze Zeit später hörte sie ein Klappern. Als ob Metall auf Metall stieß oder schabte. Einmal, zweimal, dreimal, viermal. Die Erinnerung an die Ereignisse auf dem Flugplatzgelände überkam Kathrin wie eine Tsunamiwelle. Erneut stand ihr der Schweiß auf der Stirn. Diesmal nicht vom Fieber, sondern aus Furcht. Ihr Herz klopfte so schnell, dass sie Angst bekam, kurz vor einem Herzanfall zu stehen.

Trotz der dröhnenden Kopfschmerzen richtete Kathrin sich auf und spähte aus dem Alkovenfenster. Das erste fahle Licht des Morgens war dabei, die Nacht zu verdrängen. Dennoch gelang es Kathrin nicht, zu erkennen, woher das Geräusch kam. Ängstlich schielte sie auf den Griff der Aufbautür. Entgegen ihrer Befürchtung bewegte sich der Riegel nicht. Sie robbte zum anderen Alkovenfenster, von dem aus sie einen Ausblick auf den kleinen, sich an den Stellplatz anschließenden Teich hatte. Dort war ebenfalls nichts Ungewöhnliches zu erkennen. Kathrin krabbelte erschöpft zu ihrem Kopfkissen zurück und streckte sich erneut aus. Schlaf, befahl sie sich. Du musst schlafen. Aber die innere Anspannung wollte nicht weichen. Da hörte sie, wie die Tür des ausgebauten Transporters neben Töfftöff aufsprang. Ein Hund bellte kurz und verfiel dann in ein lang gestrecktes Winseln.

»Verdammt noch mal, nein! Lass das, Kira!«, brüllte eine Männerstimme. »Lass die blöden Waschbären in Ruhe!«

Kathrin ließ den alarmiert erhobenen Kopf auf ihr Kissen zurücksinken. Obwohl weder die Kopfschmerzen noch das Fieber nachgelassen hatten, musste sie grinsen. Waschbärenalarm! Die putzigen, intelligenten, aber auch verfressenen Tierchen hatten sich in Nordhessen und vor allem am Edersee zu einer regelrechten Landplage entwickelt. Die ursprünglichen zwei Pärchen, die im April 1934 vom damaligen Leiter des Forstamtes Vöhl am Edersee ausgesetzt worden waren, hatten sich so prächtig vermehrt, dass man die Population inzwischen bejagte. Die zahlreichen Nachkommen fielen über Obstgärten, Scheunen, Dachböden her und versuchten, in Wohnhäuser einzudringen. Abfallbehälter jeder Art und Größe auf der Suche nach Essensresten zu plündern, war ein beliebter Waschbärensport.

Auch vor dem auf dem Stellplatz aufgestellten Müllcontainer hatten die grau-weißen Tierchen keinen Halt gemacht. Das Klappergeräusch, das Kathrin in Angst und Schrecken versetzt hatte, war durch das Öffnen und das Schließen der Abdeckklappe entstanden. Erleichtert schloss sie die Augen und schlief endlich ein.

23

»Da haben Sie aber verdammtes Glück gehabt.« Der Werkstattmeister beäugte mit zusammengezogenen Augenbrauen den linken hinteren Radkasten von Henriks Kastenwagen. »Wenn Sie das Steuer verrissen hätten oder der Wagen komplett ins Schleudern geraten wäre, hätten Sie an der Himmelspforte anklopfen dürfen.«

»Ich habe mal ein Fahrsicherheitstraining mitgemacht«, erwiderte Henrik und rieb sich über das unrasierte Kinn. »Davon ist wohl doch mehr hängen geblieben, als ich vermutet hatte.« Der Werkstattmeister deutete auf die traurigen Reste des linken Hinterreifens. »Bei dem guten Zustand des Reifens hätte ich das nicht erwartet. Kann sein, dass Sie sich irgendetwas in die Lauffläche gefahren haben, was zu dem Platzer geführt hat. Eine Schraube oder einen Nagel. Passiert schneller, als man denkt.«

»Die Reifen sind keine zwei Jahre alt und knapp fünfzigtausend Kilometer gelaufen. Den Reifendruck habe ich nach Rücksprache mit dem Hersteller eingestellt. Ich überprüfe das regelmäßig. Zu meiner eigenen Sicherheit«, erwiderte Henrik.

»Das hätte eigentlich nicht passieren dürfen.«

Als Henrik am Vorabend kurz vor Fritzlar einen scharfen Knall gehört und der Kastenwagen immer schneller von rechts nach links und zurück zu schaukeln begonnen hatte, vermutete er zuerst, dass ein anderes Fahrzeug ihn hinten touchiert hätte. Mit knapper Not hatte er den Seitenstreifen erreicht, wo er den Kastenwagen zum Stehen brachte. Sein erster Blick galt dem Hund, der die Schaukelprozession am Geschirr angeleint unbeschadet überstanden hatte, ihn aber aus seinen dunkelbraunen Augen verstört anschaute.

»Alles gut«, hatte Henrik dem Hund versichert und Leo beruhigend den Kopf getätschelt. Gleichzeitig ahnte er, dass natürlich nichts gut war.

Die erste vorsichtige Inspektion des Schadens hatte seine schlimmsten Vorahnungen Wirklichkeit werden lassen. Henrik war nichts anderes übrig geblieben, als auf den Abschleppdienst zu warten. Der ihn samt seinem Kastenwagen zu einer Wohnmobilwerkstatt transportierte, vor deren Toren Henrik eine nicht sonderlich geruhsame Nacht verbracht hatte. Gleich um acht Uhr in der Früh hatte man sich dort des Wagens angenommen.

»Hm. Das macht beileibe keinen guten Eindruck.« Der Werkstattmeister hatte eine sorgenvolle Miene aufgesetzt. »Der abgelöste Reifendeckel hat ganze Arbeit geleistet: Die Verkleidung des Radkastens ist hinüber, und der Unterboden hat ordentlich was abgekriegt. Durch das Loch können Sie quasi bis ins Innere schauen. Und hier, das sind die Reste der Abwasserleitung. Die ist aus der Halterung gerissen und durchtrennt worden. Ein paar Kabel haben auch daran glauben müssen. Wir werden das alles abchecken und gegebenenfalls die Verkabelung in dem Bereich komplett neu verlegen. Wenn Sie meine ehrliche Meinung hören wollen ...«

»Will ich nicht.«

»... stellen Sie sich auf eine längere Reisepause ein. Bis wir die Ersatzteile geliefert bekommen und das alles zusammengeflickt haben, ist es August. Vielleicht sogar September.«

»Das geht nicht!«, protestierte Henrik lautstark. »Ich muss an den Edersee. Müsste eigentlich schon seit gestern Abend dort sein.«

»Nehmen Sie sich einen Leihwagen und buchen Sie ein Hotel«, schlug der Werkstattmeister vor. »Einen Teil der Kosten wird Ihre Versicherung übernehmen.«

»In einem Pkw bekomme ich meine Ausrüstung nicht unter«, widersprach Henrik. »Und dann ist da noch mein Hund.«

Der Werkstattmeister stellte sich auf die Zehenspitzen und versuchte, einen Blick in das Innere von Henriks Kastenwagen zu erhaschen.

»Er ist bei Ihrer Empfangsdame«, sagte Henrik. »Wahrscheinlich frisst er ihr gerade das zweite Frühstück weg.«

Der Werkstattmeister grinste. »Glaube ich nicht. Die ist vor ein paar Wochen auf makrobiotisch umgestiegen.«

»Leo schaufelt alles, was annähernd biologisch abbaubar ist, in sich hinein«, erwiderte Henrik düster. »Der macht selbst vor Misosuppe und Hülsenfrüchten nicht halt.«

»Hauptsache, er bekommt davon keine Blähungen«, erwiderte der Werkstattmeister mit einem Schulterzucken. »Könnte auf engem Raum unangenehm werden.«

»So ein verdammtes Pech!« Henrik raufte sich das hellbraune Haar. »Was mache ich denn jetzt?«

»Und das mit dem Hotel ist wirklich keine Option?«, erkundigte sich der Werkstattmeister nochmals.

»Ich habe zu viel an Ausrüstung dabei«, sagte Henrik abwehrend. »Wissen Sie, ich bin Naturfotograf«, fügte er schnell hinzu, um eine plausible Erklärung für sein Sammelsurium an Aluminiumkoffern und -kisten zu bieten.

»Hm. Ich verstehe, was Sie meinen.«

»Gibt es denn gar keine Möglichkeit, den Schaden provisorisch zusammenzuflicken? Damit ich wenigstens ein paar hundert Kilometer fahren kann?«, bettelte Henrik.

Der Werkstattmeister zerstörte Henriks letzte Hoffnung mit einem entschiedenen: »Ausgeschlossen.«

»Mist!« Henrik war mit seinem Latein am Ende.

»Aber warten Sie mal. Ich habe da eine Idee.« Der freundliche Mann fischte sein Handy aus der Gesäßtasche seiner Arbeitshose. »Ein ehemaliger Mitarbeiter von uns hat einen Wohnmobilverleih aufgemacht. Vielleich hat der noch ein freies Fahrzeug für Sie.«

Eine Stunde später lenkte Henrik den knapp sechs Tonnen schweren vollintegrierten Liner mit Hubbett und Rundumsitzgruppe im Heck vom Hof des Verleihers. Obwohl sich das große Fahrzeug ohne Mühe lenken und rangieren ließ, fremdelte Henrik ein wenig und dachte mit Wehmut an seinen altgedienten Kastenwagen zurück. Was hatten sie beide schon alles gemeinsam erlebt und durchgestanden! Ob es nach dem

Reifenplatzer jemals so wie früher werden würde? Henrik seufzte. Egal, wie sehr er seinem bisherigen Campinggefährt nachtrauerte: Er musste sich mit dem Liner arrangieren. Mit dem er eher durch die Landschaft cruiste als fuhr. In gemächlichem Tempo näherte er sich fast parallel zur Eder dem Affolderner See. Eine durchaus entspannte Form des Reisens, wie Henrik zugeben musste.

Je länger er darüber nachdachte, desto mehr freundete er sich mit der neuen Situation an. Seine mobile Miethütte hatte durchaus Vorteile. Und dazu zählte Henrik nicht unbedingt das riesige Platzangebot, das gigantische Raumgefühl und das Wellnessbad mit allem Pipapo. Nein, all das war zwar nettes Beiwerk, würde ihm aber nicht helfen, seinen Fall endlich aufzuklären. Der Vorzug des Liners lag darin, dass er jetzt quasi inkognito unterwegs war. In so einem Fahrzeug würde ihn niemand vermuten.

***

Kathrin wurde erst wieder wach, als Kinderlachen sich in ihr Bewusstsein drängte. Ein weiteres Wohnmobil war auf dem Stellplatz angekommen. Mit wackligen Knien stieg sie die Leiter hinunter und schlurfte ins Bad. Nachdem sie sich kurz abgeduscht hatte, fiel ihr Blick auf die Zeitanzeige ihres Handys. Schon Viertel nach zwei! Seit dem Morgengrauen hatte sie wie eine Tote geschlafen.

Auch ohne ihr Fieberthermometer zu bemühen, wusste Kathrin, dass das Fieber gesunken war. Die Halsschmerzen waren ebenfalls so gut wie verschwunden. Der eisgekühlte Orangensaft, den Kathrin gierig in großen Schlucken trank, half ihr, wieder auf die Beine zu kommen. Sogar ein Gefühl von Hunger meldete sich zurück. Kathrin beäugte den Inhalt ihres Kühlschranks. Bis auf einen Fruchtjoghurt, ein paar Scheiben Schinken und ein winziges Stückchen Käse herrschte darin Ebbe. Weil Bernd sie von früh bis spät mit Köstlichkeiten verwöhnt hatte, war ihr nicht ein einziges Mal der Gedanke gekommen, ihre Bordvorräte aufzufrischen.

Während Kathrin den Joghurt löffelte, erinnerte sie sich daran, dass es beim nahe gelegenen Campingplatz einen kleinen Lebensmittelladen und ein Restaurant gab. Da der Himmel sich beharrlich grau zeigte, zog sie ihre Regenjacke an und machte sich auf den Weg.

Unter der Woche und um diese Jahreszeit waren am See deutlich weniger Touristen unterwegs als in den großen Schulferien. Obwohl ihr die Nachwirkungen des Fiebers in den Knochen saßen, genoss Kathrin den Bummel an der Uferpromenade entlang zum kleinen Yachthafen. Das Wasser im See war noch nicht auf das Sommerniveau abgesunken, sodass die Pontons der Bootsanleger von der Kaimauer gut zu erreichen waren.

Lächelnd entdeckte Kathrin hinter dem um diese Uhrzeit menschenleeren Biergarten den »Thron«, eine aus Beton gegossene Sitzgelegenheit, deren Rückenlehne eine grafisch dargestellte Schildkröte mit mächtigem Panzer zierte. Auf der sich nach oben hin verjüngenden Rückenlehne war über einem kleinen kreisrunden Mosaik eine goldene Krone platziert worden. Wie oft hat Peter hier gesessen und ein Eis geschleckt, erinnerte sich Kathrin. Der Gedanke daran versetzte ihr einen Stich ins Herz. Heute lag der »Thron« verwaist vor ihr. Ein paar vertrocknete Blätter von dem dahinter gepflanzten Bambusstrauch waren auf die Sitzfläche geweht worden. Kathrin fegte sie mit der Hand hinunter und ließ sich auf den Sitz fallen. Es war an der Zeit, sich bei Nicole zu melden.

»Gibt es etwas Neues?«, fragte die prompt.

»Nein«, antwortete Kathrin und unterließ es dabei tunlichst, zu erwähnen, wie turbulent die Nacht für sie gewesen war.

»Kein Zeichen, keine Koordinaten, kein Anruf? Nada?«

»Ich habe das Wohnmobil von innen und außen abgesucht«, sagte Kathrin. »Da ist nichts.«

»Mach dir einen schönen Tag und fahr morgen nach Hause«, riet ihr Nicole. »Oder irgendwohin, wo du noch ein bisschen Urlaubsfeeling hast.«

»Hier am Edersee ist es doch recht nett«, erwiderte Kathrin ausweichend.

»Peter kommt nicht mehr. Wenn er bis jetzt nicht aufgetaucht ist, wird er sich auch später nicht blicken lassen«, mahnte Nicole. »Dieser Anruf war ein diabolischer Scherz. Je länger ich darüber nachdenke«, fügte sie nach kurzem Zögern hinzu, »desto weniger glaube ich, dass du tatsächlich mit Peter gesprochen hast.«

»Hm.« Kathrin rief sich das Paket, das Ruth erhalten hatte, und die fingierte Grußkarte wieder ins Gedächtnis. Es war denkbar, dass Nicole recht hatte. »Aber wer hätte mich denn sonst anrufen sollen? Der Mann, den ich an der Strippe hatte, klang wie Peter.«

»Wie lange ist es her, dass du mit Peter ein Gespräch geführt hast?«, fragte Nicole leise.

»Acht Jahre.«

»Bist du sicher, dass du seine Stimme, zumal am Handy mit schlechtem Empfang, zweifelsfrei erkennen konntest?«

Kathrin stöhnte auf. »Ich weiß es nicht.«

»Brich die Aktion ab. Fahr nach Hause und lass diesen Teil deines Lebens ein für alle Mal hinter dir. Vermassele dir nicht deine Zukunft, nur weil du in der Vergangenheit stecken bleibst!«

»Noch einen Tag. Gib mir noch einen weiteren Tag«, bettelte Kathrin.

»Ich habe dir gar nichts zu geben. Oder zu nehmen. Es ist allein deine Entscheidung.«

»Ja, ich weiß.« Kathrins Stimme war leise geworden. Im Hintergrund konnte sie eine männliche Stimme ausmachen. Nicole lachte kurz auf.

»Bernd will wissen, ob du genug isst. Er hat Angst, dass du ohne seine Kochkünste vom Fleisch fällst.«

Kathrin klopfte auf ihre etwas fülligen Hüften. »Sag Bernd, dass er sich keine Sorgen machen muss. Ich hole mir gleich an der Fischräucherei ein Fischbrötchen. Oder besser zwei«, fügte sie hinzu, weil ihr Magen grummelte. »Auf Wunsch bekommt man den Fisch dort nämlich auch in Dinkel- oder Roggenvollkornbrötchen serviert.«

»Lass es dir schmecken! Und pass auf dich auf«, sagte Nicole, ehe sie das Gespräch beendeten.

In dem mit hellem Holz verkleideten Verkaufsraum der Fischräucherei bestellte Kathrin ein Lachsforellen- und ein Matjesbrötchen. Letzteres verlangte sie in Wachspapier eingewickelt. Das Lachsforellenbrötchen ließ sie sich auf die Faust geben. Kauend schlenderte sie am Badestrand und den Gebäuden der Segelschule entlang und schlug dann den Weg zum Campingplatz ein. Die meisten Parzellen waren von Dauercampern belegt und wurden nur am Wochenende genutzt. Das Gelände für die Zelter war komplett leer. Das Areal würde erst im Sommer freigegeben werden, wenn der Wasserstand des Edersees deutlich gefallen wäre.

An den Campingplatz grenzte ein Wohngebiet mit Ferienhäusern an. Manche hatten ihren ursprünglichen Fischerhüttencharakter bewahrt, andere hatten sich im Laufe der Jahrzehnte zu komfortablen kleinen Villen gemausert. Die waren das ganze Jahr über bewohnt. Kathrin hörte Rasenmäher und Rasenkantenschneider, die auf den Grundstücken am Werk waren. Sie hielt sich links, um wieder zum Campingplatz und zur Seepromenade zu gelangen. Das Einwickelpapier ihres Lachsforellenbrötchens entsorgte sie vorschriftsmäßig in einem Papierkorb und sah auf ihr Handy. Sie durfte nicht vergessen, im Strandmarkt, dem kleinen Lebensmittel- und Souvenirgeschäft, einzukaufen, bevor dieser schloss. Nur mit zwei Fischbrötchen im Magen würde sie nicht über den Tag kommen. Sie machte einen Schritt zur Seite, um ein Auto auf der schmalen Straße passieren zu lassen. Da sah sie den blonden Schopf, der aus einer Seitenstraße ebenfalls auf den Strandweg zusteuerte.

Wie zu Eis erstarrt blieb Kathrin stehen. »Das gibt es doch nicht«, flüsterte sie. Schon wieder tauchte der blonde Junge ausgerechnet dort auf, wo sie sich aufhielt. Das konnte kein Zufall sein!

Diesmal beging Kathrin nicht den Fehler, sich gleich bemerkbar zu machen. Sie zog den Kopf ein und hastete von

Hecke zu Hecke oder suchte in den Einfahrten der Campingparzellen Deckung. Unbekümmert hüpfte der blonde Junge von einem Bein auf das andere und erreichte so das Seerestaurant mit Strandblick und die kleine angeschlossene Ladenzeile. Für einen Moment blieb er vor dem Schaufenster mit der Segel- und Badebekleidung stehen und kaute nachdenklich auf seiner Unterlippe. Gespannt wartete Kathrin, ob sich der Junge hier mit jemandem treffen würde. Unruhig suchten ihre Augen die Umgebung ab. Ein Kind in dem Alter durfte doch nicht ständig allein unterwegs sein. Wo waren die Eltern? Oder ältere Geschwister? Sie erhielt keine Antwort auf ihre stummen Fragen.

Nach ein, zwei Minuten drehte sich der Junge um und hüpfte weiter zur Straße, die zum Yachthafen führte. Auf Höhe der Fischräucherei wechselte er die Gangart. Aus dem Hüpfen wurde Laufen. Der Junge beschleunigte seine Schritte. Kathrin hatte keine andere Wahl, als es ihm gleichzutun. Da erkannte sie, warum der Junge es mit einem Mal so eilig hatte: Die kleine Personenfähre, die von Rehbach zur Halbinsel Scheid fuhr, lag mit laufendem Motor an der Anlegestelle. Der Junge rannte direkt darauf zu.

»Halt!«, schrie Kathrin. »Bleib stehen! Bitte bleib diesmal stehen! Ich tue dir doch nichts!«

Sie vermochte nicht einzuschätzen, ob der Junge sie nicht hören konnte oder wollte. Leichtfüßig sprang er vom Laufsteg auf den mit Riffelblech verkleideten Bug der Fähre. Ließ sich auf eine der Holzbänke fallen, die unter einem mit einer Kunststoffplane bespannten Baldachingerüst aufgestellt waren. Sein Blick war auf das gegenüberliegende Ufer gerichtet.

Schnaufend kam Kathrin zum Stehen. Sie konnte nur noch hilflos mit anschauen, wie die Edersee-Fähre Fahrt aufnahm und der Junge nach und nach aus ihrem Blickfeld verschwand.

24

In der Nacht brauchte Kathrin lange, um einzuschlafen. Sie fühlte sich abgeschlagen, ausgepowert. All ihre Muskeln schienen verspannt zu sein und piesackten sie an Stellen, wo sie bis dato gar keine Muskeln vermutet hatte. Nicht nur ihre medizinische Ausbildung, auch ihr gesunder Menschenverstand sagte ihr, dass dies eine Folge des Fiebers war. Sie trank literweise heißen Tee und versuchte, Ruhe zu bewahren. Was ihr nicht gelang. Bei jedem Knacken, bei jedem Windgeräusch, bei jedem Schlagen einer Wohnmobiltür zuckte sie zusammen. Dreimal umrundete sie mit der Taschenlampe in der Hand ihr Wohnmobil, in der Hoffnung, eine neue Nachricht von Peter vorzufinden. Vergeblich. Erst weit nach Mitternacht fielen Kathrin die Augen zu. Doch selbst im Schlaf fand sie nicht die dringend benötigte Nachtruhe. Ihr Körper war gespannt wie ein Flitzebogen. Die Hände hielt sie zu Fäusten geballt, und mit den Füßen trat sie nach einem unsichtbaren Widersacher. Erst als die Morgendämmerung einsetzte, wurde ihr Körper schlaff, entspannte. Mit dem zunehmenden Licht kam der Traum.

Kathrin stand am Ufer des Sees. Dort, wo der felsige Untergrund langsam in Kiesel, Schotter und Sand überging. Der See führte Niedrigwasser, sodass die Uferbereiche steil abfielen. Sturm war aufgekommen, er peitschte die Wasseroberfläche zu kleinen, hart an das Seeufer anbrandenden Wellen auf. Dunkle Wolken türmten sich am Himmel. Der Wind heulte und kreischte, fast wie ein Lebewesen, dem heftige Pein zugefügt wird. Kathrin versuchte, sich vom See abzuwenden, einen sicheren Unterschlupf aufzusuchen. Aber ihre Füße gehorchten ihr nicht, waren wie auf dem Ufergestein festgenagelt. Da bemerkte sie das Boot, das auf den Wellen auf und ab tanzte. Ein kleines grünes Anglerboot, wie es sie am See zu Hunderten gab. Vom Boot aus sendete jemand frenetisch Lichtzeichen mit der Taschenlampe. Drei kurze, drei lange, drei kurze Signale.

SOS – jemand bedurfte dringend ihres Beistands. Kathrin hob den Arm und winkte, um anzuzeigen, dass sie verstanden hatte. Sie würde den Anglern zu Hilfe kommen. Aber wie sollte sie das anstellen? Sie war nicht in der Lage, einen Zeh, geschweige denn einen Fuß zu bewegen. War angesichts der in Not Geratenen selbst hilflos.

Der Wind und die Strömung trieben das Boot näher zum Ufer. Kathrin kniff die Augen zusammen, um besser zu sehen. Auf der Mittelbank des Fischerbootes saßen, eng beieinander, eine kleine und eine große Gestalt. Beide trugen dunkle Jacken und Hosen. Ihre Gesichter waren in der Dunkelheit verborgen.

»Haltet aus! Ich hole Hilfe!«, schrie Kathrin gegen den heulenden Wind an.

Ein Blitz, der sich ohne Vorwarnung aus den dunklen Wolkenbergen löste, erhellte für den Bruchteil einer Sekunde die beiden Gesichter. Kathrin schluchzte auf. In dem Boot saßen Peter und der blonde Junge!

»Peter!«, schrie Kathrin und bemühte sich, einen Schritt vorwärtszumachen. Vergeblich. Sie hatte keine Gewalt über ihre untere Körperhälfte. In ihrer Verzweiflung ließ sie sich bäuchlings auf den Boden fallen und robbte nur mit Hilfe ihrer Arme auf das Wasser zu. Scharfe Steinchen bohrten sich schmerzhaft in ihre Haut an den Unterarmen. Blut quoll aus den Wunden hervor. Kathrin kroch unbeirrt vorwärts. Aber der Wind schien urplötzlich gedreht zu haben. Je näher sie dem Wasser kam, desto weiter trieb das Boot von ihr fort. »Peter!«, schrie Kathrin erneut.

Ohnmächtig musste sie mit ansehen, wie die Wogen an Kraft und Höhe gewannen. Das kleine Boot schwankte wie eine Nussschale auf einem reißenden Strom. War den Elementen ohne Ruder oder Motor schutzlos ausgeliefert. Eine Welle traf die Bugwände. Wasser schwappte ins Innere. Eine weitere, noch höhere Welle rollte an. Erneut drang Seewasser ins Bootsinnere. Das Boot bekam Schlagseite, begann langsam zu sinken. Mit Entsetzen beobachtete Kathrin, wie die große Gestalt ihre Arme um die kleine legte. Sie fest an sich drückte. Mit der nächsten Welle gingen beide über Bord.

Das Boot kippte um, trieb mit dem Rumpf nach oben auf der vom Sturm gepeitschten Wasseroberfläche. Kurze Zeit später wurde es endgültig vom Wasser und von der Dunkelheit verschluckt.

Mit wild klopfendem Herzen schreckte Kathrin hoch. Ihre Wangen fühlten sich unangenehm kalt an. Als sie mit dem Zeigefinger darüberstrich, merkte sie, dass sie feucht waren. Auch der Teil ihres Haars, der ihr Gesicht einrahmte, war nass von Tränen. Überreste des Traums schienen wie Nebelschleier durch den Alkoven zu wabern. Zitternd zog Kathrin die Bettdecke, von der sie sich freigestrampelt hatte, zu den Schultern hoch. Sie fühlte sich schwach und mutlos. Was bedeutete der Traum? Welche Nachricht lag darin verborgen? Waren sowohl Peter als auch der Junge für sie nicht mehr auffindbar? Würde sie keinen von beiden jemals wiedersehen? Würden nicht das Licht und die Wahrheit, sondern die Dunkelheit und die Verzweiflung siegen? Kathrin kauerte sich zusammen und schluchzte in ihr Kopfkissen.

Erst das Bellen eines Hundes führte dazu, dass sie den Kopf wieder hob. Sie spitzte die Ohren. Die Belllaute kamen ihr bekannt vor. War das etwa Leo, der Beagle von Henrik Richtersen? Kathrin spähte aus allen drei Alkovenfenstern, konnte aber keinen Hund erblicken.

Das Bellen verstummte.

Kathrin schüttelte die Gedanken ab, ging ins Bad und schlüpfte in ihre Kleidung. Über ihr T-Shirt streifte sie einen warmen Pulli.

Der Morgen präsentierte sich grau und nass. Die Spitzen der Bäume waren in Nebel gehüllt. Kathrin fröstelte, als sie die Aufbautür entriegelte und ins Freie trat. Der Nachbar von gegenüber ließ sich von den frischen Temperaturen nicht abhalten, seine Kajakausrüstung zusammenzustellen, um auf dem See zu paddeln. Die Erinnerungen an den seltsamen Traum stiegen erneut in Kathrin hoch. Jagten ihr einen kalten Schauder über den Rücken. Sie war nicht in der Lage, den freundlichen

Morgengruß des Nachbarn zu erwidern. Brachte nicht mehr als ein Kopfnicken zustande. Dann eilte sie weiter, um eine Runde über den Stellplatz zu drehen. Die frische Luft würde ihr helfen, die trüben Gedanken zu vertreiben.

Am frühen Morgen waren zwei Wohnmobile abgefahren und drei neue hinzugekommen. Bei einem der Neuankömmlinge handelte es sich um einen schicken modernen Liner. Der bestimmt so teuer war, wie sie es sich niemals würde leisten können. Die Besitzer des Luxusgefährtes schienen abwesend zu sein, denn alle Verdunklungsrollos, auch das für die große Frontscheibe, waren ausgefahren. Die elektrische Eingangsstufe eingezogen. Eine rot blinkende LED-Anzeige auf der geräumigen Frontablage signalisierte, dass die Alarmanlage auf scharf gestellt war.

Kathrin schlenderte weiter, zurück zu ihrem kleinen Oldtimer-Wohnmobil. Als sie den Schlüssel ins Schloss der Aufbautür steckte, entdeckte sie einen zusammengefalteten Zettel, der etwa auf Augenhöhe in die Gummidichtung eingeklemmt war. Kathrin stoppte wie vom Donner gerührt. Ihr Herz klopfte laut und unregelmäßig. Sie atmete ein paarmal tief ein und aus. Erst dann war sie in der Lage, die Hand nach dem Zettel auszustrecken und ihn vorsichtig aus der Dichtung zu ziehen. Beim Auseinanderfalten fiel ihr ein weiteres Stück Papier entgegen, das sich als Ticket für den nahe gelegenen Baumkronenweg herausstellte.

Was hatte das zu bedeuten? Kathrin war ratlos. Da bemerkte sie den handschriftlichen Vermerk auf der Innenseite des Zettels.

Mit zitternden Fingern öffnete Kathrin die Tür ihres Wohnmobils und sah auf ihr Handy. Ihr blieben genau siebenunddreißig Minuten, um zum Treffpunkt zu gelangen.

25

Kathrin keuchte, als sie den Anstieg zum Eschelberg geschafft hatte und der Parkplatz des Baumkronenweges in Sicht kam. Das Fieber oder das Virus oder beides wirkten noch nach. Für einen Moment ließ sie sich auf einer der rustikalen Holzbänke nieder, um nach Luft zu schnappen. Sie bedauerte, ihre Edelstahltrinkflasche nicht mitgenommen zu haben. Ein Schluck Wasser hätte ihr jetzt gutgetan. Sie war völlig überstürzt aufgebrochen, hatte nur ihre Jacke vom Kleiderhaken gerissen und ihr Portemonnaie eingesteckt. Ihr Gehirn war auf einen einzigen Gedanken fokussiert gewesen: Los, los, los! Auf keinen Fall durfte sie zu spät am Treffpunkt ankommen.

Entsprechend schnell kam Kathrin jetzt wieder auf die Beine. Da sie bereits im Besitz eines Tickets war, schenkte sie dem Kassenhäuschen, an dem man normalerweise die Eintrittskarten für den Baumkronenweg löste, keine Beachtung und eilte auf den mit senkrechten Holzbohlen gekennzeichneten Eingangsbereich zum Eichhörnchenpfad zu. Der würde sie zu ihrem eigentlichen Ziel, dem Zugang zum Baumkronenweg, führen.

Bei der Konzeption des Naturpfades hatte man vor allem Familien mit Kindern im Fokus gehabt, um ihnen an verschiedenen Stationen ein spannendes Naturerlebnis und faszinierende Informationen über das Ökosystem des Waldes zu vermitteln.

Kathrin stürmte an hölzernen Abbildern einer Eule, eines Dachses, eines Bussards, eines kleinen Wildschweins und an einem keck dreinschauenden Meister Reinecke vorbei, denen sie wie auch den zahlreichen Schautafeln und der stark vergrößerten Darstellung eines Eichhörnchenkobels keine Beachtung schenkte. Stattdessen blieb sie alle paar Meter auf dem sanft ansteigenden lauschigen Pfad stehen und suchte das Gelände mit den Augen ab. Folgte ihr jemand? War da ein Gesicht zwischen den Bäumen auszumachen? Aber außer einer Familie mit zwei Kindern, die sich auf Holländisch unterhielten, und einem Wanderer mit einem Dackel an der kurzen Leine war sie allein auf dem Eichhörnchenpfad. Das trübe und für die Jahreszeit kühle Wetter schien vielen Ausflüglern die Lust genommen zu haben, sich auf den Weg zum »TreeTopWalk« zu begeben. Kathrin beschleunigte ihre Schritte. Bis zum Eingang des Baumkronenweges waren es nur noch gut zweihundert Meter. An der mit Holzschildern gekennzeichneten Weggabelung hielt sie sich rechts. Sie konnte die hölzerne Verkleidung des Eingangsportals, das einem Eichhörnchenkobel nachgebildet war, schon ausmachen, und stoppte kurz, um zu verschnaufen. Ein Mann mit einem Jungen an der Hand verließ den Baumkronenweg durch das Drehkreuz. Kathrin zuckte zusammen. Aber die beiden waren Fremde für sie.

Erneut suchte Kathrin mit den Augen das Gelände ab. »Wo bist du?«, flüsterte sie.

Vor dem Eingangsbereich erstreckte sich ein großzügig angelegtes Picknickareal mit Holztischen und Holzbänken. Kathrin eilte auf eine der Bänke zu, stellte den rechten Fuß darauf und band die Schnürsenkel, die sich gelöst hatten, zusammen. Im Anschluss fragte sie sich, wie sie jetzt vorgehen sollte. Auf dem Zettel hatte lediglich eine Zeitangabe gestanden, die, wie ihr die Uhr ihres Handys zeigte, in zwölf Minuten verstrichen wäre. Viel Zeit blieb ihr demnach nicht. Aber wo genau sollte sie dann sein? Wo gedachte Peter, sich mit ihr zu treffen? Am Drehkreuz, durch das man auf den Höhenweg gelangte, auf den Holzstegen oder am Ende des Baumkronenweges, auf der großen Aussichtsplattform?

Unschlüssig trippelte Kathrin von einem Bein auf das andere. Eine Wandergruppe, von denen die meisten einen Rucksack geschultert hatten und viele eine Kopfbedeckung trugen, schritt mit gezückten Tickets durch den Eingangsbereich. Nachdem Kathrin sich nochmals vergewissert hatte, dass Peter sich hier nicht aufhielt, beschloss sie, der Gruppe zu folgen. Sie steckte ihre Eintrittskarte in den Ticketleser und passierte das Drehkreuz.

Die mit dicken Bohlen aus Lärchenholz ausgelegten Laufstege stiegen langsam, aber stetig an. Schon bald befand sich Kathrin auf halber Höhe der Baumkronen. Sie überquerte das erste von insgesamt neun Zwischenpodesten, über dem sich eine tulpenähnliche Konstruktion aus gebogenen Brettschichtholzbindern wölbte. Kathrin drehte sich um die eigene Achse, spitzte die Ohren. Doch außer dem Plappern der Wandergruppe, die ihr auf dem Weg voraus war, konnte sie nichts vernehmen. Sie musste sich sputen. Die Uhr tickte. Unaufhörlich. Drängend. Kathrin hastete voran. Auch hier, in luftiger Höhe, hatte sie kein Auge für die liebevoll arrangierten hölzernen Exponate von Hirschkäfern, Fuchs, Insekten und Vögeln. Sie wollte zu ihrem Ziel. Oder hatte sie es verpasst? Zwei Drittel des Baumkronenweges hatte sie bereits hinter sich gebracht. Nur wenige Plattformen lagen noch vor ihr. Und von Peter fehlte weiterhin jede Spur. Kathrin merkte, wie ein Gefühl von Hoffnungslosigkeit in ihr aufstieg. Hatte sie sich erneut zu einer Jagd ins Nichts hinreißen lassen? Befand sie sich, im wahrsten Sinn des Wortes, auf dem Holzweg?

Langsam ging Kathrin weiter, bis sie eine Plattform erreichte, unter der sich das Panorama des Edersees erstreckte. An der gegenüberliegenden Uferseite standen Wohnmobile auf terrassenförmigen, mutig in den Berg gefrästen Plateaus. Der große, moderne und mit allem Komfort ausgestattete Wohnmobilstellplatz zog jedes Jahr viele Wohnmobilisten an. Kathrin war der kleine, einfach gehaltene Platz am Rehbach lieber. Dort hatte sie stets mit Peter übernachtet.

Peter. Wieder zog sich Kathrins Brust schmerzhaft zusammen. Wo blieb er nur? Nach der Zeitanzeige ihres Handys zu urteilen, müsste er genau jetzt am Treffpunkt sein. Oder hätte sein müssen.

»Nicht schon wieder«, murmelte Kathrin.

Verdrossen setzte sie sich auf die hölzerne Sitzbank, die ein paar Meter vor der runden Plattform stand. Sie ließ ihr Handy von einer Hand in die andere gleiten. In der Hoffnung, dass es anfangen würde zu klingeln. Nichts geschah. Mit zunehmender Verzweiflung starrte Kathrin auf die kleinen, wie Nistkästen aussehenden Holzkästen, die am Metallgeländer festgeschraubt waren. »Douglasie«, »Lavendel«, »Limette«, »Weißtanne«, »Fichte«, stand auf den Schildern. Die Kästchen waren angebracht worden, damit Kinder am »Riechschrank« die verschiedenen Gerüche erschnupperten und zu unterscheiden lernten. Unter normalen Umständen hätte Kathrin selbst eine Riechprobe gewagt. Heute hatte sie dafür keinen Kopf.

Die Wandergruppe, die sich nach einer kurzen Fotopause auf der letzten und größten Aussichtsplattform auf den Rückweg machte, zog grüßend an Kathrin vorbei. Dann wurde es, bis auf den vereinzelten Ruf eines Vogels und das Rascheln der Blätter im Wind, still. Kathrin schlug die Hände vors Gesicht.

»Ich halte das nicht mehr aus! Ich halte das alles nicht mehr aus!«, stöhnte sie.

Da hörte sie ein Geräusch. Einen Laut, der so überhaupt nicht in das friedliche Waldambiente passte. Ein Wimmern oder leises Greinen. Von einem Tier, das sich verletzt hatte? Sie löste die Hände vom Gesicht und lauschte. Die Laute schienen von irgendwo direkt unter ihr zu kommen. Das Wimmern wurde stärker. Eindringlicher. Drängender. Konnte ein Tier so »weinen«? Kathrin stand auf und schaute sich um. Hier war niemand. Zumindest nicht in dem Teil des Baumkronenweges, in dem sie sich befand, und auch in keinem anderen, den sie von ihrer Position auszumachen vermochte. Auf den unteren Wegebereich der gigantischen, bis zu dreißig Meter hohen Stahlkonstruktion konnte sie nicht hinabblicken, Äste und Blätter nahmen ihr die Sicht.

Da! Da war es wieder, dieses Wimmern! Szenen aus dem gespenstischen Traum der vergangenen Nacht stiegen in Kathrin hoch. Jemand braucht Hilfe, dachte sie panisch. Ich muss herausfinden, wo.

Für die wenigen Schritte bis zur Aussichtsplattform benötigte sie keine drei Sekunden. Das feine Metallgeflecht auf dem Boden erbebte leicht, als sie zum durch ein stabiles Gitter und einen Handlauf gesicherten Rand der Plattform schnellte. Auf dem See zogen zwei Segelboote mit vom Wind aufgeblähten Segeln vorbei. Kathrin war sich sicher, dass das eigentümliche Greinen nicht von ihnen verursacht wurde. Am Ufer war keine Menschenseele zu sehen. Sie lehnte sich gegen das Geländer und schaute nach unten. Tief hinunter, dorthin, wo der Hang zum See abfiel. Buchen, Eichen, Kiefern, Douglasien und andere Bäume, die Kathrin nicht zu benennen wusste, klammerten sich mit ihren Wurzeln an dem kargen Boden fest. Trotzten der Schwerkraft, die sie in Richtung Abhang drückte. Am Fuße einer mächtigen Buche kauerte ein Tier. Nein! Kathrin blieb die Luft weg. Das war kein Tier. Das war ein Kind. Ein Junge, dessen schmale Schultern bebten.

»Hey du!«, rief Kathrin hinunter, als sie wieder zu Atem gekommen war. »Was ist los? Kann ich dir helfen?«

Das Schluchzen des Jungen wurde eine Spur lauter.

»Bist du allein? Soll ich zu dir runterkommen?«, versuchte sie es erneut.

Der Junge antwortete nicht. Kathrin bemühte sich um einen sanften, einfühlsamen Ton. »Was ist denn mit dir? Wo ist deine Mama?«

Jetzt hob er langsam den Kopf. Schaute aus verweinten Augen zu ihr hoch. Kathrin hatte das Gefühl, als ob ihr jemand eine Faust mit aller Macht in den Magen rammte. Unbewusst krümmte sie sich zusammen. Das gibt es doch nicht, dachte sie. Das kann nicht sein. Dort in der Tiefe, knapp dreißig Meter unter ihr, kauerte der Junge mit dem blonden Schopf!

Kathrin hielt inne, um die Fassung wiederzugewinnen. Du spinnst, sagte sie sich. Du siehst Gespenster. Halluzinierst. Das ist nichts als Einbildung. Die dein Gehirn als üblen Streich projiziert.

Um sich zu beweisen, dass ihre Vermutungen zutrafen, richtete sich Kathrin auf. Abermals beugte sie sich über das Geländer. Reckte den Oberkörper so weit wie möglich nach vorn, damit sie einen besseren Blick in die Tiefe hatte. Da packte eine Hand unsanft den Kragen ihrer Jacke. Eine zweite umklammerte ihren Hosenbund. Stemmte sie ein Stückchen hoch und drückte sie nach vorne. Alles passierte so schnell, dass Kathrin sich nicht zu wehren vermochte, dem Angriff hilflos ausgeliefert war. Sie verlor das Gleichgewicht. Schien ins Bodenlose zu fallen. Eine dämonische Stimme lachte.

Ich muss sterben, dachte Kathrin. Die Worte bildeten ein Echo in ihrem Kopf. Der plötzlich hart auf dem metallenen Boden der Plattform aufprallte.

»Bleib liegen!«, brüllte Henrik Richtersen, der wie aus dem Nichts hinter ihr auftauchte.

Gleißende Punkte tanzten vor Kathrins Augen. »Was ist?«, brachte sie mit schleppender Stimme zustande.

»Liegen bleiben!«, wiederholte Henrik.

»Ich versteh nicht … Was soll das? Warum hast du mich geschubst?«

»Ich war das nicht. Ganz im Gegenteil.«

»Aber wer sonst? Warum? Und wo ist …« Kathrin war nicht imstande, einen klaren Gedanken zu fassen.

»Erkläre ich dir später.«

»Nein, jetzt. Ich will es jetzt wissen«, protestierte sie.

Henrik hatte keine Zeit für Diskussionen. »Verdammt noch mal, tu einfach, was ich dir sage: Bleib liegen.«

Widerwillig fügte sich Kathrin. Sie zog die Beine an, um sich klein zu machen. Dann sah sie mit Entsetzen, wie Henrik eine Pistole aus dem Gürtelholster zog. In der Sekunde erschien eine weitere Person auf der Bildfläche. Sie rammte dem überraschten Henrik den Ellenbogen in die Seite, sodass er strauchelte und um ein Haar seine Waffe hätte fallen lassen. Fluchend erlangte er das Gleichgewicht wieder. Kathrin hob den schmerzenden Kopf und sah, wie eine kompakt gebaute Frau auf stämmigen Beinen den Steg zur großen Aussichtsplattform hinaufjagte.

Die Schwedin, dachte Kathrin verwundert. Was macht die Schwedin, mit der ich mich am Badesee unterhalten habe, hier?

Verdammt, das war knapp gewesen, mehr als knapp, fluchte Henrik Richtersen im Stillen. Mit dieser Entwicklung des Geschehens hatte er nicht gerechnet.

Bis dahin war alles nach Plan verlaufen. Auf dem oberhalb des Wohnmobilstellplatzes gelegenen Pkw-Parkplatz hatte er seine Drohne aufsteigen lassen und damit Kathrin Schäfer heimlich beobachtet. Mitverfolgt, wie sie eine Runde über den Stellplatz gedreht und im Anschluss einen Zettel an ihrer Tür vorgefunden hatte. Von dem Augenblick an hatte Henrik sie, mit gehörigem Sicherheitsabstand, verstand sich, nicht mehr aus den Augen gelassen. War ihr auf den »TreeTopWalk« gefolgt. Wo sie sich, darauf hätte Henrik sein letztes Hab und Gut verwettet, mit ihrem Mann und damit seiner Zielperson zu treffen beabsichtigte.

Doch anstelle von Peter Schäfer war aus heiterem Himmel eine blonde Frau aufgetaucht, die seit Längerem hinter einer großen Holzskulptur gekauert haben musste. Ohne Vorwarnung war sie auf Kathrin losgegangen und hatte versucht, sie über das Geländer zu drücken und in die Tiefe zu stürzen. Was Kathrins sicheren Tod bedeutet hätte. Gerade noch rechtzeitig hatte er das Schlimmste verhindern können.

Während Kathrin auf dem Boden gelegen und Henrik versucht hatte, die Gefahrenlage neu zu bewerten, war eine zweite Frau schnaufend wie eine Dampfwalze angerast gekommen, hatte ihn zur Seite gestoßen und sich an die Fersen der ersten geheftet. Wenn die Situation nicht so bitterernst gewesen wäre, hätte Henrik laut aufgelacht. Eine wahrhaftige Slapstick-Aktion!

Das Lachen blieb ihm im Hals stecken, als er die Waffe in der Hand der Frau bemerkte, die sich bei genauerem Hinsehen als ausgerechnet die entpuppte, die ihm seit Tagen folgte, nachdem sie die Spionage-App auf seinem iPhone installiert hatte. Henrik war kein ausgesprochener Waffenexperte. Er mutmaßte, dass es sich um eine alte schwedische Armeewaffe handelte. Ein Neun-Millimeter-Kaliber von tödlicher Durchschlagskraft. Die Mündung der Browning-Pistole hielt die pummelige Schwedin auf die Frau gerichtet, die Henrik soeben von Kathrin weggerissen und die bei ihrem Auftauchen die Flucht in Richtung der oberen Plattform ergriffen hatte. Henrik zögerte keine Sekunde und brachte seine Waffe ebenfalls in Position. Machte ein paar Schritte auf die beiden Frauen zu. Auf der großen runden Aussichtsplattform, die einen Durchmesser von sechs Metern aufwies, standen sie fast im Dreieck zueinander. Die erste Frau, deren langes blondes Haar im Wind wehte, war direkt neben dem ersten Münzfernglas zum Stehen gekommen. Henrik hatte vor der nach oben aufragenden tulpenförmigen Holzkonstruktion Position bezogen. Die Schwedin, die ihn und Kathrin Schäfer verfolgt hatte, war neben dem zweiten Münzfernglas in Stellung gegangen. Die Mündung ihrer Pistole zielte unverändert auf die blonde Frau.

»Lassen Sie die Waffe fallen!«, befahl Henrik mit schneidender Stimme.

In den graublauen Augen der Schwedin flackerte kurz so etwas wie Angst oder Unsicherheit auf, dann hatte sie sich wieder unter Kontrolle.

»Den Gefallen werde ich ihr nicht tun.« Ihre Stimme klang beinahe tonlos.

»Machen Sie sich nicht unglücklich«, mahnte Henrik.

Die Schwedin lachte bitter auf. »Glauben Sie mir. Unglücklicher als jetzt geht bei mir eh nicht mehr. Und alles wegen der da.« Sie bewegte die Mündung ihrer Waffe leicht in Richtung der blonden Frau.

»Vielleicht sollten Sie miteinander reden«, schlug Henrik vor, während er vorsichtig zwei, drei Schritte vorwärts machte.

Die Schwedin schüttelte kaum merklich den Kopf. »Mit der kann man nicht reden«, presste sie zwischen zusammengebissenen Zähnen hervor. »Außerdem ist es dafür zu spät. Heute ist der Tag, an dem sie bezahlen wird. Für alles, was sie mir angetan hat. Mir und den Eltern.«

Die Frau mit dem langen blonden Haar funkelte ihre Widersacherin wütend an. »Darin warst du ja schon immer groß!«, ätzte sie. »Anderen für etwas die Schuld in die Schuhe zu schieben, das du selbst verbockt hast.«

Die Stimme der Frau war tief, ein wenig rauchig, hauchend. Trotz der harten Worte, die sie soeben geäußert hatte. Auf

Henrik hätte sie, wenn die Situation nicht so brandgefährlich gewesen wäre, sogar verführerisch gewirkt. Überhaupt entsprach die Blonde genau dem Frauentyp, den er normalerweise bevorzugte: hochgewachsen mit langem, leicht gelocktem Haar, gertenschlank, mit hohen ausgeprägten Wangenknochen und einem sinnlichen Mund. Nur die Augen passten nicht. Sie wirkten kalt, trugen eisiges Kalkül und bodenlosen Egoismus in sich. Henrik vermochte nicht zu sagen, von welcher der beiden Frauen die größere Bedrohung ausging. Er beschloss, seine Deeskalationstaktik weiterzuverfolgen. Die beiden am Reden zu halten. Solange sie miteinander sprachen, abgelenkt waren, bestand weniger Gefahr, dass ein Schuss fiel.

»Sie beide kennen sich?«, fragte er.

»Sie ist meine Schwester.« In den Worten der pummeligen Schwedin lag Verachtung.

Das Gesicht der blonden Frau verzog sich zu einem hämischen Grinsen. »Und jetzt bist du gekommen, um mich abzuknallen, Schwesterherz?« Sie betonte das letzte Wort.

»Mit Vergnügen.« Der Finger am Abzug krümmte sich.

»Das schaffst du nicht. Dafür fehlt dir der Arsch in der Hose.« Das Grinsen wurde breiter. »An deinem Allerwertesten ist doch nur Speck. Blubber. Kein Wunder, dass die Männer vor dir Reißaus nehmen. Wer will sich schon mit einer wie dir abgeben?«

»Hey, hey, hey, immer sachte!«, warf Henrik besänftigend ein. »Es bringt nichts, wenn Sie sie jetzt noch provozieren.«

»Rede doch, was du willst!«, brachte die Schwedin keuchend hervor. »Mir kannst du nichts mehr anhaben. Ich bin deinetwegen durch die Hölle auf Erden gegangen. Und vielleicht erwartet genau die mich gleich wirklich. Aber vorher bist du dran.« Der Finger zitterte ein wenig, bewegte sich dann aber nach hinten.

»Nein!«, schrie Henrik und sprang vorwärts, die eigene Waffe im Anschlag.

Astrid Lund fuhr herum, zögerte keine Sekunde. Ein Schuss löste sich aus ihrer Waffe. Henrik fasste sich an die Brust und taumelte zu Boden. Ein zweiter Schuss fiel. Und dann ein dritter.

Ein paar Sekunden lang, die Kathrin wie eine Ewigkeit vorkamen, blieb alles still. Totenstill. Selbst die Vögel hatten ihr Zwitschern eingestellt. Und auch den Jungen konnte Kathrin nicht mehr weinen hören. Es war, als ob die Welt jäh aufgehört hätte, sich zu drehen.
Mühsam kämpfte sie sich hoch, bis sie kniete. Schwerfällig kam sie auf die Beine. Die ihr nicht recht gehorchen wollten. Aber sie zwang sich, einen ersten Schritt zu machen. Dann einen zweiten. Sie steigerte ihr Tempo. Rannte. Um ihr Leben.

26

Verdammt, warum ist hier niemand? Hat denn niemand die Schüsse gehört?

Diese Fragen jagten durch Kathrins Kopf, während sie über die Holzstege hinunter zum Ausgang hetzte. Nieselregen hatte eingesetzt, und in den Baumkronen verfingen sich Nebelschwaden. Um ein Haar wäre Kathrin auf den feuchten Stegen ausgerutscht, doch sie fing sich und rannte weiter. Immer weiter. Bis sie endlich den Eingangsbereich zum Baumkronenweg vor sich liegen sah. Aber auch der war zu ihrem Entsetzen menschenleer. Das ganze Areal war wie ausgestorben. Kathrin überlegte, ob sie es wagen könnte, ihr Handy aus der Hosentasche zu ziehen und den Notruf zu wählen. Doch sie hatte Angst, dass derjenige, der die Schüsse auf der großen Aussichtsplattform abgegeben hatte, sie einholen würde. Seine Waffe auch auf sie richten würde. Kathrin machte sich keine Illusionen: Einem zweiten Mordanschlag wäre sie hier hilflos ausgeliefert. Weil Henrik nicht zu ihr zurückgekommen war, musste sie mit dem Schlimmsten rechnen. War er »nur« verletzt worden? Oder gar nicht mehr am Leben? Ich muss Hilfe holen, hämmerte es in Kathrins Gehirn. Die Polizei, einen Rettungswagen alarmieren. Am Kassenhäuschen. Dort, wo sich mehr Menschen als oben auf der Kuppe aufhalten.

Kathrin japste nach Luft, ihre Lungen protestierten, doch sie zwang sich, weiterzulaufen. Das letzte Stück des Holzsteges lag hinter ihr, und sie stürzte auf den Ausgangsbereich mit dem Drehkreuz zu. Stemmte sich gegen die Metallstreben. Die unter Kathrins Schwung sofort nachgaben, den Weg für sie frei machten. So schnell, dass Kathrin stolperte. Sie verlor das Gleichgewicht. Ein Arm kam aus dem Nichts hervor, stützte sie, bewahrte sie vor dem Fall. Kathrin blickte auf.

»Matthes!«, brachte sie keuchend hervor.

»Langsam!« Matthias Gerlos griff fester nach ihrem Arm. So fest, dass es wehtat.

»Da oben. Schüsse. Wir müssen … weg von hier«, stammelte Kathrin.

Matthias Gerlos schien nicht zu hören, was sie sagte. »Ich habe auf dich gewartet. Wir müssen reden. Dringend«, erwiderte er unbeeindruckt.

»Nein, wir müssen weg«, wiederholte Kathrin. »Los jetzt!« »Ich muss mit dir reden.« Matthias Gerlos wirkte auf Kathrin wie ein Automat, der ständig den gleichen Satz plapperte. Sie machte einen Schritt vorwärts.

»Hast du nicht gehört? Da oben ist geschossen worden! Auf Menschen! Los, wir müssen weg!«

Angesichts dessen, was sich auf der Plattform ereignet hatte, konnte Kathrin Matthes' stoische Ruhe nicht nachvollziehen. Er war wie weggetreten. Hatte er Alkohol getrunken? Oder Tabletten genommen? Mit einem Ruck versuchte sie, ihren Arm aus Matthes' Griff zu lösen. Vergeblich. Er hielt ihren Arm wie ein Schraubstock umklammert.

»Lass mich los!«, befahl Kathrin.

»Erst wenn wir geredet haben. Deshalb bin ich dir nach-gefahren«, beharrte Matthes.

»Bist du verrückt?« Kathrin warf ihm einen verständnislosen Blick zu. »Wir haben keine Zeit zu reden. Jemand hat versucht, mich umzubringen. Es sind Schüsse gefallen. Ganz ehrlich: Was du willst, interessiert mich gerade so überhaupt nicht!«

Matthias Gerlos schüttelte sich, als ob man ihn mit einem Eimer kalten Wassers übergossen hätte. Er wirkte mit einem Schlag klarer, fokussierter. »Aber es sollte dich verdammt noch mal interessieren! Muss dich interessieren!« Seine Stimme war leise geworden. Gefährlich leise. »Ich mache dir jetzt einen Vor-schlag«, sagte er, ohne von ihrem Arm abzulassen. »Wir beide gehen gemeinsam den Weg runter zu meinem Auto. Aber immer schön langsam.«

»Quatsch! Wir müssen uns beeilen! Da oben benötigt jemand Hilfe«, protestierte Kathrin.

»Ich bestimme das Tempo.« Die Finger von Matthes' linker Hand bohrten sich schmerzhaft in Kathrins Oberarm. »Los!«

»Du tust mir weh. Ich kann so nicht gehen«, erklärte Kathrin im Versuch, sich dem Befehl zu widersetzen.

»Tut mir leid. Aber ich kann nicht riskieren, dass du wegläufst.« Matthes war unerbittlich.

»Ich laufe nicht weg, ich will Hilfe holen.«

»Nein. Nicht jetzt. Später. Später kannst du telefonieren.«

»Später ist zu spät. Da oben braucht jemand einen Arzt.«

Matthias Gerlos zuckte mit den Schultern.

Kathrin explodierte. »Himmel! Was ist denn mit dir los? Ich erkenne dich gar nicht wieder. Du bist so komisch. So anders als sonst.«

Matthes gab ein tonloses Lachen von sich. »Anders. Das ist gut. Ja, für mich war schon immer alles ein wenig anders. Ihr habt es nur nicht gemerkt.« Er hielt kurz inne. Dann zerrte er an Kathrins Arm. »Komm jetzt. Wir reden in deinem Wohnmobil.«

»Nein, so nicht.« Kathrin stemmte die Füße fest auf den Boden. »Was fällt dir ein, mich so zu behandeln? Wie eine Gefangene!«

Matthes gab einen lang gezogenen Seufzer von sich. »Ich hatte schon befürchtet, dass du mir keine andere Wahl lassen wirst.« In der rechten Hand hielt er auf einmal einen Revolver. So klein wie eine Spielzeugwaffe. Aber dennoch mit tödlicher Wirkung, vermutete Kathrin. Sie schluckte schwer und räusperte sich.

»Ist der echt?«

»So was von echt«, versicherte er. »Und jetzt los!«

Der Revolverlauf bohrte sich in Kathrins Rücken. Ihr wurde bewusst, dass sie keine andere Wahl hatte. Der Gesichtsausdruck auf Matthias Gerlos' ansonsten so jovial dreinblickendem Vollmondgesicht ließ keinen Zweifel daran, dass er bereit war, bis zum Letzten zu gehen.

Kathrin setzte sich in Bewegung. Die Gedanken kreisten in ihrem Kopf. Was hatte das alles zu bedeuten? Warum tauchte Matthes so plötzlich hier auf? Und warum war er mit einem Mal nicht mehr der, den sie zu kennen glaubte? Peters bester Freund? Ihr Freund? Und wo, ja, wo war Peter? Mit dem sie sich vor den Schüssen hatte treffen wollen. Hinter ihrer Stirn machte sich ein unangenehmes Dröhnen breit. Ob durch das Gedankenkarussell, die Panik, die langsam in ihr emporstieg, oder den harten Fall auf den Metallboden bedingt, machte für sie keinerlei Unterschied. Es tat weh. Höllisch weh. Am liebsten wäre Kathrin in Tränen ausgebrochen. Doch sie wollte vor Matthes, dem neuen, ihr unbekannten Matthes, keine Schwäche zeigen. Kathrin biss die Zähne zusammen und stolperte weiter. Hoffte inständig, dass ihr endlich jemand entgegenkommen würde, mit dessen Hilfe sie sich aus Matthes' Umklammerung lösen oder dem sie wenigstens ein Zeichen geben könnte. Doch vergeblich. Sie waren allein auf dem Pfad. Nicht einmal ein Vogel oder ein Eichhörnchen kreuzte ihren Weg.

Kathrin versuchte Matthes dadurch auszutricksen, dass sie schneller wurde, das Tempo langsam, aber stetig steigerte. In der Hoffnung, dass er wegen seines kolossalen Übergewichtes nicht mithalten und sie ihn schließlich abschütteln könnte. Doch er durchschaute sie sofort.

»Langsam!«, zischte er ihr ins Ohr. Der Revolverlauf bohrte sich tiefer in Kathrins wehrloses Fleisch. Fürs Erste musste sie sich geschlagen geben.

Auf dem Parkplatz vor dem Kassenhäuschen stieg ein älteres Ehepaar aus dem Auto. Kathrin warf ihnen einen hilfesuchenden Blick zu. Doch Matthes reagierte sogleich. Er veränderte seine Position derart, dass es aussah, als ob sie Schulter an Schulter die letzten Meter zu seinem silbergrauen SUV zurücklegten. Dabei setzte er ein Lächeln auf und nickte dem Ehepaar freundlich zu. Die grüßten zurück. Als sie ein paar Schritte entfernt waren, befahl er: »Setz dich ans Steuer. Du fährst. Bis zu deinem Wohnmobil. Und dann reden wir.«

Kathrin zögerte, als sie neben Töfftöff aus Matthes' Auto ausstieg. Ihre rechte Hand, in der sie den Wohnmobilschlüssel hielt, zitterte. Sie überlegte, ob sie es wagen könnte, um Hilfe zu schreien. Der Wohnmobilist, der sich am Morgen zum Paddeln aufgemacht hatte, war inzwischen zurückgekehrt und packte seine Ausrüstung in die Heckgarage. Kathrin bewegte die Lippen, um auf sich aufmerksam zu machen. Aber Matthes wusste dies zu verhindern.

»Ein einziger Laut, und du siehst Peter nie wieder«, drohte er flüsternd.

Ohne Widerstand zu leisten, öffnete Kathrin die Aufbautür. Im Inneren erlaubte ihr Matthes, aus der Jacke zu schlüpfen und die Dachluken zu öffnen. Die Luft war stickig. Als Kathrin auch das Küchenfenster aufreißen wollte, ging Matthes dazwischen.

»Nein! Setz dich«, befahl er.

Kathrin rutschte auf die hintere Sitzbank der Mitteldinette. Sie bemerkte, dass sich Schweißperlen auf Matthes' Stirn gebildet hatten. Unter den Achseln seines hellblauen Hemdes zeichneten sich Schweißflecken ab. Normalerweise wünschte Kathrin niemandem etwas Schlechtes. Aber in der jetzigen Situation betete sie stumm, dass Matthes einen Herzinfarkt erleiden und auf der Stelle tot umfallen würde. Doch er schien robuster, als ihr lieb war.

Matthias Gerlos stützte die fleischigen Finger auf der Tischplatte ab und funkelte sie angriffslustig an. »Sag mir, wo es ist!«

»Wo was ist?«, fragte Kathrin perplex.

»Das Geld.«

Kathrin lachte bitter auf. »In meinem Portemonnaie müssten so fünfzig Euro stecken. Und im Safe unter der Sitzbank habe ich noch mal hundert Euro deponiert. Sag nicht, dass du wegen dieser Minibeträge ein solches Theater veranstaltest! Bist du völlig durchgeknallt?«

Matthes zog eine Grimasse. »Ich rede nicht von Kleingeld. Ich rede von den zehn Millionen. Beziehungsweise von dem, was davon übrig ist.«

»Zehn Millionen?« Kathrin starrte ihn verdattert an. »Woher soll ich zehn Millionen haben?«

»Von Peter.«

»Peter ist, wie du dich vielleicht erinnern dürftest, tot. Seit acht Jahren.« Kathrins Stimme troff vor Sarkasmus.

Matthes zog ein gebügeltes Baumwolltaschentuch aus der

Hosentasche und tupfte sich damit die Stirn ab. »So lautet zumindest die offizielle Version. Aber du und ich und auch die anderen da oben …« Matthes wies mit dem Kinn in Richtung des Eschelberges. »Wir wissen, dass das Bullshit ist. Peter lebt. Und zwar verdammt gut, wenn du mich fragst.«

»Du hast ihn gesehen? Mit ihm gesprochen? Wie? Wo denn?« Kathrin war nicht in der Lage, sich zurückzuhalten. Die Fragen sprudelten aus ihr heraus, obwohl sie sich vorgenommen hatte, cool und unbeteiligt zu wirken. Ihre widersprüchlichen Emotionen unter Kontrolle zu halten. Doch ihre Sehnsucht nach Peter war stärker, ließ sie all ihre Vorsätze vergessen.

»Natürlich habe ich mit Peter gesprochen«, erwiderte Matthes barsch. »Ich war doch von Anfang an in die Aktion involviert.«

Kathrin spürte, wie sich ein dicker Kloß in ihrem Hals breitmachte. Sie schluckte schwer. »In welche Aktion?«

»Tu nicht so scheinheilig!«, herrschte Matthes sie an. »Auf die Masche fall ich nicht rein. Du wolltest dich doch auch wegen des Geldes mit ihm treffen.«

»Nein.« Kathrin schüttelte den Kopf. »Ich wollte mich mit ihm treffen, weil ich ihn liebte. Ich meine, weil ich ihn liebe«, verbesserte sie sich. »Noch immer. Und weil ich die Wahrheit erfahren will.«

»Die Wahrheit ist, dass er unseren Deal nicht eingehalten hat«, knurrte Matthes.

»Was für einen Deal?«

»Ich habe ihm mit dem Abschluss der Versicherungspolice geholfen. Und dabei, im Anschluss die Biege zu machen. Dafür steht mir ein Drittel der Versicherungssumme zu. Bis jetzt habe ich nur ein paar läppische tausend Euro abbekommen. Aber ich brauche das Geld. Für mein Projekt. Sofort.«

Vor Kathrin taten sich Abgründe auf. Konnte das, was Matthes behauptete, wahr sein? Hatte Peter seinen Tod vorgetäuscht, um einen kapitalen Versicherungsbetrug zu begehen? Hatte er eine Bank, aber auch seine Mutter und sie als seine Ehefrau wissentlich hintergangen? Eine Millionensumme kassiert, auf die er keinen Anspruch hatte? Und wo war das Geld jetzt?

Oder, anders formuliert, wo befand sich Peter mit seiner Beute? Fragen über Fragen, auf die Kathrin keine Antworten hatte. Sie wusste nur eins mit Sicherheit: Von dem Geld, sofern es diese Versicherungsprämie tatsächlich gab, hatte sie nicht einen Cent gesehen. Daran konnte auch Matthes nicht rütteln. Aber er war vermutlich in der Lage, sie zu Peter zu führen.

Kathrin nahm sich vor, den Spieß umzudrehen. Revolver hin oder her, sie würde alles geben, um Matthes auszuquetschen. Ihn dazu zu bringen, ihr die Wahrheit zu sagen. Kathrin zählte stumm bis zehn, um sich zu beruhigen und auf ihre neue Rolle einzustellen. Ihr war bewusst, dass ihr das Talent zur Schauspielerin fehlte. Dennoch schaffte sie es, ihren Gesichtsausdruck und ihre Stimmlage entsprechend anzupassen. Mitgefühl und ehrliches Interesse zu heucheln.

»Ich verstehe dich. Wenn es so ist, wie du behauptest, ist das nicht fair. So kenne ich Peter überhaupt nicht. Warum hält er sich nicht an eure Abmachung?«

»Es ist diese Frau«, murmelte Matthes. »Die hat von Anfang an falschgespielt.«

»Inwiefern?« Kathrin zwang sich zur Ruhe, obwohl es in ihrem Inneren brodelte.

»Ich habe ihn vor der blonden schwedischen Schlange gewarnt. ›Die ist Gift für dich‹, habe ich gesagt. ›Zieh das Ding mit mir allein durch. Das ist sicherer.‹«

Auf Matthes' fülligem Gesicht hatten sich tiefe Sorgenfalten gebildet. Er wirkte ein bisschen wie Leo, der Beagle von Henrik Richtersen. Mit dem Unterschied, dass der Beagle ein freundlicheres Naturell besaß. Keinem Menschen Schaden zufügen würde. Er wird sein Herrchen bestimmt schrecklich vermissen, dachte Kathrin verzweifelt. Sie unterdrückte den Impuls, laut aufzustöhnen. Die Minuten tickten unaufhaltsam dahin, und sie fand keine Möglichkeit, Hilfe zu holen. Verdammt, sie musste Matthes und seinen Revolver loswerden! Aber vorher würde sie die Wahrheit aus ihm herausholen. Die ganze und, wie es aussah, äußerst unschöne Wahrheit. Kathrin konzentrierte sich erneut auf ihr Gespräch mit Matthes.

»Hättest du ihn nicht davon abhalten können?«, fragte sie mit leisem Vorwurf in der Stimme. »Ich meine, ihr seid doch Freunde. Du hast Einfluss auf ihn.«

»Nein, null Chance«, erwiderte Matthes düster. »Peter war wie verhext von ihr. Kurz vor seinem vierzigsten Geburtstag fing es an. Und dann gab es für ihn kein Zurück mehr.«

Also doch, dachte Kathrin mit flauem Gefühl. Da hatte sie mit ihren Vermutungen, dass Peter sich verändert zeigte, plötzlich andere Prioritäten setzte, gar nicht so falschgelegen. Fatalerweise hatte sie damals nichts unternommen. Hatte nicht auf eine Aussprache gedrängt. Sie hatte die Augen vor der Wahrheit verschlossen und so getan, als ob alles in bester Ordnung wäre. Bis von einem Tag auf den anderen ihre Welt kopfgestanden hatte. Und das Unglück seinen Lauf nahm. Hatte sie sich mit ihrer Unterlassung ebenfalls schuldig gemacht?

»Sie haben sich auf einer von Peters Geschäftsreisen in Stockholm kennengelernt«, fuhr Matthes fort. »Da hat sie ihm was von Freiheit und Ungebundenheit vorgeschwafelt. Dass es morgen schon zu spät sein könnte, seine Träume zu leben, hat sie gesagt. Dass man das Glück mit beiden Händen festhalten muss, bevor es einem entgleitet.«

Kathrin schluckte nochmals schwer. »Und das hat Peter dann gemacht? Sich sein Glück genommen? Ohne dabei an dich zu denken?«, fügte sie hinzu, um Matthes am Reden zu halten.

»Ach ich, ich war für ihn zu diesem Zeitpunkt schon fast abgeschrieben. Nur nicht in dieser einen Sache, für die sie mich brauchten.«

Kathrin musste sich innerlich fast Gewalt antun. Aber sie brachte es trotzdem zustande, die Worte auszusprechen: »Das tut mir echt leid für dich.«

Die Sorgenfalten auf Matthes' Stirn vertieften sich. »Peter hatte nur noch Augen und Ohren für Svenja.«

»Diese Svenja stand also hinter allem? Hat sie Peters Verschwinden inszeniert? Oder wie haben die beiden es fertiggebracht, uns weiszumachen, dass es ein Unglück war?«

»Der ganze Schwindel war einfacher einzufädeln, als ich

vermutet hatte«, gestand Matthes. »Svenja kannte jemanden, der auf der Fähre arbeitet. Den haben sie mit einem hübschen Sümmchen bestochen, damit er Peter in der Nacht in seinem Pkw versteckt und ihn morgens bei der Ankunft in Trelleborg an Land schmuggelt. Wo Peter erst einmal ein paar Wochen untergetaucht ist, bis sich die Wogen geglättet hatten. Sodass es völlig echt wirkte und an einem tragischen Unfall kein Zweifel aufkam. Svenja hat dafür gesorgt, dass auf der Fähre ein ganz großes Bohei ausgelöst wurde. Du weißt schon … Mann über Bord und so.«

Ja, Mann über Bord. *Mein* Mann über Bord, dachte Kathrin bitter. Während sie um Peter getrauert, unsägliche Qualen wegen der monatelangen Ungewissheit erlitten hatte, hatte der sich ein neues Leben aufgebaut. Ihre gemeinsamen Ideale, sein Ehegelöbnis verraten. Sie im Stich gelassen, um sich mit einer anderen zu vergnügen. Dafür, schwor sich Kathrin, würde er büßen. Wenn sie ihm endlich wieder von Angesicht zu Angesicht gegenüberstände, würde er dafür bezahlen. Nicht mit Geld, sondern moralisch. Sie würde Peter ihre Verachtung, ihre Abscheu spüren lassen. Ihrem Ärger, der angestauten Wut Luft machen. Doch bis es so weit war, bis sie die Chance bekam, endgültig reinen Tisch zu machen, und ein neues Leben für sie anbräche, musste es ihr gelingen, sich aus Matthes' Fängen zu befreien. Oder ihn wenigstens auf ihre Seite zu bringen. Oh nein, nicht nur diese Svenja kann falschspielen, dachte Kathrin grimmig. Ich kann es, wenn es sein muss, ebenfalls.

»Was hast du denn in dieser schweren Zeit gemacht?«, fragte sie mitfühlend. »Ich kann mir vorstellen, dass die Situation für dich alles andere als einfach war. Ich meine, Peter hat nicht nur mich, sondern auch dich betrogen. Seinen besten Freund! Stell dir das mal vor.« Sie seufzte theatralisch auf.

»Damals ging ich noch davon aus, dass er sich an unsere Abmachung hält.« Matthes tupfte sich erneut den Schweiß von der Stirn. »Ich war ja derjenige, der dafür gesorgt hat, dass die Versicherung ohne einen Hauch von Misstrauen oder irgendwelche Gegenargumente zahlte. Das Geld wurde auf ein Konto meiner Bank, das ich vor Peters angeblichem Tod unter deinem Namen eingerichtet hatte, überwiesen. Dann musste ich nur noch das Konto wieder löschen, ein paar Klicks an den richtigen Stellen machen, und die zehn Millionen waren auf Peters neuem schwedischen Konto. Das er natürlich mit gefälschten Papieren eröffnet hatte. Alles in allem ein genialer Coup, wenn du mich fragst.«

»Mir war schon immer klar, dass du mehr kannst, als du uns hast glauben lassen«, schmeichelte Kathrin und gurrte: »Gleich nach unserem Kennenlernen habe ich zu Peter gesagt: Der Matthes, der ist ein ganz helles Köpfchen.«

Matthes aalte sich sichtlich in ihrem Lob. »Der Peter, der war zwar Topmanager. In der halben Welt beruflich unterwegs. Hatte Ansehen, Standing und natürlich eine höhere Gehaltsklasse als ich. Aber das, worauf es letztendlich ankam, das hatte er nicht. Dazu brauchte er mich.«

Kathrin nickte. »Ja, dich.«

»Ich war auch derjenige, der wusste«, Matthes schaute sie beifallheischend an, »dass die Versicherung bei Unfällen mit Todesfolge auf See bereits nach einem halben Jahr zahlt. Und nicht erst nach fünf Jahren. So lange hätten wir auch gar nicht warten können. Oder wollen.«

»Wirklich clever, so was von clever von dir!« Kathrin zwang sich zu einem zuckersüßen Lächeln. Gleichzeitig beäugte sie den Revolver, den Matthes neben sich auf die Sitzbank gelegt hatte. Ob sie es schaffen könnte, mit dem Fuß dagegenzustoßen, damit er auf den Boden fiel? Um sich dann blitzschnell zu bücken und ihn aufzuheben? Kathrins Herz begann heftig zu klopfen. Sie befürchtete, dass Matthes es ebenfalls hören würde. Dass ihr lauter Herzschlag ihre Absicht verriet. Kathrin zwang sich zur Ruhe. Sie räusperte sich. »Also wenn du mich fragst: Für diesen Coup hast du dir deine Belohnung redlich verdient.«

»Ja, das habe ich.« Matthes' feistes Gesicht verdüsterte sich erneut. »Aber dieses schwedische Gift … Sie wollte alles für sich behalten. Die Millionen. Peter. Der hat sich, nachdem das Geld auf dem Stockholmer Konto eingegangen war, wochenlang nicht gemeldet. Dann teilte er mir per WhatsApp mit, dass sie sich ein großes, teures Wohnmobil gekauft hätten und damit durch Europa tourten. Ihre Freiheit in Frankreich, Portugal, Spanien, Italien und sonst wo auslebten. Sich die Sonne auf den Bauch scheinen ließen. Das Dolce Vita beim Camping genossen. Während ich nach wie vor in meiner Filiale hockte. Tag für Tag. Geduldig darauf wartete, endlich mein Projekt, meinen Karrieresprung anzugehen.«

Kathrin spürte, wie Gallenflüssigkeit jäh ihre Speiseröhre hochstieg. Ohne die geringste Ahnung zu haben, hatte sie jahrelang mit einem potenziellen Lügner, Verräter, Ehebrecher und ja, einem angehenden Kriminellen zusammengelebt. Wie konnte das geschehen? Wie hatte sie so blind sein können? Es wurde Zeit, dass sie Peter zur Rede stellte. Aber bevor sie eine Antwort auf diese Fragen finden konnte, musste sie zuerst das Drama mit Matthes zu Ende bringen. Den letzten Rest der widerlichen Geschichte aus ihm herauskitzeln. Kathrin heuchelte Verständnis.

»Ich kann gut nachvollziehen, dass du ungeduldig geworden bist. Wäre ich an deiner Stelle ebenso.«

»Das ist nicht fair, was der Peter mit mir macht.«

»Nein, ist es nicht.« Kathrin nickte. »Man betrügt seinen besten Freund nicht.« Seine Ehefrau ebenso wenig, dachte sie im Stillen.

»Du verstehst also, warum ich handeln musste? Warum ich dir nachgefahren bin?« Matthes schaute sie flehentlich an.

»Natürlich, ich bin ganz bei dir«, säuselte Kathrin. »Aber sag mal, nur um das klarzustellen. Wann hast du denn das letzte Mal mit Peter darüber gesprochen?«

Die Antwort kam wie aus der Pistole geschossen: »Vorgestern.«

Kathrin zuckte zusammen. Vorgestern. Also genau an dem Tag, an dem Peter sie auf dem Handy angerufen hatte. Aber warum hatte er bei ihr so seltsam geklungen? Von Verfolgern geredet? Sich angehört, als ob er auf der Flucht wäre? War das bloß wieder eine Show gewesen, die er für sie abgezogen hatte?

Im Lügen scheint Peter inzwischen ja reichlich Übung zu haben, dachte Kathrin mit Verbitterung.

»Was hat dir der Peter denn so gesagt?«, fragte sie und hoffte, dass ihre Stimme einigermaßen normal klang.

»Dass er sich hier am Edersee mit dir treffen wird«, erwiderte Matthes prompt. »Weil er dir letzte Instruktionen geben will. So habe ich es wenigstens verstanden. Wir standen ja unter Druck, waren in Eile. Stress pur halt. Auch weil dieses schwedische Gift davon nichts merken durfte.«

Kathrin konnte es kaum mehr ertragen. Aber sie musste weitermachen. Weiterreden. Mit Beklemmung stellte sie fest, dass Matthes ein Stück näher an den Revolver herangerutscht war. Ihren Fluchtplan zunichtemachte.

»Hast du Peter persönlich getroffen?«

»Ja, aber diesmal nur kurz.«

Ein scharfer Schmerz durchzuckte Kathrins Brust.

»Wie sieht er aus? Wie geht es ihm? Hat er sich verändert?«, fragte sie und ärgerte sich, dass sie sich nicht bremsen konnte. Ihr Herz klopfte wild, schien völlig aus dem Takt geraten.

»Nun ja.« Matthes wirkte plötzlich nervös. Eine Schweißperle kullerte von seiner Stirn, rann an seinem linken Augenwinkel vorbei und platschte auf seine Hose. Er bearbeitete die Stelle energisch mit dem Handrücken. »Ganz normal halt«, erwiderte er ein wenig lahm. »Ein bisschen älter natürlich. Wir werden alle nicht jünger.«

Nein, dachte Kathrin grimmig.

»Deswegen.« Matthes' Stimme nahm einen quengeligen Ton an. »Ich brauche das Geld. Wenn ich meinen Anteil nicht innerhalb von zehn Tagen auf dem Konto habe, komme ich in Teufels Küche. Peter weiß das. Weshalb er …« Matthes stockte.

»Weshalb er was?«, hakte Kathrin nach.

»Weshalb er das, was von der Versicherungssumme noch übrig ist, hier bei dir deponieren wollte. Auch damit das Geld vor der blonden Schlange sicher ist. Die gönnt mir meinen Anteil nicht. Wahrscheinlich will sie inzwischen sowieso alles für sich allein haben.«

Kathrin schielte erneut auf den Revolver. Atmete einmal tief durch. Die ganze Geschichte war wirr. Unglaublich. Wie aus einem schlechten Film. Und doch wahr. Sie wünschte sich, sie wäre niemals nach Rotenburg gefahren. Hätte sich niemals auf das Spiel mit den Geschenken und den GPS-Koordinaten eingelassen. Dem ganzen Wahnsinn durch ihr Zutun nicht noch die Krone aufgesetzt. Andere und sich selbst in Todesgefahr gebracht.

»Bitte! Wo ist das Geld?«, drängte Matthes.

Kathrin winkte ab. »Von mir aus kannst du das ganze Wohnmobil auf den Kopf stellen. Ich habe keinen einzigen Cent von Peter bekommen. Wie auch? Es gab ja gar keine Gelegenheit.«

»Du lügst!« Matthes' Stimme war schneidend. »Peter hat es mir doch selbst gesagt. Schon als er in Rotenburg war. Ich habe ihn getroffen, bevor ich zu dir auf den Campingplatz gekommen bin. Er wollte das Geld nehmen, wenn Svenja abgelenkt wäre, und es hier im Wohnmobil verstecken. Aber zuerst wollte er mit dir reden.«

»Nein!« Kathrin explodierte und vergaß dabei für einen Augenblick ihre Angst. »Wie oft muss ich es dir noch sagen: Ich habe dein Scheißgeld nicht! Weil ich Peter gar nicht gesehen habe. Seit acht Jahren nicht mehr gesehen habe.«

»Das kann nicht sein.«

»Es ist aber so!«, schrie Kathrin vollkommen außer sich. »Ja, Peter hat mir ein Ticket für den Baumkronenweg ans Wohnmobil gehängt. Ein Ticket, auf dem eine Uhrzeit stand. Und ja, ich war, wie du selbst weißt, dort oben. Habe auf einer der Plattformen auf ihn gewartet. Aber rate mal, wer nicht gekommen ist? Wer mich heute schon wieder versetzt und an der Nase herumgeführt hat?«

Für ein paar Sekunden war es totenstill im Wohnmobil. Dann gab Matthes einen Laut von sich, der sich wie eine Mischung aus Räuspern und Stöhnen anhörte.

»Heißt das etwa, dass du dich erst heute mit Peter treffen wolltest? Dass du ihn vorhin erstmals wiedergesehen hättest? Nach all den Jahren zum allerersten Mal?« Matthes' Gesicht mit den roten Pausbäckchen hatte die fahle Färbung von Magerquark angenommen. »Ich ging davon aus, dass ihr euch schon viel früher ... Dass ihr euch schon in Rotenburg abgesprochen habt. Dass er dir das Geld inzwischen übergeben hat, damit du es sicher aufbewahrst. Ich ...« Er verstummte. Nicht nur seine Stirn, sein ganzes Gesicht glänzte vor Schweiß.

»Nein«, widersprach Kathrin mit fester Stimme. »Ich habe Peter zuletzt an dem Morgen gesehen, als er zu seiner vermeintlichen Geschäftsreise nach Stockholm aufbrach. Danach nie wieder.«

Matthes schlug die Hände vors Gesicht. »Oh mein Gott, mein Gott! Was habe ich nur getan?«, jammerte er.

Kathrin beäugte ihn verdutzt. Sie wusste nicht, was sie von der plötzlichen Wendung des Gespräches halten sollte. Was war mit Matthes los? Warum sah es so aus, als ob er in seine Hände schluchzte? Trat jetzt etwa ein, was sie ihm vor zehn Minuten an den feisten Hals gewünscht hatte? Stand er kurz davor, einen Herzinfarkt zu erleiden?

Da hörte Kathrin ein Klacken. Das heißt, sie erahnte es mehr, als dass sie es bewusst wahrnahm. Kathrin sah über Matthes' Schulter hinweg in Richtung des Fahrerhauses. Dort tauchte wie aus dem Nichts eine Hand auf. Die einen flachen schwarzen Gegenstand fest umklammert hielt. Der Gegenstand prallte hart auf Matthes' Hinterkopf. Matthes gab ein Grunzen von sich und sackte auf der Sitzbank in sich zusammen. Seine Stirn kam auf der Tischplatte zum Liegen.

Kathrin starrte auf Henrik Richtersen, der wie ein komplett in Schwarz gekleidetes Gespenst hinter dem Fahrersitz auftauchte. Sie brauchte ein paar Sekunden, ehe sie imstande war zu sprechen. »Oh mein Gott! Ich dachte, du ... du wärest tot«, stammelte sie.

Henrik zog die Vorderseite seines schwarzen Fleecepullovers ein Stückchen in die Höhe. Darunter kam eine kugelsichere Weste zum Vorschein.

»Meine Lebensversicherung.«

27

»Wie geht es dir?« Henrik musterte Kathrin über den Rand seines Rotweinglases hinweg. Drei Monate hatten sie sich nicht gesehen, nur sporadisch am Telefon miteinander gesprochen. Wenn es neue Erkenntnisse gab.

Kathrin betrachtete ihn mit traurigem Blick. »Ich hätte nicht gedacht, dass man um jemanden, der eigentlich schon seit acht Jahren tot ist, dermaßen trauern kann. Es ist verrückt. Aber es tut so weh wie am ersten Tag, an dem mir klar wurde, dass Peter von seiner letzten Geschäftsreise nicht mehr heimkommen würde.«

»Ich kann es dir nachfühlen.« Henrik nickte. »Es war ein fürchterlicher Schock. Mit dem Ausgang hatte niemand gerechnet. So nah dran ... und dann das.«

Kathrin spielte mit dem Stiel ihres aus bruchfestem Kunststoff gefertigten Weinglases. Sie saßen in Henriks Leihmobil, mit dem er zum Stellplatz nach Einbeck gekommen war. Das ortsansässige Fahrzeugmuseum hatte ihn beauftragt, ein kürzlich aus dem Museum entwendetes Unikat, das bei Kennern Kultstatus hatte, aufzuspüren. Da Kathrin nach dem Stress der vergangenen Wochen das Gefühl gehabt hatte, dringend ein paar Tage rauszumüssen, hatten sie sich quasi auf halber Strecke zwischen Lorsch und Hamburg verabredet. Kathrin war froh, auf diese Weise den letzten Rest zu klären, die ganze Wahrheit zu erfahren.

»Ich habe die arme Kommissarin, die sie beauftragt hatten, mich möglichst schonend über die Tatsachen in Kenntnis zu setzen, am Anfang gar nicht ernst genommen«, erzählte Kathrin. »Lass sie reden, das kann nicht sein, habe ich gedacht. Schließlich hatten sowohl Matthes als auch ich wenige Tage zuvor mit Peter geredet. Außerdem hatte ich doch seine Nachricht am Wohnmobil vorgefunden. Sollte mich mit ihm dort oben auf dem Baumkronenweg treffen. Was die Polizistin mir zu erklären versuchte, machte unter den Umständen keinen Sinn.«

»Die ganze Angelegenheit war von Anfang an verworren«, stimmte Henrik ihr zu.

»So richtig registriert, dass Peter tatsächlich tot ist, habe ich erst in der Pathologie in Kassel.« Kathrin lief bei der Erinnerung ein Schauder den Rücken hinunter. »Da hat mich das Gefühl, dass ich nie wieder eine Chance haben werde, mit ihm zu reden, ihn nach seiner Version der Dinge zu fragen, mich mit ihm auszusprechen … nun, das hat mich fast von den Füßen gehauen. Ich habe da keine gute Figur abgegeben.«

»An das, was in der Pathologie passiert, gewöhnt man sich nie. Auch nach Jahrzehnten nicht«, bestätigte Henrik aus eigener Erfahrung.

»Außerdem sah er so schrecklich verändert aus. Diese Narben, die fast seine gesamte rechte Gesichtshälfte entstellten. In der Situation habe ich wieder gedacht: Was wollen die von mir? Das ist ein Fehler.«

»Kann ich gut verstehen.«

»Erst als sie das grüne Laken weiter runterzogen, sickerte die Erkenntnis langsam durch. Und ja, sie hatten natürlich recht. Der Mann, der dort lag, war eindeutig Peter.«

»Daran gab es zu dem Zeitpunkt keinen Zweifel mehr«, sagte Henrik. »Auch der DNA-Abgleich, den meine Auftraggeber veranlasst haben, hat das bewiesen. Dass du ihn identifiziert hast, war reine Formsache. Juristisch gesehen.«

Kathrin nahm einen Schluck vom Rotwein, um den bitteren Geschmack in ihrem Mund hinunterzuspülen. »Hast du eine Ahnung, wie es passiert ist? Die Narben auf seinem Gesicht?«

»Es war anscheinend ein Unfall, den er beim Reparieren seines Wohnmobils erlitten hat«, erwiderte Henrik. »Kochend heißes Wasser ist aus dem Kühler ausgetreten und hat seine rechte Gesichtshälfte verbrüht.«

»Er muss schreckliche Schmerzen gehabt haben«, murmelte Kathrin betroffen.

»Es ist wohl so, dass Svenja ihn in Lissabon in eine Klinik gebracht hat«, erwiderte Henrik. »Dort hat man sicherlich das Beste versucht. Aber vielleicht sind die medizinischen Standards in Portugal nicht so hoch wie bei uns. Oder Svenja und er waren zu ungeduldig. Sie reisten ja unter falschem Namen. Durften sich nie zu lange an einem Ort aufhalten. Lebten stets in der Angst, dass man sie erkennt.«

»Viel von dem Glück, das Peter gesucht hat, wird unter den Umständen nicht übrig geblieben sein«, mutmaßte Kathrin und seufzte.

»Nein, zu dem Zeitpunkt kriselte es bereits zwischen den beiden. Weil Peter sich laut der Aussage von Svenja Lund nach dem Unfall mit dem Gedanken trug, dich wiederzusehen. So schrecklich die Angelegenheit für ihn auch war: Die Narben spielten ihm dabei in die Hand, weil sie ihm ein anderes Aussehen verliehen. Das Narbengeflecht und der Filzhut, den er immer tief ins Gesicht gezogen trug, waren eine verdammt gute Tarnung.«

»Glaubst du, dass es möglich ist? Dass ich Peter gesehen, ihn aber nicht erkannt habe?« Es lag Verzweiflung in Kathrins Blick.

Henrik zuckte mit den Schultern. »Gut möglich. Aber wenn es so war, dann ist er in dem Augenblick nicht bereit gewesen, sich dir zu nähern. Dir alles zu offenbaren.«

»Nein. Dafür hat er diese blöde Schnitzeljagd inszeniert.« In Kathrins Stimme schwang Groll mit. »Ich kann mir noch immer nicht recht erklären, warum ich mich darauf eingelassen habe.«

»Ihr hattet letztendlich dasselbe Motiv.« Henrik nahm einen Schluck von seinem Rotwein. »Peter wollte sich mit dir treffen. Vielleicht in der Hoffnung, die Zeit zurückzudrehen. Und du hast nach dem erstbesten Strohhalm gegriffen, weil du ihn ebenfalls wiedersehen wolltest. Die Weichen für euer Zusammentreffen hat er in Rotenburg gestellt. Und dann hat sich die Angelegenheit so ein bisschen verselbstständigt.«

»In den ersten Tagen hätte ich alles gegeben, alles unternommen, um Peter endlich wieder nahe zu sein«, gestand Kathrin. »Ich war völlig gefühlsgesteuert. Nur auf dieses eine Ziel fokussiert. Blind und taub für jegliches Gegenargument.«

»So ist es, wenn man verliebt ist.« Henrik kraulte die hellbraunen Ohren des Beagles, der unter dem Tisch lag und seine Schnauze auf Henriks Fuß abgelegt hatte.

»Selbst als es brenzlig wurde, konnte ich nicht aufhören. Natürlich habe ich ab und an meine Zweifel gehabt. Aber ich habe nie ernsthaft erwogen, die Aktion abzubrechen.« Kathrin verzog den Mund zu einem schiefen Grinsen. »Völlig gaga. Und dabei rühme ich mich, eine wissenschaftliche Ausbildung zu haben. In der Lage zu sein, klar, rational und zielgerichtet zu denken.«

»Als es, wie du sagst, ›brenzlig‹ wurde, da hatte Peter seine Hände schon nicht mehr allein im Spiel. Zu dem Zeitpunkt hatten sich bereits diverse Verfolger, wenn auch aus anderen Gründen, an deine Fersen geheftet«, versuchte Henrik, sie zu trösten. »Aber Peter hätte dir nie wissentlich Leid zugefügt. Davon bin ich überzeugt. Zumindest physisch nicht. Er hat die Schnitzeljagd wohl nicht zuletzt auch deinetwegen veranstaltet. Um Schaden von dir abzuwenden und dich zu schützen.«

Kathrin seufzte. »Ich weiß nicht, ob mich das jetzt wirklich beruhigt. Das Gefühl, von hinten gepackt und um ein Haar in die Tiefe gestoßen zu werden, das möchte ich nicht noch mal erleben. Und die Nacht auf dem Flugplatzgelände, die war ebenfalls nicht ohne. Eine derartige Panik hatte ich zuvor nie durchgemacht. Obwohl ich seit Jahren allein mit Töfftöff unterwegs bin. Mit allem selbst klarkomme.«

»Diese Aktionen wie auch der Einbruch in Töfftöff und das Paket, das deine Schwiegermutter bekommen hat, gehen eindeutig auf das Konto von Svenja Lund. Sie wollte dich damit in Panik versetzen. Bevor dann von ihrer Seite her alles eskaliert ist«, sagte Henrik. »So viel haben die bei der Polizei inzwischen aus ihr herausgequetscht.«

Kathrin warf ihm einen fragenden Blick zu. »Wie geht es ihr inzwischen? Man hat mir dazu keine Auskunft mehr erteilt.«

»Nun ja.« Henrik schloss für kurze Zeit die Augen. Auch ihm fiel es nicht leicht, die Erlebnisse auf dem Baumkronenweg in Gedanken nochmals zu durchleben. Sekundenlang hatte er geglaubt, dass Astrid Lund ihn tödlich getroffen hätte. Dass er dort auf dem Steg in schwindelnder Höhe seinen letzten Atemzug machen würde. Die Wucht des Schusses aus dem alten Armeerevolver war gewaltig gewesen. Ohne kugelsichere Weste hätte er nicht den Hauch einer Chance gehabt. Selbst mit Schutzweste hatte er zwei angebrochene Rippen und ein handgroßes Hämatom davongetragen. Die Rippen bereiteten ihm nach wie vor Probleme. Aber er war in einem deutlich besseren Zustand als Svenja Lund. Dafür konnte und musste er schlussendlich dankbar sein. »Sie hat den Bauchschuss überlebt. Wenn auch nur knapp. Sie hat viel Blut verloren.«

»Ich wünschte, ich hätte Hilfe herbeiholen können«, gestand Kathrin. »Vor allem für dich. Und natürlich auch für die anderen. Svenja wollte mich zwar aus dem Weg räumen … Aber in seinem eigenen Blut zu liegen und nicht zu wissen, ob man es schafft, ob man überlebt … Nun, das wünsche ich sogar meiner ärgsten Feindin nicht.«

»Nein, so hat sie sich den Ausgang ihrer Fehde gegen dich bestimmt nicht vorgestellt. Selbst in ihren kühnsten Träumen wird sie sich nicht ausgemalt haben, dass sie dort oben auch ihrer eigenen Schwester gegenüberstehen könnte. Die mit einer Waffe auf sie zielt.«

»Statt Täterin zu sein, wurde sie Knall auf Fall selbst zum Opfer. Kaum zu glauben.«

»Mach dir keinen Kopf! Du kannst nichts dafür, dass die medizinische Erstversorgung so spät vor Ort war. Ich brauchte ebenfalls eine ganze Weile, bis ich wieder in der Lage war, mich zu rühren und den Notruf zu wählen.«

»Dem Himmel sei Dank, dass du ein Profi bist!«, rief Kathrin aus. »Obwohl ich davon natürlich keinen blassen Schimmer hatte.«

»Solltest du auch nicht«, konterte Henrik mit einem Grinsen. Dann wurde er wieder ernst. »Was Svenja Lund betrifft: Problematischer noch als der Bauchschuss ist der Umstand, dass die Kugel beim Austritt aus dem Rücken ihre Wirbelsäule verletzt hat. Svenja wird den Rest ihrer Tage im Rollstuhl verbringen.«

»Also hat Astrid Lund das erreicht, worauf sie die ganze Zeit aus war: Ihre Schwester wird bis an ihr Lebensende für ihre Taten büßen.«

»Oh ja, das wird sie«, bestätigte Henrik mit düsterem Gesichtsausdruck. »Sogar in mehrfacher Hinsicht: Sie hat Peter *und* ihre Freiheit verloren. Die ihr, wie selbst Matthias Gerlos wusste, stets über alles ging. Das Gefängnis wird ein Schock für sie sein.«

»Erwarte bitte kein Mitleid von mir«, entrüstete sich Kathrin.

»Nein, natürlich nicht. Ich habe ja auch keins. Immerhin ist Svenja am Leben«, sagte Henrik leise. »Während Astrid für den verzweifelten Versuch, so etwas wie persönliche Gerechtigkeit zu erfahren, mit ihrem Leben bezahlt hat.«

»Es muss eine ordentliche Portion Mut und Entschlossenheit dazugehören, die Waffe gegen sich selbst zu richten.« Kathrin schüttelte sich.

»Oder ein Gefühl von Ausweglosigkeit. Ich glaube nicht, dass sie es von Anfang an geplant hatte. Ja, sie wollte Svenja aus Rache und Hass töten. Aber allein, ohne Zeugen.«

»Doch dann bist du plötzlich dazwischengekommen.«

»Oh ja.« Henrik nickte und rieb sich über die Stirn. »Astrid Lund glaubte, dass sie mich tödlich getroffen hätte. Und da sah sie keinen anderen Ausweg, als sich die Waffe in den Mund zu stecken und abzudrücken.«

»Schrecklich.«

Kathrin und Henrik schwiegen betroffen. Der Beagle gab leise Schnarchlaute von sich.

Kathrin fing sich als Erste wieder. »Mir fällt es schwer, zu verstehen, warum Svenja es ausgerechnet auf mich abgesehen hatte. Ich kannte sie doch gar nicht. Hatte ihr nichts getan, um sie gegen mich aufzubringen.«

»Du irrst dich«, entgegnete Henrik. »Sie hatte einen guten Grund, dich zu hassen: Du hast ihr Peter weggenommen.«

»Aber nein.« Kathrin hob die Hand in einer abwehrenden Geste. »Das war doch wohl genau andersherum.«

»Nun, das ist eine Frage der Perspektive«, meinte Henrik.

»Es ist richtig, dass sich Peter wegen Svenja von dir getrennt hat. Aber acht Jahre später war er kurz davor, Svenja zu verlassen, um sich mit dir ein neues Leben aufzubauen.«

»Ich glaube nicht, dass ich mich darauf eingelassen hätte«, wandte Kathrin ein.

»Das konnten weder Peter noch Svenja mit Sicherheit wissen. Für Svenja stand außer Frage, dass Peter zu dir zurückkehren würde. Für ihn war die Angelegenheit wohl nicht so einfach. Er lebte in ständiger Angst, dass sein Schwindel mit jedem weiteren Tag, den er in Deutschland verbrachte, auffliegen würde. Dass die Polizei vor seiner Wohnmobiltür auftauchte, um ihn wegen Betruges festzunehmen. Er konnte ja nicht ahnen, dass Gefahr auch noch von ganz woanders drohte. Und dass er dadurch keine Gelegenheit mehr haben würde, dich zu fragen. Sich mit dir auszusprechen.«

»Nein«, murmelte Kathrin. »Weil Matthes ihn feige umgebracht hat.« Tränen der Wut und der Trauer stiegen in ihr auf.

Henrik tätschelte tröstend ihre Hand. »Nach meinen Informationen geht die Polizei davon aus, dass es Notwehr war. Oder ein tragischer Unfall.«

»Ach, war es das?« Kathrin warf ihm einen halb verwunderten, halb wütenden Blick zu. »Ich sehe das aber anders. Total anders.«

»Wir sollten beide bei den Fakten bleiben«, warf Henrik mahnend ein.

»Die da wären?«

»Nach den gegenwärtigen Ermittlungsergebnissen hat Matthias Peter wiederholt um das Geld angegangen. Weil ihm seine Gläubiger im Kreuz saßen, konnte er keinen weiteren Aufschub, keine Ausflüchte mehr verkraften. Er wollte endlich das, was ihm seiner Meinung nach von Anfang an zustand. Wahrscheinlich sogar ein bisschen mehr.«

»Bei Geld hört bekanntlich die Freundschaft auf.« Kathrin verzog angewidert den Mund.

»Die beiden haben heftig diskutiert. Dann kam es zu einem Gerangel. Bei dem Matthias Gerlos wegen seines massiven

Übergewichtes und ungelenk, wie er war, eigentlich klar im Nachteil hätte sein müssen. Aber er hat Peter einen Schubs gegen die Schulter gegeben. Wodurch der ausrutschte und das Gleichgewicht verlor. Beim Sturz ist er mit dem Kopf gegen den Bordstein geprallt. Hat sich nicht mehr gerührt.«

Kathrin hatte, obwohl sie es nicht wollte, zu weinen begonnen. »Okay. Wenn es tatsächlich so war, wie du sagst, dann ist zumindest die rechtliche Lage eindeutig.« Mit dem Handrücken wischte sie sich die Tränen fort. »Trotzdem tröstet mich das jetzt nur bedingt. Ich konnte mit der Vorstellung, dass Peter in der Ostsee zu Tode gekommen ist, besser umgehen. Er hat Wasser immer so geliebt. Tragisch und völlig sinnlos an einem so unbedeutenden Ort zu sterben, das hat er nicht verdient.«

»Vielleicht hätte er noch eine Chance gehabt, wenn Matthias Gerlos rechtzeitig einen Notarzt alarmiert hätte. Aber Gerlos hat Panik gekriegt. Die beiden hatten sich diesmal nicht wie sonst an einem einsamen Ort getroffen, sondern an einem belebten Rasthof an der A 7. Gerlos war dienstlich nach Kassel unterwegs, Peter wollte zum Edersee. Nach dem Sturz, als Peter reglos dalag, hatte Matthias Gerlos Schiss, dass sie ihn wegen Mordes drankriegen. Deshalb hat er Peter kurzerhand in sein Auto gepackt und ist mit ihm zum See gefahren. Hat gewartet, bis es dunkel wurde, um Peters Leiche mit Steinen zu beschweren und ihn in den See zu werfen.«

Kathrin wischte sich erneut über die Augen.

»Keine Sorge. Auch Gerlos wird für das büßen, was er getan hat«, versicherte ihr Henrik.

Sie stöhnte auf. »Was für ein schrecklicher Schlamassel!«

Henrik hob die Rotweinflasche in die Höhe. »Noch ein Gläschen? Um den Schlamassel besser zu verkraften?«

»Ich bezweifele, dass Rotwein da die richtige Medikation ist«, meinte Kathrin mit dem Hauch eines Lächelns. »Aber ja, ich nehme gern noch ein Schlückchen. Der Wein ist verdammt gut.«

Henrik grinste. »Ein Bordeaux Cru. Hat mir meine Schwester kredenzt. Der Lohn für meine Dienste als Hundesitter.«

Kathrin wies auf den Beagle. »Du und Leo, ihr scheint inzwischen ganz gut miteinander auszukommen.«

»Solange ich ihn das machen lasse, was er will, funktioniert unser Zusammenleben prima«, erwiderte Henrik lakonisch.

Kathrin lachte auf. »Er hat dich voll im Griff.« Dann wurde sie wieder ernst. »Noch mal zurück zu Svenja Lund. Ich habe nach wie vor Schwierigkeiten, es zu kapieren. Was habe ich ihr getan, dass sie mich so im Visier hatte?«

»Sie hat ausgesagt, dass sie es dir heimzahlen wollte.«

»Weil Peter sich mit mir treffen wollte? Dafür konnte ich nichts. Die Initiative ging von Peter aus. Da hätte sie sich eher an ihm rächen müssen.«

»Vielleicht wollte sie das noch«, gab Henrik zu bedenken. »Aber du warst zuerst dran.«

»Na, herzlichen Dank.« Kathrins Stimme troff vor Sarkasmus.

»Unterschätze nicht die Macht der Emotionen«, entgegnete Henrik warnend und goss ihnen vom Wein nach. »Chronische Eifersucht ist ein starkes, ein zerstörerisches Gefühl. Und Svenja wurde davon geradezu zerfressen. Der Gedanke, dass sich Peter zu einer anderen Frau hingezogen fühlen könnte, hat sie nicht in Ruhe gelassen. Sie an den Rand des Wahnsinns getrieben.«

»Keine gesunde Basis für eine glückliche Beziehung«, meinte Kathrin.

»Dieses übermäßige Misstrauen war nicht ihr einziges Problem«, fuhr Henrik fort. »Die Polizisten, die sie vernommen haben, vermuten, dass Svenja hochgradig egoman veranlagt ist. Was vieles erklären würde. Da sie primär sich selbst sieht und nur auf die Erfüllung ihrer persönlichen Bedürfnisse aus ist, konnte sie es nicht zulassen, dass sich Peter von ihr abwendet. Dass er sie, die große, unfehlbare Svenja Lund, wegen seiner Ex-Frau aus Deutschland im Stich lässt. Diese Schlappe musste sie um jeden Preis verhindern.«

Trotz der Wärme im Wohnmobil kroch Kathrin ein Schauder über den Rücken. »Sie hat mich als Rivalin gesehen? Der sie zuerst mit allerlei bösartigen Übergriffen genüsslich die Hölle heißmacht und die sie zu guter Letzt ausschaltet? Damit sie ihr nie wieder in die Quere kommt?«

»Genau so war es.«

»Wie krank ist das denn?«

»Ziemlich krank, wenn du mich fragst.«

»Und deshalb hat sie die Jungs engagiert? Ihnen aufgetragen, mir am Flughafen Todesangst einzujagen? Was ihnen ja durchaus gelungen ist«, musste Kathrin eingestehen.

»Die bedauernswerten Kerle konnten nicht ahnen, dass Svenja die Bremsen des Geländewagens manipuliert hatte. Den Wagen hatten sich die drei heimlich von einem der Väter ausgeliehen. Sie besaßen nicht viel Erfahrung mit so einem großen Fahrzeug. Das hat Svenja für ihre Pläne genutzt und die Jungen heimtückisch hopsgehen lassen.« Henrik gab sich keine Mühe, seine Wut zu unterdrücken, und schlug mit der Handfläche kräftig auf den Tisch. Der Beagle schreckte hoch.

»Alles gut! Leg dich wieder hin«, beruhigte Kathrin den Hund. »Konnte Svenja das denn? Ich meine, woher hatte sie das Wissen, die Fähigkeiten?«

»Sie war wohl mal mit einem Automechaniker liiert.«

»In ihrem Rachefeldzug gegen mich hat sie vor nichts zurückgeschreckt, oder?« In Kathrins Stimme schwang Groll, aber auch Betroffenheit mit.

»Nein, sie war zu allem entschlossen. Dabei hat sie billigend in Kauf genommen, dass Unschuldige zu Schaden kommen. Die arme Frau in den Sanitäranlagen am Werratalsee war, wie du richtig vermutet hattest, ein Versehen. Svenja hatte es auf dich abgesehen.«

»Wäre ich eine halbe Stunde früher auf die Toilette gegangen, hätte es mich erwischt.« Kathrin rieb sich mit der Hand über die Unterarme, auf denen sich Gänsehaut gebildet hatte.

»Svenja stand unter Zeitdruck. Peter durfte von ihrem Tun ja nichts mitbekommen. Was dich betrifft, da haben die beiden, ohne es zu wissen, parallel agiert.«

»Peter mit guten, Svenja mit schlechten Absichten«, murmelte Kathrin.

»Mit den allerschlechtesten«, betonte Henrik. »Bei dem Anschlag in den Sanitäranlagen kam hinzu, dass sie im Stockdunkeln vorgehen musste. Das führte zu der tragischen Verwechslung.«

»Und weil ihr erster Mordanschlag auf mich nicht von Erfolg gekrönt war, musste sie es auf dem Baumkronenweg ein weiteres Mal versuchen.«

»Zum Glück hattest du deinen Schutzengel vor Ort.« Henrik grinste.

»Toller Schutzengel. Kommt erst, als es schon fast zu spät ist«, foppte ihn Kathrin.

»Besser fast zu spät als komplett zu spät«, konterte Henrik und prostete ihr zu.

»Über deine Rolle in der ganzen Angelegenheit muss ich demnächst mit dir ein ernstes Wörtchen reden«, warnte ihn Kathrin. »Aber nicht heute. Heute habe ich schon zu viel Wein getrunken.«

»Ich hatte einen Auftrag zu erledigen.« Henrik zuckte nonchalant mit den Schultern. »Obwohl sich Matthias Gerlos vor dir mit seinem vermeintlich ›genialen Coup‹ brüstete, hatte die Versicherung von Anfang an Bauchschmerzen. Den Verdacht, dass etwas nicht mit rechten Dingen zugegangen ist. Was ihnen fehlte, waren handfeste Beweise. Ohne die blieb ihnen nichts anderes übrig, als die zehn Millionen auszuzahlen. Im Anschluss daran haben sie die Großdetektei, für die ich oft tätig bin, eingeschaltet, damit sie Nachforschungen anstellt. Das war mein Auftrag. Ich war deinem Mann quasi von Anfang an auf der Spur. Konnte ihm aber nie nahe genug kommen. Er war wie ein Phantom, dem ich durch halb Europa hinterherjagte. Bis wir uns ausgerechnet in Rotenburg über den Weg gelaufen sind.«

»Ich sag ja: völlig verrückt. Diese ganze Aktion war völlig verrückt.«

»Aber niemals langweilig«, gestand Henrik. »Wenn sie mich jetzt wieder nur auf Fremdgeher oder Zahlungssäumige ansetzen, wird mir das Adrenalin, der Kick fehlen.«

»Also ich hätte nichts dagegen, wenn es bei mir in den nächsten Wochen, ach was sag ich, in den nächsten Jahren ruhiger zugeht«, meinte Kathrin. »Mein Bedarf an Action und Aufregung ist gedeckt. Ich werde es definitiv langsamer angehen lassen. Auf allen Gebieten.«

»Ein bisschen Ruhe hast du dir in der Tat verdient.«

»Aber keine Sorge! Ich gehe davon aus, dass sich unsere Campingwege erneut kreuzen werden«, verkündete Kathrin zuversichtlich.

»Wenn ich wieder richtig mobil bin«, brummte Henrik.

»Ist doch ein todschickes Wohnmobil.« Kathrin sah anerkennend um sich. »Warum behältst du den Liner nicht? Gibst deinen alten Kastenwagen in Zahlung?«

»Daran habe ich auch schon gedacht«, sagte Henrik gedehnt. »Aber nein, so ein Luxusgefährt, das ist nichts für mich. Ich muss auf unauffälligeren Reifen unterwegs sein. Wenn alle Ersatzteile geliefert und eingebaut sind, hole ich mir meinen Kastenwagen zurück und mache mir Gedanken, wie ich ihn langfristig durch ein etwas größeres und neueres Modell ersetze.«

»Hm, ich überlege auch, was ich mit Töfftöff anstelle.«

Henrik starrte sie entsetzt an. »Du willst dich von Töfftöff trennen?«

»Jetzt, wo ich nicht länger allein reisen werde … Da brauche ich mehr Platz.«

Henrik stutzte. Brauchte ein paar Sekunden, um zu antworten. »Also doch dein Apotheker? Du wirst in Zukunft mit diesem Apotheker unterwegs sein?«

Kathrin prustete los. Konnte sich gar nicht mehr einkriegen. Nach all der Anspannung, der Wut und der Traurigkeit tat ihr das Lachen gut. Als der Heiterkeitsanfall abebbte, fuhr sie sich mit der Hand über die feuchten Augen. »Nein. Lothar ist ausschließlich für meine Pillen und Globuli zuständig. Er ist inzwischen übrigens mit seiner Fitnesstrainerin liiert.«

»Jeder kriegt das, was er verdient«, stellte Henrik belustigt fest.

»Ich werde, wenn alles gut geht, Familienzuwachs bekommen«, erklärte Kathrin. Als sie Henriks Blickrichtung bemerkte, lachte sie nochmals laut auf. »Nein, nicht so, wie du denkst.«

»Sondern wie?«

Kathrin wurde wieder ernst. »Mich hat das Jugendamt kontaktiert. Und die schwedische Polizei wollte auch ein paar Auskünfte von mir.«

Auf Henriks Gesicht spiegelte sich Verwunderung wider.

»Warum?«

»Der Junge. Der blonde Junge, der mir mehrmals über den Weg gelaufen ist.«

»Was ist mit ihm?«

»Der Junge ist Peters Sohn«, sagte Kathrin leise. »Und ja, natürlich auch der von Svenja.«

»Sie wird sich nicht mehr um ihn kümmern können«, meinte Henrik.

»Nein, das wird sie nicht. Aber sie hat sich auch vorher herzlich wenig um ihn geschert.«

»Wie kommst du darauf?«

»Ich habe den Jungen oft dabei beobachtet, wie er mutterseelenallein durch die Gegend streifte. Egal, ob mitten in der Stadt oder am Edersee. In dem Alter. Stell dir mal vor, was da alles hätte passieren können!«

»Oh nein, besser nicht«, meinte Henrik betroffen.

»Svenja war es scheißegal, ob es ihrem Sohn gut geht oder nicht!« Kathrins Stimme bebte vor Wut. »Sie hatte null Empathie.«

»Wahrscheinlich eine Folge ihrer Persönlichkeitsstörung«, mutmaßte Henrik. »Aber was war mit Peter? Warum hat er sich nicht um seinen Sohn gekümmert?«

»Der war zu sehr damit beschäftigt, das Geld vor seinen Verfolgern in Sicherheit zu bringen oder seine Schnitzeljagd mit mir zu veranstalten«, erwiderte Kathrin verbittert. »Es gab da wohl ein norwegisches Ehepaar, das manchmal mit Svenja und Peter zusammen gereist ist. Die haben sich ab und zu um Finn gekümmert. Aber die meiste Zeit war er auf sich allein gestellt.«

»Unglaublich!«

»Es kommt noch schlimmer«, sagte Kathrin düster. »Ich hatte dir doch erzählt, dass ich dort oben auf der Plattform einen Jungen habe weinen hören.«

Henrik nickte. »Ich erinnere mich.«

»Das war Finn. Svenja hatte null Skrupel, ihn dort an dieser Buche zurückzulassen. Du musst dir das mal vorstellen: angebunden zurückzulassen! Wie ein Stück Vieh!«

»Bist du sicher?«

»Finn hat bei einer vorsichtigen Befragung durch die schwedische Polizei rausgelassen, dass Svenja ihm angedroht hat, ihn im Wald seinem Schicksal zu überlassen. Wenn er Widerstand leistet, sich rührt oder einen Mucks von sich gibt.«

»Das ist monströs!«

»Ja, als Mutter war sie ein Monster. Und eiskalt berechnend dazu. Sie hat natürlich gewusst, dass der Junge über kurz oder lang zu weinen anfangen würde. Sich bemerkbar machen *musste*. Ihre Rechnung ging hundertprozentig auf ... So hat sie mich in die Falle gelockt.«

»Sie hat gewartet, bis du dich weit genug vorbeugst ... und dann ...«

»Kamst zum Glück du«, stellte Kathrin fest und tätschelte dankbar Henriks Hand.

»Aber wie kommt das Jugendamt jetzt auf dich?«, wunderte sich Henrik.

»Über drei Ecken. Nachdem Peter tot und Svenja schwer verletzt war, musste sich jemand um den Jungen kümmern. Er konnte ja nicht allein im Wohnmobil zurückbleiben. Deshalb kam er zuerst in eine Wohngruppe der Jugendhilfe. Die Leiterin hat mich kontaktiert. Rein juristisch gesehen bin ich nach wie vor Peters Frau. Beziehungsweise seine Witwe.«

»Hast du den Jungen gesehen?«

»Ja. Ich bin in das Kinderheim gefahren und habe mit ihm gespielt, mich mit ihm angefreundet. Dabei habe ich ihm ein bisschen Deutsch beigebracht. Was ganz gut geklappt hat. Er ist sehr sprachbegabt. Peter hat wohl auch ab und zu versucht, ihm seine Muttersprache näherzubringen. Aber er war nicht sehr konsequent. Vielleicht, weil sie ständig auf Achse waren. Der Junge hat viel verpasst, nicht nur was seine schulische Bildung betrifft.«

»Hat er denn sonst niemanden?«

»Nun ja. Seine Mutter wird lange Zeit im Gefängnis bleiben. Seine Tante ist wie sein Vater tot. Da sind, wie die Polizei feststellen konnte, noch die Großeltern in Südschweden. Die bis dahin keinen blassen Schimmer davon hatten, dass sie ein Enkelkind haben. Um nicht aufzufliegen, mussten Svenja und Peter die Geburt ihres Sohnes ja geheim halten.«

»Oh Mann!« Henrik riss ungläubig die Augen auf. »Du hast recht. Was für ein Schlamassel!«

»Finn lebt jetzt bei seinen Großeltern, geht dort auch in die Schule. Er hat in kürzester Zeit viel dazugelernt. Die schnelle Auffassungsgabe hat er wahrscheinlich von Peter.«

»Na, wenigstens etwas«, meinte Henrik.

»Ja. Und …« Kathrin strahlte. »Wir sind weiter über Skype, das ihm seine Großeltern auf dem Computer eingerichtet haben, in Kontakt geblieben. Unterhalten uns in einem Mix aus Schwedisch und Deutsch. Aber sein Deutsch und mein Schwedisch werden von Woche zu Woche weniger holperig. Wir geben uns beide große Mühe.«

»Das hört sich doch richtig gut an.«

»Es wird noch besser«, sagte Kathrin. »Ich tausche mich regelmäßig mit den Großeltern aus. Vor allem mit Nils Lund, dem Großvater. Er spricht fließend Englisch. Ich habe ihm gesagt, dass ich gern etwas Zeit mit Finn verbringen möchte. Und da hat er vorgeschlagen, dass Finn in den Schulferien zu mir kommt. Damit ich ihm ein bisschen was von Deutschland zeige.«

»Der Großvater scheint ein sehr großmütiger und toleranter Mann zu sein.«

»Das ist er. Trotz seiner Trauer um die eine und die Sorge um die andere Tochter hat er mich stets freundlich behandelt. Mir nie einen Vorwurf gemacht, dass ich in die schreckliche Angelegenheit, wenn auch unbeabsichtigt, involviert war.«

»Du konntest doch nichts dafür.«

»Nein. Wie gesagt, es ist alles schon ein bisschen verrückt. Aber irgendwie sind wir jetzt doch fast so etwas wie eine Familie. Finn ist Teil meines Lebens geworden.«

»Ich hätte eher vermutet, dass dir der Kontakt mit dem Jungen nicht leichtfällt?« Henrik schaute sie eindringlich an. »Ich meine, Finn ist immerhin der Sohn der Frau, die dich umbringen wollte.«

»Nein. Er ist Peters Sohn. Er hat Peters Augen. Und seinen Mund«, widersprach Kathrin. »In Finn lebt ein Stück von Peter weiter. Durch Finn habe ich Peter nicht ganz verloren.«

Henrik hob sein Glas. »Chapeau! Für diese mutige Entscheidung ziehe ich meinen Hut vor dir.«

Kathrin hob ebenfalls ihr Glas. Trank. Und schwieg. Eine ganze Weile. Dann warf sie Henrik einen verschmitzten Blick zu. »Glaub nicht, dass du in der Sache ungeschoren davonkommst.«

»Ich?«, wunderte sich Henrik. »Was habe ich damit zu tun?«

»Ich brauche jemanden, der mir das Etagenbett herrichtet und montiert. Allein schaffe ich das nicht.«

»Welches Etagenbett?« Henrik schaute sie verdattert an.

»In Töfftöff habe ich doch zwei Sitzgruppen«, erklärte Kathrin. »Eine gegenüber der Küchenzeile. Und die zweite hinten im Heck.«

»Ja, ich erinnere mich dunkel.«

»Die Hecksitzgruppe kann man zum Bettabteil umfunktionieren. Indem man ein Etagenbett in die Ablage der Oberschränke einhängt. Also genau das Richtige für Finn.«

»Wo liegt das Problem?«

»Ich weiß, dass uns der Verkäufer, als wir Töfftöff kauften, dieses Bett mitgegeben hat. Wenn ich es recht in Erinnerung habe, war es allerdings in keinem guten Zustand.«

Henrik schwante Böses. »Inwiefern?«

»Nun ja.« Kathrin zuckte mit den Schultern. »Es war nicht zusammengebaut. Mehr so in seine Einzelteile zerlegt. Wie im schwedischen Möbelhaus. Nur ohne Montageanleitung. Und ob alle Teile vorhanden sind, kann ich auch nicht mit Sicherheit sagen. Bevor Finn darin schlafen kann, muss man vermutlich einiges an Arbeit investieren.«

»Und da hattest du an mich gedacht?«

»Genau.«

»Was für ein Schlamassel!«, stöhnte Henrik theatralisch.

»Hilfst du mir oder hilfst du mir nicht?«, fragte Kathrin herausfordernd.

Henrik ließ sich mit seiner Antwort Zeit. So lange, bis Kathrin ungeduldig auf der mit weißem Leder bezogenen Sitzbank hin und her rutschte.

»Okay. Ich mache es. Aber nur unter einer Bedingung.«

»Die da wäre?«, fragte Kathrin misstrauisch.

»Ich habe einen Anruf bekommen. Von jemandem, den du kennst.«

»Und? Ich verstehe nicht, worauf du hinauswillst.«

»Deine Freundin hat mir einen Job angeboten.«

»Welche Freundin?« Kathrin wirkte zunehmend verunsichert.

»Nicole. Nicole Kiefer.«

Kathrin glaubte, ihren Ohren nicht zu trauen. »Nicole hat dir einen Job angeboten?«

»Warum sollte sie nicht?« Henrik tat empört. »Ich bin schließlich gut. Verdammt gut.«

»Da ist was dran«, gab Kathrin zu. »Und worum geht es bei diesem Auftrag?« Ein beunruhigender Gedanke kam ihr in den Sinn. »Du meinst doch nicht, dass Bernd … dass Bernd Nicole betrügt?«

Henrik lachte laut auf. »Ich glaube, diesbezüglich besteht keine Gefahr. Die beiden schaffen die diamantene Hochzeit.«

»Puh.« Kathrin atmete erleichtert durch. »Aber was ist deine Aufgabe?«

»Auf dem Campingplatz häufen sich die Einbrüche. Dabei werden nicht nur Kleinigkeiten, sondern wertvolles Campingequipment geklaut. Und natürlich alle technischen Geräte, die nicht niet- und nagelfest sind. In den letzten Wochen ist dort ein beachtlicher Sachschaden entstanden.«

»Das ist nicht schön«, befand Kathrin.

»Nein. Deshalb hat Nicole mich angerufen und im Namen der Campingplatzbetreiber gefragt, ob ich mich darum kümmern kann.«

»Und, kannst du?«

»Unter einer Bedingung«, wiederholte Henrik.

»Die da wäre? Nun spuck's schon aus!«

Henrik gab sich alle Mühe, eine ernste Miene zu bewahren. »Ohne meine Leibärztin an meiner Seite werde ich nicht arbeiten können. Zumindest nicht für Wochen am Stück. Ich bin süchtig nach deinen Globuli und Salben.«

»Quatsch!«, entfuhr es Kathrin.

»Nur zum Teil.« Henrik schaute sie bittend an. »Ich muss mich dort als Dauercamper einschleichen und werde eine ganze Weile vor Ort beschäftigt sein. Kommst du mich besuchen? Gern auch mit Finn. Er wird den See lieben.«

Kathrin musste nicht lange überlegen. »Okay, ich komme. Mit Finn und dem Etagenbett.«

»Mit Finn und dem Etagenbett.« Henrik nickte.

Kathrin hob ihr Glas und prostete ihm zu. »Na, dann ist ja alles geklärt.«

»Das ist es«, erwiderte Henrik und stieß mit ihr an.